AMINA

AMINA

Mohammed Umar

Z języka Hausa przełożył
Stanisław Piłaszewicz

1

Nastało południe. Dwie młode kobiety wychodziły wolnym krokiem z uniwersyteckiego domu studenckiego. Gdy zbliżyły się do parkingu samochodowego, oparły się na białym mercedesie i kontynuowały pogawędkę. Jedna z nich poprawiła czerwony beret typu Montgomery, nasunięty na jej długie włosy. Druga wygładziła chustkę na głowie.

- Niedługo się spotkamy, prawda?

- Jeśli zechce tego Allah.

Amina rozsiadła się na tylnym siedzeniu mercedesa. Wolno ruszyli alejką wyjazdową z Uniwersytetu, kierując się do śródmieścia. W myślach zastanawiała się nad tym, co się wkrótce zdarzy w jej domu. Miało to być towarzyskie przyjęcie, które urządzał jej mąż, Alhadżi Haruna. Przyjęcie różniące się od innych imprez, które wydawał na jej cześć. Tym razem miały w nim wziąć udział wyłącznie kobiety, aby pogratulować mu wyboru do parlamentu stanowego. Zaproszone zostały wpływowe damy, ważne postaci tego miasta – żony parlamentarzystów, żony wysokich urzędników państwowych i małżonki wojskowych oraz oficerów policji, kontraktorów oraz wpływowe żony–handlarki, jak też inne tego rodzaju panie. Główną postacią tego przyjęcia była właśnie Amina, jego nowo poślubiona małżonka. Krótko mówiąc, było to przyjęcie dla niej. Jej mąż urządzał je wyłącznie po to, aby wprowadzić ją do grona wyróżniających się niewiast.

Auto z zasiadającą w nim Aminą przejechało wolno obok Państwowej Szkoły Średniej dla Dziewcząt i skręciło w lewo. Wjechało na szeroką ulicę, którą przed kilku dniami oddano do użytku po remoncie. Kiedy przejeżdżali obok koszar wojskowych, kierowca zwolnił, znowu skręcił w lewo, minął kilka urzędów i dotarł do śródmieścia. Ulica pełna była pieszych, motocykli, samochodów, rowerzystów. Prawdziwy kocioł, wielki korek i zatrzymany ruch przez policjanta służby drogowej I jeszcze ten znajdujący się w pobliżu rynek miasta. Kiedy tak oczekiwali na możliwość przejazdu, Amina rozejrzała się, by zobaczyć, co się dzieje na zewnątrz. Ludzie przemieszczali się w jedną i drugą stronę, sprzedawali i kupowali. Po drugiej stronie ulicy wznosił się nowy meczet. Wierni dokonywali rytualnych ablucji, przygotowując się do popołudniowej modlitwy.

Gdy policjant dał znak ręką, ruszyła lawina pojazdów. Amina oparła się o siedzenie i myślą powróciła do czekającego na nią przyjęcia. Oczyma wyobraźni widziała siebie podejmującej gości, którzy wchodzili, rozsiadali się i zaczynali pogawędkę typową dla tego rodzaju uroczystości. A byli to dostojnicy miasta – zamożne kobiety. Dobrze wiedziała, że jakość jej życia zależała od tego, czy stanie się jedną z nich, uruchomi jakiś biznes, zarobi pieniądze, kupi drogie ubiory, złotą biżuterię, samochody…och! Być może zostanie wielką bogaczką, nie tylko w tym ich Stanie, ale też w całym kraju. Dzisiaj, zanim zakończy się ta uroczystość, być może zostanie wprowadzona do towarzystwa kobiet wodzących rej wśród dostojników miasta.

Auto Aminy wolno przetoczyło się przez miasto Bakaro, dotarło do apartamentu, wznoszącego się samotnie w tej okolicy, i się zatrzymało. To tutaj znajdowało się domostwo Alhadżiego Haruny. Amina czuła, że się jej przyglądają. Poprawiła swój ubiór. Nigdy nie brakowało gromady śpiewaków–pochlebców, którzy próżnowali u wejścia do domostwa, przy wielkiej bramie, którą otwierano, gdy podjeżdżało auto. Uderzyli w bębny i zaczęli wyśpiewywać na jej cześć hymny pochwalne. Zaprawdę była ona bardzo urodziwa, była wielkim darem Allaha dla Alhadżiego Haruny. Wysłuchawszy rytmu bębnów, uśmiechnęła się, po czym ze swej torebki wydostała nowiutkie banknoty w sumie 500 naira, i wręczyła je przywódcy śpiewaków.

Kiedy Amina weszła do swego pokoju na piętrze, nie zdziwiła się na widok pierwszego swego gościa, czekającego już na nią w salonie. Kulu była żoną sekretarza gminnego, cenioną biznes–woman, przyjaciółką Aminy. Miała nieco ponad trzydziestkę, była dobrze zbudowana, zawsze modnie ubrana. Po wymianie formułek powitalnych Amina weszła do swego pokoju, umalowała się, gotowa do przywitania pozostałych gości. Włożyła białą bluzkę, wyszywaną złotą nicią. Zarzuciła twarzowy biały szal i zawiązała na głowie chustkę. Włożyła złote pierścienie, srebrne bransolety i kolczyki z perłami. Kulu zapytała ją, gdzie tak wcześnie wychodziła.

- Byłam na Uniwersytecie, aby zaprosić Fatimę.

- Tę rozwiązłą dziewczynę? zapytała Kulu.

Amina nic jej na to nie odpowiedziała. Było rzeczą dobrze znaną, że Kulu i Fatima bardzo się nie lubią. Ponieważ uwaga ta nie dotyczyła jej samej, Amina zacisnęła usta i przemilczała. Wraz z Kulu stanęła przed wielkim lustrem, aby przyjrzeć się makijażowi. Po chwili usłyszały głosy nowych gości, więc zeszły na dół, aby ich przywitać. Amina stanęła wśród zaproszonych, pięknie wystrojona, budząca zachwyt gości. Była naprawdę piękną kobietą, rozważną, swobodnie poruszającą się w mieście. W tym momencie zjawiła się Fatima i dwie inne dziewczyny z Uniwersytetu. Amina westchnęła z ulgą na widok znajomych jej osób i się uśmiechnęła.

Gdy Amina zobaczyła, że przybyło już bardzo wielu gości, weszła na piętro, aby zawołać swego męża, Alhadżiego Harunę. Razem zeszli na dół. Do obowiązków Kulu należało przywitać każdego z osobna. Następnie miała ona poprosić Alhadżiego Harunę, aby zabrał głos. Kiedy przemawiała, on stał obok niej. Był wyższy od niej, bardzo wysoki, wygolony. Miał na sobie białą szatę riga, wyszywaną zieloną nicią. Głowę przykrywała biała czapeczka, a na nogach miał białe, drogie buty. Sposób ubierania się sprawił, że nadano mu pochwalny przydomek:

- Wdziewający białe szaty, mąż o szlachetnych zamiarach.

Gdy Kulu przedstawiła go zebranym, wycofała się do tyłu. Alhadżi Haruna odchrząknął i wygładził swą szatę. Podziękował Allahowi za pomoc, jakiej od niego doznał, i za opiekę nad nim. Kobietom przybyłym na uroczystość podziękował za pozytywną odpowiedź na zaproszenie. Następnie powiedział:

- Wiecie, że islam, nasza religia pozwala nam poślubić aż cztery kobiety. Amina jest u mnie tą czwartą. Jest moim zwyczajem, że jeśli odnoszę jakiś sukces, poślubiam nową żonę.

Lekki szmer dał się słyszeć wśród zgromadzonych kobiet, które zaczęły między sobą szeptać. On zaś ogarnął je wzrokiem, a na jego twarzy odmalowała się duma.

- Kiedy przed wieloma laty otrzymałem od Allaha pomoc i zostałem właścicielem gminnego sklepu, poślubiłem swą pierwszą żonę. Gdy Allah po raz drugi nie poskąpił swej pomocy i dostałem awans na księgowego w stanowym Ministerstwie Finansów, poślubiłem drugą żonę. Gdy Allah, Wszechmogący Władca wprowadził mnie do biznesu, poślubiłem trzecią żonę. Teraz, gdy z pomocą Naszego Pana wygrałem w wyborach do parlamentu stanowego, poślubiłem czwartą żonę. Spojrzał na Aminę i dodał:

- Ty jesteś moją czwartą, ulubioną. Jesteś tą czwartą, ale nie ostatnią. Część zaproszonych klaskała w dłonie, inne śmiały się bądź uśmiechały. Alhadżi Haruna zatrzymał się, aż zapanowała kompletna cisza, po czym powiedział:

- Jak nakazał islam, chcę was zapewnić, że kocham wszystkie me żony tak samo. Pożegnał się z kobietami i wyszedł, zostawiając je we własnym towarzystwie.

Po tym przemówieniu kobiety rozdzieliły się na grupy i zatraciły się w pogawędce. Organizatorka spotkania, Amina krążyła między nimi. Pozdrawiały się i życzyły sobie dalszych sukcesów. Tu i ówdzie dyskutowano o polityce: kto odniósł sukces, kogo pokonano, kto ma samochód wart dziesięciu, jakiego nie ma w całym mieście, jak się rozpłynęło bogactwo takiego to a takiej, kto ma najlepszy telefon komórkowy, i temu podobne. Całe domostwo było wypełnione mieszkankami miasta. Kelnerki przeciskały się między nimi, zaopatrując je w jedzenie i napoje – pieczone kurczaki i gołębie, szaszłyki, biskwity, orzeszki ziemne i temu podobne. Amina skierowała się do grupy jej przyjaciółek z Uniwersytetu. Zastała tam Fatimę, która mówiła: - To jest typ spod paragrafu 419, oszust! Co to będzie, jeśli teraz powierzy się mu jakieś ważne stanowisko? Natychmiast rozwiedzie się z jedną spośród swych żon, aby poślubić jakąś nową. Amina uśmiechając się zbliżyła się do niej i nieśmiało włączyła się do rozmowy ze swymi przyjaciółkami.

Niepostrzeżenie przyjęcie dobiegło końca Wszystkie te kobiety, filary miasta, opuściły dom Alhadżiego. Amina westchnęła, dziękując Allahowi za pomyślny przebieg zdarzeń. Weszła na górę do swego pokoju i skierowała się ku łóżku. Oczyma przemierzyła cały swój pokój. Stał w nim wielki telewizor, którym można było się pochwalić przed ludźmi. Przy łóżku znajdowała się niewielka lodówka. Kredens był pełen porcelanowych naczyń. W szafie wisiały liczne, modne ubiory. Jeśli byłaby taka potrzeba, znalazłoby się w niej miejsce na damską suknię typu riga.

Po jakimś czasie do pokoju wszedł Alhadżi Haruna. Rozsiadł się na miękkim krześle, zdjął buty i skarpetki. Zwrócił się do Aminy w sposób, jakby przypomniał sobie, co chciał jej powiedzieć. - Ach, zapomniałem poinformować cię i twoje przyjaciółki, że skoro zostałaś moją żoną, ofiarowuję ci w prezencie dom i przylegającą do niego działkę. Poza tym spotkałem się z Europejczykiem Bature. Spodziewa się, że niedługo do niego zawitasz.

Amina pięknie mu podziękowała, dziwiąc się jednocześnie z tej jego wielkiej hojności. Nigdy nie pomyślała, że coś takiego może ją spotkać. Mąż zapewnił ją, że dopóki będzie żyć i prosperować, może go prosić o wszystko, co dostępne na tym świecie. Następnie dodał: - Dom ten jest tutaj niedaleko. Działka zaś przylega do strumienia. Jest położona w pobliżu szkoły podstawowej.

- Dziękuję, dziękuję z całego serca,   Amina była cała rozpromieniona.

- Nic takiego, nie ma za co. Taka była wola Allaha. Jeszcze kilka miesięcy temu nie znaliśmy się. A dzisiaj jesteśmy mężem i żoną. Niech Allah zachowa nas w zgodzie i niech oddali od nas każdą kłótnię, jaka mogłaby się zdarzyć.

- Amen, odpowiedziała Amina.

Następnego dnia, około godziny dziesiątej, Amina się wystroiła, szykując się do wyjścia. Kierowca już siedział w czarnym range roverze. Pozdrowiwszy kierowcę, wsiadła do auta i powiedziała: - Zawieź mnie do domu Bature.

Dom Bature znajdował się za miastem. Kiedy zbliżyli się do jego bramy, Amina lekko uchyliła okna i się przedstawiła: - Jestem Amina Haruna, żona posła większości parlamentu stanowego. Chcę spotkać się z Bature. Strażnik coś powiedział przez krótkofalówkę. Brama została otwarta i auto z Aminą wjechało na posesję, kierując się do miejsca postoju. Jeden ze strażników odprowadził je do bramy wyjazdowej z domostwa, aleją obsadzoną licznymi drze-wami. Po jednej stronie znajdowały się basen i korty tenisowe.

- Cieszę się, że dziś mogę się z tobą spotkać – zagaił Bature, otwierając przed nią drzwi. - Bardzo proszę, witam,   ruchem ręki wskazał jej krzesło. W pokoju tym zastała już jakiegoś siedzącego człowieka. Bature poprosił, aby chwileczkę zaczekała, bo chce zakończyć sprawę z owym interesantem. Kontynuował z nim rozmowę, z której Amina dowiedziała się, że nazywa się Mohammed Idris. Rozmowa ta nie dotyczyła jej samej, zaczęła więc dookoła się rozglądać. Pokój ten był ozdobiony modnymi przedmiotami. Znajdowały się w nim drogie, godne uwagi krzesła. Grube dywany pokrywały całą podłogę. Stały w nim piękne lampy, a z sufitu zwisały żyrandole.

- Twój ojciec sprzedał akcje, kiedy spadła ich wartość, oznajmił Bature.

- Ale ja chcę wiedzieć, ile mu zostało w banku pieniędzy? dopytywał się Mohammed.

- W najbliższych latach nie będzie można tknąć pieniędzy, które pomogłem twemu ojcu dobrze ulokować. Wskazałem mu różne możliwości. Wybrał tą jedną. Mogę pokazać ci oryginalne dokumenty, na których złożył swój podpis. Dzisiaj, po dziesięciu latach możesz odzyskać 25% tych pieniędzy.

- Ale on mówił mi, że ma na swym koncie miliony…

- Jest oczywiste, że są to jego pieniądze. Ale tak naprawdę żaden człowiek, nawet on, gdyby żył, nie mógłby wypłacić po dziesięciu latach więcej niż 25% tych oszczędności. Bature udzielił Mohammedowi niezbędnych wyjaśnień.

- Niczego nie rozumiem. Mówisz, że nie będziemy mogli przetransferować jego pieniędzy do kraju, do Nigerii?

- Tak mówią. Jest niemal rzeczą niemożliwą wypłata tych pieniędzy. Odpowiadając mu, Bature bacznie go obserwował. - Na Allaha, uzbrój się w cierpliwość. Mam teraz wiele spraw na głowie. Mój syn wszystko ci wyjaśni Lukas! Lukas! zawołał. - Idź z nim i dokładnie wyjaśnij, jak wygląda ta sprawa. Kiedy Bature zakończył rozmowę z owym człowiekiem, uśmiechając się zwrócił się do Aminy. - Witam Panią. Chodźmy, przedstawię cię pewnej damie. Amina podążyła za Bature ku basenowi, gdzie w cieniu drzewa siedziała Europejka, ubrana w strój kąpielowy. Na stoliku stała butelka piwa. Amina poczuła się niezręcznie, kiedy ją ujrzała, ponieważ była prawie naga. Odwróciła wzrok. Europejka powiedziała, że ma na imię Paula. Specjalnie ściągnięto ją z Anglii, aby zajęła się ozdobnymi kwiatami w miejscu, gdzie ma być zaprzysiężony nowy, cywilny gubernator tego Stanu.

- Cieszę się, że cię widzę, Paula zwróciła się do Aminy. - Kocham wasz kraj i jego mieszkańców. A to miasto jest bardzo interesujące. Z jego ludźmi dobrze się współpracuje. Jest tutaj wiele możliwości prowadzenia biznesu. Mówiąc to, Paula podniosła szklankę z piwem i przytknęła ją do ust. - Słyszałam, że chcesz otworzyć biznes. Świetnie! Być może będziemy pracować razem.

- Jeszcze nie podjęłam decyzji odpowiedziała Amina.

- Tak czy owak, cieszę się z naszego spotkania.

Amina wróciła do Bature, a on zaprowadził ją do salonu, gdzie spędzili trochę czasu. Potem zostawił ją ze swym synem, który według wszelkich znaków zakończył sprawę z natrętnym interesantem i odprowadził go do wyjścia. Lukas zawołał służącego i polecił mu, aby przyniósł im wody i dwie szklanki. Usiadł przy Aminie i napełnił naczynia.

- Mój ojciec powiedział mi, że jesteś zainteresowana przystąpieniem z nami do biznesu, zaczął rozmowę Lukas, rozrzucając na stole jakieś książeczki i papiery. - Może wyjaśnię ci pokrótce, czym się zajmujemy? Otóż zajmujemy się finansami, a także doradzamy ludziom w sprawach lokowania pieniędzy. Jeśli ktoś chce kupić dom gdziekolwiek w Europie, rozglądamy się celem uzyskania najniżej ceny. Doradzamy także ludziom, dokąd mają się udać, gdy chcą pojechać za granicę, aby przejść badania zdrowotne. Jeśli ktoś chce udać się gdziekolwiek na odpoczynek, też możemy tym się zająć. Jeśli ktoś chce wysłać swe dzieci na naukę za granicę, to dla nas błaha sprawa. Jesteśmy w stanie załatwić miejsce w najlepszych szkołach.

Kończąc te zwięzłe informacje, Lukas zaopatrzył Aminę w prospekty, gdzie można było znaleźć więcej informacji. Amina podziękowała mu i rzekła, - Wrócę tu do was, kiedy przejrzę te informatory.

Lukas zadzwonił do swego ojca, który zjawił się z komórką zatkniętą za pasem.

- Słyszałem, że jesteś przyjaciółką Fatimy zagadnął Bature, szykując się do wyjścia.

- Na Allaha, chcę abyś mi zrobiła drobną przysługę. Na kilka miesięcy opuszczę ten kraj. Dlatego kiedy ją spotkasz, powiedz jej, że otrzymałem zaproszenie na dyskusję w tutejszym Uniwersytecie. Odezwę się do niej po powrocie. Będę wtedy dobrze przygotowany do rzuconego nam wyzwania. Mówiąc to, tajemniczo się uśmiechnął. Amina znowu poczuła się nieswojo. Kiedy Lukas odprowadził ją do jej auta, odetchnęła z ulgą.

2

Upłynęło kilka tygodni. Amina prowadziła zwyczajne życie: modlitwa, jedzenie spanie. Nic nadzwyczajnego. Wszystko przebiegało spokojnie. Była zadowolona z nic niezrobienia. Jej mąż był zamożny, przeto nie brakowało jej niczego, co przysparza radości na tym świecie. Nie narzekała na brak czegokolwiek. Była mężatką, która pod dostatkiem miała środków do życia. Świat znajdował się w jej rękach. Mimo wszystko nie uważała tego za rzecz trwałą. Z czasem znajdzie coś do roboty, co zmieni jej próżniacze życie.

W sobotę Amina wzięła udział w zebraniu Stowarzyszenia Żon Parlamentarzystów, zorganizowanym na terenie parlamentu. Spotkała tam część kobiet, które były na przyjęciu w jej domu. Spośród nich wybrano te, które miały prowadzić sprawy Stowarzyszenia. Amina została mianowana zastępcą Sekretarza Generalnego. Wróciła do domu, uradowana z przydzielonej jej funkcji. Zaprawdę doceniony człowiek czuje się dowartościowanym. Gdy wróciła do domu, weszła do swego pokoju, zamknęła drzwi i zdjęła bluzkę. Stanęła przed lustrem, przyglądając się kształtom, jakimi ją Allah obdarzył. Taki miała zwyczaj. Podniosła ręce i pogładziła nimi twarz, rozkoszując się jej gładkością. - Dziękuję Allahowi, który uczynił mnie urodziwą. Obdarował mnie wszystkim tym, czego pragnie każda kobieta, aby osiągnąć wymarzone piękno. Wspaniale, byłam najpiękniejszą wśród kobiet uczestniczących w tym przyjęciu … Łagodne pukanie do drzwi obudziło ją z tego snu na jawie. Szybko ubrała się i otworzyła drzwi.

- Co słychać Księżniczko? Jak się miewasz? zwróciła się do niej Kulu z roześmianą twarzą.

- Wszystko w porządku. A jak ty się masz? zapytała Amina, otwierając drzwi i zapraszając ją do środka.

- Mam się całkiem dobrze. Ale nie zabawię tutaj długo. Przyszłam tylko po to, aby ci powiedzieć, że wkrótce jadę do Europy. Stamtąd udam się na małą pielgrzymkę do Ziemi Świętej.

- Z pewnością zasługujesz na to, rzekła Amina, uśmiechając się.

- Wiesz co, zarejestrowano mą nową kompanię.

- Jaką kompanię?

- Przygotowuję ludzi do podróży. Dzisiaj tego rodzaju biznes bardzo się opłaca. Zwłaszcza w czasach, kiedy ludzie zaczęli myśleć o pielgrzymce. Kulu lekko westchnęła.

- Mam nadzieję, że nie zapomniałaś o złożonej ci propozycji, że razem pojedziemy do Ziemi Świętej.

- Nie zapomniałam, moja droga. Powiem ci, kiedy będę gotowa.

Amina zamierzała teraz odpocząć, ale zjawiła się u niej Mairo. Była ona drugą żoną malama, który nauczał religii islamu. Mairo była tęgą kobietą i wielką plotkarą...To dlatego uzyskała przezwisko Radio Bakaro. Zawsze miała ona najświeższe wiadomości na temat tego miasta.

- Ty to masz szczęście, rzekła Mairo, szukając miejsca i się rozsiadając.

- A o co chodzi? zapytała ją Amina.

- Żyjesz w dobrobycie większym, niż inne kobiety tego miasta.

- Taka była wola Allaha i składam Mu za to dzięki, odpowiedziała Amina.

- Tak, masz rację. Czy znasz Larai?

- Nie, a któż to taki?

- To młoda matka, która zbyt długo leży w szpitalu. Kilka miesięcy temu przywieziono ją tam z jej pierwszą ciążą. Nacierpiała się przy porodzie. A teraz zmaga się z chorobą, która dotyka kobiety rodzące w dziewczęcym wieku. To znaczy z chorobą nietrzymania moczu.

- A jaki ma to związek ze mną? zapytała Amina, patrząc na nią karcącym wzrokiem.

- Żaden związek. Ja tylko jej współczuję. Jej i innym kobietom, takim jak ona. Większość z nich żyje w ubóstwie i nikt się nimi nie zajmuje. Myślę, że ty, kobieta wykształcona i młoda zainteresujesz się ich losem. Mairo utkwiła w Aminie przenikliwy wzrok.

Amina pozostała obojętną. - Nie przejmuję się tym. Każdy z nas ma swoje życie, takie, jakim go obdarował Allah. To nie ja kazałam im wychodzić wcześnie za mąż. Co więcej, nie jestem lekarzem. Nie mam środków, które mogłabym przeznaczyć na opiekę nad nimi. Radzę ci, abyś udała się do naczelnika tego naszego miasta, czy do gubernatora, czy do kogoś mającego posłuch u ludzi.

Mairo nie dawała za wygraną. - Wszyscy oni są mężczyznami. Nie zrozumieją powagi sytuacji, mówiła dalej.

- Nic nie mogę na to poradzić. Tego życzył sobie Allah.

Mairo wzruszyła ramionami. Poprawiła swój szal i dalej

opowiadała o wydarzeniach w okolicy. Kiedy Amina poczuła, że ma już tego dosyć, powiedziała jej, że zmaga się ze zmęczeniem z powodu tego przyjęcia na jej cześć. Dlatego też chce odpocząć. Mairo domyśliła się, do czego Amina zmierza, więc zebrała się w sobie i wyszła. Amina podniosła ręce ponad głowę i zaczęła rozplatać warkoczyki. Nagle usłyszała znajomy głos, dochodzący ze środka domostwa. To była Fatima, która uganiała się za Abdullahim. Miał on dziesięć lat i był synem pierwszej żony Alhadżiego Haruny. Fatima zwykle przekomarzała się z nim, mówiąc, że jest jej mężem, czy tego chce, czy też nie. Dopadła go przy drzewie gwaba, rosnącym w środku domostwa. Zawołała, aby wszyscy mogli usłyszeć: - Teraz nie masz wyboru, musisz mnie poślubić. Zaczął się wyrywać, więc puściła go wolno. Wzięła na ręce trzyletnią dziewczynkę, imieniem Dżamila. Była ona córką drugiej żony. Dżamila podniosła ręce i pogładziła Fatimę po twarzy.

- Ach, jaka jesteś piękna. Dlatego zostaniesz żoną mego starszego brata, Abdullahiego.

Fatima spojrzała na bawiącego się w pobliżu pięcioletniego chłopca, z krzywymi nogami, jakich nie powinien mieć dzieciak w jego wieku.

- Czy to jest Gambo, syn tego niezrównoważonego człowieka? zapytała Fatima jednej z kobiet.

- Tak, to on, odpowiedziała jej tamta.

- Pewnego dnia zostanie z pewnością przywódcą tego kraju, zażartowała Fatima.

- Wielkie nieba! To niemożliwe! rzekła matka chłopca, uśmiechając się.

- Czy już zapomniałaś przysłowie? Czyż to nie w jedną noc Allah czyni człowieka bogaczem? Zanim odpowiedziała, Fatima weszła na górę, do pokoju Aminy. - Byłam bardzo zajęta na Uniwersytecie, Fatima zwróciła się do Aminy, jakby się usprawiedliwiając, że tak dawno się nie widziały.

- U nas odbyły się wybory. Zostałam wiceprzewodniczącą.

- Gratuluję ci. Chociaż Amina niezbyt interesowała się polityką, z całego serca pogratulowała swej przyjaciółce.

- Chwała Allahowi! Fatima wziął krzesło i usiadła. Zdjęła z głowy czerwony beret typu Montgomery. Zebrała w ogon swe długie włosy i je związała.

- Na Allaha. Czy nie zechciałabyś spleść warkoczyki na mojej głowie? zapytała Amina swą przyjaciółkę. - - Poza tym chcę, abyśmy przedyskutowały pewne sprawy.

Oczywiście, jestem gotowa. Możemy dyskutować choćby do jutra.

Fatima zeszła na dół i wzięła rzeźbiony drewniany stołek. Wyszła z przyjaciółką na mały balkon, Amina usiadła na macie, zaś Fatima usadowiła się na stołku i zaczęła rozczesywać włosy Aminy. Potem rozdzieliła je na pasemka. - Amina, odezwała się Fatima. - Można wiele wywnioskować z dopiero co przeprowadzonych wyborów...

- Słuchaj przerwała jej Amina.

- Wiesz, że mnie to nie interesuje. Nienawidzę polityki. Denerwujesz mnie.

- Czy chcesz tego, czy nie chcesz, każdy człowiek jest politykiem. Trzeba tylko uważać, czy biorąc w polityce udział nie otumanią cię, czy też zasiądziesz w ławach niezaangażowanych. Jeśli zdystansujesz się od tego, jak się kieruje twoimi sprawami życiowymi, zobaczysz, że inni uchwycą ster władzy i będą robić z tobą, co zechcą. Będą obracać tobą, jak plackami na patelni. Nie będziesz miała nic do powiedzenia, ani słowa. Nie będziesz miała wyboru.

W tej chwili wszedł Abdullahi i poczęstował Fatimę dorodnym orzechem kola. Ona zaś wyciągnęła ręce, pochwyciła go i przytuliła do siebie. Inne kobiety znajdujące się na parterze, przyglądały się tej scenie, po czym zaniosły się śmiechem. - Hejże, to już dzisiaj rozpoczyna się uroczystość weselna. Tak dorodny orzech kola od mego narzeczonego? Abdullahi wyrywał się, aż Fatima go puściła, a on ruszył pędem, pozbywając się ich towarzystwa.

- A ty gdzie się podziewasz? Fatima zapytała Aminę.

Amina milczała, jakby nie przysłuchiwała się tej rozmowie. - Ja jestem wśród tych neutralnych. Fatima pociągnęła Aminę za włosy. Amina zaprotestowała. Fatima przeprosiła ją, ale dalej zamęczała ją swymi wywodami. - Słuchaj Amino. W polityce nie ma mowy o przybraniu postawy nietoperza... Albo jest się przy sterach władzy, albo też w opozycji. Powinno się wspierać jakąś sprawę, albo dążyć do naprawy czegoś dla pożytku całego narodu.

Amina milczała. Wiedziała, że Fatima jest zagorzałym politykiem. Kiedy zaczynała mówić o polityce, jej usta się nie zamykały.

Trudno ją powstrzymać. Słuchając jej, upewniasz się, że mówi to, co myśli. Ten jej charakter imponował Aminie. To dlatego ciągle ją darzyła wielką sympatią, choć różniły się poglądami. Nigdy nie miała jej dosyć, kiedy się spotykały.

- Bardzo ci do twarzy z tymi warkoczykami. Świetnie układają się na twej głowie, powiedziała Fatima, kiedy zakończyła czesanie Aminy. Podniosła się i rozprostowała swe stawy w rękach.

- Nie dworuj ze mnie.

- Skądże znowu. Każdy, kogo Allah obdarzył wzrokiem, dobrze widzi, że naprawdę jesteś bardzo urodziwa. Nawet ślepiec, jeśli dotknie twej twarzy, odniesie takie samo wrażenie. Jednak kobieta poza urodą potrzebuje innych przymiotów, jak inteligencja czy siła charakteru.

- Dziękuję za uczesanie, uradowała się Amina, przeglądając się w lustrze. Wzięła butelkę zimnej fanty i podała ją Fatimie. Było wiele spraw dręczących Aminę. Chciała o nich porozmawiać z Fatimą. Pomyślała jednak, że może nie teraz, mając na względzie dzisiejsze zaangażowanie Fatimy w politykę.

Zamiast tego rzekła do Fatimy, - Tak, rozumiem, Zgadzamy się, że obecna sytuacja kobiet wymaga starannego przyjrzeniu się jej. Na te słowa na twarzy Fatimy pojawiły się oznaki radości.

- Jest mnóstwo rzeczy do zrobienia, powiedziała z entuzjazmem Fatima. - Po pierwsze, każdy kogo Allah obdarzył wysokim stanowiskiem, powinien zainteresować się tą sprawą.

- Tak, istotnie. Porozmawiam z moim mężem, zapytując go, czy parlament stanowy może podjąć dyskusję nad sprawami, które dotyczą kobiet, obiecała Amina.

- Ejże! Zapomnij o tym. Nie zajmą się tym, rzekła z przekorą Fatima.

- Ale on mnie kocha, upierała się Amina.

- Tak, kocha cię, nie ma wątpliwości. Ale bardziej kocha sprawy, które zaprzątają jego umysł. Fatima zatrzymała się na chwilę i spojrzała na Aminę. - Ale są pewne rzeczy do wyjaśnienia. Co wiadomo o tym waszym Stowarzyszeniu Żon Parlamentarzystów. Dokąd zmierzacie? Czy Stowarzyszenie to polepszy warunki życia wszystkich kobiet?

- Nasze Stowarzyszenie jest jeszcze młodą organizacją. W większości przypadków dyskutujemy o tym, jak dogadzać naszym mężom. Staramy się także zastanowić, jak dbają o swe domostwa.

Zajmujemy się też podobnymi do tych sprawami. Następne zebranie odbędzie się w moim domu. Jeśli chcesz, przedstawię tą sprawę pozostałym członkiniom. Być może znajdziemy takich mężczyzn, którzy podejmą decyzję, jaka mogłaby ułatwić życie wszystkich kobiet.

- Posłuchaj. W ten sposób nie doprowadzimy do żadnej zmiany, powiedziała Fatima, zagryzając dolną wargę i wytężając w zamyśleniu wzrok. - Jednym z głównych powodów, które pozwalają na ciemiężenie kobiet, jest nasza ogromna niewiedza. Należy wybudować więcej szkół, przymusić dziewczęta do nauki w tych szkołach i zapewnić im bezpłatne wykształcenie. Ale to w przyszłości. Obecnie powinniśmy zorganizować klasy walki z analfabetyzmem, aby edukować ludzi dorosłych. Weźmy się do roboty i podejmijmy zmasowaną walkę z niewiedzą.

- Co takiego masz na myśli?

- Najpierw nauczmy kobiety czytać i pisać. Następnie zapoznajmy je z prawami człowieka, które im przysługują, i ze sprawami dotyczącymi wolności człowieka. Nauczmy je wytrwałości w obronie ich praw. Co więcej, wiele naszych kobiet nie wie, co to wiara muzułmańska. Gotowe są zaakceptować wszystko to, co im powiedzą – ich mężowie, starsze rodzeństwo czy inni ludzie. W ten sposób mieszają religię z dawnymi zwyczajami i kończą jako heretycy. Kiedy udostępni się kobietom potrzebną im wiedzę, zrozumieją swą rolę w społeczeństwie i zapoznają się z wkładem, jakiego od nich się oczekuje.

Chociaż to wszystko nie przekonało Aminy, z uwagą przysłuchiwała się Fatimie. I to nie dlatego, że zgadzała się ze wszystkim, co jej przyjaciółka powie, ale ze względu na szacunek dla Fatimy. Starała się jak mogła, aby zrozumieć, do czego ona zmierza. Spotkały się na Uniwersytecie. Przez dwa lata mieszkały w jednym pokoju. Fatima należała do najbardziej godnych zaufania przyjaciółek Aminy. Ta buńczuczność Fatimy wprowadzała ją w zakłopotanie. Ale mimo to każdy zwracał na nią uwagę ze względu na jej prostotę i umiejętność panowania nad wszystkimi przyjaciółkami. Nie zdradzała ludzi, z którymi utrzymywała kontakty. Trudno się było na nią gniewać. W sprawach politycznych była zawsze pierwsza na Uniwersytecie. Naświetlała ważkie problemy w jasny sposób i celowała w obronie praw człowieka. Chociaż od pierwszego spojrzenia Amina poczuła, że obdarzy

Fatimę sympatią, to ilekroć Fatima usiłowała ją wciągnąć do polityki, dystansowała się od niej. Pewnego razu, kiedy Amina miała już dość, powiedziała Fatimie, że jeśli nie przestanie jej agitować, to zmieni pokój. Tego rodzaju sprzeczki między nimi nie zaważyły na relacjach Aminy z Fatimą. Nadal pozostawały bliskimi przyjaciółkami. Chociaż Amina opuściła Uniwersytet, nie zerwała przyjaźni z Fatimą. Każda z nich mówiła o tym, jak postrzega swe życie.

- Dlaczego należy kobiety kształcić? zapytała Amina. - Tylko popatrz. Chociaż zdobyłam wykształcenie, siedzę w domu, jestem prawdziwą kurą domową. Przyznaję rację tym, którzy twierdzą, że kształcenie kobiet to tylko marnowanie pieniędzy i strata czasu. Nie opłaca się skóra za wyprawkę.

- Siedzisz tylko w domu. Nie ma pożytku ze zdobytej przez ciebie wiedzy. To sprawia, że kształcenie dziewcząt nie przynosi pożytku. Nie znaczy to, że jesteś bezużyteczna, ale spędzasz czas na próżnowaniu. Jeśli zechcesz, możesz być użyteczna dla ludzi, wśród których się obracasz.

W ten sposób kobiety gawędziły sobie aż do wieczornej modlitwy. Kiedy skończyły, Amina przestała przebierać paciorki różańca i rzekła do swej przyjaciółki: - Wiesz jak niebezpieczne jest to miasto w porze nocnej. Powinnaś już ruszać w drogę.

Nie martw się, potrafię się obronić,' zapewniła ją Fatima. –Mam sposób na każdego, kto próbowałby mnie zgwałcić. Nawet gdyby to był bandyta z bronią w ręku, potrafię go unieszkodliwić. Czy nie słyszałaś o tym, że potrafię się obronić po japońsku, czyli stosując technikę karate? Mam ci zademonstrować? Fatima cofnęła się, przyjęła odpowiednią postawę, skrzyżowała ręce, gotowa do ataku.

- Słyszałam, odrzekła Amina. - Nie mówiłam ci już o tym? Byłam w domu Bature. Prosił, abym ci powiedziała, że pamięta o złożonej ci obietnicy. Przyjął zaproszenie, które wystosowaliście do niego. Chodzi o dyskusję, którą planujecie. O czym to będzie?

Fatima uśmiechnęła się, zamilkła na chwilę, po czym powiedziała, - Znam Bature już od dawna. Jest to zaufany przyjaciel mego ojca. Dlatego często dyskutowałam z nim na liczne tematy. Teraz pomyślałam sobie, że studenci skorzystają z mojej z nim dyskusji. Powiedziałam mu, że może byśmy zorganizowali taką wymianę myśli. Zaprosimy sędziów, którzy wskażą, kto z nas będzie zwycięzcą. Księżniczka Sawanny nigdy nie przykryje swej głowy czerwonym beretem typu Montgomery, jeśli Bature pokona ją w dyskusji, która będzie wymagać dużej inteligencji i mistrzostwa języka. Ponadto złożyłam obietnicę, że jeśli polegnę w pojedynku na słowa, będę gotowa już zawsze służyć imperialistom. Ale jeśli ja odniosę zwycięstwo, Bature postara się, aby zwolniono wszystkich tych, których sprawy polityczne zaprowadziły do więzienia. Weźmie także na siebie ciężar opłaty czesnego dla kilku studentów. Krótko mówiąc, posłuży się swym stanowiskiem i bogactwem, ażeby wspomóc społeczeństwo. Niecierpliwie czekam na tą dyskusję. Ty również przyjdź popatrzeć. Jestem pewna, że czegoś się nauczysz.

- Opowiedz mi o tym Bature. Prawdę mówiąc, nie znam go zbyt dobrze.

- Niewiele o nim wiesz? Pozwól, że się zastanowię, od czego zacząć. Fatima na chwilę zamilkła.

- Pierwszy raz spotkałam Bature, kiedy przybył do Nigerii w roli najemnika, w czasie wojny domowej. Mówi się, że walczył razem z ludźmi Biafry. Wkrótce poróżnił się z przywódcami buntowników i opuścił ten kraj przez Kamerun. Po kilku miesiącach wrócił do Nigerii w roli doradcy Rządu Federalnego w sprawach wojskowych. Tym razem nie uczestniczył w walce. Mówi się, że buntownicy dotarli do niego i obiecali mu, że jeśli pomoże im w odniesieniu zwycięstwa, będzie dysponował ropą naftową tego kraju. Nie wahał się ani chwili i przystał do nich. Został ich zaopatrzeniowcem w broń i radiowe środki łączności. W bitwie pod Umuahią został ranny. Ponieważ był ważną figurą, najpierw przewieziono go samolotem na Wybrzeże Kości Słoniowej, a następnie do pewnego wielkiego miasta w Europie. Przebywał tam aż do zakończenia wojny. Kiedy całkowicie wyzdrowiał, powrócił do Nigerii, tym razem w roli inwestora i doradcy Rządu Federalnego w sprawach odbudowy kraju. Został właścicielem spółki Fortuna International Limited.

- Był tak obrotny, że wkrótce został dostawcą różnych rzeczy dla rządzących tym krajem w czasach bumu naftowego. Przez dziesięć lat, od 1980 do 1990 roku nasz bohater przyjaźnił się z dyktatorami afrykańskimi, jak Mobutu Sese Seko, Jonas Savimbi i inni. Doradzał buntownikom w walkach w Angoli. Pewnego dnia Kubańczycy zorganizowali zasadzkę, w której zabito wielu ludzi z jego otoczenia, a jego samego schwytano i umieszczono w jednym ze szpitali Luandy. Komandosi z Afryki Południowej zaatakowali ten szpital, i uratowali go z paszczy krokodyla. Teraz rozumiesz, dlaczego nazwałam go niezależnym imperialistą.

Amina nie mogła się nadziwić, jak jej przyjaciółka jest obeznana w sprawie, o której ona nie miała zielonego pojęcia. Utkwiła w niej wzrok, próbując dociec, jak Fatima zdobyła tą wiedzę i jak ją to fascynuje. Uważnie przyglądała się przyjaciółce, zwracając uwagę na jej młody wiek, na jej ubiór, dopasowany do jej figury. Powiedziała:
- Sądzę, że powinnaś już ruszać w drogę powrotną do domu.

Fatima utkwiła wzrok w Aminie, jak ktoś oczekujący odpowiedzi na zadane pytania. - Amino, powiedz mi prawdę. Czy w głębi serca cieszysz się z tego twojego nicnierobienia? Jesteś młoda, całkowicie zdrowa, mogąca służyć społeczeństwu, ale ktoś cię porwał i zakuł w swoim domu w kajdany. Bo taka była jego zachcianka, bo jesteś jego żoną, niby panią domu. On jest twoim mężem, a ty jego żoną. Czy tego oczekujesz od życia?

Te ograniczenia, na które zwróciła uwagę Fatima, zaskoczyły Aminę. Jednak nie odezwała się ani słowem, tylko bacznie się jej przyglądała. Fatima westchnęła. - A oto jaką dam ci radę: zwołaj kobiety z sąsiedztwa i spróbuj oświecić je w sprawach, które ich dotyczą. Otwórz im oczy, ażeby trzeźwo spojrzały na otaczający je świat. Ktoś mógłby powiedzieć, że jeśli człowiek potrafi czytać, to taki z pewnością osiągnął prawdziwą wolność. Pokaż im, jak można korzystać z życia, w pełni zdrowia i w radości. Posłuchaj, Amino! Fatima głęboko westchnęła. - Zanim to uczynisz, powinnaś sama przejrzeć na oczy i zastanowić się nad tym, w jakim stanie się znajdujesz. Musisz pogłębić swoją wiedzę. Krótko mówiąc, powinnaś poważnie zabrać się do nauki. Jeśli chodzi o ciebie, którą dobrze znam, oto jaką dam ci serdeczną radę. Jeśli nie postarasz się i nie będziesz dalej się uczyć, ze znudzenia umrzesz bezużyteczna pod tym dachem.

- Czy się nie boisz tak mówić? Amina zapytała Fatimę.

- Czego miałabym się bać? odparła Fatima. - Takie jest moje przekonanie. Jestem pewna, że możemy zmienić życie kobiet. Będę dążyć do tego, aby to się urzeczywistniło. Nie boję się stawiać czoło temu wyzwaniu.

Po krótkiej przerwie kontynuowała swą myśl.

- Wiesz, że kiedyś byłam mężatką. Moje życie było jałowe. Mój mąż był bardzo bogaty. W okresie miodowym zwiedzaliśmy obce kraje. Używaliśmy życia. W pierwszych miesiącach powodziło mi się bardzo dobrze. Używałam świata, jak mówią ludzie z Daury. Ale stopniowo zaczęłam dostrzegać prawdziwy obraz życia. Opadły mi z oczu klapki. Byłam jego trzecią żoną. Kiedy zorientowałam się, że moje życie to ustawiczna zazdrość, ucisk, awantury bez żadnego powodu, monotonne życie, samotne i próżniacze, to powiedziałam, że mam w nosie taki dom. Takie życie to nie dla mnie. Zabrałam moją córkę, godząc się na zakończenie małżeństwa. Każdy poszedł swoją drogą. W ten sposób uzyskałam możliwość powrotu na Uniwersytet, gdzie żeśmy się spotkały. Doświadczywszy tych przykrych rzeczy, podjęłam zamiar nie tylko przyjrzenia się życiu kobiet, ale że zrobię wszystko dla poprawy ich bytu. Studiuję prawo, żeby zostać rzecznikiem praw kobiet. Byłam na szczycie drabiny społecznej, ale przekonałam się, że takie życie mnie nie satysfakcjonuje. Postanowiłam przeto wrócić do miejsca, skąd pochodzę. Teraz interesuje mnie życie podstawowej klasy społeczeństwa.

Ze środka domostwa dobiegał niewielki hałas. Później słychać było, jak ktoś wchodzi na piętro, gdzie przebywały Amina i Fatima. U drzwi wejściowych rozległy się słowa powitania. Wszedł Alhadżi Haruna, uśmiechając się. - Widzę, że upływa wam dzień na babskich plotkach, rzekł po pozdrowieniach, jakim mu się odwzajemniły.

- Dyskutujemy sobie, sprostowała go Fatima.

- Plotkarstwo to zajęcie kobiet; dyskutują mężczyźni, odparował, uśmiechając się. - Już dobrze. A nad czym tak dyskutujecie?

- Nad sprawami dotyczącymi kobiet, pośpieszyła z wyjaśnieniem Amina.

- Chciała powiedzieć, że dyskutujemy nad sprawami ważnymi dla kobiet. Jak mężowie poniżają i naruszają ich prawa w tej naszej społeczności, Fatima poinformowała go bardziej szczegółowo.

- I nad czym jeszcze? Haruna zapytał ją z zaciekawieniem. - Mężczyźni zostali stworzeni po to, aby nad wami panować. Czy chcesz zmienić to, co postanowił Allah?

- Słyszałaś, moja przyjaciółko. Powinnam wiedzieć, na co mogę sobie pozwolić, rzekła Fatima, wstając.

Niespodzianie Alhadżi Haruna kazał jej usiąść, bo chciał z nią porozmawiać. Nawiązał do sprawy swego brata, Lamido dan

Bakaro. Był on nauczycielem akademickim. Został zatrzymany za krytykę poglądów aktualnie sprawującego władzę rządu, za jego artykuł w gazecie. - Wiem, że zabiegałaś o uwolnienie Lamido, ale ja, jego starszy brat uważam, że nie jest on więźniem politycznym, tylko zdrajcą.

- Lamido nie zrobił niczego, jak tylko wykorzystał demokratyczne prawo, jakie daje mu obywatelstwo tego kraju. Nie popełnił żadnego przestępstwa. Mówił tylko o bieżących sprawach. O tym, że sfałszowano ostatnio przeprowadzone wybory. Wszędzie łapownictwo i przekupstwo. Każdy naśladuje pieśniarza Shatę, wszędzie szerzy się egoizm. Ponieważ Lamido jest socjologiem, do jego obowiązków należy uświadamianie ludzi. On też…

- Hej ty! Jesteśmy w Nigerii! Alhadżi Haruna wstrzymał oddech. Jakiż rozumny człowiek wystąpi z krytyką rządzącej partii? To ona trzyma stery rządu. Ponadto, jak młodszy brat może otwarcie krytykować partię swego starszego brata?

- W demokracji każdy z nas ma prawo mówić to, co uważa za stosowne.

- Ale demokracja nie polega na tym, że się nie poważa ludzi i kłamliwie ich oskarża.

- Czytałam to, co twój brat napisał. Nie było w tym niczego napastliwego. Czy kiedy ktoś skrytykuje cię lub twoją partię, musi być zaraz wtrącony do więzienia?

- Właśnie tak! Nawet jeśliby mój własny syn mnie się sprzeciwił, kazałbym go wsadzić do pudła. Żebym był pewien, że doświadczy tego, na co zasłużył.

- A tak na marginesie, kiedy wypuszczą Lamido?

- Stanie się to wtedy, gdy się upokorzy.

- Ale prawo nie pozwala na przetrzymywanie go bez powodu.

- To my jesteśmy prawem, odparował Alhadżi Haruna i zaniósł się śmiechem.

- A co z Dan Habu? zapytała Fatima. Był on bliskim krewnym Haruny, którego Alhadżi kazał aresztować.

- On również jest zdrajcą. Prowadził kampanię dla wrogiej partii, ale ich pokonano. Był w opozycji, dlatego należy mu się nauczka. Jeśli ptak ściąga na siebie deszcz, dobrze wie, co go spotka. Powinniśmy zapewnić prawo i porządek.

- Ale prawo pozwala, aby człowiek powiedział, że coś mu się nie podoba; ma prawo się sprzeciwić.

- Jesteśmy w Nigerii i w ten sposób prowadzimy nasze polityczne sprawy.

Fatima znowu się podniosła. - Uważam, że powinnam już wracać do domu. Pożegnała się, wyszła i zniknęła w ciemnościach nocy.

3

Wiele miesięcy Amina spędziła samotnie, w swoim pokoju. Przebywała w nim milcząca, dzień dzisiejszy był podobny do wczorajszego. Prowadziła żywot zamężnej, młodej kobiety, nie mającej żadnego zajęcia. Z upływem czasu owa bezczynność zaczęła dawać się jej we znaki. Nie miała nic do powiedzenia, ponieważ większość kobiet w podobnej sytuacji była nauczona przyjmować za pewnik, że zostały stworzone po to, aby przebywały w domu i zajmowały się swym mężem oraz jego domostwem. Był on ich przewodnikiem, ich panem, który decydował o tym, kiedy i co ma robić jego żona. W rozumieniu jej męża ma ona pozostać bezczynna do czasu narodzin pierwszego dziecka. Amina rozmyślała.
- Jeśli policzy się miesiące kobiety w ciąży i doda się upływ czasu, kiedy po raz pierwszy będzie mogła opuścić nowo narodzone dziecko, daje to w sumie dwa lata. Beznadziejna sytuacja. Gdzie mogłaby znaleźć jakiekolwiek zajęcie, które mogłoby zmienić ten stan rzeczy i urozmaicić jej życie?

Pewnego razu, kiedy Amina przebywała w domu męża i bawiła się w swym pokoju z Isą, synem trzeciej żony Alhadżiego. Wtedy zjawiła się Fatima. Patrząc na jej twarz, można było zauważyć, że świat musiał dać się jej we znaki. Nawet się nie umalowała, jak to było jej zwyczajem.

- Co się stało? zapytała ją Amina, kiedy wymieniły powitalne formułki.

- Wiele rzeczy... Daj mi spokój. Zawiesili nasze Stowarzyszenie na czas nieokreślony. Sześciu naszych przywódców wydalono z Uniwersytetu: Danbaki, Aremu, Dżibrila, Bagu, Rachel i Muktara, tego twego przyjaciela.

Amina słyszała o Stowarzyszeniu, o którym mówiła Amina. Nosiło ono nazwę Postępowy Ruch Studencki. Ich zamierzeniem było wprowadzenie zmian w duchu socjalistycznym. Stowarzyszenie to było jedynym tego rodzaju na Uniwersytecie.
- Co teraz będzie można zrobić? zapytała Amina swą przyjaciółkę.

- Nie mamy innej możliwości, jak tylko zaskarżyć nasz Uniwersytet, a potem zastanowimy się, co zrobić dla wzmocnienia naszego Stowarzyszenia.

- Nie boisz się?

- Coś ty! Dlaczego miałabym się bać? odpowiedziała Fatima, zaciskając pięści, jakby gotowała się do walki. Stowarzyszenie to dąży do tego, aby każdy mógł spać spokojnie. Przyjęłam funkcję przewodniczącej i obiecałam wykorzystać wszystkie swe możliwości, aby zapewnić Stowarzyszeniu należyty rozwój.

- Powinnaś dziękować Allahowi, że nie znalazłaś się w gronie relegowanych z uczelni. Dlaczego podjęłaś to ryzyko?

- Nie ma wątpliwości, że znalazłabym się w grupie relegowanych, gdybym była wtedy na Uniwersytecie – przyznała Fatima, po czym zamilkła na kilka minut. Następnie w zamyśleniu kontynuowała swą wypowiedź. - Zwyciężyć można tylko podejmując ryzyko i narażając się na represje. Musimy iść do przodu, nie cofać się. Jej głos zabrzmiał groźnie. Fatima zwróciła się do Aminy słowami, - Posłuchaj, wiem co mamy robić. Uśmiechając się, zbliżyła się do swej przyjaciółki ze skrzyżowanymi rękoma. - Niektóre z naszych członkiń przyjdą do twego pokoju na zebranie. Na kilka godzin w sobotę. Będzie nas niewielu, nie więcej niż sześć osób. Zgadzasz się?

- No nie, chyba żartujesz! zdziwiła się Amina.

- Niby dlaczego? Zmuszono nas do działania w ukryciu. Pomóż nam, na Allaha, zwróciła się z prośbą Fatima.

- Boję się konsekwencji tego tajnego zebrania, rzekła pełna obiekcji Amina.

Fatima o odmowie nawet nie pomyślała. Była sfrustrowana. Ale nie rezygnowała. Utkwiła wzrok w Aminie i zaczęła jej wyjaśniać. - Nie zajmiemy więcej czasu niż godzinę bądź dwie. Nie musisz do niczego się przyłączać. To nie twoja sprawa. Nasi członkowie — mężczyźni zorganizują swoje zebranie gdzie indziej. Na kampusie ochroniarze i tajniacy przyglądają się nam. Nie mamy innej możliwości. Musimy działać rozważnie. Na Allaha, Amino, odezwała się Fatima błagalnym głosem.

- Nie! Nie tutaj, opierała się Amina. - Boję się.

- Rozumiem, Fatima odpowiedziała po namyśle, przebierając swe długie włosy. - Skoro tak to wygląda, jeśli przyjdziemy, to możesz nas wyrzucić lub wezwać policję. Wzięła swą torebkę i skierowała się ku drzwiom. - Przypominam…w sobotę, o godzinie dziesiątej. Do zobaczenia. I wyszła.

Amina została sama, pogrążona w rozterkach. Nie mogła zrozumieć, dlaczego Fatima nie zostawiła jej w spokoju, lecz uczyniła jej życie tak nerwowym? Dlaczego na całym tym świecie zabrakło miejsca na to spotkanie, gdzieś poza jej mieszkaniem? Nie wiedziała, co się stanie, jeśli jej mąż dowie się, że otworzyła drzwi swego pokoju na zebranie tego Stowarzyszenia. Stowarzyszenia, które zmierza do wielkich przemian w sprawach politycznych i w życiu zwykłych ludzi.

Amina obudziła się w sobotę wczesnym rankiem, co nie leżało w jej zwyczaju. Chłodny wiatr harmatan przenikał do każdego miejsca. Wróciła i zanurzyła się w łóżku, przykrywając się ciepłym kocem. Potem wstała, umyła się i posprzątała pokój. Ucieszyła się, bo w tym dniu jej mąż wyjechał do Abudży, stolicy Federacji. Odsłoniła okna i pokój rozjaśnił się promieniami słońca. Przechadzała się tam i z powrotem. Kiedy wyjrzała przez okno, zobaczyła sześć dziewcząt, które wysiadły z białego peugeota i skierowały się do jej domu. Znała dwie spośród nich, które były z Fatimą: jedna towarzyszyła jej w drodze na urządzane przyjęcie, druga była córką wicegubernatora Stanu. Z nią Amina uczęszczała do szkoły średniej i na Uniwersytet. Przywitawszy się z nimi, Amina próbowała lekko się uśmiechać. Odpowiedziały na jej słowa powitania i pozdrowiły inne kobiety z tego domostwa. Pobawiły się przez chwilę z ich dziećmi. Były zwyczajnie ubrane. Wyglądały na takie, które przyszły tylko po to, by odwiedzić Aminę.

Kiedy weszły do jej pokoju, Amina pośpieszyła z poczęstunkiem dla swych gości, przynosząc im herbatę i biskwity. Fatima zaś bezzwłocznie otworzyła zebranie, na które przybyły. - Chcę bardzo serdecznie podziękować Aminie za to, że umożliwiła nam zorganizowanie tego spotkania, w tym miejscu. Celem naszego zebrania jest dyskusja nad położeniem kobiet w północnej Nigerii. Jak wiemy, dziewczyna w tej części kraju jest niczym rzecz, jak jakiś przedmiot, i to od chwili jej narodzin. Nie czeka jej w przyszłości nic oprócz bycia gospodynią domową lub matką. Ciągle uświadamia się ją, że jej bracia będą zawsze od niej ważniejsi, a jej mąż jest jej panem. Wszyscy mężczyźni są zawsze ważniejsi. Robi się wszystko, aby zagrodzić kobiecie drogi postępu, czy jej osobiście, czy zrzeszonej w stowarzyszeniu. Wszystko to sprawia, że czuje, iż wyrządza się jej krzywdę. Musi wybierać, czy ma się buntować, czy pogodzić się z losem bez protestu.

To, co Amina usłyszała z ust Fatimy, nie było dla niej czymś obcym. Wielokrotnie słyszała od niej o tym, kiedy mieszkały w jednym pokoju na Uniwersytecie. Dzisiaj jednak w dyskusji na ten temat udział biorą także inne kobiety.

Bilkisu chrząknęła i powiedziała. - Według mnie zdrada i naruszanie praw kobiet na Północy osiągnęły apogeum. W skrajnych przypadkach kobieta nie ma nic do powiedzenia w jakiejkolwiek sprawie. Przywódcy postępują tak, jak im się podoba. Nie słuchają tego, co kobiecie leży na sercu. Kobieta nie ma żadnego wpływu na swe życie.

- Nie ma różnicy, jeśli chodzi o kłopoty, Fatima oświadczyła swoim przyjaciółkom. Nie odbiegajmy od sedna sprawy. Mężczyźni także cierpią.

- Ale kobiety doświadczają znacznie większych cierpień, Bilkisu upierała się przy swoim. - Kobieta, obywatelka tego kraju, Nigerii, zawsze znajduje się w ciężkim położeniu. Walczy o przeżycie. Szuka dla siebie i dla swych dzieci czegoś, co można by do ust włożyć. Pamiętajcie, że w tej sytuacji nie możemy być tylko obserwatorkami, do czego ciągle nawołują nasi przywódcy. Sposób, w jaki trwonią nasze zasoby, bardzo nas boli. Ciągle pozbawia się nas rzeczy niezbędnych do życia. Ci, którzy nas utrzymują, nasi ojcowie, nasi bracia i nasi mężowie ciągle muszą mierzyć się z wyzwaniami. Są wypędzani z miejsca pracy, a bezlitośni bogacze zagarniają ich pola.

Amina była tam cały czas obecna i się przysłuchiwała. Miała już tego dosyć, lecz nie mogła się wycofać.

-Po pasożytniczym życiu i wyzysku łatwo można rozpoznać naszych przywódców... kontynuowała Fatima.

-Gdziekolwiek spojrzysz, widzisz tylko porażającą niekompetencję i chciwość, łapownictwo i przekupstwo, przekupstwo polityczne, czego przykładem są ostatnie wybory, z przekrętami i oszustwami.

- W ubiegłym roku, zabrała głos Gloria, - była susza. W tym roku być może zabraknie żywności. Ludzie będą umierać, głównie dzieci. Tymczasem widzimy, jak bogacze kupują wielkie i drogie samochody, budują olbrzymie domy otoczone murem z kolczastymi drutami. Bez potrzeby jeżdżą do obcych krajów, a także poślubiają kolejne żony. Według mnie tych ludzi, obracających brudnymi pieniędzmi, należy uwięzić pod zarzutem doprowadzenia nas do tak opłakanego stanu. W rozwiniętych krajach tacy bogacze zwykle spieszą z pomocą, która przysługuje wszystkim obywatelom. Życie polityczne jest tam uporządkowane. Każdy ma swobodę wypowiedzi i jest wysłuchiwany. To smutne, że w całej Afryce rzeczy mają się inaczej. Trudno znaleźć majętnego człowieka, o którym można by powiedzieć, że ma litościwy charakter. Wszyscy są nieodpowiedzialni. Ledwie mrugniesz okiem, a już cię dopadną. Są nieoświeceni i korzą się przed tradycyjnym władcą. Bezczelni i zarozumiali, że niby coś znaczą, niech się ich podziwia. Zagradzają każdą drogę prowadzącą do sukcesu, jeśli nie spodziewają się w tym własnych korzyści. To oni cofają wskazówki zegara.

Gdy dyskusja przybrała ostrzejszy charakter, Amina wymknęła się, udając się do kuchni na parterze, żeby zobaczyć jedzenie, które przygotowywała Hawla, jej służąca. Posiłek przyniesiono jej gościom na piętro. Spotkanie dziewcząt dobiegało końca. Ciągle się sprzeczały, każda wyrażała swoją własną opinię, nie słuchają opinii innych. Amina poinformowała je, że właśnie podano do stołu. W głębi serca nie mogła się nadziwić, skąd one czerpią siły w tych swoich dyskusjach. Po posiłku zebrano naczynia i zniesiono je na parter do umycia. Amina zeszła, aby pomóc Hawli w zmywaniu. W tym momencie wtargnęła tam Kulu raźnym krokiem. Kiedy się witały, usłyszały gromki śmiech na piętrze, dochodzący z pokoju Aminy. Kulu zdziwiła się. - To Fatima i jej przyjaciółki, cicho poinformowała ją Amina.

- Ach, to znowu ona? rzekła Kulu nieprzyjaznym głosem. - Przyszłam ci powiedzieć, że niedługo udaję się do Kano. Poinformowano mnie, że celnicy zatrzymali moje towary w porcie lotniczym. Później pojadę do Londynu w mojej sprawie biznesowej. Następnie wpadnę do Szwajcarii na krótki wypoczynek. To będzie u nich pora zimowa.

- Ty to dopiero użyjesz, powiedziała Amina.

- Słuchaj-że, zwróciła się do niej Kulu, z lekkim szyderstwem w głosie. - Ty również w tych dniach uruchomisz swój biznes. Być może tak się zdarzy, że będziemy ze sobą współpracować. Na Allaha, pozbądź się tych dziewcząt, które panoszą się na piętrze. Skieruj całą swą uwagę na założenie własnego biznesu. Wasze drogi się rozchodzą. Powiedziawszy to, Kulu pożegnała się z Aminą i pośpiesznie się oddaliła.

Kiedy Amina weszła na piętro do Fatimy i jej koleżanek, przygotowywały się już do wyjścia. Fatima właśnie opowiadała im o przygotowaniach do wyborów miss piękności i do wystawy kosmetyków na Uniwersytecie, co miało mieć miejsce tego wieczora. Wstała i zaczęła się przechadzać, jak robią to kobiety, paradując na podium.

- Jeśli weźmiesz udział w konkursie, to z pewnością zwyciężysz, zadrwiła z niej Bilkisu.

- Nie, będzie najpiękniejszą na wystawie kosmetyków, naigrywała się Gloria.

- No jak, przystąpisz do tego konkursu? zapytała ją Rebeka.

- Dajże spokój! Nie mam czasu na takie bzdury, uciszyła ją Fatima. Po chwili milczenia powiedziała: - Ale kto wie! Dziewczęta muszą mieć piękne ciało. Powinny się też malować, aby zaskarbić sympatię u ludzi.

Zaniosły się śmiechem, po czym powstały z zamiarem opuszczenia tego domu. Na środku domostwa Fatima ukradkiem chwyciła Abdullahiego od tyłu. - O wy dziewczęta, moje przyjaciółki! Przedstawiam wam mego męża, rzekła do Bilkisu i jej koleżanek. - Co do mnie, jestem gotowa do zamążpójścia. Jeśli nie zostaniesz mym mężem, rzucę się do studni. Widzisz, wszystkie moje przyjaciółki na nas patrzą. Jesteś gotów? Abdullahi zamilkł zawstydzony, nie wiedząc, co powiedzieć. Dziewczęta pokładały się ze śmiechu, po czym wyszły, zostawiając go osłupiałego i zdumionego.

- Dlaczego Fatima ciągle powtarza, że jestem jej mężem? Abdullahi zapytał Aminę.

- No bo cię kocha.

- Ale ona jest ode mnie starsza, i to o ile. I ja jej nie kocham. Ona lubi się zabawiać, a poza tym uważam, że byłaby to niepokorna żona.

- Powiem jej, żeby zmieniła swe maniery, rzekła Amina, uśmiechając się.

Gdy Amina wróciła do swego pokoju, zobaczyła jakieś książki, które Fatima zostawiła jej na krześle. Jedną z nich nosiła tytuł Shaihu Umar, którą napisał świętej pamięci Abubakar Tarawa Balewa, premier Nigerii. Na okładce tej książki Fatima przypięła karteczkę z napisem. - Największą pogardą okazywaną człowiekowi jest zniewolenie go. Przez wiele minionych wieków dokonywano najazdów na Afrykę, chwytano niewolników, rabowano nasze bogactwa, burzono nasze miasta i wioski, zagrodzono nam drogę postępu. Fanon swego czasu powiedział, - Jest rzeczą konieczną, aby każdy naród wiedział, co jest jego priorytetem, i zmierzał do niego, bądź też go odrzucił. Zanim osiągniemy nasz cel, winniśmy uwolnić nasze serca od ściskających je kajdan. Abubakar Tafawa Balewa napisał tę swoją książkę, żeby naświetlić ten problem. Mam nadzieję, że książka ta pomoże odwrócić twoje serce od 'uroków' kolonializmu. Fatima.

4

Około dziesiątej rano Amina ciągle wylegiwała się w swoim łóżku, przy otwartym oknie, przez które wpływało świeże powietrze. Pogoda zmieniła się, gdyż przyszła pora upałów. Myślała o spotkaniu, które miało się dzisiaj odbyć w jej domu. Nie było podobne do tego, jakie urządziły dziewczęta w jej pokoju. A więc nad czym będą dzisiaj dyskutować? O pomocy dla ludzi ze strony żon członków parlamentu. Głupie gadanie! Żona parlamentarzysty nie różni się przecież od pozostałych żon.

Poinformowano, że zebranie to miało rozpocząć się o godzinie pierwszej, ale członkinie Stowarzyszenia zaczęły przybywać dopiero o wpół do trzeciej. Asabe, przewodnicząca Stowarzyszenia i trzecia żona marszałka parlamentu stanowego zjawiła się jako pierwsza. Była prawie rówieśnicą Aminy. Miała palce obwieszone pierścieniami, jak grający na instrumencie z tykwy. Szyja była obciążona łańcuszkami. Weszła do pokoju Aminy, nadęta i zarozumiała. Nic nie mówiąc, rozejrzała się po pokoju. Widać było, że jej się nie spodobał. Przywitała się z Aminą ozięble, jakby pod przymusem. Po rozpoczęciu zebrania dyskutowano wyłącznie o pomocy kobiet parlamentarzystów dla ich mężów. Aminę to nie interesowało, mimo to przysłuchiwała się uważnie.

Po krótkiej przerwie na odpoczynek Asabe poprosiła Aminę o zejście na parter, aby mogły porozmawiać na osobności. Amina przychyliła się do jej prośby, chociaż czegoś w Asabe nie lubiła. Czego? Jej wyniosłości i zarozumiałości? Przypomniała sobie. Asabe była bardzo dumna, gdy nazywano ją żoną parlamentarzysty.' Przyjrzała się jej, szukając zacienionego miejsca, gdzie mogłyby się schronić. - Ależ gorąco! Ponieważ posmarowałam się wybielającym kremem, nie toleruję słońca, rzekła Asabe. Amina milczała, więc Asabe mówiła dalej. - Widzę, że nie jesteś szczęśliwa w tym domu. Potrzebujesz miejsca, gdzie byłabyś sama i gdzie miałabyś środki do życia. Gdybym to ja była na twoim miejscu, powiedziałabym Alhadżiemu, aby wynajął dla mnie dom w dzielnicy rządowej, albo też wybudował mi tam mój własny. Przecież ma pieniądze i to nie przyniosłoby mu żadnego uszczerbku. Ale działaj rozważnie. Pamiętasz, jak mawiają Hausańczycy, że gdy nie ma popytu, trzeba sprzedawać po niskiej cenie. Ja mieszkam na terenie rządowym. Słuchaj! To jest całkiem inny świat. Jest cisza, piękne drzewa i świeże powietrze, nikt ciebie tam nie obchodzi. Nawet te dzieci ze szkoły koranicznej. Wieczorem wychodzę na przechadzkę, tu czy tam, rozluźniam się i wypoczywam. Zatrzymała się i uporządkowała swe bransoletki na lewej i prawej ręce. Amina bacznie ją obserwowała. Asabe kontynuowała, - Staramy się utworzyć oddział kobiecy pewnego stowarzyszenia zagranicznego o nazwie Circle International Club. Żona głównego sędziego Stanu, która także jest sędzią, ubiega się o stanowisko przewodniczącej. Ja chciałabym zostać sekretarzem. Kulu będzie ubiegać się o stanowisko wiceprzewodniczącej. Ale jest pewien problem. Żona komisarza policji i jedna z wykładowczyń uniwersyteckich również zabiegają o to stanowisko. To stowarzyszenie skupia przeważnie zamożne kobiety lub też żony ważnych osobistości w tym mieście. Ustalimy, kto będzie mógł wstąpić do stowarzyszenia i tylko nieliczne spośród żon parlamentarzystów zostaną zaproszone. A ty? Nie będziesz ubiegać się o to stanowisko? Jeśli chcesz, to rozpocznę twoją kampanię. Musimy połączyć nasze siły.

- Nie, dziękuję. Nie jest mi to potrzebne, odpowiedziała jej Amina, lekko uśmiechając się.

- Nie to nie! westchnęła Asabe. - Ale nie wątpię, że zostaniesz jedną z członkiń. Jesteś osobą wykształconą, więc zwrócimy się do ciebie z prośbą, byś została rzecznikiem tego stowarzyszenia.

- Po co nam to stowarzyszenie? Jaka będzie z niego korzyść?

Widzisz…Po pierwsze, zjednoczy ona żony zamożnych ludzi i da im możliwość obrony ich praw. W ten sposób zagarniemy wszystko to, co nam się należy. A ponadto będziemy mogli wspomagać zwykłych ludzi.

- Rozumiem. Poczekamy, zobaczymy.

Po zakończeniu zebrania Amina w milczeniu siedziała w swym pokoju, porównując to spotkanie z tym zorganizowanym przez Fatimę i jej koleżanki. Dziewczęta rozmawiały na temat tego, co dotyczy całego społeczeństwa, i przyjaźnie odnosiły się do zastanych tam domowników. Tymczasem żony parlamentarzystów skupiały się wyłącznie na własnych sprawach. Lekceważyły wszystkich, wykazując swą ważność. Asabe nawet doradzała Aminie, aby porzuciła to domostwo, które jej rzekomo nie odpowiada. Amina głęboko się zamyśliła, do tego stopnia, że nie zauważyła, jak do pokoju wszedł Alhadżi Haruna.

Poderwała się, przyklękła i go pozdrowiła. Od wielu tygodni nie widziała swego męża. Od powrotu z Abudży przebywał w pomieszczeniach parlamentu. Nie odpowiedział na jej pozdrowienia. Widać było, że jest zatroskany i zły. Odtrącił ją, jak trędowatą.

- Jak udała ci się ta podróż? zapytała łagodnym głosem. Kiedy milczał i nie odpowiadał, powtórzyła pytanie, wykręcając palce swej ręki.

- Mam ważną rzecz do omówienia z tobą, odezwał się w końcu z ponurą twarzą. - Nie mam jednak teraz czasu. Zadrżała ze strachu, zaczęła trząść się. - Nigdzie nie wychodź, przykazał łagodnym głosem, chwycił za klamkę u drzwi i wyszedł.

Amina zaczęła się zastanawiać, próbując dociec, jaka jest przyczyna takiego wzburzenia jej męża. Doszła w końcu do wniosku, że niewątpliwie jest nią to potajemne zebranie dziewcząt w jej pokoju. Pewnie Alhadżi się o nim dowiedział. Ale przecież nikt ukradkiem nie podsłuchiwał. Spędziła niespokojnie cały dzień, wielce poruszona. Dopiero przed zachodem słońca przyszła Hawla i jej powiedziała, że słyszała plotki, jakie wyszły z ich domostwa. Mówiło się o tym, że Amina cudzołoży z Balą, jednym z kierowców Alhadżiego. Pomówiona, zagryzła wargę niemal do krwi i potrząsnęła głową.

- A to dopiero! Na Allaha, jak można podejrzewać, że coś takiego się wydarzyło? rozpaczliwie zapytywała samą siebie. Nawet nie wie, kto to jest ten Bala. Kto wymyślił tę zniesławiającą plotkę? I dlaczego? Nagle przyszła jej na myśl niejaka Dżimmai, trzecia żona Alhadżiego. Była przekonana, że to jej sprawka! Chociaż nigdy się ze sobą nie kłóciły, ostatnimi czasy Dżimmai okazywała jej oznaki wrogości. Żony na ogół się nie lubią. Zazdrość jest ich codzienną strawą. Zwłaszcza wtedy, gdy jest ich aż cztery w jednym domu. Ale Amina nie zaprzątała tym głowę. Uważała bowiem, że jest to normalny sposób bycia w poligenicznej rodzinie.

Teraz jednak Amina zaczęła się niepokoić o skutki, jakie te pogłoski przyniosą nie tylko jej reputacji, ale również jej pozycji społecznej. W takim miejscu jak Bakoro tego rodzaju historie rozprzestrzeniają się jak pożar buszu. Natychmiast ogarnia on całą okolicę. Jej historię usłyszą wszystkie kobiety i dalej będą podawać ją z ust do ust, czyniąc ją jeszcze bardziej pikantną. Zaczęła się zastanawiać nad tym, co złego może zrobić dla niej Alhadżi z powodu tej plotki. Kiedy wygoni ją, gdzie wtedy pójdzie? Do kogo?

Jak będzie wyglądać jej życie, kiedy oskarży się ją o ten czyn? Czas płynął wolno, a ona pogrążała się coraz bardziej w myślach jak ktoś, kogo postawiono przed sędzią, kto czeka na wydanie nań wyroku. - No ale Allah, Wszechmocny Władca wie o wszystkim i czuwa. Pomoże mi. Tak mówiła sama do siebie.

Wieczorem weszła do jej pokoju pierwsza żona uwargida. Niespokojna, zapytała Aminę, co ona sama sądzi o tej sprawie.

- Ja tego nie pojmuję. Jest to wierutne kłamstwo! wykrzyczała Amina z rozpaczą w głosie. - Allah mi świadkiem, że tego nie zrobiłam. Mówię szczerą prawdę, jestem niewinna.

- Czy ostatnimi czasy wychodziłaś gdzieś sama? dopytywała się uwargida.

- Skądże znowu. Ja nawet nie znam tego Bali.

- Ach tak, wyraźnie cię wrobiono, powiedziała pierwsza żona, ze zdziwieniem malującym się na jej twarzy. - Jak wiesz, spędziłam wiele lat z Alhadżim. Znam go bardzo dobrze. Szybko popada w gniew, jeśli coś go mocno dotknie. Lanie z jego rąk nie jest czymś nadzwyczajnym. Na Allaha, przypominam sobie nasze pierwsze lata. Nie życzył sobie nawet żebym rozmawiała z mymi braćmi.

Obie niewiasty przyklękły, kiedy wszedł do pokoju Alhadżi. Miał zaczerwienione oczy. Stanął na środku pokoju, besztając Aminę za jej zły uczynek, za uganianie się za mężczyznami. Amina nie odezwała się ani słowem, tylko przypatrywała się mu, a z jej oczu ciurkiem płynęły łzy. Wreszcie wykrztusiła, że w żadnym wypadku tego nie uczyniła. Prosiła o przywołanie świadków. Amina starała się udowodnić mu, że jest niewinna, on zaś upierał się i się wściekał. Nie dawał jej dojść do słowa. Kiedy poprosiła pierwszej żony, aby zabrała głos w tej sprawie, ta wydawała się skrajnie niespokojna, ale nie powiedziała ani słowa. Alhadżi kazał jej wyjść i zostawić go samego. Uwargida chyłkiem wyśliznęła się z pokoju. Alhadżi chwycił Aminę mocno za ucho, jakby miał je oberwać. Podniesionym głosem wykrzyczał: - W przyszłości, kiedy się dowiem, że chodziłaś do kogoś, to cię zabiję. Zrozumiałaś?

Amina skinęła głową na znak, że przyjmuje to do wiadomości. Zalała się łzami. Alhadżi nadal trzymał ją za prawe ucho, kolejny raz ją ostrzegając, - Jeśli popełnisz błąd, a ja o tym usłyszę, że interesujesz się jakimś chłopcem, wiedz, że nie będę się nad tobą litował, tak jak czynię to teraz. Sprawię ci porządne lanie, zanim cię wyrzucę z domu. Jak jakiegoś śmiecia. Odepchnął ją, aż upadła przed nim na ziemię.

Kiedy wyszedł, Amina położyła się na kanapie i się rozpłakała. Płakała z litości nad sobą i z tego powodu, że jej reputacja, z czego była tak dumna, legła w gruzach. Kiedy wspomniała to, co się przed chwilą wydarzyło, zaczęła rozpaczać. Pragnęła miłości i wyrozumiałości, tymczasem poczuła się wielce samotna. Świat odwrócił się do niej plecami, była zła na siebie. Następnego dnia obudziła się w złej kondycji. Wstała z drżącym sercem, miała mentlik w głowie. Co robić? Szukać kogoś jej bliskiego, aby w tajemnicy z nim porozmawiać. Z kimś, kto by jej doradził, kto by ją pocieszył i spokojnie wyjaśnił jej, że wszystko to dzieje się z woli Allaha, Wszechmocnego Pana. W Allahu winna szukać też oparcia. - O biada mi! Gdyby tak żyła moja matka? Ona by mi najlepiej poradziła w sytuacji, w jakiej się znalazłam, pomyślała Amina. Opowiedziałaby jej wszystko, co skrywała w swym sercu. Mogłoby to jej trochę ulżyć. Zsunęła się z kanapy i wolno podeszła do okna. Wyjrzała, ale nikogo w pobliżu nie było. To, co zaprzątało jej głowę, jak cień podążało za nią wszędzie tam, gdzie się ruszyła. W tym momencie przypomniała swą przyjaciółkę Fatimę. Otarła łzy, ubrała się i zeszła na dół, aby poprosić Hawwę o towarzyszenie jej w drodze na Uniwersytet.

Słońce prażyło z bezchmurnego nieba, kiedy dotarły do żeńskiego akademika. Amina zostawiła Hawwę w samochodzie i skierowała się do pokoju Fatimy. Na drzwiach pokoju spostrzegła przypiętą karteczkę z napisem Jestem tutaj. Wracam za dziesięć minut. Proszę na mnie zaczekać – Fatima. Długo stała, wydawało się jej, że całą godzinę, a nie dziesięć minut. Zmęczenie i zawroty głowy dawały się jej we znaki. W końcu zjawiła się Fatima. Choć Amina miała własne problemy, zauważyła, że Fatimę też coś dręczy. Widać to było po jej oczach. Wyglądała tak, jakby przyszła złożyć żałobnikom kondolencje.

- Ach, jakbym cię nie widziała cały rok! Jak się miewasz? zapytała Fatima, mocno zdziwiona. Otworzyła drzwi i obie weszły do jej pokoju.

- Dajże spokój! odpowiedziała jej Amina.

- No nie! Co się wydarzyło? zaniepokoiła się Fatima.

- Usiądź. Zaraz ci wszystko opowiem.

Amina usiadła naprzeciw Fatimy, z oczami pełnymi łez. Dokładnie opowiedziała przyjaciółce o tym, co się stało. Z pochyloną głową, wstrząsana dreszczami. - Allah wie wszystko,

On jest moim świadkiem. Mówię prawdę, że dochowuję wierności. Nigdy się nie zmienię. Tylko nie wiem, co mam robić w zaistniałej sytuacji. – rzekła Amina i się rozpłakała.

Fatima przez chwilę milczała, ale gdy zaczęła mówić, można było od razu się domyślić, że wie, dokąd zmierza. Niewątpliwie współczuła swojej przyjaciółce. - Amino, serdecznie ubolewam z powodu sytuacji, w jakiej się znalazłaś, trudnej sytuacji. Ale na Allaha, otrząśnij się. Stań mocno na nogach i podejmij walkę samej z sobą. Bezzwłocznie udaj się do ojca. Z pewnością cię wysłucha i zrozumie. Tylko on może stawiać czoło Alhadżiemu i go napomnieć. Aby wyprowadzić go z błędu i aby zrozumiał swą niegodziwość.

Amina wyszła z domu studenckiego i podeszła do auta, w którym czekała na nią Hawwa. Przeprosiła ją za to, że musiała tak długo czekać. Gdy Amina wróciła do domu, poczuła się nieco lepiej. Otrzymała od przyjaciółki radę, ale nie znalazła jeszcze rozwiązania swych problemów. Widać tak musiało być. Była zmęczona i osłabiona. Próbowała coś zjeść, ale nie miała apetytu. Jakby wsypywała do ust otręby. - O Boże! znowu się rozpłakała, samotna w swym pokoju. - Boże, pomóż mi! Boże, miej mnie w swej opiece! Rzuciła się na łóżko i umilkła. Pogrążyła się we śnie.

5

Po kilku tygodniach Amina udała się na Uniwersytet, aby posłuchać zapowiedzianej dyskusji między Fatimą a Bature. Przyszła tam wcześniej, aby mieć możliwość porozmawiania z Fatimą. Udało się jej usiąść w pierwszym rzędzie. Gdy zajęła miejsce, zaraz skierował się do niej uśmiechnięty Lukas dan Fulani, syn Bature. Usiadł obok niej.

- No proszę! Cieszę się, że cię spotkałem. Co słychać?

- Wszystko w porządku. A co u was?

- Chciałem się z tobą zobaczyć, żeby ci powiedzieć, że odbędzie się ważna narada biznesowa. Mój ojciec życzy sobie, abyś się z tym zapoznała.

- Naprawdę? A czego będzie dotyczyć?

Ojciec domaga się od władz stanowych, aby utworzyły kompanię do spraw zasobów mineralnych. Chce powierzyć ci stanowisko dyrektora wykonawczego. Chce pokazać światu, że kobieta – muzułmanka może z powodzeniem zajmować wysokie stanowisko. Ten Stan jest zasobny w bogactwa mineralne. Uważamy, że niewątpliwie masz umiejętności, jakich potrzeba w tym przedmiocie.

Amina bardzo się zdziwiła. - Hejże, Lukas! Nie sądzę, abym miała wiedzę czy wymagane doświadczenie.

- Nie martw się. Będę w pobliżu i zawsze będę cię wspierał. Radzę ci tylko, abyś od razu rozpoczęła studia magisterskie na tutejszym Uniwersytecie. Zanim je skończysz, mamy nadzieję, że kompania ta zacznie działać i zakończone zostaną formalności z tym związane.

Próbowała zrozumieć, o czym mówi Lukas, gdy ten powstał i poszedł, aby powitać ojca, który właśnie wszedł do sali przygotowanej na to zebranie. Niemal w tym samym czasie zjawiła się Fatima i skierowała się ku Aminie, by się z nią przywitać. Wszystko wskazywało na to, że niecierpliwie czeka na rozpoczęcie dyskusji.

- Mam nadzieję, że będziesz jednym z moich sędziów. Słuchaj tego Europejczyka uważnie.

- Wybacz mi, Fatimo. Nie będę mogła zostać do końca zebrania. Muszę wracać i przygotować Alhadżiemu posiłek.

Kiedy powstał moderator dyskusji, profesor Tadż Rahman,

wykładowca na Wydziale Nauk Politycznych Uniwersytetu, w sali zapanowała cisza. - Mam przyjemność przedstawić pana Johna Kingfishera, bardziej znanego pod przydomkiem Bature. Ponieważ opuścił Wielką Brytanię i osiedlił się tutaj, wkłada wiele wysiłku dla rozwoju tego kraju. Znaczy porzucił kraj swoich przodków. Sukcesy, jakie osiągnął, wielkie rzeczy, których dokonał, to wszystko jest godne podziwu. Chociaż nie każdy zgadza się z metodą jego działania. Dzisiaj rzuca mu wyzwanie Fatima, a on będzie jej odpowiadał. Dziewięciu sędziów zdecyduje pod koniec dyskusji, kto odniósł zwycięstwo. Wszystko jest już przygotowane. Zaczniemy od wysłuchania Bature…

Kiedy Bature się podniósł, zaległa cisza. Wolno rozejrzał się po sali, po czym podszedł do Fatimy. Utkwił w niej wzrok, jakby zobaczył ją pierwszy raz. Po chwili zaczął z nią rozmowę. - Ponad trzydzieści lat, najpiękniejszy okres mego życia spędziłem w tym kraju. Ze wszystkich sił, w dzień i w nocy rozmyślałem i pociłem się, aby móc cieszyć się z jego rozwoju. Bardzo mnie boli, kiedy większość ludzi, a zwłaszcza młodzież, nie doceniają tego, co tutaj robię. Cieszę się, że mam możliwość wysłuchania zarzutów, które postawi mi Fatima. Co do mnie, chcę ją zapytać, zanim zacznie mnie oskarżać. Dlaczego mnie nienawidzisz? Czy z powodu dużych sukcesów, jakie odnoszę? Jestem zamożny, mam stanowisko. Że ze mną się liczą? Albo też nie masz mi nic do powiedzenia, a widzisz we mnie ważnego reprezentanta krajów europejskich. Dlaczego nie lubisz europejskiego kraju? Może chodzi ci o kolor naszej skóry? A może z powodu odniesionych sukcesów w dziedzinie techniki? A może z powodu pełnej wolności, którą się cieszymy? Czy z powodu naszej wiary? Dlaczego nie widzisz nic dobrego w tym, do czego przykładam ręki?

Bature wrócił na swoje miejsce i usiadł. Ciekaw był tego, co odpowie mu Fatima. A ona tylko czekała na taką sposobność, którą dzisiaj dostała.

- Bature, tutaj mówi się nie o tobie. Mówi się o polityce. Jeśli chodzi o ciebie, to cię nie nienawidzę. Byłam w Europie, cieszyłam się z wolności, którą się możecie szczycić. Gratuluję wam sukcesów naukowych i technicznych. Jeśli chodzi o waszą religię, nie mam nic przeciwko niej. To samo dotyczy koloru waszej skory. Najbardziej nie znoszę tego waszego kapitalistycznego sposobu życia, i tego, jak staracie się wmawiać ludziom korzyści płynące z tego systemu. Zwłaszcza jak ci Europejczycy zmawiają się z naszymi władcami, aby naruszać nasze prawa, z których wy jesteście dumni. Szczególnie poraża mnie to, jak wpieracie naszych rządzących, skłaniając ich do odrzucenia wszystkich dobrych wartości naszego życia. Gdybyście nie przekupywali ich i nie korumpowali, nie mieliby oni racji bytu. Wspieracie system wyzysku. Wzbudzacie niepokoje, niszczycie nasze rodzime obyczaje. Doprowadzacie ludzi do śmierci, zanim dobiegną końca swych dni. Szkodzicie w kraju, doprowadzacie ludzi do ubóstwa, wy….

Profesor Tadż Rahman, przewodniczący zebrania, dał znak Fatimie, aby usiadła. Następnie udzielił głosu Bature i pozwolił mu wstać, żeby mógł odpowiedzieć na postawione mu przez Fatimę zarzuty.

- Posłuchaj Fatimo! Do dzisiaj nie ma takiego ustroju, który byłby lepszy od kapitalizmu. Wolno powtórzył te słowa i donośnym głosem, jakby recytował Koran. - NIE MA TAKIEJ IDEOLOGII, KTÓRA MOGŁABY ZASTĄPIĆ USTRÓJ KAPITALISTYCZNY. Nie od dzisiaj marnujemy naszą ślinę, dyskutując na temat tego ustroju. Jeśli naprawdę chcemy postępu i rozwoju, powinniśmy iść drogą wyznaczoną przez kapitalizm!

- Ależ jest inna droga! poderwała się Fatima, ostro protestując

Bature roześmiał się. - Chciałbym usłyszeć o tej drodze, jeśli taka istnieje. Każdy kraj afrykański, który chce się rozwijać, winien przestrzegać zasad, które ustanowiły takie instytucje, jak Międzynarodowy Fundusz Walutowy i Bank Światowy. Jest to jedyna droga prowadząca do długotrwałego rozwoju.

- To hipokryzja! Dlaczego nie narzuca się tych zasad krajom europejskim? Czyżby to lekarstwo było dla nich za gorzkie?

- Nie śpiesz się tak, Fatimo. Nie ma tutaj mowy o hipokryzji. Na każdą chorobę jest skuteczne lekarstwo. Gdziekolwiek nie spojrzysz, spotkasz tych, którzy ponieśli porażkę, i tych, którzy doprowadzili innych do porażki. Mamy jedną z dwóch możliwości. Spoglądasz na dyskutowane dzisiaj problemy tylko z jednej strony. Wzbogaciłem tutaj w Afryce wielu ludzi, w tym twego ojca i twego byłego męża. Tutaj, w Afryce doprowadziłem niektóre kraje do imponującego rozwoju. Do dzisiaj w niektórych krajach dążę do osiągnięcia tego celu. Nie czołgałem się na kolanach. To, co dotyczy Nigerii i innych krajów Afryki, to nie możliwości zrobienia pieniędzy, lecz sposób ich wydatkowania. Co więcej, to nie to, że nie macie bogactw, problemem jest dysponowanie nimi. W tym, co powiedziałaś, oskarżasz kapitalizm i kolonializm, mówiąc, że to one doprowadziły do zapaści i cierpień, jakich doświadczacie tu, w Afryce. Nie możesz oskarżać ten epizod historyczny waszego życia jako przyczynę sytuacji, w jakiej się obecnie znajdujecie. Wiele lat upłynęło od chwili, kiedy liczne państwa afrykańskie uzyskały niepodległość. Mimo to ciągle oskarżają swoich panów, którzy panowali nad nimi. Są bezradni w niepodległym bycie, do którego tak dążyli. Kiedy postąpicie po męsku i przyznacie się do waszych błędów?

- Jeśli chcemy lepiej zrozumieć naszą historię, winniśmy się przyjrzeć obrazowi kolonializmu i kapitalizmu. W ten sposób dowiemy się, gdzie się obecnie znajdujemy i dokąd zmierzamy.

- Oskarżasz mnie o kradzież waszych bogactw. Nie ma wątpliwości, że Allah obdarował Afrykę bogactwami, znajdującymi się na ziemi i pod ziemią. Nigeria nie została pominięta w tym względzie. Bature otworzył teczkę i wydostał z niej sześć małych buteleczek. Ostrożnie poustawiał je na stole, jakby obawiał się, że mogłyby się stłuc. Gestem ręki poprosił Fatimę, aby podeszła, co też uczyniła. Zwrócił się do słuchaczy, mówiąc, -Oto próbki minerałów, które występują w tym Stanie. Żaden geolog w waszym Uniwersytecie nie jest w stanie stwierdzić, co to jest. Z własnej kieszeni opłaciłem uczonych geologów, żeby je zidentyfikowali, abyśmy wiedzieli, czym dysponujemy. A ty Fatimo, czy jesteś w stanie rozpoznać choćby trzech spośród nich?

- Nie mam wiedzy w tym przedmiocie. Prawdę mówiąc, nie znam żadnego z nich. Fatima uśmiechnęła się, kierując swój wzrok ku słuchaczom.

- Widzieliście ją! Jak możesz obrzucać mnie oskarżeniami, że ponoć ukradłem to, o czym nawet nie wiesz, że to macie? zapytał ją Bature. - To jest złoto, tamto miedź, zaś tamto ruda żelaza… A to, czy wiesz, co to jest? Pokazał jej kolejną buteleczkę.

- Domyślam się, że to jest uran. Mówią, że prawie połowa tego Stanu obfituje w ten minerał.

- To nie wystarczy, że będziesz domyślać się, że w tym Stanie macie uran. Należy pójść dalej i pomyśleć, jak należy wydobyć to bogactwo, aby każdy z niego skorzystał.

- Oskarżasz mnie o to, że sabotuję wiedzę. Niesprawiedliwie

mnie osądzasz. Bardzo pomogłem w utworzeniu nowego kierunku studiów, a co zrobili wasi przywódcy? Nie zaakceptowali go. Jeśli wasi przywódcy zwrócą się do mnie, abym sprowadził książki, przyrządy naukowe czy komputery, jestem gotów to uczynić. Nic z tego. Ale za to w tych dniach stanowy Komisarz ds. Nauki powierzył mi kontrakt na sprowadzenie mu 27 samochodów. I żebym kupił mu dom w Londynie i wybudował mu luksusowy dom w Abudży. Jest rzeczą dziwną, jak to każdy wie, że wasi wielcy ludzie nie kształcą nawet swoich własnych dzieci.

- Mówisz, że wykorzystując osiągnięcia naukowe, fundujemy ludziom nuklearną zagładę. Pozwól, że powiem ci całą prawdę, aby wszyscy usłyszeli. Trzy lata temu dwie europejskie kompanie farmaceutyczne za zgodą gubernatora tego Stanu przeprowadziły badania dwóch leków. Oczywiście, zapłacono mu za wydanie zezwolenia na przeprowadzenie badań. Wiem, że jedna z tych dwóch dopuszczonych prób przyniosła katastrofalne skutki. Wielu ludzi, głównie dzieci i kobiet, umarło. Bóg mi świadkiem, że bardzo się przejąłem tym wydarzeniem. Mimo to nie oskarżaj mnie fałszywie tylko dlatego, że ów gubernator był lekarzem, który zdobył wykształcenie w Europie. Dokładnie wiedział, jakie ryzyko wiąże się z tego rodzaju próbą. Jak widzisz, to nie ja ustrzeliłem zająca, a nawet nie pozwolono mi go potrzymać. Krótko mówiąc, nie mówi się o nuklearnej zagładzie, ponieważ zabijanie nie było zamiarem samym w sobie.

- Jeśli tak, to dlaczego nie wypłacono rekompensaty rodzicom, których to dotknęło? zapytała Fatima.

- Już prawie skończyłem prace nad określeniem rekompensaty, jaką ma wypłacić kompania, która przeprowadziła tą próbę. Wkrótce każdy dostanie to, co mu się należy, zapewnił Bature.

- A dlaczego nie dokonuje się tych prób w Europie, na Europejczykach?

- Są to lekarstwa na choroby, które występują w tropikalnych krajach, takich jak Nigeria, odparł Bature, utkwiwszy wzrok w Fatimie. - Poza tym, twierdzisz, że popieram tyranów. To nie tak. Ja opowiadam się za pokojowym życiem. W Afryce zapanuje pokój, jeśli przyjdą rządy wojskowych, którzy będą w stanie utrzymać dobre stosunki z obcymi państwami, a państwa te zainwestują kapitał, aby ludzie mieli miejsca pracy.

- Słuchaj-że! Zmagamy się z suszą i głodem, ale czy wiesz, co mi polecono sprowadzić na sześćdziesiąte urodziny gubernatora? Nowy i nowoczesny samolot, chociaż ten, który zakupiłem mu trzy lata temu, jest w dobrym stanie. Nie wykorzystywał go w pełni. To nie ja mam wam mówić, jak powinien postępować. Co do mnie, jak dostaję polecenie, pozostaje mi tylko mu się podporządkować. Ponadto ów gubernator chce, żebym wybudował mu obszerny dom za miliony naira. Będzie to już trzeci w ciągu dwóch lat! Otrzymałem kontrakt na zakup luksusowych samochodów dla każdego dostojnika w tym Stanie. Polecono mi wybudować bezzwłocznie nowy pałac dla każdego z nich. To, co zrobili wasi przywódcy, winno się napiętnować w pierwszej kolejności. To nie ja podejmowałem decyzje. Nie ja zabiłem zająca... W tym tkwi sedno sprawy. Nie zmienia się nazwy 'prawda' na inną, choćbyś uzasadniał to ideologicznie.

- Fatimo, na Allaha, cenię cię za twój upór w dążeniu do przemian. Jest jednak rzeczą smutną, że jesteś po stronie tych, których właśnie zdemaskowałem. Gdybyś nawet głęboko kopała w ziemi, nie dostaniesz się do wody. Chodź do nas, pójdziemy razem. Wykorzystasz olbrzymią wiedzę, jaką zdobyłaś. Patrząc dalekowzrocznie, chcę zobaczyć Fatimę, która wykorzystuje swoją wielką inteligencję i bystrość umysłu dla pożytku każdego człowieka w uporządkowanym świecie. Masz teraz w ręku i mięso i nóż. Pokaż światu i pokaż nam, co potrafisz. Zamiast chodzenia po mieście i posługiwania się sloganami, jak czynią to politycy!

Fatima roześmiała się szyderczo. - Tak, wiem że jesteś wielki. Ale to nie wystarczy, żebym przeszła na waszą stronę, odparła Fatima. - Ja wiem, dokąd zmierzam. Nic nie sprowadzi mnie ze słusznej drogi. Wolę napić się czystej wody i spokojnie ułożyć się do snu, niż przebywać z wami, pijąc drogie piwo i służąc kapitalizmowi.

Tu, w pierwszym rzędzie siedziała sprężona Amina. Spojrzała na zegarek: nadszedł czas przygotowania Aladżiemu posiłku. Wcisnęła swą torebkę pod pachę i skierowała się do drzwi.

6

Upłynęło kilka dni. Amina przebywała w domu, niczym się nie zajmując. Tak wygląda życie zamężnych kobiet. Zawsze czekają, aż coś się wydarzy. Kobieta żyje w domu, w którym się urodziła, jak zamknięta w studni ryba. Także Amina czuła się zaniedbana, na ciele i duchowo. Jak można żyć tak dalej? Jak to się dzieje, że człowiek zastanawia się, co ma robić. Chce czymś się zająć, aby cieszyć się życiem, ale nawet nie wie, co ma robić?

Postanowiła jednak, że już nie będzie uczestniczyć w zebraniach Stowarzyszenia Żon Parlamentarzystów. Bo prawdę mówiąc, były to zebrania ludzi kłótliwych i spryciarzy. Zaproszona, wstąpiła do stowarzyszenia Circle International Club. Zerwała ze Stowarzyszeniem, ponieważ jego członkinie były egoistkami i chełpiły się swoimi sukcesami. Jeśli chodzi o jej plany biznesowe, wycofała się z tego zamiaru z powodu wypadku samochodowego Bature, z którym wcześniej się kontaktowała. Co się tyczy jej przyjaciółek z lat szkolnych, to utrzymywała z nimi luźne kontakty, jak ignam z olejem palmowym. Nie chciała zagłębiać się w ich sprawy. Swego męża, zagorzałego polityka, rzadko widywała. Nawet jeśli się spotykali, nie rozmawiali ze sobą szczerze. Zwłaszcza po tym, kiedy powiedziała swemu ojcu, co się wydarzyło między nią a Alhadżim. Jej ojciec wezwał go do siebie i mu nawymyślał. Stopniowo Amina zaczęła przywiązywać mniejszą wagę do strojenia się, jak to czyniła dawniej, nawet wtedy, kiedy wychodziła do miasta. Przestała przeglądać się w lustrze i cieszyć się urodą, której jej Allah nie poskąpi. Poza trzecią żoną, która okazała się autorką plotki o jej związkach z kierowcą, Amina utrzymywała dobre stosunki z pozostałymi domownikami. Mimo to czasami czuła się jak jakaś zagnana do zagrody krowa. Przestała komukolwiek wierzyć. W takich chwilach zwykle zamykała się w swym pokoju i płakała. Gdy się wyżaliła nad sobą, czytała książki, podrzucane jej przez Fatimę.

Pewnego razu, kiedy przyglądała się dzieciom, które bawiły się pod drzewem guawa, nadciągnęła burza. Zaczął wiać silny wiatr, unoszący w górę liście. Ze wszystkich stron wznosiły się tumany kurzu. Dzieci rzuciły się pędem do domu. Amina ruszyła za nimi wolnym krokiem. Weszła na górę, zmierzając do swego pokoju.

Zatrzymała się na piętrze i podziwiała moc Allaha. Nadciągały coraz to nowe chmury. Ocknęła się, weszła do pokoju, położyła się na łóżku i patrzała w sufit. Nagle usłyszała czyjeś głosy: ktoś wchodził po schodach. Była to Fatima i jej zdyszane przyjaciółki.

Fatima przedstawiła towarzyszące jej kobiety: - To są nowe członkinie naszego Stowarzyszenia. Organizowaliśmy małe zebrania na Uniwersytecie, ale wczoraj omal nas nie aresztowano. Dlatego postanowiłyśmy zwołać dzisiaj nasze zebranie właśnie tutaj. Mamy nadzieję, że nie masz nic przeciwko temu.

- Ależ skąd, nie szkodzi. Siadajcie, rzekła Amina.

Po krótkiej pogawędce, przeszły do sedna sprawy, czyli co czeka młodych mężczyzn. - Podyskutujmy o roli człowieka w społeczeństwie, zaproponowała Amina, podnosząc się z miejsca. Wyglądało na to, że rozpocznie jeden ze swych wykładów, z czego była Aminie dobrze znana. - Jeśli zanurzymy się w głąb historii, zobaczymy, jak różne narody się organizowały, a potem upadały. Zgodnie z tym, co powiedział pewien uczony, wszystko w świecie się zmienia. Nic nie ostaje się na stałe. Fatima mówiła, zaś Amina zastanawiała się, co też dręczy te młode kobiety. Co się im przydarzyło? Zakazano działalności ich Stowarzyszenia, ale nie przestały się zbierać, i to potajemnie. Nawet zaczęły dyskutować na temat miejsca człowieka w społeczeństwie. Amina niepostrzeżenie opuściła pokój i wyszła na taras, gdzie przed chwilą przebywała. Wyglądało na to, że burza przeszła bokiem, a nawet ukazało się słońce. Tymczasem Fatima nie przestawała mówić. - Ludzie są coraz bardziej oświeceni, zdobywają coraz więcej wiedzy. Zaczynają się dopytywać, co się dzieje? Stało się konieczne, aby ludzie zrozumieli, co się wokół nich dzieje. Żeby zauważali następujące zmiany i kto je zapoczątkowuje. Tutaj na scenie pojawia się religia, ponieważ mówi się ludziom, że to Allah stworzył świat i wszystko, co się w nim znajduje. I że wszystko jest z góry określone.

Chociaż dręczyły Aminę różne problemy, z uwagą słuchała tego, co Fatima ma do powiedzenia - Religia ta przypomina, że to Allah zarządził, że jedni żyć będą w dostatku, nic nie robiąc. Inni mają przez całe życie zmagać się z ubóstwem, będą na próżno starać się uniknąć biedy. Jedni staną się potężnymi, inni zaś zranionymi. Co więcej, mówi się, że zawsze mężczyźni będąca na czele, a za nimi kobiety. Allah powiedział, że każdy kto przestrzega jego prawa, wejdzie do Raju. Zaś ten, kto zboczy ze słusznej drogi, na Tamtym Świecie czeka nań ogień piekielny.

Między Rebeką a Fatimą wybuchł gwałtowny spór. Amina weszła do kuchni, gdzie zastała Talatu, główną żonę Alhadżiego, przygotowującą posiłek. - Dzisiaj nie zawracaj sobie głowy gotowaniem. Widzę, że masz gości. Dlatego przyszłam, aby ci pomóc. Idź więc i posłuchaj, co mówią ci twoi goście, rzekła do niej Talatu.

- To bardzo miłe z twojej strony, ucieszyła się Amina.

- To Fatima i jej przyjaciółki, czyż nie tak! dopytywała się Talatu.

- Tak, to one. Wpadły do mnie na chwilę.

- To dobrze, rzekła Talatu. Zbliżyła się do Aminy i ściszyła głos. - Chciałabym wiedzieć, kiedy powtórnie wyjdzie za mąż? A może nie będzie drugiego zamążpójścia?

- Naprawdę nie wiem.

- Nie pytałaś jej o to i nie doradzałaś? To nie przystoi, aby tak wpływowa kobieta jak ona, żyła bez męża, podsumowała Talatu. Z jej głosu można było wywnioskować, że bardzo się tym przejęła.

- To jej sprawa, rzekła Amina, wzruszając ramionami.

- Jak ci się ostatnio układa z Alhadżim? zapytała ją Talatu, nawiązując do plotek na ten temat.

- Nie wiem. Nie widziałam go od dwóch dni.

- Słyszałam, że dzisiaj przyjeżdża, oznajmiła Talatu, mrugając do Aminy. - Dobrze, że opowiedziałaś swemu ojcu o tym, co się stało. Mam nadzieję, że przyniesie to pożądany skutek... Ale jeśli Alhadżi się rozgniewa, to będzie niedobrze. Pokładajmy nadzieję w Bogu.

- Już od dawna u mnie nie był... Dlatego nie spodziewam się, że tu przyjdzie.

- Sądzę, że Dżummai jest wiedźmą. Ani trochę cię nie lubi, i nie ukrywa swej wrogości. Jest wyjątkowo zazdrosna. Za żadne skarby świata nie jest w stanie wyobrazić siebie w mojej roli. Na początku i mną pogardzano. Albo z powodu nadmiaru żon Alhadżiego, albo też z powodu niewielkiej ilości pracy, jaka przypadła mi w udziale, rzekła Talatu, składając ręce i je rozkładając.

- Pokój z wami, żeński głos włączył się do ich rozmowy. W drzwiach kuchni pojawiła się Bilkisu, z uśmiechniętą twarzą, jakby po odniesieniu jakiegoś sukcesu.

- I z wami pokój, odpowiedziała jej Amina. - Jesteśmy zdrowi?

- Bardzo zdrowi, odpowiedziała Bilkisu, ciągle się uśmiechając.

- Idź już do swych gości, a ja przyniosę wam jedzenie, rzekła Talatu do Aminy.

- Mam nadzieję, że pamiętacie o moim przyjęciu, które organizujemy dziś wieczorem, przypomniała Bilkisu swym przyjaciółkom, kiedy z Aminą weszła na piętro.

- A z jakiej okazji urządzacie to przyjęcie? zapytała ją Rebeka, ze zdziwieniem malującym się na jej twarzy.

- Zbieramy się, żeby omówić nasze sprawy. Naprawdę cieszę się z wyznaczonego dla nas dnia!

- A ty Amino, przyjdziesz? zapytała Fatima swą przyjaciółkę.

- Czy się napiłaś piwa z fasoli, odpowiedziała jej rozgniewana Amina, choć wiedziała, że Fatima tylko żartuje. - Jeśli mój mąż rozwiedzie się ze mną, czy będziesz w stanie znaleźć mi innego?

- Twarda jest twa mowa! .Nie, nie mam żadnego w zapasie, roześmiała się Fatima, a jej śladem poszły pozostałe kobiety. Hawwa przyniosła jedzenie. Wszystkie zamilkły, koncentrując się na posiłku. Bilkisu zjadła tylko tyle, co kot napłakał. Odstawiła talerz i go przykryła. - Na Allaha, proszę mi wybaczyć. Niedawno jadłam. Mam nadzieję, że cię to nie urazi.

- Nie przejmuj się, nic się nie stało.

- Że co? Dziewczyna, która przed chwilą opuściła dom swego chłopaka, nie może być głodna, stwierdziła Fatima.

- Niech to nie zaprząta twojej głowy! odcięła się Bilkisu. Aminie podobała się ta wymiana zdań między dwiema przyjaciółkami, które nie okazywały gniewu. Po posiłku Amina zebrała naczynia, zaś Bilkisu dalej włączała się do dyskusji...

- Po uzyskaniu niepodległości większość krajów afrykańskich, jeśli nie wszystkie, zmaga się z 'postępem' przyniesionym przez kolonializm.

- Jakiej niepodległości, Fatima przerwała tok jej wypowiedzi.

- Niepodległości politycznej. Możliwości posiadania własnej flagi i hymnu państwowego.

- Ejże! To zbyt duże uogólnienie. Mocno przesadzasz. Niejednokrotnie gospodarka tych krajów jest mocno skrępowana, rzekła Fatima z przekonaniem.

- Staramy się osiągnąć postęp, ale zawsze się tylko cofamy. Obecnie Afrykanin jest w sytuacji, jak sto lat temu. Zwyczajni ludzie – robotnicy i rolnicy – żyją w skrajnym ubóstwie. Miliony ludzi nie mają co jeść. Już na pierwszy rzut oka widać, że dzieci są niedożywione. Służba zdrowia znajduje się w wielkiej ruinie. W szpitalach nie uświadczysz lekarzy.

- Ach tak! Niech Allah przyniesie nam ulgę w tych sprawach! Na Allaha, jeśli pomyślę o sytuacji, w jakiej znalazła się Afryka, to łzy płyną mi z oczu, powiedziała Fatima smutnym głosem. - Wszystkie kraje zmagają się z pogarszającym się stanem gospodarki, ale w takim stanie rzeczy ich przywódcy należą do grupy najbogatszych ludzi świata i trwonią bogactwa. Popatrzmy na ten nasz kraj. Gdziekolwiek nie spojrzysz, otaczają nas złodzieje i sabotażyści. A my nie mamy wyjścia. W domu i w buszu nie mamy środków do życia. Kryminaliści opanowali nasze miasta i nasze ulice. Liberia nie ustrzegła się zła uczynionego przez złych przywódców. W Sierra Leone torturuje się wszędzie ludzi. A co tu mówić o Kongu, gdzie ludzie zmagają się z prawdziwą katastrofą.

- Jak wiecie, w Nigerii podzielono nas na klasy, na bogaczy i na tych, którzy martwią się, co włożyć do ust. Do dzisiaj nie zniknęły te podziały, powiedziała Bilkisu w zwolnionym tempie, jakby chciała to podkreślić.

Amina nadal zbierała naczynia po jedzeniu. Miała już tego dość. One zaś dyskutowały bez przerwy. Gdy Amina wróciła do swego pokoju, zastała je zażarcie spierające się na temat sytuacji Afrykanina, szczególnie tutaj w Nigerii. W kilku minionych latach ciągle mówiono ludziom, że niby osiągnęli korzyści z demokracji.

- Posłuchajcie! Kupcy, piastujący tradycyjne urzędy, przywódcy religijni, starzy emerytowani żołnierze, policjanci i marynarze, emerytowani pracownicy – wszyscy ci są psami myśliwskimi europejskich krajów kapitalistycznych, powiedziała Fatima. - Nawet mój były mąż i mój ojciec.

- Niektórzy ludzie, wyraziła swą opinię Bilkisu, - uważają, że jest to najgorsze oblicze rządzących. Ludzie tego pokroju są diabelsko chytrzy. Nie są patriotami, to oszuści, podejrzane typy, ciemiężcy. Korzystając ze swych stanowisk, grabią pod siebie, trwonią pieniądze obywateli, pożerają i monopolizują, a nawet defraudują fundusze publiczne. Oni sami, bo mają takie możliwości, bądź też wespół ze swymi braćmi z tej samej klasy. Zmawiają się z sobie podobnymi z obcych krajów, kapitalistów, aby zagarnąć nasze pieniądze i utworzyć dyktatorską władzę. W tym momencie Bilkisu westchnęła i się uśmiechnęła. - Niech to! Jest rzeczą oburzającą, że mój ojciec znalazł się w gronie owych ludzi.

Wszystkie kobiety roześmiały się. - Mąż Aminy także jest wśród nich! powiedziała Fatima. Amina mrugnęła i otworzyła usta. Słysząc to, bardzo się zdziwiła. W tym momencie usłyszały głośne pukanie do drzwi. To wparował Alhadżi Haruna, jakby go tam wrzucono siłą. Zmarszczył brwi. Jednak widząc dziewczęta, przyjaciółki Aminy, uśmiechnął się. Wszystkie, wraz z Aminą, przyklęknęły, i pozdrowiły go z szacunkiem. Ciągle uśmiechał się do nich. - Hejże, jak upływa wam dzień, jak zdrowie? Witajcie. Jak się macie? Bilkisu, jak zdrowie?

- Wszystko w porządku.

- Właśnie przybywam tu z lotniska. Odprowadzałem twego ojca, który wyruszył w małą pielgrzymkę do Ziemi Świętej. Stamtąd pojedzie do Londynu, gdzie w imieniu rządu podpisze kilka kontraktów... Ale widzę, że jesteście zajęte.

- Nie mylisz się. odpowiedziała mu Bilkisu.

Z wrażenia Amina dostała skurczu żołądka. Nie była w stanie podnieść swej twarzy i popatrzeć na Alhadżiego. Zaś Bilkisu kontynuowała swą wypowiedź, - Otóż dyskutujemy na temat pozycji rodziny w islamie.

- Bardzo dobrze. Mam nadzieję, że nie tylko wygłaszacie kazania na temat tego, co powiedział Allah, ale też uświadamiacie moją żonę.

- Alhadżi, zabrała głos Fatima. - Wiemy, że każdy, kto nie trzyma się religii, przegrywa, a jego życie jest zmarnowane. Zgadzamy się z tym, że z pewnością religia wzmacnia słabego człowieka. Sprawia, że człowiek głębiej zastanawia się. Zanim uderzy, przyjrzy się ostrzu siekiery. Bez religii nie osiągnąłby tego stanu. Kończąc powiem, że rozumiemy, iż religia powstrzymuje człowieka od wpadnięcia w pułapkę. Wie, że jego świat się nie kończy. Dopóki żyje, ma nadzieję.

- Allah jest wielki! Allah jest wielki! Allah jest godny wysławiania, zawołał Alhadżi radosnym głosem. - Jeśli słyszy się to z ust Fatimy, to naprawdę wszystko się może zdarzyć. Sława Allahowi. Ogarnął je swym wzrokiem. - Czy w tym pokoju macie wszystko, czego sobie życzycie?

- Tak jest, odpowiedziały zgodnym chórem, jak ci refrenem towarzyszący wykonawcy pieśni.

- Świetnie. W przyszłości, jeśli będziecie miały jakiś niepokojący was problem, nie czołgajcie się na kolanach. Przychodźcie do mnie.

Jeśli zechce tego Allah, to wam pomożemy. Nie będę was dłużej zanudzał. Kontynuujcie wasze sprawy.

- Ależ już skończyłyśmy. Już wcześniej miałyśmy zamiar odejść, kiedy ty się zjawiłeś, pośpieszyła z wyjaśnieniem Fatima.

- Rozumiem. Niech Allah wam wynagrodzi za to wasze poświecenie sprawie, Alhadżi upraszał swego Stwórcę.

- Amen, odpowiedziały zgodnym chórem.

Już szykował się do wyjścia, kiedy Fatima zwróciła się do niego słowami, - Alhadżi, na Allaha, usiądź na chwilę, proszę. Chcę ci zadać proste pytanie związane z religia.

Alhadżi trochę się zawahał, ale usiadł, jak go o to poproszono.

- Chciałam powiedzieć…czy nie sądzisz, że to, co się dzieje teraz w tym kraju, może sprawić, ze każdy prawdziwie wierzący będzie wstrząśnięty, czy nawet zemdleje, a nawet przydarzą mu się obie te rzeczy naraz? zapytała go Fatima prosto z mostu. - Mam na myśli każdego wiernego. Czy nie uważasz, że cała nasza wiara ogranicza się do nic nieznaczących słów, a nie wypływa z serca? Co sprawia, że nie tylko w tym kraju, ale i w całej Afryce, nawet w całym świecie islam pozostaje w zacofaniu? Dlaczego tak się dzieje?

Alhadżi odpowiedział ostrożnie, jak rąbiący drewno, który przygląda się ostrzu siekiery, - Taka jest wola Allaha, Wszechmocnego Władcy.

- No nie, tak tłumaczą się nasi władcy, sprostowała go Amina, bacznie się mu przyglądając. - To nasi władcy doprowadzili nas do tej złej sytuacji, w której się znajdujemy. Nie pomagamy sobie wzajemnie. Bardzo się nienawidzimy. Na przykład, każesz aresztować braci muzułmanów, młodych ludzi, inteligentnych. Zamyka się ich bezprawnie tylko dlatego, że różnicie się poglądami. Co stoi na przeszkodzie, by tacy usilnie starali się upowszechnić naszą błogosławioną religię?

- Chcesz powiedzieć, że jesteśmy hipokrytami?

- Nie wszyscy. Chcę tylko powiedzieć, że islam zawiera wiele dobrych praw odnoszących się do ludzkiego życia. Gdyby muzułmanie przestrzegali tylko jednej czwartej tych praw, nie bylibyśmy w tak złej sytuacji, w jakiej teraz się znajdujemy.

- Zamiast robienia jednej czwartej tego, co przystoi, robią jedną czwartą przeciwności tego, wsparła ją Bilkisu.

Według wszelkich oznak, dziewczęta zaskoczyły Alhadżiego. Mimo to odpowiedział im słowami, - Wierzę w Allaha, modlę się pięć razy dziennie, poszczę w miesiącu ramadanie, każdego roku odbywam pielgrzymkę, daję jałmużnę... Czy to nie wszystko, czego się ode mnie wymaga? Czego jeszcze chcecie?

Amina wstrzymała oddech. Znała charakter swej przyjaciółki Fatimy. Jest ona jak taran... - Gdzie jest powiedziane, żebyś więził ludzi tylko za to, że macie różne poglądy? Gdzie jest powiedziane, żebyście kradli publiczne pieniądze dla własnego pożytku? Uciszyła się, oczekując odpowiedzi, ale Alhadżi nie odezwał się ani słowem. Fatima dalej podsycała ogień. - Jeśli przyjrzymy się europejskim krajom, to one także wyznają wiarę muzułmańską, bez muzułmanów. Ale w krajach muzułmańskich mamy muzułmanów, ale nie ma islamu. W krajach europejskich każdy coś robi, nie bojąc się, że ktoś to odkryje. Każdy strzeże prawdy, stara się usilnie zdobywać wiedzę. Czystość, szacunek dla życia ludzi, ich mienia, człowieczeństwa itp. Popatrz na nasze społeczeństwo – co zobaczysz? Bezczynność, łapownictwo, chciwość, nieuzasadnione lenistwo, nie przejmowanie się tym, że niewiedza opanowała nasze życie, lekceważenie praw człowieka. Mam dalej ci wyliczać?

- Ale też w tej Europie, o której mówisz, piją piwo jak wodę, nie modlą się, poślubiają tylko jedną kobietę, zaczął licytować Alhadżi.

- Ale mimo to powierzyliście im ochronę waszego życia i mienia. Jeśli poczujecie się nieco chorzy, pędzicie do nich w poszukiwaniu lekarstwa. Udajecie się tam nawet ze zwichnięciem. Jeśli zrobicie pieniądze, do nich się udajecie, prosząc, aby je wam przechowali. Według waszego mniemania nasze banki są bezużyteczne. Fatima potrząsnęła głową, przerywając swe wymówki. Alhadżi nie wiedział, co powiedzieć. Wygładził swą szatę i zachowując godność wyszedł, uśmiechając się. Miał już tego dość. Teraz zaczęła mówić Fatima: mówiła spokojnym głosem. - Uciszcie się. Dzisiaj to miejsce nie jest odpowiednie na nasze zebranie. W pobliżu nas jest nieprzyjaciel, z innej klasy. Wszystkie kobiety zaniosły się śmiechem, nawet Amina.

- Czy wiecie, co zrobimy? zapytała Bilkisu. - Skoro mój ojciec wyjechał do Londynu, to chodźmy do naszego domu.

- Czyż nie mówiło się, że najpierw uda się do Mekki? zapytała ją Amina. - Alhadżi się pomylił. Najpierw pojedzie do Londynu, aby podpisać te podejrzane pożyczki. Potem odbierze swoją część pieniędzy i tą przypadającą jego kumplom– spekulantom, po czym zdeponuje w banku Następnie uda się na małą pielgrzymkę do Ziemi Świętej, wyjaśniła im Bilkisu.

- Tam, gdzie ma nadzieję, że Allah, Potężny Władca wybaczy mu jego grzechy. Tam, w jego Stanie wykorzystają zwykłych ludzi, którzy będą spłacać te pożyczki. Hiena dostała lanie, zaś jej treser zgarnął pieniądze! Próżniacy! zareagowała Fatima gniewnym głosem.

- Ale on jest przecież twoim ojcem. Nie możesz go się wyprzeć, zauważyła Rebeka.

- Nie wypieram się go. Pokazuję tylko całą prawdę. Wiem, co robi. On i pozostali jego towarzysze. Nie martw się. Jestem dorosła i niedługo wyjdę za mąż, rzekła Bilkisu, uśmiechając się.

- Uważaj, proszę. Nie ciesz się z tego, że twój pies schwytał lwa. Wyzwolisz się od jednego oszusta, a trafisz na innego. Opuścisz polityka, swego ojca, a poślubisz wojskowego. Tutaj każdy wojskowy dąży do władzy, chociaż tam, gdzie ich szkolono, w Anglii i w Ameryce, zadania wojskowych są diametralnie inne. Dopóki lufa karabinu jest tutaj, my poddani nie uwolnimy się od nich.

- Och, należy wracać już do domu, rzekła Bilkisu da swych przyjaciółek, kiedy spostrzegła, że Amina znalazła się w zakłopotaniu. Gdy Fatima miała już wyjść, pozostawiła Aminie skórzaną teczkę z książkami. Amina przyjęła je z podziękowaniem i położyła się na łóżku, nie odprowadzając swych przyjaciółek.

7

Amina nie mogła się nadziwić, skąd Fatima miała siły przeciwstawić się Alhadżiemu. Jakim sposobem zdobyła tę umiejętność? Od tego momentu zaczęła oddawać się lekturze książek. Pozyskała sprzedawcę gazet i periodyków, i poleciła dostarczać je sobie regularnie. Miała zwyczaj siadać i czytać je dokładnie, nie pobieżnie. Wśród książek ofiarowanych przez Fatimę była Wyklęty lud ziemi, którą napisał Franz Fanon. Zabrała się również do czytania tej książki, chociaż nie wszystko rozumiała. Niektóre słowa i poglądy sprawiały jej trudności. Dzisiaj dotarły nowe gazety i periodyki. Czytała je wraz z książkami, jakie miała do swej dyspozycji, ale prawdę mówiąc, nie mogła skoncentrować na nich swej uwagi. Widząc to, i będąc nieco zmęczoną, oparła się plecami o fotel znajdujący się w salonie.

Po chwili doszła do wniosku, że to prowadzi ją do nikąd. Wzięła więc zbiór swych fotografii, rozrzuciła je i zaczęła oglądać. Wspominanie przeszłości jest pieśnią pochwalną, jak mawiają krasomówcy. Inni twierdzą, że kto wspomina przeszłość, nie jest zadowolony z teraźniejszości. Dzięki tym fotografiom przypomniała swych dawnych kolegów, z bliska i z daleka, braci oraz miejsca, w których stawiała swe stopy. Ludzie, którzy w dawnych czasach byli w jej pobliżu, są teraz daleko, jakby znaleźli się w innym świecie i zniknęli z jej życia. Jeden ze wspominanych sprawił, że się głęboko zamyśliła. W dniu ślubowania studentów na Uniwersytecie, tak jak i inni studenci zakupiła specjalny strój na wręczenie dyplomów. Jednym w tej grupie był Muktar Khalid, jej bliski kolega, ale nie narzeczony. Ich koleżeństwo było obiecujące, ale nie trwało długo. Spotykali się na wykładach w ramach roku przygotowawczego na studia uniwersyteckie. Pewnego dnia on i Danbaki, narzeczony Fatimy, odwiedzili ich po ostatniej modlitwie. Danbaki poinformował ich, że ma zamiar kandydowania w wyborach do Zrzeszenia Studentów. Fatima została mianowana rzecznikiem w tej sprawie, zaś Muktar pełnił funkcję menedżera tego przedsięwzięcia. Amina zastanawiała się nad tym. Jak można człowiekowi mrukliwemu, jakim jest Muktar, powierzyć czuwanie nad sukcesem wyborczym? W Uniwersytecie jest to zajęcie dla obrotnych, można powiedzieć dla ludzi bezwzględnych i wścibskich. Widywała owego Muktara, dopóki Danbaki nie wygrał wyborów i nie zasiadł w fotelu przewodniczącego Uniwersyteckiego Zrzeszenia Studentów.

Po wyborach widywała Muktara rzadko. A to dlatego, że ciągle był zaangażowany w sprawy polityczne Uniwersytetu. Ponadto był on mistrzem w biegach i skokach. Przypomniała sobie również, że był naprawdę bystry, lubiący towarzystwo. Wiedział, do czego zmierza. Jest rzeczą naprawdę oburzającą, że relegowano go z Uniwersytetu. Ponoć za jego udział w zorganizowanej przez studentów manifestacji. Był w najlepszych latach swego życia. Mówi się, że pozbawiono go bardzo ważnej rzeczy, czyli możliwości zdobywania wiedzy. Nie potraktowano go sprawiedliwie. Zawieszono w czynnościach studenta na rok. Amina uważała, że nie powinna być w tej sprawie obojętna, i że powinna mu pomóc. - Gdybym coś zrobiła w tej sprawie, nie doszłoby do tego, pomyślała. - Być może gdybym go spotkała, przemówiłabym do niego. Odrzuciłby sprawy polityczne w Uniwersytecie, a skoncentrowałby się na tym, co go tam przyciągnęło, to znaczy na nauce. Ale być może nie posłuchałby mnie. Jest podobny do Fatimy. Z zaangażowaniem mówi o polityce. Można powiedzieć, że mężczyzna jego pokroju zawsze popada w tarapaty. Ale wszystko jest jeszcze przed nim. Kto wie, co wydarzy się jutro? Amina uśmiechnęła się, przypominając o postanowieniu podjętym z Muktarem, że w dniu ukończenia nauki na Uniwersytecie, zrobią wspólne zdjęcie. - Niestety! Żadne z nas nie osiągnęło tego celu. Bóg mi świadkiem, że chciałabym go znowu zobaczyć i powiedzieć mu, jak bardzo się o niego martwię, że go wspieram. Jeśli mnie wtedy kochał, nie pokazywał tego po sobie. Co do mnie, to on wiedział, że go kochałam. Ciągle o nim śniłam – piękny, jasnej karnacji, dobrze zbudowany, znający nasze dobre zwyczaje. Mógłby być mężem godnym pozazdroszczenia. Zachowywał się tak, jakby nie wiedział, że jestem w nim zakochana, ale wiem, że było inaczej. Podniosła się, czując, że się zaraz rozpłacze. Odłożyła fotografie tam, skąd je wzięła, czyli do specjalnego pudełka.

Nagle przypomniała o przesyłce pocztowej, którą dała jej Fatima. Wzięła ją, rozpieczętowała, rozłożyła na ziemi i wygładziła. Następnie rozejrzała się, szukając odpowiedniego miejsca w pokoju, żeby ją tam przypiąć.

Ostatnie kazanie wysłannika Allaha, Zbawcy i Naszego Oparcia

O wy ludzie, jak wiecie ten księżyc i słońce i to miasto są święte. Bądźcie wierni życiu i majątkowi każdego muzułmanina. Okażcie zaufanie, którym was obdarzono, tym ufającym. Nie rańcie nikogo, aby uciec przed zranieniem. Nie praktykujcie lichwy, bo to jest wam zakazane. Pomagajcie ubogim, ubierajcie ich tak, jak sami się ubieracie. Pamiętajcie! Staniecie przed Allahem i poniesiecie odpowiedzialność za wszystko, co czyniliście.

Uważajcie! Nie zbaczajcie z prostej drogi, którą ja podążałem. O ludzie! Po mnie nie ma wysłannika czy proroka, który się objawi. Nie ma żadnej nowej religii, którą ogłosi.

Zaprawdę macie prawa nad swymi żonami, ale one też mają prawa nad wami. Traktujcie je dobrze, ponieważ to one was wspierają, są waszym oparciem.

Zastanówcie się dobrze nad tym, co mówię. Zostawiam wam dwie rzeczy – Koran i moją sunnę. Jeśli będziecie się na nich opierać, nie zginiecie.

Słuchajcie mnie uważnie. Służcie Allahowi, odmawiajcie modlitwy, pośćcie w miesiącu ramadanie i udzielajcie jałmużny.

Wszyscy muzułmanie są braćmi. Mają wzajemnie do siebie takie same prawa. Nie wolno nikomu wziąć rzeczy właściciela bez jego pozwolenia.

Nikt nie jest ważniejszy od innego, poza tym, który wyróżnia się bogobojnością.

Wszyscy tu obecni niech poinformują nieobecnych, a ci niech poinformują innych, aż dotrze to do ostatnich ludzi. Niech ci ostatni lepiej zrozumieją moje słowa od tych, którzy słuchali mnie bezpośrednio.

O Allahu, bądź świadkiem tego, że przekazałem Twoje słowa Twoim ludziom.

Zapukano do drzwi. Zanim Amina zdołała się odezwać, usłyszała głos tego małego chłopca, Abdullahi. - Pokój z wami. Młoda żono, czy mogę wejść?

Uśmiechnęła się i powiedziała - I z wami pokój. Wstała i poszła otworzyć mu drzwi.

- Młoda żono, kiedy Fatima przyjdzie tu znowu? zapytał ją Abdullahi.

- Twoja żona będzie tutaj jutro lub pojutrze. Ale jeśli chcesz pilnie ją zobaczyć, pójdę na Uniwersytet i ją zawołam.

- To nie jest tak pilne. Chcę wiedzieć, ile ma lat i ile lat ma jej córka.

- Aha, ale to sprawa między wami. Nie biorę udziału w inicjacji, nie mając wołów. Nie chcę wtrącać się do spraw rodzinnych. Mówisz, że nie wiesz, ile lat ma twoja żona? Coś takiego! Amina dopytywała się i drażniła go.

- Ona nie jest moją żoną. I moją żoną nie będzie, odpowiedział zdecydowanie, uśmiechając się. - Młoda żono, i do ciebie mam specjalne pytanie, które chcę ci zadać.

- Powiem, ile mam lat, nawet jeśli mnie o to nie zapytasz.

- Nie, to nie to mnie dręczy. Chcę tylko wiedzieć, dlaczego ostatnio tak długo sypiasz, nie tak jak kiedyś? Może jesteś chora?

- Jestem całkiem zdrowa. Dziękuję, że okazałeś mi troskę. Ale jeśli chodzi o zmiany w moim ciele i o długie spanie, zapytaj o to Fatimę, kiedy tu przyjdzie.

- No nie! Co stoi na przeszkodzie, żebyś mi powiedziała?

- Słuchaj uważnie. Jeśli kobieta jest w ciąży, potrzebuje więcej odpoczynku. To dlatego dłużej śpi.

- Dziękuję, rzekł do niej i pędem się oddalił.

Spośród dzieci w domostwie Alhadżiego, Abdullahi był najbliższy Aminie. Najbardziej go lubiła. Zawsze zadawał jej pytania na temat problemów życiowych. Zwykle przychodził do niej, aby dowiedzieć się, czy ma wiedzę i czy jest gotowa odpowiedzieć na jego pytania, których nie może zadać swemu ojcu lub innym ludziom w tym domostwie. W minionych dniach zadawał Aminie pytania, na które prawdę mówiąc nie była w stanie od razu odpowiedzieć. Powiedział, - Dlaczego ojciec ciągle mówi, żebym nie zbłądził i nie zaufał kobiecie? Czy to prawda, że kobiety, psy i osły przeszkadzają w modlitwie? Dlaczego nie wolno kobietom modlić razem z mężczyznami w meczetach? Dlaczego nie posyła się moich sióstr do szkół typu islamijja?

Amina znowu pozostała sama z myślami kłębiącymi się w jej sercu. Skierowała uwagę swego umysłu na swą ciążę i swoją matkę. Matka była kobietą godną zaufania, o silnym charakterze, wytrzymałą w pracy. Była pierwszą żoną w swym domostwie. Lubiła nie tylko swoje dzieci, ale tak samo dzieci współżon. Nie robiła miedzy nimi różnicy. Bardzo lubiła Aminę i bacznie dbała o jej życie. Obserwowała wszystko, co robiła jej córka — nie krytykowała jej, a tylko korygowała jej błędy i podnosiła na duchu, mówiąc, że jest na dobrej drodze. Nie karciła jej, lecz robiła wszystko, co dobra matka robi dla swej córki, którą bardzo kocha.

Nie pozwalała na to, aby jej mąż zbił jakiekolwiek dziecko w tym domostwie. Zwykle powtarzała Aminie, - Jeśli poważasz sama siebie, to i ludzie będą cię poważali.

Amina pamiętała jak bardzo wspierała ją matka. Była pierwszą córką, która miała możliwość uczęszczania do szkoły podstawowej typu europejskiego. Jeśli chodzi o jej dwie starsze siostry, to zostały one wydane za mąż. Co się tyczy Aminy, jej matka mówiła na temat dużego znaczenia wiedzy dla dziewczynki. Dlatego na Allaha ojciec winien pozwolić jej uczęszczać do szkoły. Mówiła Aminie, - Jeśli zdobędziesz wiedzę, zapewnisz sobie dostatek i będziesz mogła pomagać także innym. Co więcej, będziesz wiedzieć, dokąd zmierza świat.

Pierwszą korzyścią z uczęszczania Aminy do szkoły było to, że nauczyła swą matkę zapisywania jej imienia. Jakaż była radość tej starej kobiety? Na samym początku wychodziły jej niezdarne litery, chociaż można było je odczytać: M A R Y A M U. Kiedy Amina ukończyła szkołę podstawową, jej matka oznajmiła jej, że chce, aby kontynuowała naukę. Zgodził się na to również jej ojciec. Przeszkody pojawiły się wtedy, gdy Amina ukończyła szkołę średnią. Ojciec chciał, aby bezzwłocznie wyszła za mąż, bez dyskusji. Zaś matka marzyła o tym, żeby kontynuowała naukę na Uniwersytecie. Mówiła, że jest jej celem, aby córka zdobyła pełną wiedzę. Kiedy ojciec próbował wydać Aminę za mąż z przymusu, nawet bez naradzenia się z jej matką, ta wolała uciec do swego domu, niż zostać i być świadkiem tego, jak Amina wpada w pułapkę, w jakiej znalazła się wkrótce ona i starsze siostry Aminy.

- Był to ciężki okres! Amina pomyślała w duchu. - Ojciec już przyjął należność matrymonialną, nawet wyznaczył dzień moich zaślubin. Ale mama zdecydowanie oświadczyła, że się na to nie zgadza. A ja myślałam nawet o ucieczce, ale szkopuł w tym, że nie miałam dokąd uciec. Wolałam zostać przy matce. Ojciec zwrócił otrzymaną należność ślubną, ale powiedział, że nie zapłaci za naukę w szkole i nie da mi pieniędzy na wydatki, skoro zamierzam wstąpić na Uniwersytet. Moja matka nie wykonywała żadnego zawodu, dlatego też nie miała dochodów. Sprzedała swoje rzeczy osobiste, głównie prezenty ślubne, aby opłacić mi czesne za pierwszy rok studiów na Uniwersytecie. Również moje starsze siostry mnie wspomogły. Starałam się jak tylko mogłam okazać mej matce szczerą miłość, jaką tylko może okazać córka. Do teraz pamiętam to, co mi powiedziała pewnego dnia.

-Amino, ty jesteś wielkim symbolem wiedzy i światłości. Jesteś niczym wysokie drzewo, które jest większe od wszystkich innych drzew. Jesteś dalekowzroczna. Masz zdrowe i piękne marzenia, ale czy możesz wiedzieć, że są one osiągalne? Czy się spełnią? Odpowiedziałam jej, że jeśli Allah pozwoli, będę w stanie je osiągnąć, chociaż w czasie tej rozmowy nie rozumiałem tego, co miała na myśli.

I oto nagle w poniedziałek przyszedł do mnie na Uniwersytet wujek Ali. Powiedział mi, że umarła moja mama. W jednej chwili runął mi cały świat. Przez wiele tygodni byłam w szoku. Aż do dzisiaj odczuwam wielką stratę. Jakbym znajdowała się w łodzi na środku wielkiej rzeki, która przewróciła się razem ze mną. W tym stanie rzeczy mój ojciec dostrzegł możliwość wydania mnie za mąż tak, jak sobie życzył. Po prostu przekazał mnie Alhadżiemu Harunie. Nawet go nie znałam aż do dnia, kiedy przybyłam do jego domostwa. Ale wypełnię daną ojcu obietnicę, jeśli zechce tego Allah. Wiedziałam, że nie jestem zamożna, ale dopóki trwa życie, jest nadzieja. Gdy będę miała córkę... Na tych rozmyślaniach Amina usnęła.

Obudziła się, kiedy w pokoju było już ciemno. Otworzyła okno, orzeźwiło ją chłodne powietrze. Podniosła rolety. Na zewnątrz nadciągnęły chmury i zbliżała się burza. Rozległo się uderzenie pioruna, czego Amina zawsze się bała. Zerwała się i szybko oddaliła od okna. Zapaliła światło i zobaczyła owinięty w papier kebab, pięć białych orzechów kola, i wiele dorodnych pomarańcz oraz bananów. Widząc to, domyśliła się, że kiedy spała, zapewne zachodził tam jej mąż.

Zaczął mżyć drobny deszcz, który po chwili przemienił się w ulewę. Słychać było spadające krople na dach i rozszalały wiatr. Wstała i zamknęła wcześniej otwarte przez nią okno. Kiedy odchodziła od okna, wszedł nagle Alhadżi Haruna. Wyglądało na to, że był w dobrym humorze. Interesował się jej sprawami. Wziął jedną z jej dwóch książek i zaczął ją przeglądać...

- Jesteś molem książkowym. Nauka to nie prowadzanie dziecka za rękę. Ta książka bardzo mnie zainteresowała, wskazał jej na pozycję o poślubianiu kobiet w islamie.

- Przeczytałam ją, powiedziała ociągając się.

- A tą? zapytał ją, i wskazał na książkę o tym, jak kolonialiści europejscy uciskali Afrykę i nie pozwalali jej na naturalny rozwój. Popatrzył na umieszczone na okładce nazwisko autora i zaczął odczytywać pojedyncze litery, aby je wymówić. - Kimże jest ten pisarz?

- Fatima czytała tą książkę. Wie co nieco na temat tego pisarza, z rozwagą odpowiedziała mu Amina.

Przeczytał nazwiska dwóch innych autorów. - A ci, co za jedni? O czym oni piszą?

- To są opowiadania pisarza kenijskiego N'gugi wa Thiongo, odpowiedziała mu.

- Czy Fatima czyta tego rodzaju książki? A może przeczytała już wszystkie? Alhadżi Haruna zaczął oglądać pozostałe książki. - Ta dziewczyna, Fatima jest zawzięta, bo uporała się z tak obszerną księgą, jak ta. Wziął do ręki grubą księgę napisaną przez Karola Marksa. - Ile dni zajmie ci przeczytanie tej księgi? zapytał ją.

- Zaczęłam ją czytać, ale czuję, że nie bardzo ją rozumiem. Sądzę, że dotyczy ona budżetu, ekonomii i temu podobnych.

- Aha! Tę powinnaś przeczytać, ponieważ chcę, abyś wkrótce otworzyła biznes.

- Ale jak wiesz, jestem w ciąży, przypomniała mu, okazując zdziwienie.

- Ależ oczywiście, wiem o tym, wyciągnął rękę i wziął inną książkę. - Ta dotyczy Afryki Południowej. Poznaję, to Nelson Mandela. To dzięki niemu kocham przywódcę naszego kraju. Wiesz, że on również nie znosi rasizmu.

Amina próbowała wykazać mu, że w Nigerii też panoszy się rasizm i różnego rodzaju dyskryminacje. Ale z wyrazu twarzy było widać, że Alhadżi nie zgadza się z tą opinią. Odłożył książki i wyszedł z pokoju. Amina próbowała je poukładać. W tym momencie zjawiła się Kulu. Była dobrze ubrana. Widać było, że ma wypełniony kufer i kupuje drogie rzeczy.

- Oho! Ale żeś się wystroiła. Te rzeczy kupiłaś w Kano?

- Nie, pochodzą one z Lagosu, odpowiedziała jej, oczekując na dalsze pochwały. Zaczęła obracać się, aby Amina mogła się jej przypatrzeć.

- Widać, że niemałe pieniądze wydałaś na tą bluzkę, zauważyła Amina, dotykając jej.

- Co do mnie, podobają mi się niebanalne rzeczy, powiedziała

Kulu, jakby od niechcenia. - Była to udana podróż. Odebrałam moje rzeczy od celników i sprzedałam je tutaj, w Kano. Dobrze na tym zarobiłam.

- No, świetnie!

Kulu zaczęła teraz opowiadać o swym planie otwarcia sierocińca. Kupiła nowy samochód i wybudowała basen pływacki w swoim domostwie. Inwestuje. Kiedy przerwała swą wypowiedź, Amina opowiedziała jej o sprzeczce z Alhadżim.

Kulu natychmiast i zdecydowanie wyraziła swą opinię. - Amino, na Allaha, wszystko to jest twoja wina. Jesteś niedoświadczona. Za pieniądze można kupić wszystko. Również w przyszłości za pieniądze można będzie kupić miłość człowieka, zadowolenie i wszystko inne. We wsi Dimbi jest pewien znachor. Chodźmy do niego, żeby przyrządził lekarstwa i napary, które sprawią, że oczarujesz Alhadżiego. Stanie się tak, że nie będzie widział u nikogo włosów na głowie, oprócz ciebie. Ale to jeszcze nie wszystko! Zechciej tylko się podnieść. Pójdźmy tam w ten piątek, zaproponowała jej Kulu.

Kiedy Amina milczała, nic nie mówiąc, Kulu przyjrzała się jej przenikliwie i zmieniła treść rozmowy. Łagodnym głosem powiedziała, - Co słychać u Fatimy? Uważaj na tą dziewczynę. Jest ona bardzo niebezpieczna. Jest mi przykro, że ją poznałam. Jest piękna i bogata, ale nie wie jak z tego korzystać, aby cieszyć się życiem. Zdradziła się, że kocha pewnego brudnego chłopca z bokobrodami, niejakiego Danbaki. Nie słyszałaś tego imienia? Co w nim ona widzi? Ów chłopak nawet nie wie, dokąd zmierza świat? Tacy jak on wzniecają tylko zamieszki na Uniwersytecie w imieniu tego ich Związku Studentów. Amino, na Allaha chcę ci życzliwie doradzić. Nie pozwalaj Fatimie, aby ci mówiła, co masz robić, a czego nie robić. Jest sprawna w działaniu, jest niczym diabeł. Nie posługuje się zbyt pięknym językiem. Może ci nawet wmówić, że mleko jest czarne. Naprawdę uważaj, moja droga.

Niby ze znudzenia Kulu włożyła rękę do swej torebki, wyjęła stamtąd plik pieniędzy i zaczęła je przeliczać. Policzyła je wszystkie, na oczach przyglądającej się. Aminy. - Lubię liczyć pieniądze. Odczuwam przy tym radość, rzekła Kulu, choć nikt ją o to nie pytał.

Na zewnątrz pokoju usłyszeli kroki kogoś wchodzącego na piętro. Rozległo się pukanie do drzwi. Usłyszały znany im głos. - Wiem, że jestem bardzo piękna, dlatego też wejdę bez ogródek.

Fatima wtargnęła do pokoju i stanęła, uśmiechając się. Gdy zobaczyła Kulu trzymającą plik pieniędzy, roześmiała się. - O rany, Kulu! Czy sądzisz, że jestem taką jak ty złodziejką? Popatrzcie, jak przykryła rękoma pieniądze, jakby ktoś chciał jej ukraść! Pal cię licho!

- Na Allaha, proszę o spokój! Nie życzę sobie zamieszania, wkroczyła do akcji Amina.

- To tyle dzisiaj ukradłaś? zapytała Fatima.

- To są moje pieniądze, skontrowała ją Kulu.

- W tym naszym społeczeństwie jest tylko jedna droga prowadząca do wzbogacenia. Jest nią kradzież, która stała się też twoim rzemiosłem, atakowała Fatima.

- Ty kłamczucho! Mogłabym cię oskarżyć przed władcą. Pracuję, więc się dorabiam. Haruję w pocie czoła!

- W jakim pocie czoła? A idźże sobie! Dalej uprawiaj kontrabandę i zagrabiaj pieniądze, oszukuj biedaków, kradnij w biały dzień. I ty śmiesz mówić, że zdobywasz pieniądze w pocie czoła. Hipokryta!

- To nie twoja sprawa!

- To moja sprawa i to jeszcze jak!

- Mówisz to ty, która uganiasz się za młodzieńcami?

- Albo zamkniesz gębę, albo cię poturbuję! Fatima poderwała się, chwytając za górną część sukni Kulu.

- Hejże, przestańcie. Nie chcę tutaj żadnej bijatyki! zawołała Amina, próbując je rozdzielić.

- Zazdrościsz mi tego, co posiadam, zawołała Kulu rozsierdzona. Fatima przełknęła łyk wody, by się nieco ochłodzić. Kulu poprawiła swą suknię i zaczęła podśpiewywać:
Niektóre kobiety mi zazdroszczą,
Niektóre kobiety mi zazdroszczą,
Niektóre kobiety mi zazdroszczą!
Fatimę zatkało. Położyła ręce na piersi i krzyknęła, - Posłuchaj Kulu. Wiedz, że jeśli zechcę, będę bogatsza od ciebie i od tego twego męża. Żaden problem. Czy nie słyszałaś o amulecie kau da kara? Twoja zazdrość na nic się nie zda.

Kulu poderwała się, kierując się ku drzwiom. Amina ruszyła w ślad za nią. Zanim wyszła, Fatima jeszcze raz szarpnęła Kulu, zbliżyła się do jej twarzy i wbiła w nią wzrok. - Kulu, wiem co cię sprowadziło tutaj, do Aminy. Każdy to wie. Pozwól, że wygarnę ci to, co jest w moim sercu. Nie lubię wszystkiego, czego tkniesz. A zwłaszcza tego, jak oszukujesz ludzi, którzy ci zaufali. Gdyby moje życzenie mogło się spełnić, to takich jak wy należałoby oprzeć o ścianę i po prostu rozstrzelać. Tak byłoby najlepiej! Popchnęła ją.

- Wkurzasz mnie. krzyknęła Kulu, przyjmując bojową postawę. - Nic nie robicie, a tylko podnosicie raban na Uniwersytecie i wykrzykujecie głupie hasła. Dam ci dobrą radę. Idź do lekarza, aby zbadał twoją głowę. Jesteś wariatką, choć o tym jeszcze nie wiesz. W waszym świecie wasze domostwa są bardzo nietrwałe. Ciągle mówicie o nadchodzącej rewolucji. Ale nie będzie jej w tym kraju. Gdybym mogła spełnić swe życzenia, zebrano by was wszystkich, was, którzy nazywacie siebie socjalistami Uniwersytetu. Skończyłabym z wami raz na zawsze. Jesteście wszami zatruwającymi społeczeństwo! Kulu uwolniła się od Fatimy i skierowała się do wyjścia. Pośpiesznie opuściła Aminę i Fatimę, które spoglądały na siebie.

- Dlaczego tak szukasz draki? zapytała Amina swą przyjaciółkę.

- Bóg mi świadkiem, że nie znoszę tej kobiety, odparła Fatima. - Na Allaha, wybacz, jeśli nie podobało ci się to, co się stało. Na Allaha, miała szczęście, żeśmy się spotkały właśnie tutaj. Gdyby to było gdzie indziej, policzyłabym się z nią.

- Jak byś się z nią uporała? zapytała przestraszona Amina.

- Na jej ciele wypróbowałabym to, czego nauczono nas na kursach karate. Jednym ciosem zmiażdżyłabym tą jej brzydką twarz. A co słychać u Płaskonosego? zapytała Fatima, posługując się przydomkiem Alhadżiego Haruny.

Wszystko u niego w porządku. Odwiedził mnie i przyniósł coś do jedzenia. Widział te książki.

- I co powiedział?

- Nic takiego. A nawet mi doradził, żebym przeczytała Karola Marksa. Nie wiedział, o czym jest ta książka.

- Bardzo dobrze! roześmiała się Fatima.

Amina rozpakowała torebkę z kebabem i zaczęły się posilać. Po chwili zjawiła się Mairo. Weszła do pokoju Aminy i usiadła na ziemi. Zaczęła im opowiadać o tym, co wydarzyło się w mieście. Mówiła szybko i nie zatrzymywała się, nie zważając na prawidłową budowę zdań. To, o czym mówiła, było całkiem interesujące. Najpierw oznajmiła, że miasto nawiedziła choroba zapalenia opon mózgowych. Tylko w ubiegłym tygodniu umarło pięćdziesięciu ludzi. Z powodu tej choroby dzisiaj rano zmarła utrzymująca ją pasierbica.

- Niech jej Allah wybaczy i chroni nas przed tego rodzaju złymi chorobami, zaczęła się modlić Amina.

- Posłuchaj-że, odezwała się Fatima, połykając mięso, które miała w ustach. - Na te złe choroby jest lekarstwo. Tylko nieraz przyczyną licznych zgonów jest zły stan naszych szpitali.

Mairo przyznała Fatimie rację. Potem opowiedziała o kobiecie, która straciła swe życie na skutek drobnej kłótni, jaka wybuchła między nią a jej mężem. - Była to żona stolarza. Wczoraj dał jej dwadzieścia naira na drobne zakupy. Powiedziała, że to nie wystarczy, bo wszystko podrożało. Posprzeczali się do tego stopnia, że poszła za nim do miejsca, gdzie pracował. Kazał jej wracać do domu, bo tak nakazuje rytualne zamknięcie kobiet. Ona dalej się upierała. Kiedy doprowadziło to go do złości, pochwycił młotek i uderzył ją w głowę. Dzisiaj zmarła w domu.

Amina westchnęła, ale nie odezwała się słowem. Fatima zaś poderwała się i stwierdziła. - To wszystko jest oznaką niekontrolowanego gniewu. Wielokrotnie to skrupia się na nas – kobietach. Nie ma to nic wspólnego z twoją pozycją, twoim bogactwem, czy twą zamożnością itp. Mężczyzna walczy z uciskiem, ale nie wie, w jaki sposób się go uciska. Przyciska się go do ściany, a on się broni. Nawet nie wie, kto go tak przyciska. Złości się i ciągle narasta jego gniew… Gdy taka sytuacja osiąga swe apogeum, na nic już nie zważa. W tym stanie rzeczy jeśli ktoś nastąpi mu na odcisk, kieruje swój cały gniew na niego. W ten sposób rozładowuje swą frustrację. Z tego rodzaju sytuację spotykamy się wśród zwykłych, biednych ludzi. A najczęściej cierpią na tym kobiety.

- Larai wróciła, obwieściła Mairo.

- Jaka Larai? zapytała ją Fatima.

- No, żona tego biedaka, o której ci mówiłam, że trafiła do szpitala. Leżała tam wiele miesięcy.

- Aha, jak się czuje? Czy poprawił się stan jej zdrowia?

- Co się jej tyczy, to naprawdę miała szczęście. Ale nadal się moczy, powiedziała Mairo i powstała. - Słuchajcie, chcę zajrzeć jeszcze do kilku miejsc. Do zobaczenia. Niech Allah nam sprzyja!

Amina założyła rękę na głowę i zaczęła rozplatać warkoczyki. - Co słychać u Szerokonosego ? Nie zajrzy tutaj? po raz kolejny Fatima zapytała Aminę.

- Nie zajrzy. Śpi w domach poselskich.

- A nie mówiłam. Kto to jest ta Larai. Co się jej przydarzyło, że trafiła na szpitalne łóżko? zapytała Fatima swą przyjaciółkę.

- Należy do tych młodych dziewcząt, które wydaje się za mąż, choć ich ciało nie jest jeszcze dostatecznie dojrzałe do rodzenia dzieci. Rzadko unikają tej choroby nietrzymania moczu, kiedy urodzą w takich okolicznościach, wyjaśniła jej Amina.

Fatima chwyciła za obie ręce Aminy, utkwiła w niej wzrok i rzekła, - Na Allaha, pójdź ją odwiedzić. Być może będziesz w stanie jej pomóc. Mawiał mój dziadek, że jeśli komuś pomagasz w osiągnięciu jego celu, Allah sprawi, że i ty odniesiesz sukces.

- Jeśli zechce tego Allah, to spróbuję, odpowiedziała Amina, jakby ta sprawa nie dotyczyła jej samej. Zapytała Fatimę, - Jak się miewa Danbaki?

- Ach ten mój wielbiciel? Z nim wszystko w porządku.

- Czy zgolił swe bokobrody?

- Nie, jest mu z nimi do twarzy. Prawdę mówiąc, najbardziej mi się z nimi podoba.

- Czy rozmawialiście już o tym, co chcecie robić w waszym związku?

- Ależ oczywiście. Danbaki chce, abyśmy się pobrali. Mnie jednak się wydaje, że jeszcze nie przyszedł na to czas. Odpowiada mi obecna sytuacja. Czuję, że wkrótce przystanę na jego prośbę. Fatima zatrzymała się na chwilę, zamknęła oczy, jak ktoś pogrążony w myślach. Po czym mówiła dalej, - Tym razem poślubię tego, kogo chcę, kogo kocham. Mam nadzieję, że Allah obdarzy nas potomstwem.

- Czy ostatnio może widziałaś się z Muktarem? zapytała ją Amina.

- Tak jest. Wczoraj nawet był na Uniwersytecie. Prosił mnie, abym przekazała ci serdeczne pozdrowienia.

- Po co przyszedł na Uniwersytet?

- Przyszedł, żeby zobaczyć się z Rebeką, powiedziała Fatima, uśmiechając się. - A teraz powiem ci całą prawdę. Jest on dziennikarzem. Zjawił się na Uniwersytecie, aby rozwiązać zagadkę pewnej sprawy. Następnie zajrzał do swej nowej ukochanej, wyjaśniła Fatima. Nie zauważyła lekkiej zmiany na twarzy Aminy, kiedy to usłyszała. Kontynuowały rozmowę. Tej nocy wiał chłodny wiatr, a na niebie świeciły gwiazdy. Kiedy odmówiły ostatnią modlitwę dnia, Amina schyliła głowę przed przyjaciółką, prosząc by ją uczesała. Była to okazja dla Aminy, żeby wypytać Fatimę o intrygującą ją sprawę.

- Fatimo, powiedz mi na Allaha, jaką odnosisz korzyść z lektury książek?

Fatima przez chwilę milczała. - Kiedy czytasz książki, powiększasz swą wiedzę na temat życia i o ludziach, z którymi obcujesz. Kiedy czytasz, czujesz w sercu lekkość, masz przyjemność lepszego rozumienia spraw i pojmowania istoty rzeczy. Zwłaszcza tych, których przedtem za dobrze nie rozumiałaś. Skoro książki piszą ludzie, to kiedy je czytasz, czujesz, że jesteś z nimi. Co do mnie, książki są dla mnie przewodnikami pokazującymi mi, że nie jestem sama zmagająca się z wyzwaniami życia. Dzięki książkom bardziej rozumiem, dokąd zmierza świat, jakie dokonują się w nim zmiany. Wiem, kiedy mam się pochylać z wiatrem zmian, a kiedy się uchylać, aby nie zostać zgniecioną. W moim domu jest spokój. Czytać należy ze zrozumieniem. Uważnie śledź to, co piszą autorzy Jedni o pieniądzach, inni o długach. Większość książek, które znajdują się w naszych czytelniach, jest nic nie warta. Niczego się z nich nie nauczysz.

- Tak, rozumiem. Kto z was wygrał w dyskusji, ty czy Bature?

- To ja wygrałam, powiedziała Fatima, uśmiechając się. Szkoda, że nie zostałaś do końca. Tego dnia poruszyłam każdego. Wszystko poszło tak, jak chciałam. Słuchacze ciągle bili mi brawo. Siedmiu spośród dziewięciu sędziów oddało głos na mnie.

- Tak, a co z jego obietnicą?

- Kiedy kończyliśmy dyskusję, pogratulował mi. Zapytał mnie o nazwiska tych, którzy zostali aresztowani z powodów politycznych. Następnego dnia dałam mu listę, a on bez zwłoki udał się do gubernatora. Nie wiem, co tam zaszło, ale po krótkim czasie wszystkich wypuszczono.

- Zadziwiające, czyż nie? Ilu ludzi zwolniono?

- Dwunastu więźniów, którzy zostali bezprawnie zatrzymani.

- A co ze stypendium?

- A to jest najbardziej interesujące. Obiecał złagodzić obciążenia studentów, a naszą rzeczą jest śledzenie przebiegu tej sprawy. Powiedział, abym to ja nadzorowała fundusz pomocy stypendialnej. W przyszłym tygodniu poinformuję, jaki ma być ten nadzór. Czuję, że nazwę go Fundacją Aiszy. Dał mi dużo pieniędzy, żebym zakupiła książki i je rozdzieliła między czytelnie i szkoły w tym Stanie. Co do nas, nasze żale przyniosły bardzo dobry rezultat!

- A więc jesteś gotowa do współpracy z Bature ręka w rękę?

- Ależ tak, jeśli skorzystają z tego ludzie tego Stanu.

- Prawdę mówiąc, myślałam, że nie zrobi niczego.

- Wiem, że byłam surowa w ocenie Bature, ale oboje mieliśmy przyjemność uczestniczenia w tej grze. Pies zna szakala, a szakal zna psa. Bature jest wierny swej ideologii, i zawsze wie, dokąd zmierza. Jest również wytrwały w kontaktach z ludźmi. Czego się możemy od niego nauczyć?

Siedziały nic nie mówiąc, głęboko zamyślone. W końcu odezwała się Fatima, - Myślę, że powinniśmy się zwrócić ku przeszłości, przyjrzeć się naszej historii i zobaczyć, co odziedziczyliśmy z naszych pierwotnych zwyczajów. Co się odnosi do istoty prawa muzułmańskiego, a co dotyczy zwyczajów arabskich, które wprowadzono do naszej społeczności? Powinniśmy dokonać rozdzielenia tych rzeczy. Jest rzeczą frustrującą, że przez wiele minionych lat wszystko zostało pomieszane. Na skutek tego nasze żony znalazły się w większych kłopotach. Fatima zatrzymała się na chwilę, po czym mówiła dalej, - Wieści, jakie usłyszałyśmy z ust Mairo, są zasmucające, ale nie są to nowe rzeczy. Każdy je zna. Zawsze słyszymy o niepokojach wybuchających tu i tam, niekiedy nawet o zabójstwach. Jest rzeczą oburzającą, że zawsze mordercy są zwalniani, nawet jeśli zostaną schwytani. Nawet jeśli zabiją człowieka, to jakby uśmiercili mrówkę. Wszystkie nasze przepisy prawne przemilczają prawa kobiet.

Fatima znowu zamilkła, jakby czekając na to, żeby Amina wzięła do serca to, o czym się mówi. Chwilę potem mówiła do niej dalej. - Amino, na Allaha, nie jest możliwe, abyś była tylko widzem. Sprawa ta dotyczy nas. Jest naszym prawem, aby wiedzieć, jak zmieniają się sprawy w kierunku polepszenia życia kobiet.

- Pokój z wami, usłyszały głos i pukanie do drzwi.

- I z wami pokój oraz miłosierdzie Boże, odpowiedziała Amina. - Proszę, proszę wejść. Dostojny mężczyzna z białą brodą otworzył drzwi i wszedł ostrożnie, jakby ukradkiem. Był to brat Alhadżiego Haruny. Zwrócił się do nich słowami, - Przyszedłem tylko po to, aby was pozdrowić. Przywitałem się już z pozostałymi kobietami. Mimo wielu lat na karku jakoś wspiąłem się na to piętro.

- No, świetnie. Witaj-że. Proszę usiąść, Amina wskazała mu krzesło.

Dostojny gość usiadł i popatrzył na Fatimę. - Zanim tu wszedłem, trochę słyszałem z tego, co mówiłaś. Na Allaha, mów dalej. Kiedy Fatima tylko się uśmiechnęła, nic nie mówiąc, zaśmiał się i on zwracając się do niej. - Jestem stary i nikomu nie wadzę. Amina i Fatima spojrzały na siebie, jakby zapytując, co to za nowy wzorzec zachowania. Fatima uśmiechnęła się i mówiła dalej.

- Słuchaj, Amino. W naszej społeczności są kobiety pokroju Larai i jej podobne, ale są i żebracy, którzy nie mają godziwego przyodziewku, chodzą w łachmanach. Oraz setki dzieci, które nawet nie przyszły jeszcze na świat. To od nas się oczekuje, że coś zrobimy, ponieważ jesteśmy wykształcone. To tak jak wziąć na głowę wzgórze Dala, i to bez podkładki. Ale kopiąc wytrwale, można dokopać się do wody, jeśli będziemy zdeterminowane. Musimy poświecić się sprawie. To jest nasze prawo, nie ma wątpliwości. Popatrz na sytuację, w jakiej znajdują się nasze kobiety. Na ulicach pełno dzieci, w łachmanach, głodnych, bez przyodziewku, bez rodzeństwa. Proszą Allaha, żeby wam dał, byśmy i my skorzystali. Nie mówią, żeby wam dał od razu. Nasi władcy zdradzili nas. Oparliśmy się o ich ramiona, a oni poodrywali nasze ręce. Nasi przywódcy przyglądają się temu, jak się mają rzeczy, ale nie szukają wyjścia z trudnej sytuacji. Jest rzeczą smutną, że są tak egoistyczni, i to już od dawna było wyraźnie widać.

Ów starszy pan zakasłał, jakby chciał powiedzieć Fatimie, że jest obecny i chce zabrać głos. - Ach, podziwiam ten twój entuzjazm, zwrócił się do Fatimy. - Wszystko, co powiedziałaś, jest prawdą. Wiesz, dokąd zmierzasz, wiesz co należy robić, ale masz związane ręce. Wolno się podniósł, jakby chciał uniknąć złamania jakiejś części ciała. - Widzisz mnie tutaj, jestem stary. Czuję, że jestem już po osiemdziesiątce. W naszych czasach zasługiwaliśmy na naszych przywódców, na ludzi bogobojnych, miłujących prawdę i godnych zaufania. Słuchali oni głosu tych, nad którymi sprawowali władzę. Nie przywiązywali wagi do gromadzenia bogactw. Ich celem było to, aby kraj się rozwijał. Nasi obecni przywódcy nie zwracają uwagi na przykazaniach Allaha w ich działalności. Nie obchodzą ich poddani. Upływają lata, a nie ma postępu, którym można by się szczycić. Gromadzą tylko bogactwa, co przynosi wiele nieszczęść. Kiedy się już obłowią, ubiegają się o tradycyjne urzędy. Wielkie nieba! Jest jedna rzecz, która mnie teraz bardzo smuci: Podróż zakończona. Opuszczę ten świat w złym stanie, nie w takim, w

jakim go zastałem. I nic nie mogę na to poradzić. Niech Allah strzeże nas na prostej drodze. Byśmy wszyscy żyli w zdrowiu, wy wszyscy. Zaczął się ukradkiem oddalać. Amina poderwała się, aby odprowadzić go na parter. Wzbraniał się i mówił, żeby usiadła.
- Nie przejmuj się. Ja się nie śpieszę. Będę się podpierał i powoli zejdę.

Stary człowiek wyszedł. Fatima zwróciła się do Aminy, - Czy go słyszałaś? Słowa naszych wielkich ludzi obfitują w mądrości. Winniśmy ich słuchać z bystrością naszego umysłu.

- Tak, rozumiem. Jak sądzisz, można coś zrobić? zapytała ją Amina.

- Można zrobić wiele rzeczy! odpowiedziała jej Fatima bez zastanowienia. - Ludzie cię poważają ze względu na twoją pozycję. Utwórz-że stowarzyszenie, jak już niegdyś ci radziłam. Ale zaczekaj i głęboko się zastanów, Którą drogę wybrać, aby odnieść sukces. Musisz nie tylko ludziom przedstawić swe racje, ale i oni muszą głęboko się zastanowić. Nie zapominaj o powiedzeniu, że najpotężniejsze ptaki wykluwają się z małego jaja. Gdybyś nawet nie poczyniła żadnego postępu, kobiety z miasta przyjdą do ciebie, będą ci pochlebiać, będą cię chwalić, ale będą cię poważać tylko dlatego, że jesteś żoną Alhadżiego. Masz pewną szczególną rzecz – to twoje położenie. Obyś nie była zawsze w cieniu Alhadżiego. Hartuj swój charakter, sprawuj nad nim kontrolę dla dobra tych, którzy nie mają siły. Przyciągnij do siebie wszystkie kobiety, które są blisko ciebie, zaopiekuj się nimi należycie, oświecaj je. Daj im możliwość poznania, że one także są ludźmi, jak wszyscy inni. W ten sposób przypiszą ci pełnię człowieczeństwa. Jeśli to uczynisz, nie tylko obecni ludzie Bakaro, ale też ci co się w przyszłości urodzą, ciebie nie zapomną. Ale jeśli nie zwrócisz uwagi na to, co dręczy te kobiety, a zbratasz się z pozbawiającymi ich praw, współcześni ludzie w mieście Bakoro, i przyszli mieszkańcy tego miasta, nawet nie pomyślą o przebaczeniu ci.

Amina uważnie słuchała swej przyjaciółki, nie przerywając jej. Nie od dzisiaj słuchała głoszonych przez nią poglądów, ale tym razem nie była pewna, że może jej służyć pomocą. - Fatima jest marzycielką, pomyślała Amina w duchu. - Nigdy nie korzystano z tego rodzaju porad, jakich mnie udziela. A poza tym nie wiem, od czego miałabym zacząć. Powiedziała do niej, - Hejże, przyszedł czas na ułożenie się do snu. Oczy zrobiły się zbyt ciężkie. Zmieniła swój przyodziewek, wkładając nocny strój. Zaś Fatima siedząca na trzyosobowej sofie, ziewała. Przyniesiono dla niej przykrycie. Miała zwyczaj spać na sofie, kiedy do późnej nocy zasiedziała się u Aminy. Zgasiły światło i obie udały się na spoczynek.

8

Kiedy Amina obudziła się rankiem, czuła, że nie podoba się jej to, co powiedziała jej Fatima, chociaż Fatima z przekonaniem starała się udzielić jej pełnej odpowiedzi. Amina zgadzała się z tym, że w miarę możliwości winna pomóc jakiejś kobiecie, która na to zasługuje. Różniły się tym, że Fatima uważała, iż takie rozwiązanie nie daje pożądanego efektu. W końcu, tego dnia Amina i Hawwa odprowadziły Mairo, udającą się z wizytą do Larai. Szły wolniutko. Ten sposób poruszania się pozwolił Aminie na przyjrzenie się drogom i domom w ich pobliżu. Jakby dziś po raz pierwszy oglądała obraz tego miejsca. Wszędzie kałuże wody, błyszczące niczym srebro, i smród z ubóstwa. Domy były tak zaniedbane, że mogłyby się rozsypać, gdyby ktoś się o nie oparł. Zbudowane z błota, pokryte strzechą, z małymi oknami niczym otwory wejściowe do gołębnika. Na sam widok można by się domyślać, że w owych domach brakuje powietrza. Gdziekolwiek by człowiek nie popatrzył, kole go w oczy ubóstwo. Idąc wolno, dotarły do domu Larai. Wyglądał jak domy innych ludzi – wybudowany z błota, bez prawdziwych okien. Jako pierwsza weszła Mairo. Za nią pospieszyła Amina, odsunąwszy zasłonę w postaci maty w kolorze ziemi. W domu nie ma mowy o cieple, odór, ciemność… Na środku izby leżała młoda dziewczyna. Widać było, że dręczy ją jakaś choroba. Z bólu pojękiwała. Obok niej leżało niemowlę z olbrzymią głową, z wytrzeszczonymi oczyma i włosami jakby przyprószonymi ziemią. Bez wątpienia była to matka i jej córka, w beznadziejnej sytuacji.

Kiedy Larai zobaczyła Aminę i jej przyjaciółki, z trudem usiadła. Wyciągnęła rękę, wzięła płaczące niemowlę, przytuliła je do piersi i dała jej cyca. Niemowlę przypięło się do piersi, włożyło ją do ust i zaczęło ssać, pochlipując. Widocznie coś mu się nie podobało. Larai płacząc opowiadała o tym, co jej się przydarzyło. Podczas porodu został uszkodzony jej pęcherz, dlatego aż do teraz zmaga się z nieszczęsną chorobą nietrzymania moczu.

- Ile masz teraz lat? zapytała ją Amina, łamiącym się głosem.

- Nie jestem pewna, ale wydaje mi się, że mam piętnaście lat.

- Co się wydarzyło po zrobionej ci operacji?

- W szpitalu cierpiałam z innymi dziewczętami, tak jak ja zmagającymi się z tą chorobą.

- A co z twoim mężem?

- Poślubił inną dziewczynę, kiedy byłam w szpitalu, odpowiedziała szeptem Larai. - A potem co się stało? Mam na myśli tutaj w szpitalu? Amina chciała dowiedzieć się czegoś więcej.

- Władze szpitala przegoniły nas. Najpierw znalazłyśmy miejsce w niedokończonym budynku i przebywałyśmy tam jak uchodźcy. Jednak z powodu deszczów wróciłam tutaj.

- Jak przeżyłyście okres, kiedy mieszkałyście w tym budynku? Jak zdołałyście poruszać się po ulicach?

- Żyłyśmy z tych drobnych rzeczy, jakie dostawałyśmy z rąk ludzi. Nie różniłyśmy się od żebraków.

- A teraz, jak zajmuje się wami twój mąż?

Czasami daje nam jedzenie, jeśli mu się to spodoba. To zależy od jego humoru... Zawsze przebywa z nową żoną. Mówi, że jestem brudna i że bardzo śmierdzę.

- Nie do wiary, wyszeptała Amina, potrząsając głową.

Po policzkach Larai spływały łzy. - O Boże! Proszę cię, zabierz moje życie. Klnę się na Allaha, że wolałabym śmierć niż życie w takim stanie. Cóż takiego uczyniłam? O Boże, jaki grzech popełniłam, że jestem tak napominana?

- Na Allaha, przestań! Przestań sprowadzać na siebie ową złą modlitwę. Przestań płakać. To nie z własnego wyboru popadłaś w taką sytuację – nie obwiniaj się. Jestem pewna, że gdy dostaniesz drugą szansę, nie wybierzesz życia podobnego temu. Tak przemawiała do niej Amina, współczująca sytuacji Larai i trzymająca ją za ręce. To nie pierwszy raz widziała ludzi w stanie beznadziejności. Ale położenie Larai wstrząsnęło nią do głębi. Nigdy nie spotkała się z podobną sytuacją. Przypomniała sobie miesiące noszenia ciąży, bóle porodowe, operację i rodzenie... choroba...tortura. Całymi dniami nikt nie dbał o człowieka. I ta samotność... Zrozumiała, jak to wszystko się sprzysięgło, sprowadzając na Larai cierpienie. Każdy może to dostrzec na jej twarzy i na całym ciele. Serce pęka od tych wspomnień. Amina rozmyślała o tym, jak Larai starała się wytrzymać te trudności, chociaż bez wątpienia bardzo ją to bolało. Dopóki się żyje, jest nadzieja. Ręce Aminy zaczęły drżeć. Nie mogła się nadziwić temu, jak niektórzy z nas uparcie uprzykrzają życie innych. Dalej przekonywała Larai. - Nie przejmuj się, bo tego chciał Allah: miej do Niego zaufanie. Pomoże ci. A czy się modlisz?

- Rzadko. Nie uczęszczałam do szkoły islamijja. Ja teraz tylko proszę Allaha, aby odebrał nam nasze życia.

- Nie mów tak! Zarzuć tę twoją bezbożną prośbę! skarciła ją Amina.

- Powiedz, co mi pozostało oprócz tych piętrzących się kłopotów?

Kobiety opuszczając chatkę Larai dały jej pieniądze. Obiecały też pomagać jej w miarę swych możliwości.

Gdy Amina dotarła do domu, poleciała bezzwłocznie przygotować jeden pokój w domu, który ofiarował jej Alhadżi. Larai i jej niemowlę przeniosły się do niego. Potem zawiozła Larai do prywatnego szpitala, oddając ją pod jego opiekę. Larai była bardzo wdzięczna: odwiedzała Aminę i pomagała jej w drobnych pracach domowych. Amina zaś schodziła z piętra na parter i zatrzymywała się tam, w pokoju przyjęć dla gości Alhadżiego. Zmianę miejsca pobytu tłumaczyła w ten oto sposób: - Jestem w ciąży i wspinanie się na piętro sprawia mi trudności.

Chociaż Amina spodziewała się nawoływania muezzina, to wezwanie do modlitwy wyrwało ją ze snu. Przez chwilę leżała w łóżku, rozmyślając o różnych sprawach: o Fatimie i jej Stowarzyszeniu oraz o ich licznych zebraniach; o Kulu i jej biznesie oraz o jej własnym, tajemniczym przyszłym biznesie; o Larai i jej córce. Nie mogła się nadziwić, jak Fatima i jej przyjaciółki uparcie dążą do przemian w społeczeństwie. Co spodziewają się przez to osiągnąć? Raczej nie ubiegają się o rzeczy doczesne, ponieważ większość z nich to dzieci zamożnych rodziców. Dlaczego tak bardzo przejmują się sprawami innych kobiet, różnicami klasowymi i temu podobnymi problemami? Co mają zamiar robić, aby doprowadzić do tych przemian? Choć zakazano działalności tego ich Stowarzyszenia, napływali nowi członkowie, a ci starsi nie zaprzestali organizowania zebrań, bez względu na zaistniałą sytuację. Amina zauważyła, że i ona sama zaczyna uważnie się przyglądać sprawom, o których się dyskutuje.

Przypomniała się jej rada Fatimy. Należy utworzyć stowarzyszenie, aby zatroszczyć się o kobiety, kształcić je i pomagać im, jeśli zaistnieje taka potrzeba. Próbowała wyzwolić się od tych myśli, ponieważ w żadnym wypadku nie można pomóc każdej kobiecie w rozwiązaniu spraw, które są bardzo osobiste.

Stowarzyszenie może pomóc grupie kobiet. Jaką korzyść można mieć z tego rodzaju stowarzyszenia? Mimo to zastanawiała się nad tym, co by się stało Larai, gdyby pozostawiła ja samą.

Dało się słyszeć głośne uderzenie pioruna i niebo przecięła potężna błyskawica. Po chwili zaczął padać deszcz. Słychać było spadające krople wody i odbijające się od pokrytego blachą dachu. Amina leżała w łóżku i przyglądała się fotografii jej samej z grupą przyjaciółek, jaką zrobiono w czasie ich matrykulacji na Uniwersytecie. Były wystrojone, ubrane w specjalne uniwersyteckie togi. Na zdjęciu znalazła się Rabi, która ukończyła studia. Wyszła za mąż, i jako mężatka studiowała prawo. Teraz wykonuje zawód prawnika.

Myśli Aminy wróciły do sprawy utworzenia stowarzyszenia. Doszła w końcu do przekonania, że jest to sprawa, którą należałoby pochwycić obiema rękami. Widziała, jak kobiety zmagają się z różnymi trudnościami. A ona nie została stworzona po to, aby siedzieć z założonymi rękoma i nic nie robić w tej sprawie. W końcu postanowiła powiedzieć Fatimie, że zastanowi się nad tym zamiarem utworzenia stowarzyszenia kobiet, chociaż nie widzi siebie jako osoby aktywnie działającej w planowanym projekcie.

Gdy dokonywała wieczornej ablucji, nagle zjawiła się Fatima. Była cała spocona, jakby od szybkiego biegu. Poinformowała swą przyjaciółkę: - Brakuje benzyny, nie ma taksówek. Dlatego z Uniwersytetu musiałam iść pieszo. Mówiąc to, padła na krzesło. Była piekielnie zmęczona i ciężko oddychała.

- Pozwól, że odmówię modlitwę, rzekła do niej Amina.

- Poproś Allaha, aby zapewnił nam paliwo, skąd by ono nie było.

Gdy Amina odmówiła modlitwę, zwróciła się do Fatimy, mówiąc, - O co chodzi z tym paliwem?

- Już od trzech dni nie dostarcza się regularnie paliwa do naszego miasta, wyjaśniła Fatima. Nie pozwalając Aminie na zabranie głosu, mówiła dalej. - Nasi przekupni i nieodpowiedzialni przywódcy mówią, że ponoć załamał się światowy rynek naftowy, a także zmniejszyły się nasze zasoby dewizowe. Jednak każdy myślący człowiek wie, że to nie wyjaśnia przyczyny braku paliwa, gdyż mamy go pod dostatkiem w kraju zasobnym w ropę naftową.

- Parlament stanowy obiecał zająć się tą sprawą. Niektórzy parlamentarzyści uważają, że jest to sprawka spekulantów, wyraziła swe zdanie Amina.

Fatima włączyła wentylator, który zgrzytając ruszył z miejsca. Był to znak, że należałoby go naoliwić. - Każdy zna handlarzy paliwem… Niektórzy parlamentarzyści mają własne stacje benzynowe. Popatrz, jak są rozbudowywane przy drogach, jak stacja w Dżos. Nie inaczej jest w miastach naszego Stanu. Wszędzie widać tam stacje benzynowe. Nie przestrzega się zasad bezpieczeństwa. Co się tyczy braku paliwa, to wywołuje się go sztucznie, ponieważ… W tym momencie Fatima przerwała swą wypowiedź. Przypomniała bowiem sobie, że również Alhadżi Haruna ma stację benzynowa. - Ach, jaka jestem głodna, ziewnęła.

- Tiloti, nic nie mam teraz w domu oprócz ugotowanych jajek. Ale wkrótce będzie gotowe jedzenie, wstając, odpowiedziała jej Amina.

- Przestań-że mnie tak nazywać! Do dzisiaj pamiętasz to imię? Tiloti to przydomek, który wymyślił Fatimie jej starszy brat.

- Tak, aż do dzisiaj, uśmiechając się odpowiedziała Amina.

- Chodź, stukniemy się zaproponowała Fatima. Wzięła jedno jajko, a drugie dała Aminie. Fatima przytrzymała rękę Aminy i uderzyła w czubek jajka. Rozbiło się jajko Fatimy. Nie była z tego zadowolona i zaproponowała, aby uderzyć się odwrotną stroną jajek. Miała bowiem nadzieję, że w ten sposób nieco się odegra. I tym razem stłukło się jej jajko. Jeszcze raz zderzyły się jajkami. Również przy trzeciej próbie jej jajko się rozbiło. -Okazałaś się zwyciężcą w każdym starciu, uśmiechając się, przyznała rację Aminie.

Kiedy tak się zabawiały, zjawiła się Mairo, przynosząc wieści o tym, co się wydarzyło w mieście. Dzisiaj pewna kobieta pokłóciła się ze swym mężem, a on trzykrotnie wypowiedział formułę rozwodową. Powiedział, że powinna wiedzieć, co ją spotyka, zwłaszcza że nie jest mieszkanką tego miasta. Nie ma gdzie się schronić. Nieszczęsna nie będzie miała innego wyjścia jak tylko zamieszkać na rynku, ponieważ nie ma nawet pieniędzy na powrót do rodzimej wioski.

Amina westchnęła, wiedząc, że wszystko to, co teraz powiedziała Mairo, nie może być już cofnięte. - Musimy coś z tym zrobić, jeśli zechce tego Allah, powiedziała. - Fatimo, myślałam u utworzeniu tego stowarzyszenia kobiet, tak jak nam radziłaś. Spróbujmy. Ale od czego mamy zacząć? zapytała, widząc oznaki aprobaty na twarzy Fatimy. - Chcę, żebyś przyjęła do wiadomości, że będę stała z boku, będę tylko was wspierać. Rozumiesz?

- No nareszcie! Chwała Allahowi! Skoro udało się wprowadzić cię na pole bitwy, wszystko układa się jak należy, wykrzyknęła Fatima, klaszcząc w ręce. - Brawo! To jest wielka nowina. Wspinający się do góry winien uczynić dwa kroki, a nie jeden. Niech Allah zapewni nam sukces. Dziękuję ci! Cieszę się z rezultatu naszej rozmowy.

9

Po kilku tygodniach Amina wybrała się odwiedzić Mairo, która zmagała się z chorobą. Odprowadzały ją Larai i Hawwa. Po drodze spotkały trzech chłopców. Dwóch napadło na tego trzeciego i go bili. Amina minęła ich, tak jak mijali inni ludzie, nie zwracając na to uwagi. Nagle zawróciła i powiedziała Hawwie oraz Larai, rozdzieliły bijących się. Kiedy zostali rozdzieleni, atakujący stanęli dysząc i uśmiechając się, jakby zrobili coś godnego pochwały. Pobity chłopak był cały zasmarkany i ciekła mu z nosa krew. Po policzku ciurkiem spływały łzy. Wszyscy trzej byli uczniami szkółki koranicznej, żebrzący o jedzenie. Nosili brudne, porwane, poprzetykane dziurami łachmany. Byli wychudzeni, jakby nie jedli od lat, o cienkich nogach, na których ledwie się utrzymywali. Co się tyczy włosów na głowach, to na ich widok można było się domyślać, że nie widziały nigdy wody, nawet w czasie rytualnej ablucji. Każdy z nich trzymał w ręku plastykową miseczkę żebraczą: kiedy dostawali jedzenie, wkładali je do niej. Chłopcy ci należeli do setek im podobnych, odwiedzających dom po domu i proszący czy żebrzący choćby o resztki jadła.

- Hej wy, na Allaha, dlaczego go bijecie? zapytała ich Amina.

Jeden z tej dwójki powiedział, - Przedwczoraj razem udaliśmy się na żebry. Dali nam jedzenie, wkładając do jego miski, wskazał na płaczącego. - Wziął to, uciekł i zżarł wszystko, on sam. Dopiero dzisiaj go złapaliśmy i sprawiliśmy mu lanie!

Amina nie mogła się nadziwić. Zwróciła się do chłopców: - Zaklinam was na Allaha! Nigdy więcej nie bijcie się o jedzenie. Wstydźcie się! Czemu to służy? Zamiast tego powinniście się zjednoczyć i pomagać sobie wzajemnie. Przykazała, żeby każdy poszedł w swoja stronę. Ale kiedy usłyszała, że ci dwaj grożą, iż któregoś dnia jeszcze raz pobiją tego trzeciego, zawołała na nich, żeby zawrócili. Dała im pieniądze i powiedziała, że jest to rekompensata za zjedzone przez ich kolegę jedzenie. Ucieszyli się i radośni chwycili się wszyscy za ręce. Miecz został wsunięty do pochwy.

Amina szła ulicami i przyglądała się otaczającym ją obiektom. Przyglądała się bardzo uważnie… Nasuwały się jej rozliczne pytania. Jak to jest, że niektórzy borykają się ze skrajnym ubóstwem, a

innym niczego nie brakuje? Co stoi na przeszkodzie, aby ludzie się
zjednoczyli i pomagali sobie wzajemnie? Co stoi na przeszkodzie,
aby każdy miał przyzwoite miejsce do spania? Jak to jest, że niektórzy zmagają się z głodem, choć jedzenia jest pod dostatkiem? Co
stoi na przeszkodzie, aby ludzie korzystali z wiedzy, jaką obdarzył
ich Allah celem poprawy warunków życia ich braci? Dlaczego nasi
przywódcy nie troszczą się o te rzeczy?

Kiedy przybliżyli się do domu Mairo, Amina zwróciła uwagę na
jego wygląd. Był zbudowany z ziemi, pokryty blachą na przemian
ze strzechą. U wejścia do domu znajdował się mały szałas, gdzie
uczniowie koraniczni trudzą się odczytywaniem napisów na
drewnianych tabliczkach. Ich nauczycielem był mąż Mairo. Tutaj
Amina przypomniała sobie, co zwykła mawiać do niej Fatima, że
owe szkoły koraniczne są tak naprawdę źródłem szerzenia niewiedzy. - Uczą się fragmentów Koranu na pamięć, bezmyślni, niczym
nasz bydło na Północy, które objada się bez trawienia. U wejścia do
przedsionka siedział ze swym wygładzonym kijem stary ślepiec.
Był to znak, ze wybiera się na żebry: trzymał małą kalebasę w ręku.
Zanim Amina weszła do domostwa, pozdrowiła go, a następnie
wrzuciła kilka monet do tej jego naczynia. Podziękował i zaczął
upraszać Allaha o obdarowanie jej swym błogosławieństwem.

Tutaj, w chacie zastali Mairo. Widać było, że zmaga się ze
zmęczeniem i z chorobą. Mimo to przywitała ich radośnie. Po
jednej stronie znajdowało się sześcioro dzieciaków. Siedziały ze
skrzyżowanymi nogami, ustawiły w środku kalebasę z kleikiem
i zaczerpywały go jedną drewnianą łyżką. Amina popatrzyła na
nich i potrząsnęła głową. W tym momencie dostrzegła pełne oznaki
ubóstwa i niedoli. Mieli wielkie brzuchy, cienkie nogi i bardzo
wielkie głowy. Cała skóra na ciele była pokryta egzemą. Nie było
na niej widać śladów kąpieli w wodzie. Większość chłopców była
uczniami koranicznymi, zaś dziewczęta krążyły po mieście i całe
dnie zajmowały się obnośnym handlem. Co przyniesie im jutro?
Często spośród nich wywodzą się marnie opłacani robotnicy, dzień
i noc popychający ręczne wózki z wodą. Rekrutują się spośród
nich drwale, rozbójnicy, chuligani i najemnicy partii, oczekujący na
wynajęcie. Siedzący w mieście bez zajęcia, narkomani lub pijacy i
grzebiący w śmietnikach. Co to za życie?

Nie ma mowy o nauczeniu ich czytania i pisania, czy przyuc-
zeniu ich do jakiegoś rzemiosła. A kto korzysta z sytuacji, w jakiej

się oni znajdą? Czyż nie jest zadaniem bogaczy, czy rządu dać im szansę dobrego życia? Amina spostrzegła, że istnieje ogromna różnica między jej życiem a życiem tychże ludzi.

Pewnego dnia, a było to w czwartek, Amina rozmyślała nad tym, jak mogłaby pomóc tym chłopcom, pozostającym bez środków do życia. Poczuła skurcze brzucha. Przywołała Talatu. Gdy się zjawiła, powiedziała jej, aby się nie martwiła. Przyszedł dzień jej porodu. Szybko zawieziono Aminę do kliniki, w której się leczyła. W piątek rano urodziła bardzo zdrowego chłopca. Kiedy zobaczono matkę i niemowlę w pełnym zdrowiu, późnym popołudniem wypisano ich ze szpitala. W następny piątek odbyła się uroczystość nadania chłopcu imienia: Abudurraszid.

Poród ten nieco opóźnił przygotowania Aminy do utworzenia stowarzyszenia kobiet. Ale nie zaniechała prac w tym kierunku. Bilkisu poprosiła ojca, aby pomógł im w sprawie rejestracji. Co się tyczy Fatimy, jej stowarzyszenie powołało nowy oddział pod nazwą Stowarzyszenie Pomocy Bakaro. Zrzeszenie Studentów Muzułmańskich obiecało dostarczyć potrzebnych wykładowców, aby nauczali wiary muzułmańskiej. Stowarzyszenie Pielęgniarek i Położnych również obiecało udzielić pomocy. Z powodu opieki nad dzieckiem Amina nadal nie była gotowa do działania. Miasto Bakaro oczekiwało na jej powrót. Amina karmiła swego syna. Nie wolno zaniechać troskliwej opieki nad noworodkiem.

Pewnego dnia, gdy siedziała i karmiła piersią swego chłopca, niespodzianie wszedł Alhadżi Haruna. Wziął krzesło i usiadł. Wyglądało na to, że coś go gryzie. Prosto z mostu powiedział Aminie, żeby wybrała między Stowarzyszeniem Kobiet Bakaro a Stowarzyszeniem Żon Parlamentarzystów.

Amina odparła bez namysłu, - Wybieram Bakaro.

- Jeśli tak, to należy odłożyć sprawę twego wejścia do biznesu lub podjęcia jakiejś pracy.

- Zrób tak, jak ci będzie wygodniej.

Alhadżi zamilkł na chwilę, po czym wyszedł, nie odezwawszy się do niej słowem.

Wcześniej, gdy Amina poinformowała go o utworzeniu tego Stowarzyszenia, ciągle był niezadowolony. Trochę się uspokoił, gdy powiedziała mu, że to Bilkisu zajmie się wszystkim. Zaś celem tego Stowarzyszenia jest próba wdrożenia obietnic rządzącej partii. Partii, w której Alhadżi należy do wpływowych członków.

Ostrzeżenie Bilkisu było ciągle żywe w jej umyśle. - Jeśli powiemy, że będziemy bronić warunków życia kobiet, to staniemy twarzą w twarz z władcami, bogaczami i kapitalistami. Wszyscy oni dążą do storpedowania tej inicjatywy. Musimy być uparte. Pozwól nam kontynuować nasze zamierzenia, a to się dopiero zdziwisz. Amina pozwoliła im na to, czego sobie życzyły. Oczekiwała na zapowiadaną niespodziankę. Potem odbyła się dyskusja. - Amino, wyznacz nam dzień rozpoczęcia działalności Stowarzyszenia. My jesteśmy już gotowe.

- Poczekajcie jeszcze trochę. Nie jestem jeszcze dość silna fizycznie.

- Odpoczywałaś już cały miesiąc. Mówisz, że potrzebujesz więcej czasu? zapytała ją Fatima. - Pomyśl o żonach biedaków, które będąc w ciąży, chodzą do prac polowych? Niektóre nawet na polu rodzą. Zaledwie po tygodniu wracają do codziennych zajęć!

Do tej wymiany zdań szybko włączyła się również Kulu. Próbowała odwieść Aminę od bratania się z tego rodzaju Stowarzyszeniem. Istniało prawdziwe dla niej niebezpieczeństwo, jeśli utrzymywałaby stosunki z dziewczętami-aktywistkami - Ponieważ dziewczęta te nie wiedzą jak korzystać z życia. Nie musisz pozbawiać się radości. Jesteś młoda, bardzo piękna. Nie zostałaś stworzona po to, aby dźwigać ciężar spraw, które dręczą kobiety. Nie widzisz, jak ludzie używają świata? Kulu starała się odciągnąć umysł Aminy od lawirowania na krawędzi studni.

- Kulu, nie wiem co robić. Chcę tylko pomagać. Tak czy owak, teraz jest to tylko eksperyment.

- Wszystko na tym świecie dzieje się zgodnie z przeznaczeniem. Już z góry zostało zapisane to, co się ma wydarzyć. I tak się dzieje, czego jesteśmy świadkami.. Nie mamy żadnego wpływu na to, co Allah zamierzył. Kulu mówiła dalej w jej stylu, mając nadzieję na zjednanie sobie Aminy.

Na początku rządząca partia nie wyraziła zgody na założenie Stowarzyszenia Kobiet Bakaro. Potem jednak ustąpiła, ale pod jednym warunkiem: Stowarzyszenie to ma być żeńską gałęzią tej partii. Opozycjoniści także poparli ten projekt i zawyrokowali, że należy pozwolić kobietom na jego realizację. Co się tyczy organizacji religijnych i innych, pojawiły się różnice zdań w tej sprawie. Jedni uważali, że przeczy to naukom religii islamu. Inni mówili, że jeśli proponuje ono program nauczania religii i nie występuje przeciw wierze, to kobiety te mają prawo do utworzenia takiego stowarzyszenia.

Taka jest społeczność Bakar. Były liczne problemy, które należało pokonać przy tworzeniu stowarzyszenia kobiet. Po pierwsze ludzie tego miasta różnili się między sobą przynależnością religijną, plemienną i polityczną, czy też miejscem pochodzenia. Wszystko to było skomplikowane. Co więcej, cały kraj zmaga się z niesprawiedliwością i olbrzymią nierównością, które przeniknęły do wszystkich dziedzin życia społecznego i do gospodarki. Poza tym, w kraju gdzie mężczyźni zmagają się z bezrobociem, podkreślanie różnic płci jest wierzchołkiem mrowiska w natłoku spraw. Tam, gdzie ubóstwo jest wszędobylskie, i każda sprawa dotycząca kobiet jest zamiatana pod dywan, gdy przychodzisz i mówisz, że utworzysz specjalne stowarzyszenie kobiece, jest to traktowane niczym przestępstwo. W takiej to sytuacji podjęto próbę utworzenia Stowarzyszenia Kobiet Bakaro. Gdy zakończono przygotowania do rozpoczęcia działalności, każdy człowiek w mieście Bakaro wstrzymywał oddech i czekał na przyjście świtu, na coś dobrego.

Zwołano zebranie organizacyjne dotyczące tego, jak będą przebiegały sprawy związane z inauguracją Stowarzyszenia na Uniwersytecie. Co się tyczy utworzenia Stowarzyszenia Kobiet Bakaro, sprawy szły własnym rytmem. Gdy Amina pojawiła się na zebraniu inauguracyjnym, przedstawiono jej członków Stowarzyszenia Kobiet Bakaro. Było ich siedmiu: cztery dziewczęta i trzech młodzieńców. Ich przewodnicząca była Bilkisu. Amina znała wszystkie te dziewczęta. Bilkisu poinformowała, że to Stowarzyszenie zostało zarejestrowane w urzędzie. Przeczytała dokument dotyczący tej sprawy, po czym przekazała go w papierowej teczce Aminie. Chociaż zajmowała ona stanowisko koordynatora, nie odzywała się, kiedy dyskutowano nad zadaniami do wykonania. Nie znaczy to, że zgadzała się ze wszystkim, o czym była mowa. Cieszyła się jednak, że ta inicjatywa da jej możliwość rozmawiania z kobietami w potrzebie, i że będzie miała coś do roboty, zamiast bezczynnego siedzenia w domu. Dla niej był to sposób wykorzystania daru Allaha, jakim była umiejętność kontaktów z ludźmi i wymiany poglądów. W ten sposób będzie mogła dotrzeć do całej społeczności. Jeśli wyniknie z tego coś dobrego, to bez wątpienia jej imię będzie wysławiane przez mężczyzn. Oto mamy kobietę, która pomaga ludziom w zakresie powierzonym jej przez Allaha. Jeśli przy tym zastanowi się głębiej nad tym dokąd zmierza, jej życie stanie się bardziej sensowne.

Dwie godziny dyskutowano na temat inauguracji Stowarzyszenia. Postanowiono, że weźmie w niej udział Amina i wygłosi przemówienie. - Do widzenia. Do spotkania w dniu uroczystości, zwróciła się Amina do zebranych. Przed opuszczeniem miejsca spotkania uśmiechnęła się. Jeśli zechce tego Allah, wszystko pójdzie jak należy.

10

- Pamiętaj, że jesteś mężatką, a twój mąż jest panem twego domostwa. Bądź mu zawsze posłuszna, ponieważ małżeństwo jest ważną sprawą i służbą Allahowi. Jest rzeczą konieczną, abyś przyjęła, że wszystko to, co twój mąż ci mówi, jest prawdziwe. Winnaś robić wszystko to, co ci poleci. Być lojalną mężowi jest niczym być lojalną Allahowi Stwórcy... Amina usłyszała jakiś głos skierowany do niej podczas snu. Poderwała się, rozejrzała się po pokoju, pogłaskała swe niemowlę i powtórnie zamknęła oczy. Wielokrotnie miewała sny o tej porze poranka, chociaż wiedziała, co było tego przyczyną. Był to hałas, jaki następował po porannej modlitwie...pianie kogutów czy śpiew ptaków, nowoczesny zaklinacz węży na swym motocyklu zachwalający dziewięćdziesiąt dziewięć lekarstw przez swój mikrofon. Oto samochód z drewnem – jego kierowca naciska klakson, jakby przykleił się doń jego palec. Inny człowiek przemieszcza się wykrzykując - drewno na opał. W domostwie gwar z przeludnienia, oraz okrzyki ludzi spoza domostwa. Można zwariować! Amina spędza zwykle dwie godziny w takim rozgardiaszu, próbując troszkę się odprężyć, aż usłyszy kroki zmierzających do jej pokoju. Przychodzą i niepokoją ją pukaniem do drzwi.

Tego dnia leżała rano w łóżku, jak było to w jej zwyczaju. Była to sobota, dzień inauguracji tego ich Stowarzyszenia. Jej ciałem wstrząsały dreszcze, a serce było niespokojne. Gdy uporała się z drobnymi czynnościami porannymi, czekała podminowana w swym pokoju. Jak będzie przebiegać ta uroczystość? Po godzinie pierwszej umyła się i odmówiła popołudniową modlitwę. Wystroiła się, ale nie tak, co się nazywa „penetrowaniem komody". Nieco się upudrowała i uszminkowała. Kiedy przymierzała sukienkę, wparowała uradowana Bilkisu. - Dzień dobry, nasza Księżniczko. Właśnie idziemy na tą uroczystość. A oto przemówienie, które wygłosisz. Napisała je Fatima. Położyła teczkę z przemówieniem na jej łóżku. - Czekamy na twoje przybycie.

Ciało Aminy pokryło się potem. Kiedy Bilkisu wyszła, siadła na brzegu łóżka i nakarmiła syna piersią. Rozmyślała nad tym, jak stanie przed wieloma ludźmi i do nich przemówi. Kiedy skończyła karmienie, przekazała Abdurraszida swej starszej siostrze i wyszła. Zbliżała się wielka uroczystość.

Do szkoły podstawowej, gdzie miała odbyć się ta uroczystość, przyjechała białym mercedesem. Zastała już tam Fatimę z jej przyjaciółkami oraz pozostałych członków Stowarzyszenia Pomocy Bakaro, którzy kończyli przygotowania. Przybyło mnóstwo kobiet. Przed gabinetem kierownika szkoły ustawiono biało-zielony namiot przeznaczony dla wpływowych gości. Pod namiotem poustawiano miękkie krzesła. Przed tym namiotem ustawiono krzesła i ławki dla kobiet, które miały tam przybyć. Już ponad połowa tych kobiet się porozsiadała. Amina rozejrzała się dookoła, aby zobaczyć, jak to wszystko wygląda. Tam, w jednym rogu dostrzegła landrover Agencji Informacyjnej z wielkimi głośnikami. Zdarzyła się im dobra okazja.

- Nie przejmuj się. Uspokój, poradziła jej Bilkisu. - Wkrótce przyzwyczaisz się do wystąpień na różnych zebraniach. Niczego się nie bój. Udowodnij, że jesteś sobą. Jeśli chcesz dobrze dzisiaj wypaść, znajdź jakieś ustronne miejsce, by przeczytać swą kartkę, żeby się z jej tekstem oswoić.

Większość zaproszonych gości przybyła z opóźnieniem... jak to bywa w zwyczaju tego kraju. Nikt nie życzył sobie przyjść i potem czekać. Amina zaczęła zmagać się z czytaniem napisanego dla niej przemówienia. Nagle pojawił się na tym zebraniu Muktar. Mocno zaczęło bić jej serce, a ciałem wstrząsały dreszcze. Przyjrzała się mu uważnie i stwierdziła, że nadal jest tak piękny, jakim go niegdyś znała. Miał na sobie jedwabną kamizelkę shadda, która wyjątkowo pasowała mu do twarzy. Zauważyła, że jakby trochę schudł. Czyżby nie dbano o niego? Kiedy się przybliżył, poczuła, że ma setki pytań, które chciałaby mu zadać, ale się wstydziła. Zaczęła się zastanawiać, czy ludzie domyślali się, co sprowadza Muktara tam, gdzie siedziała. Kiedy spojrzeli na siebie, poczuła się tak, jakby miała zemdleć. Poprawiła się na krześle i spuściła oczy. Coś do niej mówił, ale nie usłyszała tego dobrze, a tylko uśmiechnęła się do niego.

- Dzień dobry, jak się miewasz? starała się ukryć, że coś ją dręczy.

- Bardzo dobrze, a ty?

- Doskonale, odpowiedziała mu.

- Nie martw się. Dbam o siebie. Mam nadzieję, że niedługo będę kontynuował naukę na jakimś uniwersytecie.

- Proszę Allaha, aby ci pomógł. Uważaj na siebie. Ale dlaczego tak schudłeś? zapytała go drżącym głosem.

- Przypomnij sobie, przedtem też byłem smukły jak komar, odpowiedział jej, lekko się uśmiechając.

- No tak. Weź krzesło i usiądź proszę. Jestem pewna, że wkrótce znowu się spotkamy, rzekła do niego Amina.

- Tak sądzę, do zobaczenia. Obrócił się w poszukiwaniu krzesła.

- Amina śledziła go wzrokiem. Zastanawiała się, co się kryje pod tą jego bardzo piękną twarzą. W tym momencie zjawiła się u niej Bilkisu. - Amino, według przyjętego programu to ty zaczniesz przemawiać zaraz po odegraniu hymnu państwowego i modlitwie. Bądź przekonana, że nic ci nie stanie na przeszkodzie. Mam jedno ostrzeżenie – dzisiaj usłyszysz swój głos za pośrednictwem mikrofonu. Nie przestrasz się!

Po przybyciu męża Aminy, Ważnego Gościa, i innych specjalnie zaproszonych, Bilkisu podeszła do mikrofonu i sprawdziła, czy dobrze działa. Potem przywitała zgromadzonych. Następnie dała znak pracownikowi Agencji Informacyjnej, ażeby puścił hymn kraju. Wszyscy się podnieśli. Po tym ceremoniale zjawił się przedstawiciel Stowarzyszenia Studentów-Muzułmanów i zainicjował modlitwę otwierającą zebranie. Teraz Bilkisu zaprosiła panią Aminę Haruna, która była założycielką i patronem Stowarzyszenia Kobiet Bakaro, aby wygłosiła przemówienie.

W tym momencie ogarnął Aminę strach. Wstała i wolnym krokiem podeszła do mikrofonu. Zatrzymała się i rozejrzała na prawo i na lewo. Zobaczyła, że wszyscy są w nią wpatrzeni, bez mgnienia okiem. Spociła się cała. Trzymane w ręku kartki papieru zaczęły drgać. Przecisnęła się ku mównicy, żeby przemówić, choć czuła, że ma sucho w ustach. Gdzie się podziała jej ślina? Kiedy usłyszała swój głos, wydawało się jej, że głos ten nie należy do niej.

- ...Naszym głównym celem jest stworzenie możliwości dla kobiet Bakaro, aby podbudowały swą gospodarkę i udzieliły swego wsparcia społeczeństwu, oraz żeby stworzyły dobre warunki dla zdobywania wiedzy religijnej i nowoczesnej. Tylko w ten sposób osiągną należną im pozycję wśród ludzi tego miasta, wspomagających budowę naszej społeczności.

- Wierzymy, że pomoc, jaką mogą udzielić kobiety na poziomie gminy, stanu czy całego kraju jest bardzo ważną rzeczą w osiągnięciu przez nie wolności... Oderwała wzrok od czytania i spostrzegła, ze oczy wszystkich zgromadzonych były w nią wpatrzone. To wpatrywanie się sprawiło, że poczuła się, jakby była naga. ...Znowu pochyliła się nad czytanym tekstem. Po chwili zauważyła, że czytając, opuściła kilka paragrafów. Mimo to kontynuowała przemówienie.

- Gdy spojrzymy na historię ucisku, oszustwa, rasizmu i poniżania kobiet, to zauważymy, że jeśli zwalczymy niewiedzę, która boleśnie dotyka nasze panie, odniesiemy zwycięstwo w dziele wykorzenieniu tych przestępstw. Dlatego pierwszą rzeczą, jaką winniśmy się zająć, jest opracowanie planu walki z niewiedzą kobiet. Chcę wam przypomnieć dwa powiedzenia, jakie usłyszeliśmy u Arabów: - Bogactwo to bystrość umysłu, a nie gromadzenie pieniędzy i - Każdy kraj, którego kobiety nie są wykształcone, jest niczym ptak z jednym skrzydłem. Jeśli chcemy się rozwijać, musimy kształcić nasze kobiety. Jeśli kobiety nie są wykształcone, bądźcie pewni, że i społeczeństwo żyć będzie w ciemności. Nie z powodu braku światła, do czego jesteśmy przyzwyczajeni, ale znacznie gorszej ciemności niewiedzy.

- Wołamy donośnym głosem do władz gminnych, stanowych i państwowych, aby zwróciły szczególną uwagę na te sprawy: równość w miejscu pracy mężczyzn i kobiet, pełne poparcie dla kobiet pracujących, czy to mężatek, czy też kobiet niezamężnych, wsparcie dla wiedzy dziewcząt na wszystkich szczeblach nauczania. Należy zakazać wczesnego wydawania za mąż i aranżowanych małżeństw. Należy stworzyć prawo przeciwko złemu traktowaniu kobiet w domostwie ich mężów, zwłaszcza ich biciu. I na końcu, zabezpieczenie pracy dla wszystkich kobiet, które na to zasługują.

- Chcemy, aby wzięto pod uwagę następujące zasady:
Jeśli planujesz na rok, siej zboże.
Jeśli planujesz na dziesięć lat, zasadź drzewo.
Jeśli planujesz na całe życie, kształć ludzi.

- Co do nas, to postanowiłyśmy uporządkować życie w Bakaro. Mamy nadzieję uczynić Bakaro lepszym miastem. w którym żyć będą radośni i dostatni ludzie. Aby to osiągnąć, skoncentrujemy się na kształceniu naszych kobiet. Jeśli nie znajdzie się sposobu na dręczące kobiety sprawy, nie będzie możliwe rozwiązanie problemów, które dotyczą gmin, stanów czy całego kraju.

11

Wieści o zainaugurowaniu tego Stowarzyszenia Kobiet Bakaro obiegły całe miasto. Każdy mówił tylko o tym. Partia opozycyjna była zadowolona z tego bardzo dobrego rozwiązania. Mówiła, że właśnie oczekiwali tego ludzie. Podjęto odpowiednie kroki. Rządząca partia natomiast nie zgodziła się na zapewnienie tego wszystkiego, o co zabiegała Amina i Stowarzyszenie Pomocy Bakaro. Mąż Aminy również nie pochwalał tego, co Amina powiedziała w swym przemówieniu. Spowodowało to niezgodę między nimi. Doszło do tego, że zapytywał, dlaczego jest tak nieprzejednana w ataku na rząd. Jak mogła się zgodzić na to, aby pośrednicy posłużyli się jej osobą? Ze strachu, jaki odczuwała, czy też z szacunku do niego, nie broniła się. Chociaż nieco osłabił jej wiarę w siebie, dziwiła się, jak mógł wtrącać się w jej sprawy? Co sprawiło, że musiała powiedzieć to, co ona i ludzie chcieliby usłyszeć?

Po tym jak Amina pożegnała się ze swą siostrą, skierowała się do szkoły podstawowej, którą wybrano na nauczanie w klasie walki z analfabetyzmem. Właśnie rozpoczynało się tam nauczanie. Zjawiło się ponad trzydzieści kobiet, które zapełniły całą klasę. Wyciągnęły nogi pod małymi stolikami szkolnymi, niecierpliwie czekając na rozpoczęcie nauki. Patrząc na Aminę i pozostałe kobiety dostrzegłbyś, że czekają na to, co się wydarzy. Amina i pięciu członków Stowarzyszenia Pomocy Bakaro stanęli przed klasą, przed kobietami, przypatrując się im. Kobiety zaś utkwiły w nich swój wzrok. W klasie zapanowała cisza. Po chwili młodzieniec noszący dżinsy i podkoszulek wystąpił na środek i się przedstawił.

- Nazywam się Mu'azu Danlami i nadzoruję w Uniwersytecie badania z zakresu polityki. Wyraziliśmy zgodę na wsparcie programu nauczania w Bakaro, a nawet pozyskaliśmy stałych nauczycieli. Jeśli odniesiemy sukces w realizacji tego programu, udamy się do innych miast. Mamy nadzieję, że w ten sposób wiele kobiet odniesie korzyści ze zdobytej wiedzy. Wykorzystamy program nauczania dorosłych autorstwa Alhassana, dzięki któremu zaledwie w sześć miesięcy człowiek będzie umiał czytać i pisać.

- Jak każdy wie, wiedza jest naprawdę czymś ważnym w każdej społeczności. Wysłannik zbawiony i zaufany Allaha powiedział:

'Poszukiwanie wiedzy jest obowiązkiem każdego muzułmanina.' Przygotowaliśmy specjalny program dla kobiet, które dotychczas nie miały możliwości uczestniczenia w naszych kursach. Będziemy wysyłać nauczycielki do domów, aby uczyły je, jeśli zechce tego Allah.

Mu'azu zatrzymał się na chwilę, po czym wskazał na młodzieńca o delikatnej twarzy, z turbanem na głowie, ubranego w białą szatę jallabiya i powiedział, - To jest Musa al.-Ahmad. On i dwaj inni ze Stowarzyszenia Studentów Muzułmańskich przyjdą, żeby uczyć was arabskiego i wiedzy o islamie. Następnie po kolei przedstawiał pozostałych nauczycieli. - Jest jedna dziedzina wiedzy, nad którą jak sądzę trochę się zatrzymamy. Jest to higiena. Rebeka będzie nadzorować program higieny w Bakaro. Dwie pielęgniarki, dwie położne i dwie higienistki zgodziły się uczestniczyć w tym programie. Nauczą was, jak należy dbać o czystość was samych i waszych domów. Skoncentrują się na kobietach ciężarnych i noszących dzieci na plecach. Kiedy mówił, podeszła do niego Rebeka i szepnęła mu coś na ucho. Uśmiechnął się, pokiwał głową, wykazując, że zgadza się z jej słowami. - A ja będę was uczył o życiu ludzi. Dokonamy przeglądu plemion, ich religii i sposobu ich życia. Będę także mówił o sprawach, które dotyczą naszego kraju, naszego kontynentu i całego świata.

Mu'azu podszedł do wielkiej tablicy i przypiął na niej olbrzymią mapę świata. Amina skierowała się na koniec klasy, oparła się o ścianę i mu się przyglądała. Pozostali nauczyciele pożegnali się ze studentami i wyszli. Mu'azu wziął długą wskazówkę, wskazał na mapę i powiedział: - To jest mapa naszego świata. Jest ponad 180 różnych krajów, każdy ze swymi granicami, ludźmi i rządami. Są liczne rasy, plemiona i ich języki. Pokazał im zaludnione miejsca, to znaczy gdzie mieszkają ludzie, i miejsca bezludne. - A oto Afryka. Nasz kraj, Nigeria i miasto, w którym się teraz znajdujemy. Jak widzicie, my także żyjemy na tym ziemskim padole,

- Malamie, mówiono nam, że ten świat jest okrągły, powiedziała jedna studentka. - Tak, tak istotnie. Ale to jest mapa. Będziecie się uczyli geografii i wtedy dowiecie się wszystkiego na ten temat. Dowiecie się, jak powstaje deszcz, o różnych porach roku, jak zima pora deszczowa i inne.

- Malamie, gdzie leży Mekka? zapytała staruszka z końca klasy.

Mu'azu uśmiechnął się i powiedział, żeby wyszła na środek klasy i dokładnie przyjrzała się mapie. Pokazał jej Arabię Saudyjską,

Mekkę i Medynę. Podziękowała mu. - Życzę sobie, by pewnego dnia pojechać tam i dopełnić obrzędów pielgrzyma.

- Niech Allah zaspokoi wszystkie nasze szlachetne potrzeby, powiedział Mu'azu.

Po około godzinie ta pierwsza lekcja dobiegła końca.

Następnie słuchaczki rozeszły się do innych klas. Chociaż Stowarzyszenie Kobiet Bakaro nie miało ani własnej szkoły, ani nauczycieli, a nawet pieniędzy na ich opłacenie, kierujący tym programem konsekwentnie o to zabiegali. Niektórzy mężczyźni zabronili swym żonom przystąpienia do tego programu. Inne kobiety zwlekały z rozpoczęciem nauki. Jeśli chodzi o Aminę, to w końcu uwolniła się od nieróbstwa. Jej życie stało się godne pochwały. Ciągle myślała o tym, co należy zrobić, aby Stowarzyszenie się rozwijało.

Pewnego dnia, po inauguracji tego programu walki z analfabetyzmem, Amina siedziała, trzymając w ramionach swego synka, gdy zjawiły się Bilkisu i Fatima. Prosiły o usprawiedliwienie nieobecności na pierwszej lekcji, która właśnie się odbyła. Teraz przyszły z pomocami naukowymi dla nauczycieli. Amina przygotowała jedno pomieszczenie w swym domu, które posłużyło za siedzibę Stowarzyszenia Kobiet Bakaro. Przygotowała stół i sześć krzeseł. Ponadto zaczęto dostarczać tam gazety i czasopisma.

Bilkisu wróciła do swego samochodu i rozmawiała z młodzieńcem, który siedział w środku. Przywiózł on jakieś paczki i jedną przesyłkę listową. Wziął tą przesyłkę i zwracając się do Aminy powiedział - Nazywam się Danladi. Jestem studentem rysunku, przyjacielem Glorii. Rysunek ten przygotowałem specjalnie dla waszego Stowarzyszenia i chcę ci teraz go wręczyć. Amina wzięła od niego rysunek i uważnie mu się przyjrzała. Był naprawdę ładny, namalowany w trzech kolorach – zielonym, czerwonym i czarnym. Były na nim zdjęcia uczących się kobiet i tych pracujących. Pod zdjęciem widniał napis: Kobiety, uczcie się, pracujcie i dbajcie o wasze życie. Amina podziękowała mu serdecznie. Bilkisu zaś otworzyła pudełka i pokazała Aminie ich zawartość: książki do czytania, zeszyty, kreda i temu podobne. - To wszystko jest twoje, rzekła uradowana do Aminy.

- Ojej, dziękujemy, odpowiedziała Amina, bardzo zadowolona.

Kiedy Bilkisu i Danladi wyszli, zatroskana Amina popatrzyła na Fatimę. - Co ci się stało? Widzę, że się rozklejasz.

- Bardzo boli mnie głowa.

- Zaczekaj, dam ci na to lekarstwo, rzekła do niej Amina.

- Nie, nie trzeba, dziękuję. Czuję, że potrzeba mi odpoczynku. Mieliśmy zebranie rady tego Stowarzyszenia, które trwało prawie do rana. Za mało spałam. Teraz mam ociężałe oczy. Fatima głęboko ziewnęła.

- To połóż się tutaj. Ja pójdę do pokoju Talatu.

Fatima mogła trochę pospać. Kiedy znowu przejrzała na oczy, była znacznie odświeżona i tryskała energią. Okrążała domostwo, z każdym się przekomarzając.

- Jest pewna ważna sprawa, którą chcemy się zająć. szepnęła Fatima do Aminy, kiedy ta szykowała się do wyjścia. - Przygotowujemy małe, nieformalne zebranie, na którym przedyskutujemy sprawy, które dotyczą presji wywieranej na kobiety. Zaprosimy kobiety tego miasta, chociaż sądzimy, że przyjdzie ich niewiele. Nie chcemy zwoływać tego zebrania na Uniwersytecie. Czy zgodzisz się, żebyśmy przyszły tutaj? Mamy nadzieję, że to nie pokrzyżuje waszych planów.

- Skądże. Jesteście mile widziane. Kiedy to będzie?

- Ósmego marca, w światowym Dniu Kobiet.

- To świetnie! Przywitam was serdecznie! powiedziała ucieszona Amina

- A oto moja propozycja, mówiła dalej Fatima. Możemy przygotować wykład specjalny dla członków Stowarzyszenie wieczorem. Ja mogę mówić na temat problemów, które dręczą kobiety Afryki.

- Co do mnie, w pełni to aprobuję. Powiem o tym kobietom.

Ósmego marca Fatima i inne kobiety, w tym Amina, zebrały się w pomieszczeniu centrali Stowarzyszenia Kobiet Bakaro.

Fatima rozmawiała z pewną młodą kobietą. Ta obca kobieta była owinięta tkaniną, miała zakrytą głowę i twarz, stała z opuszczoną głową. Widać było, że ma jakiś problem. Fatima przedstawiła ją, - To jest Saute, nad którą znęca się jej mąż. Przyszła, aby nam powiedzieć, jakie to katusze spotykają ją w tym naszym społeczeństwie, będącym w opłakanym stanie.

Saute zaczęła powoli mówić, łamiącym się głosem. Była przelękniona. Była przelękniona, kiedy próbowała opowiadać. Szeptem i ze łzami powiedziała kobietom, - Od chwili poślubienia go nie zastałam spokoju. Bije mnie w dzień i w nocy. Nie szuka ku temu powodu... ma ich całe mnóstwo. Nie smakuje mu przygotowane przeze mnie jedzenie. Nie witam go wystarczająco radośnie, gdy wraca do domu, i temu podobne. Doszło do tego, że boję się do czegokolwiek dotknąć. Jeślibym wpadła do wody, powiedziałby, że wzniecam kurz. Ten mój mąż bije mnie przy każdej okazji, i to w obecności mojej córki. Tak samo moja matka ciągle doznaje od niego przykrości. I ja i ona ciągle jesteśmy przerażone, rozpłakała się.

- Pokaż nam twoje rany, poprosiła ja Fatima. - Nie zakrywaj ich. Opierała się nieco przed odsłonięciem śladów pobicia. Bilkisu wstała, podeszła do niej i wolno odwinęła nakrycie głowy. Każdy mógł zobaczyć świeże rany na jej twarzy. Miała opuchnięte wargi i zaczerwienione oczy. Teraz Saute zgodziła się pokazać im inne rany na jej ciele. - Liczne kobiety, zabrała głos Bilkisu, - ukrywają tego typu rany ze wstydu i strachu. Rytualne zamkniecie sprawia, że te kobiety nie wychodzą, więc trudno zobaczyć rany, z powodu których bardzo cierpią. W ten sposób stosowana przeciwko nim przemoc od dawna ma zwyczajowe wsparcie. Niektóre kobiety cierpią z powodu ran, gdyż ich mężowie nie pozwalają im szukać pomocy lekarskiej.

- Wrócisz do domu? Amina zapytała Saute.

- Tak, bo nie mam dokąd pójść, odpowiedziała jej.

- Proszę Allaha, Wszechmocnego Władcę, Miłosiernego i Współczującego, aby dał ci siłę zmierzenia się z tym twoim mężem, rzekła do niej Fatima.

Bilkisu poderwała się z miejsca, - Zapewniam cię, że twój mąż się nie dowie, że byłaś tutaj i z nami rozmawiałaś. Jeśli tylko coś się wydarzy, natychmiast przychodź tutaj, by opowiedzieć o tym nam lub Aminie. Saute pożegnała się. Bilkisu odprowadziła ją do wyjścia.

- Na przykładzie tej kobiety poznajemy, jakie oblicze przybrać może przemoc. Jeśli chodzi o mnie, to mi się udało jej uniknąć. Ale teraz Bóg mi świadkiem, że napływają mi łzy do oczu, kiedy pomyślę o tym, że żyjemy w społeczeństwie, które nie zaostrza kary za tego rodzaju występki, powiedziała Fatima.

- Problem polega na tym, że większość kobiet jest bardzo lękliwa pozbawiona poczucia własnej wartości. Dlatego stały się łatwym łupem dla tych, którzy zadręczają swe żony, wyraziła swą opinię Bilkisu.

- To major nigdy cię nie zbił? zapytała Rebeka.

- Do dzisiaj nie miałam tej przyjemności. Ponadto obiecał mi, że to się nigdy nie zdarzy.

- Hejże, nie wierz tym zwierzętom, które chodzą w mundurach, powiedziała Rebeka.

- Mimo to póki co ma ludzkie serce.

- Niech Allah nie pozwoli, by Muktar postępował w ten sposób. Żebyśmy się za mocno nie bili, bo bym mu sprawiła okrutne lanie, pochwaliła się Rebeka. - Życzę sobie, aby to się nie zdarzyło nawet we śnie. Ma wyważony charakter i jest dobrym człowiekiem. Nie ma mowy o sprawieniu mu lania. On jest moim życiem! Został stworzony, by go kochać.

W tym momencie gwałtowna zazdrość opanowała Aminę. Było dla niej bolesne usłyszeć, że Rebeka kocha Muktara. Zaraz jednak pomyślała sobie, że dobrze się stało, że jest z tą, która mówi, że go kocha. Cieszyła się z wszystkiego, co sprawiało Muktarowi radość.

- Rzecz w tym, że kiedy kobieta kocha męża, to nawet gdy ją bije, nie wini go za to. Tak mówi nielubiana żona, kiedy dostaje lanie. Nie do wiary powiedziała Bilkisu i się roześmiała

- Na Allaha, ja tego nie rozumiem, powiedziała Fatima, próbując sprowadzić dyskusję na właściwe tory. - Dlaczego my kobiety jesteśmy takie bezradne w tym względzie? To tak, jakbyśmy się z tym zgadzali.

- Wszyscy mężczyźni, którzy mają taki charakter, są leniami i tchórzami. Nie są w stanie stawiać czoło prawdziwym mężczyznom, jeśli zaistnieje taka potrzeba. To nas postrzegają jako rzeczy do bicia, jeśli nadarzy się im taka okazja, wyjaśniła Bilkisu.

- Każda z nas popełnia błędy. Każda powinna wiedzieć, jak można temu zaradzić, rzekła Fatima, podsumowując dotychczasowe wypowiedzi. - Kobieta, którą przed chwilą poznaliśmy, jest tylko jedną z wielu. Tylko Allah wie, ilu ich jest w tej społeczności, a o których nikt nie słyszał. W milczeniu znoszą tortury. Czeka nas dużo pracy.

Późnym popołudniem przyszło wiele kobiet, aby posłuchać lekcji przygotowanej przez Fatimę. Hawwa, Larai i jej syn, podążały za Aminą w drodze do szkoły, gdzie miało odbyć się zebranie. Mimo upału przyjemnie było popatrzeć na kobiety, które wyszły z domostw. Bilkisu, Amina i Fatima usiadły za stołem i przyglądały się twarzom spoconych kobiet. Po krótkim czasie Bilkisu wstała i je przywitała.

- Dobry wieczór! Zebraliśmy się dzisiaj po raz pierwszy w Bakaro na uroczystość światowego Dnia Kobiet. W dniu tym na całym świecie zbierają się kobiety, aby przedyskutować problemy, które ich dręczą. I po to, aby znaleźć na nie środek zaradczy. Widzicie, że jesteśmy nie tylko my. Po to, aby pokazać, że mamy braci w różnych częściach świata, których łączą wspólne ideały. Dzisiaj Fatima opowie nam o problemach, które dotyczą kobiet na tym naszym kontynencie, czyli w Afryce. Jestem pewna, że ją dobrze znacie. Mam też nadzieję, że ucieszycie się z tego, co wam powie, i że z tego skorzystacie. Fatima podniosła się, poprawiła swój szal i odchrząknęła. Była doświadczoną wykładowczynią, przyzwyczajoną do mówienia przed słuchaczami. Było to dla niej niczym picie wody. Uśmiechnęła się i zaczęła mówić.

- Wielokrotnie, gdy przyjrzymy się historii człowieka, to zauważamy, że kobieta odgrywała dużą rolę w jego życiu. Mówi się, że jest bardzo piękna i że mu umila życie. Nie mówi się o trudach, z jakimi się zmaga. W niektórych społecznościach kobiety zdobyły wolność osobistą. W innych są niby więźniarki przykute do prac domowych. Tutaj, w Afryce byliśmy świadkami tego, jak kobiety cierpiały za czasów kolonizatorów europejskich, ale aż do dzisiaj mamy wiele kłopotów, które nie przeminęły. Mimo że większość krajów afrykańskich uzyskała to, co się nazywa samorządnością. Co więcej, we wszystkie sprawy w tych krajach mężczyźni wszystko trzymają w swych rękach. Nie pozwala się słuchać z ust kobiet o sprawach, które je dotyczą. Do tej naszej części Nigerii dotarła religia islamu, która dała kobiecie wolność, uwolniła je z kajdanów. Jednak niektórzy duchowni przekręcają to, co zapewnił nam Allah, aby nas udręczać.

- Dzisiaj, w wielu krajach afrykańskich, kobieta jest zaledwie przedmiotem rozkoszy dla męża jego służącą. Czasami pochwyca się ją, aby sprzedać bądź wykorzystuje do spłodzenia potomstwa. Wieczorem kobiety są traktowane jak niewolnice, a w nocy sypia się z nimi.

W tym momencie Fatima zatrzymała się na chwilę. Otworzyła torebkę, wydostała z niej chusteczkę, otarła twarz i mówiła dalej.
- Jeśli chcieliśmy znosić tego rodzaju ucisk ze strony mężczyzn, popadaliśmy w kłopoty, ponieważ społeczeństwo uznało, że tak być powinno i tak stanowi prawo. Również religia głosi to samo. Ale dlaczego? Być może nasze wysiłki zakończą się sukcesem,

jeśli tylko zbierzemy się, połączymy nasze siły i wszyscy razem wypowiemy temu wojnę. Jeśli spokojnie będziemy czekać, aż mężczyźni uznają nasze prawa, to jakbyśmy czekali na akacjowy przysmak była. Nigdy ich nie dostaniemy.

- Zwracam się do was wszystkich, do tych tu obecnych, i tych, którym Allah nie pozwolił przybyć – wspierajcie Stowarzyszenie Kobiet Bakaro. Starajcie się przychodzić na lekcje dla was przygotowane, abyście i wy wnieśli swój wkład. Nie wahajcie się i nie ukrywajcie tego, co was niepokoi. Przychodźcie tutaj, aby o waszych problemach usłyszeli nasi bracia i pomogli im zaradzić. Przychodźcie, abyśmy usłyszeli waszą opinię na temat podejmowanych działań. Zadawajcie pytania, które przyczynią się go głębszych wyjaśnień. Amina i pozostałe członkinie Stowarzyszenia są gotowe do dyskusji z wami, w tajemnicy, w prawdzie i zaufaniu. Hausańczycy mówią: Kto pyta, nie błądzi… Wiem, że niektórzy skarżą się. Kiedy się im doradza, o odrzucają dobre rady. Dziękuję, że wysłuchaliście mnie. Pokój z wami!

Zaraz po tym wystąpieniu nauczycielka Silikatu Lawal podniosła rękę i zadała pytanie: W jaki sposób winniśmy postępować, aby rozprawić się z uciskiem mężczyzn? Fatima zamieniła kilka zdań z Bilkisu, po czym wstała.

- Należy przyjrzeć się planowi naszej walki i wysiłkom zmierzającym do wskazania społeczeństwu najlepszej drogi życiowej. Za wszelką cenę chcemy zmiany, jak zwykli mówić niektórzy młodzi ludzie. Ale na początku jest konieczne, abyśmy my kobiety się zjednoczyły w walce o nasze prawa: Niech dadzą nam możliwość świadczenia pracy i płacą nam tak samo jak mężczyznom. Niech przestaną aranżować małżeństwa z przymusu, kiedy jeszcze jesteśmy małymi dziećmi. Niech zapewnią nam możliwość kształcenia się, od szkoły podstawowej aż po uniwersytet. Niech przestaną pastwić się nad nami w domach mężów. Krótko mówiąc, niech się przyjrzą udziałowi kobiet w życiu gospodarczym. Niech zapewnią im swobodę uczestniczenia w życiu społeczeństwa i w sprawach politycznych. Wszystko to będzie nieosiągalne, dopóki nie odrzuci się złego, kolonialnego sposobu życia, który omamił mężczyzn. Teraz tylko oni decydują o wszystkim.

12

Jednym z pierwszych projektów przyjętych przez kobiety Bakaro był projekt przestrzegania higieny. W ramach tego projektu przyjęto plan oczyszczenia miasta. W sobotę rano skoncentrowano się na wymiataniu śmieci z domów i ulic. Dopiero po uporaniu się z tym zadaniem, spostrzegli, że powstał problem składowania śmieci. Delegacja studentów udała się do sekretarza gminy, Alhadżiego Ibrahima, który odmówił kobietom wszelkiej pomocy. Pouczył ich, że trzeba było od początku myśleć o tym, gdzie umieszczą zebrane śmieci. Przysłowiowy ptak ściągnął na siebie deszcz. Gdy usłyszała o tym Amina, bardzo się rozgniewała. Dziwiła się, jak urzędnik państwowy mógł odmówić pomocy w realizacji tego planu, który zapewniał czyste miejsca mieszkalne. Wieczorem spotkała się z Fatimą i opowiedziała jej o tym, co się wydarzyło. - Nie sądziłam, że tak nas potraktuje. Staramy się tylko oczyścić nasze dzielnice mieszkalne.

Rozgniewana Fatima powiedziała jej, - Jednym z najpoważniejszych problemów w tym kraju, jest to, że gdy powierza ci się ważne stanowisko, stajesz się mniej odpowiedzialny. Gdy zleca się komuś nadzór nad strumieniem, to ten zaraz idzie dalej i i hamuje przepływ wody. Zamiast udzielić mu upomnienia, dostaje odznaczenie państwowe za niby dobrą pracę.

Po jakiś czasie sen ogarnął Fatimę i Abdurraszida, zaś Amina pogrążyła się w lekturze książki. Gdy czytała, niespodzianie zjawiła się tam Kulu. Przywitały się szeptem, po czym Kulu wyciągnęła Aminę na zewnątrz.

- Dzisiaj późnym popołudniem przygotowujemy małe przyjęcie w moim domu. Wybacz, że nie przyszłam wcześniej, aby ci o tym powiedzieć. Miałam wiele spraw do załatwienia.

- Czuję, że nie będę mogła przyjść, rzekła Amina.

- Nie ma sprawy. A co robisz?

- Nic takiego, odpowiedziała Amina i spojrzała na Kulu. - Czy twój mąż tam będzie?

- Oczywiście. Och, zapomniałam ci powiedzieć, że przeprosił mnie za to, co zrobił. Załatwi samochód i robotników, aby pomogli w usunięciu śmieci.

- Jeśli tak, to przyjdę, zapewniła Amina.

- Nie zapraszaj Fatimy, szeptem powiedziała Kulu. - To nie jest miejsce, gdzie winna się pojawiać. Nie może zbierać plonu tam, gdzie nie posiała.

Amina tylko się uśmiechnęła. Czuła, że powoli oddala się od kobiet w pokroju Kulu. Jednocześnie zbliża do Fatimy i jej przyjaciółki, do kobiet, z którymi dzieli poglądy.

Kulu prowadziła beztroskie życie, podróżują po kraju i świecie. Napełniła kufry, a u wejścia do domostwa zgromadziła wiele aut. Wyszła Aminie na spotkanie, kiedy ta zawitała do jej domu, który miał aż dziesięć sypialni. Powoli, w małych grupach zaczęli przychodzić zaproszeni goście. Stworzyło to jej możliwość objaśnienia Aminie. - Celem tego zebrania jest urządzenie przyjęcia dla kilku moich bliskich przyjaciół, i dla tych, z którymi prowadzę interesy. W tych dniach otwieram hotel. Chcę, żeby dowiedzieli się o jego istnieniu i aby z niego korzystali.

- Ach tak… powiedziała Amina i spojrzała na nią. Wyglądało na to, że wiadomość ta jej nie poruszyła.

- Po drugie, kiedy hotel ten zostanie otwarty, chcę, abyś została jednym z jego menedżerów. Nie mówiłam ci o tym wcześniej, bo była tu Fatima. Wiesz, że władający nią szatan jest bardzo silny. Skłonił ją do tego, aby cię ostrzegła, żebyś nie przyjęła tej bardzo lukratywnej pracy.

- Jesteś pewna, że chcę zostać jedną z zarządzających tym hotelem? zapytała ją zdziwiona Amina.

- Jestem pewna w głębi serca. Twój mąż nic dla ciebie nie zrobi, a tylko zmarnotrawi twój czas. Nie zapewni ci żadnej pracy.

- Ale nie mam żadnego doświadczenia w tej pracy.

- Nie martw się. Przyjęłam pewnego Hindusa, pana Kumara, który zajmie się na początku tym hotelem. Ty będziesz jego pomocnikiem przez rok czy dwa lata, abyś poznała miejsce pracy. Potem przejmiesz pełną odpowiedzialność.

Kiedy tak dyskutowały, nagle zjawiła się pewna kobieta-wamp. Wielce wystrojona, jej palce były całe w pierścieniach. Miała na szyi liczne korale, wymalowaną twarz – szminka, cienie do oczu, puder, peruka na jej głowie. Wyglądała jak błazen. Chwyciła Kulu za rękę, pociągnęła ją na stronę i przez chwilę coś szeptały.

- Kobieta, którą widziałaś, powiedziała Kulu Aminie, kiedy tamta poszła, - to jest Joy. Jest biznes-woman, jak zdołałaś chyba zauważyć. Ma wiele hoteli. Ale współczuję nierządnicom, którym wynajmuje w nich pokoje.

To bardzo zdziwiło Aminę. - Co masz na myśli?

- Drogo każe im płacić. Ja mam zamiar być dla nich tania, będę wymagać niewielkie pieniądze.

- Ten twój hotel nie jest dla ludzi szukających miejsca pobytu, jak to jest w zwyczaju?

- I tak, i nie. Są to dwa budynki: jeden dla zwykłych klientów, drugi dla niezależnych kobiet. Widzisz Amino. Mam nadzieję, że część przeznaczona dla kobiet sprawi, iż wielu mężczyzn będzie chciało tu się zatrzymać. W ten sposób jedna część hotelu będzie wspierać tą drugą!

- Czyżby religia nie zabraniała tego rodzaju praktyk?

- Być może. Ale zawsze proś Allaha o przebaczenie, a ci przebaczy. Poza tym, widzisz, że większość tych bogatych muzułmanów kupuje akcje w kompaniach piwowarskich lub też oni sami są pijakami, dotykają butelek. Czyż nie wiesz, że większość obcujących z nierządnicami to muzułmanie? Islam głosi, że lichwa jest zakazana. Pokaż mi muzułmanina, który nie jest nią splamiony. Widzisz, powinnaś iść z duchem czasu.

Przyszła Asabe, przewodnicząca Stowarzyszenia Żon Parlamentarzystów, i radośnie przywitała się z Kulu. Ale Aminę zignorowała. Przyglądała się jej tylko, jakby nigdy jej nie widziała. Amina się uśmiechnęła i odeszła. Kiedy stała samotnie, z oddali dostrzegła Alhadżiego Ibrahima, w kącie wielkiego salonu, w którym odbywało się przyjęcie. Gdy spotkali się wzrokiem, uśmiechnął się do niej i pochylił głowę. Natychmiast odwróciła się i odeszła.

Potężna kobieta zjawiła się w miejscu, gdzie przebywała Amina. Przedstawiła się. - Dobry wieczór. Nazywam się Ladi Abdullahi. Jestem prawnikiem.

- Mam na imię Amina Haruna. Jestem patronką Stowarzyszenia Kobiet Bakaro.

- Mój pan mąż ciągle o tobie wspominał, rzekła Ladi, uradowana spotkaniem z kobietą, o której ciągle mówił jej mąż.

- Kim jest twój mąż? zapytała ją Amina.

- Jest wykładowcą na Uniwersytecie i interesuje się sprawami waszego Stowarzyszenia.

- Nie sądzę, abym już go kiedyś spotkała, odpowiedziała jej Amina.

- On dobrze zna Fatimę i Bilkisu. Uważa, że takie Stowarzyszenie jak wasze winno stać się przykładem, i to z licznych powodów. On nawet myśli o napisaniu książki o tobie.

Pojawienie się Kulu sprawiło, że przerwano dyskusję, a Ladi opuściła to miejsce. Wszedł wysoki młodzieniec, ubrany w marynarkę, z krawatem oraz z niewielkim wąsem. Lekko się skłonił i ich pozdrowił. Przez chwilę porozmawiał z Kulu, po czym wysunął się do przodu. - On jest jednym spośród młodych milionerów w tym mieście, szepnęła Kulu do Aminy. - Ma wiele domów i drogie samochody – i ciągle jest kawalerem. Jest niezwykle przebiegłym biznesmenem.

- Co masz na myśli?

- Sprowadza towary konsumpcyjne i jej ukrywa. Ponadto przesypuje ryż i sól z worka do worka.

- To dlatego twierdzisz, że jest taki chytry?

- Skądże znowu! Nie poprzestaje na tym. Słynie z podwyższania kosztów fałszywych kontraktów, łapownictwa, fałszowania dokumentów przywozowych i temu podobnych. Miał spółkę, którą dawno już zamknięto. Mimo to dostaje dokumenty przywozowe w imieniu tej kompanii. Zamiast sprowadzać narzędzia pracy i potrzebne maszyny, sprowadza pirackie towary, bardzo drogie samochody i temu podobne. Nawet zajął się sprzedażą ropy naftowej. To z nim się zmawiają spółki zagraniczne i kradną ropę oraz gaz, wręczając mu jego dolę. W dwóch zagranicznych krajach deponuje swe pieniądze, widząc, że są najbardziej dyskretne w przechowywaniu pieniędzy. Wiarygodne źródło doniosło mi, że on i Lukas Danfulani interesują się bogactwami mineralnymi, które występują w tym Stanie.

- Dobre sobie! wykrzyknęła zdziwiona wielce Amina, starając się zrozumieć, o czym mówi Kulu.

- Gdyby to było takie proste, to i ja bym wykonywała tego rodzaju pracę, ale Bature i mój mąż nie doszli jeszcze do porozumienia.

Pewien korpulentny mężczyzna, w kamizelce, z czerwoną czapeczką na głowie, dołączył do nich i się z nimi przywitał. Amina przypomniała go sobie: był to kompan jej męża od interesów .

- Znasz tego człowieka, czyż nie tak? zapytała ją Kulu, kiedy ten odwrócił się i odszedł.

- Tak, ale nie za dobrze.

- Powiem ci, w jaki sposób zrobił pieniądze. Był magazynierem w pewnym zakładzie państwowym. Wyprzedał znajdujące się w nim towary, po czym magazyn ten podpalił.

Aminę ogarnął wielki gniew. Nawet nie spostrzegła się, kiedy podniosła głos, wykrzykując - Coś takiego! Z powodu olbrzymiej dezaprobaty zapomniała zamknąć ust.

- Och, jeszcze o czymś nie wiesz. Kiedy był księgowym w ich instytucji, dokonywał drobnych kradzież pieniędzy państwowych, po czym oznajmił, że rezygnuje z pracy. Po tygodniu w porzuconym przezeń biurze wybuchł dziwny pożar, w którym zniszczone zostały wszystkie związane z tą sprawą dokumenty.

- Patrzcie no, to brzmi jak bajka.

- To nie bajka. Mój mąż wszystko mi powiedział. Nie tylko to. Mówi się, że nie tylko był on zamieszany w sprawę tego 'pożaru'. A obecnie zalicza się go do bogaczy naszego miasta. Mówi się także, że w tych dniach zamierza kandydować w wyborach parlamentarnych.

Podeszła jakaś kobieta i coś szepnęła Kulu do ucha. Natychmiast Kulu zwróciła się do Aminy z prośbą o wybaczenie, bo udaje się, by otworzyć przyjęcie, na które zaprosiła wpływowych ludzi. Amina nieraz słyszała, że to miejsce nie jest miejscem dla niej. Powiedziała Kulu, że chce wrócić do domu. Kulu zaklinała ja na Allaha, aby się uspokoiła i porozmawiała z ludźmi. Amina stanęła w kącie. Przyglądała się ludziom, którzy sobie rozmawiali. Czuła, że gdzie tylko zwróci swe oczy, widzi siebie w swym własnym domu. Rozglądając się, skrzyżowała swój wzrok z Rabi, współmieszkankę na Uniwersytecie, która rozmawiała z jakimiś obcymi mężczyznami. Rabi odwróciła swą twarz. Gdy Amina zamierzała podejść do niej się i przywitać, Rabi odeszła wolnym krokiem. Dym papierosowy i zapach mocnych perfum połączyły się ze sobą i wymieszały, aż trudno było oddychać. Aminie zbierało się na wymioty. Spojrzała na prawo od siebie Alhdżiego Ibrahima, który rozmawiał z jakimiś gośćmi, zaproszonymi przez kobiety. Natychmiast odsunęła się, ale Kulu przyzwała ją ruchem ręki.

- To jest Ngozi, nowa, szefowa laborantek w głównym szpitalu. Kulu przedstawiła starszą i korpulentną kobietę.

- Jak się ma projekt higieny w Bakaro? zapytała Aminę, przyglądając się jej pogardliwie od góry do dołu.

Dzięki Bogu, odpowiedziała jej Amina, ważąc każde wypowiadane słowo.

- Hejże, widzę, że starasz się zjednoczyć kobiety tego miasta.

Amina nie wiedziała, co jej na to odpowiedzieć. Po krótkiej dyskusji z Kulu, Ngozi odeszła.

- Co do mnie, chcę trzymać się tej kobiety, ponieważ chcę niedługo otworzyć klinikę w tym mieście.

- Chcesz powiedzieć, że będziecie zabierali leki ze szpitala i przenosili do tej twojej kliniki?

- O nie tak od razu. Będę za nie płacić, wyjaśniła Kulu. - Powiedziano mi tylko, że drogo za nie liczy.

- Co stoi na przeszkodzie, abyś sama sprowadzała te lekarstwa i wyposażenie szpitala?

- Podatek, jaki nakłada się na prywatne kliniki, nie jest mały. Dlatego muszą one opierać się na takich szpitalach, jak te, w których pracuje Ngozi.

- Co stoi na przeszkodzie, żebyś płaciła należny podatek, a potem obciążyła nim tych, którzy korzystają z takich małych szpitali, jak wasz?

- Słuchaj siostro. Jest łatwiej zakupywać potrzebne rzeczy ze szpitali rządowych. Nic cię nie obchodzą dokumenty pochodzenia.

Sprawa ta wprawiła Aminę w duże zakłopotanie. Została przyciśnięta do muru. Poprosiła Kulu, aby pozwoliła jej już odejść. Tym razem Kulu wyraziła zgodę. Wyszedłszy na zewnątrz, natknęła się na staruszka w białym ubraniu, trzymającego w ręku długi różaniec. Przeprosił Kulu za to, że się spóźnił.

- A to co za jeden? zapytała ją Amina, kiedy odszedł.

- To jest naczelnik Dimbi. Przezywają go 'Bardzo Mocno Zadłużony', ponieważ przez wiele lat pożyczał w banku miliony. W końcu odmówił ich spłaty. Po jakimś czasie bank ten upadł.

Po tych wyjaśnieniach Amina podziękowała Kulu i ruszyła w drogę. Powiedziała jej też, że nie podejmie tej pracy w hotelu. Pożegnały się i Amina skierowała się do swego samochodu.

Amina dotarła do domu w chwili, kiedy Fatima kąpała Abdurraszida w gumowym basenie. On się bez przerwy uśmiechał. Ale gdy wyjmowano go z wody, rozpłakał się. Fatima wzięła go na ręce, wytarła i podała Fatimie, aby go ubrała. Następnie opowiedziała Fatimie, co wydarzyło się na przyjęciu, w którym uczestniczyła. Fatima nie była tym zdziwiona. - To niewiele słyszałaś i widziałaś. Ja słyszałam o wiele gorszych rzeczach. Wyciągnęła z ust szpilkę i spięła Abdurraszidowi pieluszkę.

Następnie zapytała Aminę w zaufaniu, - Jeśli byłby konkurs, komu dałabyś pierwsze miejsce? Podała jej Abdurraszida.

- Oczywiście Kulu!

- Dlaczego?

- Ponieważ wygląda na uczciwą. odpowiedziała jej Amina i zaczęła karmić Abdurraszida piersią.

- Czy miałaś okazję rozmawiać z kimś, kogo zwą Alhadżi A.B. Dansaki?

- Nie.

- Przez około dziesięć lat był komisarzem do spraw nauki. Przed kilku laty Bature kupił mu dom w Londynie, ale ten powiedział, że dom ten to dla niego za mało. Chce także plac, na którym stoi ten dom. Wiesz co zrobił?

- Skąd miałbym wiedzieć? Powiedz-że mi.

- Wykupił wszystkie domy przy tej ulicy! Zagarnął wszystkie pieniądze przeznaczone na naukę naszych dzieci i kupił wszystkie domy na jednej z ulic Londynu. Ale to jeszcze nie koniec. Agencje sprzedaży domów dopadły go. Nie przeczytał drobnego pisma na umowie handlowej. Było w nim napisane, że jeśli nie będzie mieszkał w tych domach przez trzy lata, zwróci się je ich byłym właścicielom. Pojechał, żeby obejrzeć te zakupione domy dopiero po trzech latach... Policjanci nie uznali jego racji. Fatima potrząsnęła głową. - Czy słyszałaś o mężu Kulu? Wiesz, jak zrobił pieniądze? Ponad dziesięć lat on i Bature sprzedawali wszędzie broń w krajach afrykańskich. Celowo podszczuwali ludzi, aby walczyli ze sobą, by zdobywać rynki zbytu tych ich diabelskich towarów dla obu stron walczących. W końcu poróżnił się z Bature, ale spadł na cztery łapy. Przyczaił się i jest teraz sekretarzem gminy. Mogłabym przez cały dzień opowiadać ci o tych ludziach, o których się mówi, że trzymają ster władzy. O nie, nie chcę przytaczać dalszych powodów mojej frustracji.

- A co słychać u twego męża? Mam na myśli, w jaki sposób zrobił on pieniądze? zapytała ją Fatima.

- To długa i ciekawa historia. Ale będę mówić zwięźle. Zaczął pracować z moim ojcem w Londynie, w naszej ambasadzie. Kiedy wrócił do domu, skierowano go, aby zarządzał portem lotniczym. On jednak doszedł do wniosku, że nie można tam zarobić żadnych pieniędzy. Zabiegał o względy, aż zmieniono mu miejsce pracy, prosząc go do urzędu nadzorującego porty. Następnie znalazł się w spółce kolejowej, którą kierował przez dziesięć lat. Tam zgromadził miliony, które zdefraudował. Za jego urzędowania rząd zaplanował połączyć 80 % obszaru kraju nowoczesnymi drogami kolejowymi. Ale popatrz dzisiaj, co my z tego mamy? Nie zbudowano nowych linii kolejowych, a te stare rozsypały się powodu braku nadzoru. Ów cwaniak dostał pieniądze od rządu i zagranicznych banków w celu wybudowania nowych szlaków kolejowych, ale nic z tego nie wyszło. Prawie wszystkie pieniądze wpłynęły na jego rachunek i konta jego świty.

- Tak to jest. A na co wydał te wszystkie pieniądze?

- Miał zamiłowania do drogich samochodów. Posiadał stajnie w Abudży, Maiduguri, Nowym Jorku i w Londynie. Jeśli chcesz zobaczyć kolekcję samochodów ferrari, odwiedź jego domostwo. Poza tym ma w Europie statki wycieczkowe i zgromadził obrazy, które są tak drogie, ze stać na nie tylko wybranych. Co więcej, jest zatwardziałym hazardzistą. Ponadto śledził zwyżki akcji i je zakupywał. Pewnego wieczoru przypomniałam mu, że kiedy umrze, owinie się go tylko w jedną białą tkaninę. Bardzo się z tego powodu zezłościł i sprawił mi lanie.

Kiedy tak sobie gwarzyły, Abdurraszid smacznie sobie spał. - Fatimo, teraz przypomniałam sobie, co mi opowiadałaś o tych złodziejach, oszustach, ludziach skorumpowanych i kłamcach, jakich nie brak w naszej społeczności. Mówiłaś, że ich bogactwo pochodzi z kradzieży i rozbojów. Teraz mam otwarte oczy szeroko otwarte po tej twojej wypowiedzi, rzekła Amina do swej przyjaciółki.

Fatima poderwała się i wzięła swą torebkę. - Biblia mówi…

- Nie mów mi, że czytujesz Biblię… Amina wstrzymała oddech.

- Nie, nie o to chodzi. Przeczytałam tylko niektóre fragmenty, które mnie poruszyły. Na przykład ten, gdzie się mówi: 'Każdy kto ma, powtórnie mu się da, da się mu naprawdę wielokrotność; ale kto tego nie ma, zabierze się mu tą odrobinę, jaką posiada.' Czy to stwarza ludziom możliwość gromadzenia dóbr i obżarstwa? zapytała Fatima.

Po chwili milczenia Fatima przypomniała o czymś, co ją bardzo poruszyło - Zapomniałam ci powiedzieć, że zaproszono mnie, abym wygłosiła wykład z okazji uroczystości wspominkowej o Dżibrilu Bala Mohammedzie. Poproszono mnie, abym zabrała głos na temat - Wiedza i Społeczeństwo. Czekaj, posłuchaj o uczestnikach tego zebrania: wicegubernator, sześciu komisarzy, w tym komisarz do spraw nauki, główny sędzia, wicerektor uniwersytetu i siedmiu kierowników zakładów tego Stanu – nie mówiąc o setkach studentów. To jest dla mnie wielka szansa. Postanowiłam, że jej nie zmarnuję. Przygotowałam to, o czym będę mówić, ale nie dałam organizatorom tego referatu na piśmie.   A ty, czy chcesz posłuchać tego, co napisałam?

- I to bardzo. Kto odmówi, żeby mu dano streszczenie?

Fatima wyjęła z teczki plik kartek. Odłożyła je na stronę. Wstała, podeszła do lodówki i wyjęła z niej butelkę wody oraz szklankę. Nalała trochę wody i wypiła. Odchrząknęła i poprawiła beret w stylu Montgomery, po czym zaczęła czytać... Amina nastawiła uszu.

- Każdy kto śledzi codzienne wydarzenia na świecie, wie że niektóre kraje europejskie odgrywają ważną rolę w sprawach naszego życia. W ciągu trzydziestu czy więcej lat, jakie minęły, ich mieszanie się do naszego życia osiągnęło zbyt wysoki poziom. zaczęło stawać się rzeczą naprawdę niebezpieczną. Coraz bardziej szerzą zło. Nic się dla nich nie liczy, jak tylko ich siła ekonomiczna, polityczna i wojskowa. Skąd czerpią tą ich siłę? Skąd pochodzi prawdziwa siła? To, że stały się silnymi krajami, ma jedyną przyczynę: sposób w jaki zdobywają i wykorzystują wiedzę.

- Korzystamy z opadów deszczu przez ponad siedem miesięcy, ale dotąd nie mamy sposobu na oszczędzanie tej wody, byśmy ją filtrowali i wykorzystywali jako czystą wodę do picia, dostępną dla każdego. Mamy światło słoneczne przez ponad dziesięć godzin każdego dnia, ale dotychczas nie kontrolujemy tego daru, jaki otrzymaliśmy od Boga. Mamy bardzo użyteczne drzewa, korzenie drzew i kwiaty, ale nie widzi się, byśmy wykorzystywali je do sporządzania skutecznych leków. Mamy dostatecznie dużo błogosławionej ziemi., tymczasem silni młodzieńcy próżnują. Przestaliśmy uprawiać ziemię, aby się wyżywić. Dzisiaj sprowadzamy produkty żywnościowe. Co stoi na przeszkodzie, byśmy produkowali nasze ubiory? Co stoi na przeszkodzie, byśmy organizowali nasze życie tak, aby każdy był względnie zamożny? Pytania te nie mają granic! Jeśli się rozejrzymy, to zobaczymy, że mamy mnóstwo uniwersytetów i ośrodków badań naukowych! Wstydźmy się, ludzie!

- Nie utworzyliśmy uniwersytetów, aby rozszerzały wiedzę. Powołaliśmy je po to, by rodziły niewiedzę, którą będzie się pielęgnować, aż dojrzeje i zrodzi wiedzę sobie podobną. Jeżeli chcemy zdobywać wiedzę, winniśmy się uczyć mówienia prawdy od samego początku. Nauka nie zakorzeni się tam, gdzie ludzie wierzą w przesądy i żyją w ciemnocie.

Jest rzeczą konieczną, abyśmy ufali naszym uniwersytetom i szkołom wyższym. Abyśmy zaradzili temu, co nas ciągle dręczy. Jeśli chcemy, żeby to przyniosło korzyść, nasi politycy winni się spuścić z tonu i zaakceptować nowoczesne poglądy. W obecnej sytuacji, większość rządzących nami nie potrafi nawet czytać czy pisać w jakimkolwiek języku.

- Jeśli chcemy przyjrzeć się porządkowi społecznemu, który stworzył ludzi takich jak Bature, winniśmy się przyjrzeć historii zachodniej Europy: jak robią swe lekarstwa, jak uprawiają filozofię, jakie są ich spostrzeżenia na temat wielkiej inteligencji człowieka. Winniśmy poznać kształtowanie się ich zwyczajów czy wreszcie poznać system ekonomiczny Europejczyków.

- Gdy Hausańczycy przyjrzeli się tej sprawie, stworzyli przysłowie, 'We wnętrznościach strusia są części do jedzenia i te do wyrzucenia.' Jest konieczne, byśmy się przyjrzeli argumentom innych ludzi, jeśli się nawet z nimi nie zgadzamy. Byśmy się nauczyli, jak należy traktować pomoc, jakiej każdy jest w stanie udzielić i za co zasłuży na pochwałę. Obyśmy znaleźli platformę, na której każdy z nas będzie mógł udzielić społeczeństwu jak największej pomocy.

- Należy, aby każdy z nas zmienił swe zapatrywanie odnośnie wiedzy. Trzeba, aby mówiono, że poszukujemy różnorodnej wiedzy, nie tylko wiedzy religijnej. Winniśmy się nauczyć, jak należy pogłębiać myślenie, byśmy z powodzeniem studiowali, jak moglibyśmy wynaleźć rzeczy, które ułatwiłyby nam życie. Żebyśmy się nie upierali, twierdząc, że ten stan niewiedzy, w jakim znaleźliśmy się, stan pogorszenia naszej gospodarki i naszych zwyczajów – wszystkie te rzeczy sprowadzili na nas Europejczycy.

- Potrzeba, abyśmy się posłużyli wiedzą, by zwalczyć ogarniające nas ubóstwo, ponieważ wszędzie tam, gdzie ono się usadawia, staje na drodze postępu. Jak to się stało, że egzystujemy jak próżniacy i w próżniaczej wyniosłości. I to w sytuacji, kiedy nasza religia i nasze zwyczaje występują przeciwko przekupstwu i łapownictwu.

- Dopóki opieramy się na wiedzy stworzonej i doskonalonej przez innych, nie wyrwiemy się ze statusu niewolników, uzależnionych od tej wiedzy. W tym momencie moje wystąpienie zostało zaadresowane do mego przyjaciela Bature. Jeśli wierzyć pogłoskom, że będzie on wydobywać nasze surowce mineralne, rafinować je i sprzedawać, niewątpliwie staniemy się jego niewolnikami. Bature może robić z każdym z nas to, co uważa za stosowne. A to dzięki posiadanej wiedzy.

- Jest konieczne, abyśmy się nauczyli od Bature jednej rzeczy. Jest on człowiekiem, który chce docenia ludzi wykazujących dużą inteligencję w swym życiu, i dążących do zdobycia dla siebie pożądanych rzeczy. Jednak nigdy nie wierzmy do końca Bature. W swym sercu zawsze coś ukrywa. Nie ma on żadnego stałego przyjaciela czy wroga oprócz stałych interesów.

- Każda społeczność, która rozwija się zgodnie z życzeniami, gdzie wszystko idzie jak należy, wszystkie osiągnięcia zawdzięcza ona wiedzy i poszanowaniu wiedzy. Nasi dziadowie, Arabowie, przewyższają wszystkich na całym świecie z powodu tych dziedzin wiedzy, jakie rozwinęli. To oni badali gwiazdy i nadawali im nazwy. Ale dzisiaj większość Arabów nie potrafi nawet odczytać najprostszej mapy.

- Jibril Bala Mohammed był inteligentnym człowiekiem, podejmującym wysiłki w utrwalaniu praw człowieka, był dobrym malamem. Całe swe życie walczył o budowę społeczności, która byłaby oparta na wiedzy. Mawiał do mnie, że jego celem życiowym jest poszukiwanie prawdy i zdobywanie wiedzy. Trzymajmy się tych zasad, które wpajał nam Bala.

- Niewiedza rodzi niewolę, zaś wiedza przynosi wolność. Wiedza jest siłą człowieka.

- Pokój z wami.

- Gratuluję ci, moja znawczyni! zasalutowała jej Amina.

13

Przez kilka minionych tygodni Amina zastanawiała się w myślach nad pewną sprawą. Jeśli dasz ludziom jedzenie, będą jedli. Jeśli wskażesz im drogę zdobywania pożywienia, wyżywią się sami. Pomyślała o posiadanym poletku, leżącym bezużytecznie, na którym nic się nie robi. Gdzie można by znaleźć kobiety, by nauczyć ich uprawy tego skrawka ziemi, by mogły rozdzielić jego plony? Trzeba by przyjrzeć się pozostałym kobietom, czy nie maja poletek takich jak to. Kobiety te winny zjednoczyć się i utworzyć stowarzyszenie kobiet-rolniczek. W ten sposób połączy się ich siły. Te które są inwalidami, także mogły by wnieść swój wkład. Połączone wysiłki z pewnością przyniosłyby pożytek.

- Witaj o tej porze dnia, madame, Amina usłyszała głos przerywający jej rozmyślania. Zobaczyła wchodzące Bilkisu i Fatimę.

- A to dla ciebie, powiedziała Bilkisu, podając Abdurraszidowi pudełko z dziecięcymi zabawkami. - Wczoraj byłam w Kano i kupiłam je specjalnie dla ciebie. Przyklęknęła, schylając się ku niemu. Wzięła jedną zabawkę i potrząsnęła nad nim. On zaś śmiejąc się, wyciągnął rączkę, aby ją pochwycić.

- Danbaki prosił, żebym cię od niego pozdrowiła, powiedziała Fatima. - Byłam z nim wczoraj wieczorem.

- Jak się miewa?

- Bardzo dobrze. Fatima łyknęła wody ze szklanki.

- Jak się mają Muktar i Rebeka?

- Są tutaj razem, ale… rzekła Bilkisu po długim westchnieniu.

- Ale co? Dopytywała się Amina.

- Ona go kocha, ale według wszelkich oznak na niebie on nie kocha jej tak, jak ona jego, zauważyła Bilkisu. - Jest to nieco trudne do wyjaśnienia.

- W tych dniach Rebeka jest jakaś oziębła w stosunku do mnie, ponieważ sądzi, że jest coś między mną a Muktarem, ponieważ wpada on do mnie dość często, powiedziała Fatima. - Ostatnio częściej przychodził jednak do niej. Ona jest bardzo zazdrosna i bojaźliwa, bez żadnego powodu. Aż do teraz Muktar nie pokazał wyraźnie, do czego zmierza. To również niepokoi Rebekę i nie daje jej spokoju.

- A co słychać u Rabi? zapytała Amina.

- Wszystko dobrze, urodziła Dżamilę.

- Widziałam ją na przyjęciu u Kulu, ale mnie unikała. Chcę, żebyśmy się pogodziły i dalej żyły ze sobą w zgodzie. Nie znam powodu, dla którego miecz nie miałby spocząć w pochwie.

- Masz rację. Jak długo ludzie mogą walczyć ze sobą? Postaram się zorganizować spotkanie między wami, chociaż jak znam Rabi , będzie próbowała uniknąć spotkania z tobą.

- Hejże! Czasy się zmieniają, rzekła Amina.

Amina opowiedziała im o swych przemyśleniach dotyczących stowarzyszenia połączonych sił w sprawie uprawy roli.

- Jest to dobra rzecz, tylko że... Bilkisu nie dokończyła swej wypowiedzi.

- Popieram ten projekt, ale nie oczekuję, że zakończy się on sukcesem, powiedziała Fatima.

- Dlaczego? zapytała ją Amina.

- Widzisz, bogacze tego miasta nie będą siedzieć sobie bezczynnie, widząc, że zaplanowałaś coś, co uwolni kobiety od kajdan. Będą chwytać się różnych sztuczek, ażeby wykazać, że to nie taka prosta sprawa. Są nazbyt przezorni i nie patrzą w przyszłość. Sądzą, że to uszczupli ich dochody i zaszkodzi ich reputacji.

- Fatimo, czuję, że mnie nie zrozumiałaś. Nie twierdzę, że zgromadzę wszystkich ubogich, młodych bezrobotnych czy robotników. Nie, mam na myśli tylko nieliczne kobiety. Ja nie znam powodu, dla którego i bogacze nie mogliby się zjednoczyć. Niech każdy robi swoje, zgodnie z przysługującymi mu prawami. Niech w naszej społeczności zapanuje pokój. Winniśmy znać nasze miejsce.

Bilkisu roześmiała się. - Amino, nasi przywódcy nie są przygotowani do sprawiedliwego podziału dóbr. Są bardzo żarłoczni!

- A także są monopolistami. Mimo to będziemy starali się ze wszystkich sił, Fatima zapewniła Aminę.

Będziemy dyskutować o tym co nasze na naszym zebraniu. Ja zaś obiecuję, że udam się do Ministerstwa Rolnictwa i będę rozmawiać z członkami związku kupców. Tutaj, w Uniwersytecie postaram się zorganizować dyskusję między tobą a naszym przełożonym z oddziału tworzenia stowarzyszeń samopomocy, aby ci dokładnie wyjaśnił wszystko to, co się tyczy tej sprawy.

Bilkisu obiecała: - Porozmawiam z moim ojcem, ażeby wydusić

od niego pieniądze celem wprowadzenia w życie twego planu. Bilkisu wyszła udając się do łazienki, aby zaczerpnąć wody. Fatima zaś wyszła na podwórko, a po chwili wróciła z Abdullahem. - Świetni, powiedz teraz Aminie, co powiedziałeś mi na podwórku, zwróciła się do niego Fatima.

Abdullahi pochylił głowę i zakrył swą twarz dłońmi. - Mów-że, słuchamy cię, ponaglała go Amina.

- Zgadzam się na poślubienie Fatimy, powiedział cicho.

Wszystkie kobiety zaniosły się śmiechem. Fatima puściła go wolno, a on pędem wypadł na zewnątrz. Po krótkim czasie wrócił. - Chcę zadać jedno pytanie, powiedział. - Chciałbym wiedzieć, skąd pochodzisz?

Fatima przytuliła go do siebie i powiedziała. - Dziadek mego dziadka pochodził z kraju Arabów. Był Arabem. Nie wiem dokładnie, kiedy tu przybył i czym handlował. Powiedziano mi, że z kilkoma przyjaciółmi zatrzymał się w pobliżu jeziora. Mój dziadek zaś był kupcem i sławnym nauczycielem islamu. Miał rozległą wiedzę i dużą bibliotekę. Wiele podróżował. Natomiast mój ojciec, który jeszcze żyje, studiował na Al.-Azharze w Kairze i jest pracownikiem służby dyplomatycznej. Podróżowałam z nim do licznych krajów świata.

Babcia mojej babci była także Arabką. Była pierwszą i jedyną spośród tych, które założyły obóz na brzegu tego jeziora. Jej ojciec był przywódcą osadników w tym miejscu. Urodziła dziesięcioro dzieci. Zaś moja babcia jest na poły Arabką, na poły Szuwa. Jej rodzice byli bogobojnymi ludźmi. Urodziła dziewiątkę dzieci. Natomiast moja matka jest z plemienia Szuwa. Mój ojciec poślubił ją, zanim udał się do Kairu. Nie mieli dzieci do jego powrotu. Potem urodziła pięcioro dzieci, ale jedno umarło. Wszyscy trzej moi starsi bracia mieszkają w Europie, gdzie pracują. Wszyscy mają dzieci i żony. Ja zaś mam jedną córkę i dotychczas studiuję. Fatima włożyła rękę do torebki, wydostała stamtąd fotografie i pokazała je Abdullahiemu, który utkwił w nich swój wzrok. - To jest mój dziadek przed jego muzułmańską szkołą oraz jego uczniowie. A tutaj stoi przed swą biblioteką. Zwykł do nas mówić, 'Dom, który nie ma książek, jest niczym chata bez drzwi.' A tutaj mój dziadek nad brzegiem jeziora. A tutaj mój ojciec przed Białym Domem w Ameryce wraz z byłym prezydentem tego kraju. Zaś tutaj jest on w Londynie z byłym premierem. Tutaj jestem z nim w Tokio, kiedy przekazuje listy uwierzytelniające jako nowy ambasador Nigerii. Tutaj jesteśmy w Arabii Saudyjskiej. Krótko mówiąc, jestem Arabką Szuwa! Nasze plemię mieszka tutaj, nad brzegiem Czadu, chociaż teraz rozprzestrzeniliśmy się w różnych miejscach.

- Gdzie są teraz twoi rodzice?

- Są w Maiduguri.

- A gdzie twoja córka?

- Jest u nich.

- A twoi przyjaciele? Abdullahi wypytywał Aminę.

- Rebeka pochodzi z Zuru. Jej ojciec jest inspektorem policji. Zaś Gloria pochodzi z Zagon Kataf. Jej ojciec jest wicegubernatorem w ich Stanie.

- Kiedy mi więcej opowiesz? zapytał Abdullahi.

- W tych dniach. Opowiem ci o Ali Babie i Czterdziestu Rozbójnikach. Czy podobało ci się opowiadanie o Babie Abdullahim z Tysiąca i Jednej Nocy?

- No tak, to opowiadanie podobało mi się naprawdę.

- Dobrze. A czy zrozumiałeś to, czego uczy nas to opowiadanie?

- Nie bardzo.

- A więc poproś swego taty, aby ci wyjaśnił, Fatima uśmiechając się, rzekła do niego.

-To zapytam go. Bardzo ci dziękuję, powiedział i znowu popędził na podwórko.

- Widzisz, jaki to chłopiec. Pewnego dnia rozmawiałam z Abdullahim, mówiła Fatima. - W czasie tej rozmowy bardzo mnie ubawił. Ale później zauważyłam, że jest o czym z nim mówić. Rozmawialiśmy ogólnie o społeczności ludzkiej. Powiedział mi, że na świecie są szlachetni ludzie, ale są też próżniacy. Dobrzy bogacze i źli ubodzy. Według niego bogaci są dobrzy, ponieważ żywią potrzebujących. Odbywają pielgrzymkę, zawsze odmawiają modlitwy, nie kradną. Wdziewają piękne ubiory, posyłają swe dzieci do szkoły, aby nauczyły się dobrych zwyczajów. Zaś ubodzy, powiedział, nie są dobrzy, ponieważ ciągle wypraszają od bogatych, albo też usiłują coś u nich ukraść. Nie robią tego, co robią bogaci. Tak mnie wychowywano.

Amina czytała gazety w siedzibie głównej Stowarzyszenia Kobiet Bakaro, kiedy podjechało auto typu volkswagen beetle. Wyszła na zewnątrz, żeby przywitać swych gości: Fatimę i starszego człowieka w todze riga i długich czarnych spodniach. Fatima uśmiechnęła się, zmierzając w kierunku Aminy. - Chcę ci przedstawić Aminę Haruna, powiedziała Fatima, jakby przedstawiała prezydenta kraju jakiemuś ważnemu dostojnikowi z zagranicy. Amina przywitała tego jej gościa w podobnym stylu. - To jest profesor Idi Abdullahi, wykładowca Uniwersytetu i ekspert od spraw stowarzyszeń wzajemnej pomocy, wyjaśniła Fatima. Profesor pozdrowił Aminę z szacunkiem. Był wysoki i korpulentny.

Amina wprowadziła ich do pokoju, w którym czytała przy otwartym oknie. Profesor bez zwłoki zaczął wolno mówić, - Pochwalam twoje wysiłki zmierzające do utworzenia stowarzyszenia samopomocy. Fatima wyjaśniła mi sprawy dotyczące Stowarzyszenia Kobiet Bakaro. Prawdę mówiąc, już od dawna śledziłem to, co robicie. Można skorzystać z tego rodzaju stowarzyszenia, ażeby wyżywić ludzi i wzmocnić ich gospodarkę. Z przykrością należy jednak powiedzieć, że w naszym kraju ruch ten jest bardzo słaby lub wcale go nie ma. Może on poprawić byt społeczeństwa, tylko projekt ten należy dostosować do życia ludności. Mam tutaj na myśli to, że ubodzy i bezrobotni mogą przyjść i wspólnie pracować na polu. Każdy może wnieść swój wkład, stosownie do jego możliwości.

- Można też w ten sposób zorganizować handel, podpowiedziała Fatima.

- Masz świętą rację, ale jest to trudniejsza sprawa, powiedział Profesor. Przestąpił z nogi na nogę i mówił dalej, nie zatrzymując się nad wyjaśnieniem słów trudnych do zrozumienia dla jego słuchaczy, czy też nad omówieniem obcych poglądów. Kiedy mówił, Fatima w skrócie zapisywała to, co powiedział. Amina zaś, gdy przyjrzała się tym dwojgu, pomyślała sobie, że niewątpliwie do siebie pasują.

- Winniśmy zauważyć, że sukces tego stowarzyszenia zależy od polityki, jakiej hołduje nasz rząd. W niektórych krajach stosuje się tą metodę celem szybkiego wyżywienia całego kraju. I przynosi to efekty. Ale tutaj, w naszym kraju każdy wie, jak przez wiele lat lekceważono sprawy dotyczące rolnictwa. Jeśli chcemy pozbyć się problemów, jakie przysporzyło nam rolnictwo, musimy odwołać się do tego rodzaju stowarzyszeń samopomocy. Byłoby to najlepszym rozwiązaniem. W ten sposób powstrzymalibyśmy ludzi od migracji z obszarów wiejskich do miast. Byłoby to sposobem rozwiązania spraw politycznych, gospodarczych i społecznych, które tak dają się nam we znaki.

Amina dała się ponieść wyobraźni. Chciałaby tylko usłyszeć z jego ust, czy ten ich plan jest możliwy do realizacji? Czy zakończy się sukcesem? Według wszelkich oznak Profesor Idi nie przejmował się tym, czy Amina rozumie to, co on mówi.

- Prezydent Abdul Naser z Egiptu zwykł mówić, że to co stoi na drodze stowarzyszenia do realizacji jego celów, to obecność wyzyskiwaczy tam na wsi, którzy zawsze są gotowi zatrzymać nurt wody przy próbie jakiejkolwiek zmiany, która ułatwiłaby ludziom ich życie. Zwracam waszą uwagę na to, że wasze stowarzyszenie może napotkać podobne wyzwanie. Przygotujcie wasz plan. Tak powiedział Profesor, przyglądając się bacznie Fatimie. - Stowarzyszenie samopomocy może być lekarstwem na wiele spraw. Można ochraniać, lub oni sami mogą się chronić poprzez różnego rodzaju projekty współpracy. Taka działalność uchroni ich od stania się bojówkarzami partii politycznych i od chuligaństwa. Będą sobie pomagać w działalności gospodarczej. W miarę wzrastania stowarzyszenia te zdobywają coraz większe doświadczenie...

- Nasze stowarzyszenie jest tylko dla kobiet, przerwała mu Amina.

- Jeśli tak, powiedział niezrażony, - to główny wasz problem polega na sprawnym rozpoczęciu działalności. Gdzie zdobędziesz pole uprawne, z którego zaczęlibyście korzystać?

- Ach, już wcześniej pozyskaliśmy je. Mam niewielką działkę, odpowiedziała mu Amina.

- A skąd weźmiecie ziarno, narzędzia rolnicze w rodzaju traktorów i temu podobne?

- Rozmawiałam ze związkowcami z Ministerstwa Rolnictwa. Powiedzieli, że pomogą nam we wszystkich sprawach, nawet przyślą nam doradców, wyjaśniła mu Fatima.

- Ach tak... powiedział Profesor. Widać było, że to go zaskoczyło.

- Co masz na myśli? Amina zapytała Fatimę.

- Powiedzieli, że przyjdą, aby nieodpłatnie uszlachetnić to pole. Dadzą nam dobre ziarno, agronomów, kierowców.... na cały rok. Dogadaliśmy się, że od przyszłego roku wypożyczymy lub też zakupimy wszystkie potrzebne nam narzędzia pracy, po korzystnej cenie, odpowiedziała jej Fatima.

- Ustaliliście, w jaki sposób to wasze stowarzyszenie zacznie działać?

- Właśnie teraz nad tym pracuję, powiedziała Amina.

- Jeśli tak, to na co czekacie? Profesor zapytał donośnym głosem.

- Na życzliwą radę z uniwersytetów i na rejestrację, spokojnie odpowiedziała mu Fatima.

- To świetnie. Jeśli o mnie chodzi, to gotów jestem służyć wam radą... zapewnił kobiety. Wziął teczkę i zarzucił ją na ramię. - Do następnego spotkania, pożegnał się z nimi i wyszedł.

Amina odprowadzała go wzrokiem i wpatrywała się w drzwi, aż usłyszała odjazd jego auta. - No i po kłopocie, skoro sam profesor popiera ten projekt! Jeśli chodzi o mnie, to uważam, że zrobił tylko zamieszanie, zamiast nam pomóc. Miałam szczęście, że Allah sprawił, iż byłaś tutaj w pobliżu. Już wcześniej powiedziałabym my, żeby sobie poszedł. Czy wszyscy eksperci są tacy jak on?

- On jest nie najgorszy. Poza tym zrozumiał, dokąd zmierzamy. Zgodził się nawet przyjść, by zobaczyć, co mamy zamiar zrobić. Wypowiedział pożyteczne słowa. Większość wykładowców uniwersyteckich nie wie niczego, gonią tylko za pieniądzem. Czytają książki, po czym idą i wygłaszają studentom wykład, niczym papuga. Gdy kończą pracę, dziarsko gonią do klubu, aby się uraczyć alkoholem. Inni uganiają się za dziewczętami jak te psy. Tyle tylko że psy mają swój okres, ale ci nauczyciele go nie mają, wyjaśniła Fatima.

Obie roześmiały się, po czym wróciły do rozmowy na temat Stowarzyszenia. - Czuję, że zrozumiałam dobrze jedną rzecz, rzekła Amina.

- No to świetnie! Ten kraj pełen jest dobrych rzeczy. Zamieniam się w słuch.

- Wszystkie kobiety potrafią gotować.

- No nie. Niektóre potrafią ugotować tylko kaszkę. Kaszką pewna młoda żona tak uszczęśliwiła swego męża, że aż krzyknął...

- Słuchaj na Boga. Ta kaszka też ma swą wartość.

- Słucham cię.

- W obecnej sytuacji większość kobiet nie ma żadnej pracy.

- Tak, to prawda.

- Trzeba więc popatrzeć w krzywe zwierciadło.

- Opowiadaj, niech zaspokoję swą ciekawość, Fatima okazała zniecierpliwienie.

- Niektóre kobiety gotują tylko dla siebie. Chcę, byśmy otworzyły biznes, który dałby tym kobietom zajęcie i ochraniał ich godność.

- No i co dalej...

- Zaraz wszystko zrozumiesz. Uzbrój się w cierpliwość, a zobaczysz do czego zmierzam. Chcę pozyskać kilka kobiet. Niech zgromadzą rzeczy potrzebne do wypieku chleba: jogurt, fura, fasola i temu podobne. Niech przygotowują jedzenie w domu i przynoszą Stowarzyszeniu. Z pewnością ich praca będzie wynagrodzona. Trzeba tylko znaleźć kobiety, które opracują recepturę połączenia składników. Za sprzedane produkty dostaną zapłatę. Amina zamilkła na chwilę, jakby nie wiedziała, co ma powiedzieć.

- Od dłuższego czasu zastanawiam się nad tym, jak będziemy postępować, kiedy ty i twoje przyjaciółki opuścicie to miasto. Niedługo ukończycie tutaj wasze studia i będziecie wiedzieć, co dalej. Ja zaś zostaję tutaj, jak dzbanek na wodę skryty za drzwiami. Musimy zastanowić się, jak będziemy dalej budować, na tym, co zapoczątkowaliśmy. Chcę, aby te kobiety zmonopolizowały swą działalność. Dopóki nie zarobimy swych własnych pieniędzy, będziemy stowarzyszeniem chodzącym po prośbie o pomoc pieniężną czy o użyczenie nam narzędzi pracy. A proszący nie ma poważania.

- Twarda jest twa mowa!

- Chcę, aby to nasze stowarzyszenie mocno stanęło na nogach. Handel i tylko handel. Cokolwiek nie zrobimy, będziemy kierować się zyskiem. Dopóki nie znajdziemy sposobu na zarabianie pieniędzy, nasza działalność nie będzie łatwa. Teraz i w ciągu kilku przyszłych lat będę tego się trzymać. Kiedy już nam się powiedzie sprzedaż jedzenia, zajmiemy się czymś innym. Gdy odniesiemy sukces w tym mieście, zobaczymy, jak będzie to funkcjonować w innym mieście. Przed końcem przyszłego roku mam zamiar otworzyć w każdej szkole kioski spożywcze. Będziemy sprzedawać uczniom treściwe i zdrowe jedzenie. Zysk osiągnięte w ten sposób będzie odkładany i połączony z kapitałem wyjściowym.

- Co więcej, wiele naszych kobiet ma wiedzę na temat tradycyjnych środków leczniczych, zawierających korzenie drzew, ich liście, korę, a nawet kwiaty. Będziemy je mieszać ze sobą, aby otrzymać różnego rodzaju leki. Będziemy przynosić je do Stowarzyszenia i sprzedawać. Trudniące się tym kobiety dostaną wynagrodzenie za swą pracę. Będą sprzedawać wytworzone przez siebie leki Stowarzyszeniu Kobiet Bakaro. Larai rozmawia teraz z nimi, z tymi kobietami na ten temat. Dostaną one pieniądze i w ten sposób zapewnia sobie lepsze życie. Jeśli chodzi o mnie, nie będę dłużej zastanawiać się nad tym, jak zdobyć początkowy kapitał. Sądzę, że nasze przedsięwzięcie zakończy się powodzeniem.

- Na Allaha, Amino! Nie przyjmujcie pieniędzy od rządu lub od ludzi pokroju Bature, czy też od naszych tradycyjnych władców. Ich pieniądze są wam zakazane. Nie dopuść do tego, aby wasze środki połączyły się z ich zasobami, bo stanie to na drodze waszego postępu. Byłoby to niczym tkanie przy użyciu stęchłych nici.

- Ale zwykłaś mi powtarzać, że jest dozwolone przekształcanie rzeczy zakazanych w dozwolone.

- Wiem, że tak mówiłam, odpowiedziała Fatima, uśmiechając się. - Radzę wam, że poszukując pieniędzy, zaciągajcie kredyt w banku. W ten sposób będziecie mogły legalnie dysponować waszymi pieniędzmi. Jest konieczne, abyśmy pokazali sobie i innym ludziom, że dobrze prowadzimy sprawy handlowe. Na Allaha, nie zapominaj o kobietach początkujących w rodzaju Larai w podejmowanych przez nas decyzjach. One staną się w przyszłości wielkimi ludźmi.

- Oczywiście! Ostatnio ja i Larai dyskutowałyśmy o tym i sprawa ta bardzo ją pochłonęła. Obecnie rozmawia z kobietami i dąży do urzeczywistnienia tego projektu w naszym mieście. Co więcej, owa Larai i pewna nauczycielka szkoły średniej imieniem Binta, starały się zebrać zapisane pieśni i krótkie opowiadania autorstwa kobiet tego miasta. Obie przygotowują tygodniową uroczystość, na której będzie się czytać zebrane utwory. To ich własny pomysł. Larai zdradziła się, że będzie rozmawiać z Muktarem, czy jest możliwość wydrukowania tych pieśni i opowiadań.

- To świetnie!

- Czy znasz Hadidżę?

- Nie, a co to za jedna?

- Jest to dziewczyna uczęszczająca na studia drugiego stopnia z zakresu zdrowego żywienia. Pochodzi z Bakaro. Ostatnio przyszła tutaj i rozmawiałyśmy o tym, jak mogłybyśmy zaopatrywać się w zdrową żywność, wykorzystując uprawiane u nas rośliny. Chce prowadzić tutaj swoje badania. Będzie współpracowała z Mairo.

Na niebie nie było żadnej chmurki, kiedy te dwie kobiety wracały do domu. Gdy Amina podniosła głowę, światło słoneczne odbite od blaszanego dachu oślepiło ją. Na kilka minut przymknęła oczy. Słońce stało w zenicie. Panował straszliwy upał. Tylko nieliczni ludzie spacerowali na ulicach. Ci, którzy wyszli, skryli się w cieniu wielkich drzew. Kozy i owce ścieśniły się, aby też skorzystać z cienia. Kury stały nieruchomo, z otwartymi dziobami i zamkniętymi oczami.

- Niech to, ten upał jest nie do zniesienia! powiedziała Amina. Poruszały się wolniutko. Zbliżyły się do domu i natknęły się na Rebekę. Miała na sobie koszulę z krótkim rękawami w niebieskim kolorze, spódniczkę dżinsową i skórzane sandały. Odstawiła kołnierzyk swej koszuli. Uśmiechając się, pozdrowiła Aminę. - Właśnie wracam z Ministerstwa Zdrowia. Jego władze wyraziły zgodę na to, aby w przyszłą sobotę rano przeprowadzić u nas szczepienia profilaktyczne. Ale, niestety, nie bezpłatnie.

- Ile będziemy musieli zapłacić?

- No, niedużo. My już zapłaciłyśmy.

- No to ci się powiodło. Skąd mieliście pieniądze?

- Aj, to nieduże pieniądze, a ponadto dostałyśmy zniżkę.

- Na co było to szczepienie? zapytała Fatima.

- A nie byłaś na tym spotkaniu? zapytała ją Rebeka. - Dyskutowałyśmy z tobą. A ty teraz przychodzisz i zadajesz takie pytania?

- Na Allaha, przebacz mi, rzekła Fatima.

- Na co te szczepienia? nie dawała za wygraną Amina.

- Przeciwko zapaleniu opon mózgowych i ospie.

- Rychło w czas! przez zęby wycedziła Amina.

Amina nie wiedziała co robić. Jak miała pogodzić Fatimę z Rebeką i naprawić relacje między nimi? Gdy podeszła do Rebeki, ta zaczęła się żegnać, mówiąc, - Do zobaczenia w sobotę rano.

- Do miłego spotkania, dziękuję, odpowiedziała jej Amina.

14

Teraz życie Aminy upodobniło się do życia żołnierza, który przygotowuje się do wojny. Wstawała rano, myła się, kąpała swego syna, zamiatała pokój. Następnie udawała się do siedziby głównej Stowarzyszenia, żeby posłuchać radia lub przeczytać gazety, albo też spotkać się z przybyłymi tam ludźmi. Wieczorem śpieszyła do szkół prowadzących nauczanie kobiet, aby zobaczyć, co się tam dzieje. Było to trudne, ale starała się usilnie, aby pokazać, że potrafi wszystkiemu podołać. Wiedziała, że po tym trudnym okresie, w jakim się obecnie znalazły, przyjdzie odprężenie, kiedy pozyska się więcej nauczycieli, a kobiety z miasta coraz chętniej będą uczestniczyć w realizacji ich planów. Zdawała sobie sprawę z tego, że wnosi ogromny wkład w działalności Stowarzyszenia Kobiet Bakaro.

Amina zauważyła, że coraz bardziej zagłębia się w sprawy tego Stowarzyszenia i coraz mocniej interesują ją problemy kobiet tego miasta Pewnego razu, w czwartek wieczorem, wróciła ze szkoły bardzo wyczerpana. Wtedy to zjawiła się u niej płacząca Larai. W ubiegłym tygodniu położono jej córkę w szpitalu. Zmagała się z jakąś niezidentyfikowaną chorobą. Z łzami w oczach Larai powiedziała, - Dzisiaj życie się skończyło. Przed chwilą zmarła w tym szpitalu. Amina uspakajała ją i obiecała niezbędną pomoc we wszystkich sprawach.

W sobotę rano, gdy Amina wychodziła z domu, zastała gromadę kobiet i dzieci. Przywitała się z każdym, po czym skierowała się tam, gdzie siedzieli i czekali na nią Rebeka oraz pracownicy służby zdrowia. Rebeka poprosiła Aminę, aby przemówiła krótko do tych ludzi. Amina wahała się przez chwilę, ale w końcu zabrała głos na temat znaczenia walki z chorobą opon mózgowych, nie tylko tutaj w Bakaro, ale w całym Stanie. Podziękowała Stowarzyszeniu Pomocy Bakaro za wielką, udzieloną przez nie pomoc. Kierownik służby zdrowia mówił dużo na temat środków, które należy podjąć, aby chronić zdrowie w domostwach i zapobiec szerzeniu się chorób. Kiedy mówił, Bilkisu cicho podjechała swym samochodem tam, gdzie zgromadzili się ludzie. Zahamowała i zatrzymała się w pobliżu. Z auta wysiedli Fatima i Muktar. Od tej chwili Amina przestała słuchać tego, co mówił kierownik. Jej wszystkie myśli skierowały się na Muktara, który miał na sobie biały surdut. Zauważyła, że zapuścił brodę.

Aż do tego dnia Amina nie lubiła zastrzyków. Ale dzisiaj musiała się poddać. Śmiało zbliżyła się, aby się zaszczepić, nie bojąc się bólu. Kiedy została zaszczepiona, Muktar poprosił pracowników służby zdrowia, aby się zatrzymali na chwilę. Ustawił swą kamerę i poprosił ich, aby się przybliżyli. Fotografował każdego po kolei. Gdy zaszczepiono Aminę, pozostałe kobiety ustawiły się w kolejkę i także zostały profilaktycznie zaszczepione. Amina zbliżyła się do uczniów. Muktar podszedł i stanął przed nią. Przez krótki czas w milczeniu patrzyli na siebie. Potem Muktar popatrzył na innych ludzi, a Amina pochyliła głowę. Gdy ją podniosła, zapytała go, - Jak się mają twoje sprawy?

- Ze mną wszystko w porządku, jak sama widzisz.

- Rebeka dba o ciebie, czyż nie tak?

- Przyjaźnimy się ze sobą. Stara się jak może, odpowiedział. - A ty, jak ci się układa z mężem?

- Jest z nim wszystko w porządku. Ale śpi w domach poselskich.

- Jak ci się układa z kobietami Stowarzyszenia? Są jakieś problemy?

- I to jakie!

- No dobrze. Chciałbym porozmawiać z tobą, aby opublikować to w naszej gazecie. Niezwłocznie!

- Nie, nie teraz. Być może nasze opinie nie okażą się zbieżne.

- A to dlaczego?

- Nie podołam temu.

Zamilkli na chwilę. Amina podniosła twarz i zawstydzona spojrzała na niego.

- Muktar, co stoi na przeszkodzie, abyś zgolił brodę?

- Już wracam do domu i ją zgolę, odpowiedział zdziwiony Muktar.

- Powiedz też dla Danbaki, aby i on zgolił.

- Aha. Powtórzę mu twoje słowa, ale znam go i wiem, że nie zgoli.

- Dlaczego?

- On bardziej kocha swą brodę niż Fatimę.

Oboje roześmieli się i podeszli do studentów.

- Nie wyrażamy zgody na to zadłużenie. Nasz kraj, Nigeria, nie jest na sprzedaż, powiedział Muktar, kiedy dyskusja stała się bardziej zażartą. Musimy zacisnąć ostrogi. Nie wyrazimy zgody na to, aby wtrącili nas do niewoli naszych czasów.

Fatima trąciła Aminę, aby jej wyjaśniła, o co chodzi. - Rząd Federacji i ci nasi nieobliczalni przywódcy chcą zwrócić się do Międzynarodowego Funduszu Walutowego, z prośbą o pożyczkę, żeby zaciągnąć dług, a my tego nie chcemy. Mairo przerwała tą rozmowę, wskazując na gromadę chłopców. - Niektóre kobiety nie godzą się na szczepienie mężczyzn i młodzieńców.

- Należy zaszczepić każdego. Mężczyzn i młodzieńców, wydała polecenie Amina.

Akcję szczepień zakończono przed południem. Muktar ruszył w kierunku auta Bilkisu, zaś Rebeka podeszła do Aminy, uśmiechając się. Amina podziękowała jej za tą akcję, która zakończyła się sukcesem. Rebeka powiedziała jej, że studenci usilnie zabiegali o to, aby Amina za pozwoleniem Allaha odniosła sukces. - W przyszłą sobotę wrócimy, aby zaszczepić tych, którzy nie byli zaszczepieni dzisiaj, powiedziała Rebeka, śpiesząc do auta.

- Mu'azu Danlami wypełnił formularz rejestracyjny waszego Stowarzyszenia, zaś profesor Idi Abdullahi użyczył nazwiska jako wasz poręczyciel. Oznacza to, że dopełniliście formalności rejestracyjnych. Wasze trudy zostały nagrodzone, rzekła Fatima do Aminy. - Mu'azu rozmawiał ze studentami rolnictwa, którzy wyrazili chęć niesienia pomocy.

- Ach tak, dziękuję! Nie wiedziałam, że studenci będą w stanie udzielić mi takiego poparcia.

- Jak widać niektórzy z nich są w stanie. Problem polega na tym, że z pewnością mogą pomóc, ale dopiero wtedy, kiedy ich trochę się zachęci. Kiedy zaczniecie już coś robić, możecie zwrócić się do nich o pomoc. Wtedy przyjdą z pełnym przekonaniem.

- Jak się macie, ty i Rebeka?

- Bardzo dobrze! Wczoraj Muktar zjawił się na Uniwersytecie. Podyskutowaliśmy i wszystko ustaliliśmy. Zbyt wiele oczekiwała. Jest strasznie podejrzliwa i brak jej ufności. Nie życzy sobie, by ktokolwiek zbliżył się do Muktara. Jest cała otumaniona. Bardzo go kocha i nie zważa na to, jaka jest rzeczywistość. Ostatnio, kiedy wymawia się imię Muktara, całe jej ciało zaczyna się pocić. Wszystko zatrzymało się dla niej w martwym punkcie. Nie jest w stanie skoncentrować się na czymkolwiek.

- A co słychać u Glorii?

- Hmm. Ma problemy z Danladi. Chce wyjść za niego za mąż, ale jego rodzice postawili warunek: musi nawrócić się na islam, bo jest chrześcijanką.

- Czy jest gotowa na przyjęcie islamu?

- Zrobi wszystko, czego się od niej zażąda, bo go bardzo kocha, ale jej rodzice nie zgadzają się na to, by została muzułmanką, chociaż nie mają nic przeciwko, aby poślubiła muzułmanina.

- Niech to, ale się pogmatwało!

- Tak jest. Według mnie jego rodzice nie chcą przyjrzeć się tej sprawie chłodnym okiem. Ona nie musi przechodzić na islam.

- No dobrze, a co słychać u Rebeki i Muktara?

- No wiesz, skomplikowane sprawy religijne. Jego rodzice nie lekceważą tej sprawy i bardzo Rebekę lubią. Ona i jego matka są bliskimi przyjaciółkami. Ale jej rodzice w żadnym wypadku nie zgadzają się na to, aby poślubiła muzułmanina. Ona zaś upiera się, że chce tylko jego. Jeśli nie on, to zostaje tylko studnia. Obecnie Rebeka ma problem, ponieważ jej rodzice wyrzekli się jej z tego powodu. Jeśli chodzi o Muktara, to wszystko wskazuje na to, że nie jest jeszcze gotowy do ożenku. Ja wiem, że Muktar nie kocha jej za bardzo. Inną sprawą jest to, że prawdę mówiąc Rebeka nie pasuje do Muktara.

- A co z Bilkisu?

- To szczęściara! Ostatnio jej chłopak dostał awans. Wkrótce wezmą ślub.

- A ty i Danbaki?

- Kochamy się. Spotkałam się z jego rodzicami. Oni też nie sprzeciwiają się nawiązaniu więzów pokrewieństwa. To nie moi rodzice zdecydują o moim losie. Ja jestem dorosła i jestem w stanie o siebie zadbać! powiedziała Fatima. - Ja i on rozmawiamy o małżeństwie. Być może zaręczymy się na początku przyszłego miesiąca.

- Och, jak się cieszę z tej wiadomości. Gdzie będzie zawarty wasz związek?

- W naszym domu, w Maiduguri. Stamtąd udamy się do Lokodży, aby spotkać się z jego rodzicami.

- Na Allaha, podzielam twą radość i proszę Boga, aby zapewnił wam szczęśliwe życie małżeńskie.

- Amen. Bardzo dziękuję. Niech Allah przyjmie twoją modlitwę.

W tym momencie usłyszeli głos Alhadżiego Haruny. Wszedł

niosąc Raszida, który musiał bardzo płakać, aż łzy wyschły na jego policzkach. - A mnie nie zrobiono zastrzyku, nabijał się z nich Alhadżi Haruna.

- W przyszłym tygodniu akcja będzie powtórzona, rzekła Fatima.

- Ale ja jestem całkiem zdrowy.

- Bogaczy też czepiają się choroby, chcę ci o tym przypomnieć.

- A kogo masz na myśli?

- Jestem pewna, że sam wiesz dobrze.

15

Słońce chyliło się ku zachodowi, kiedy Amina i Hawwa wyszły pieszo, udając się do domu Kulu. Poinformowano je, że jest chora. Ponieważ było to późne popołudnie, na ulicach nie było ludzi, bo większość przebywała w meczetach. Wkrótce zapalono latarnie. Szły sobie powoli wąskimi ulicami i wkrótce dotały do szerokich arterii. Najpierw przechodziły obok niewielkich i ścieśnionych domów, aż zbliżyły się do wielkich domów otoczonych wysokimi murami, z drutami u góry. U wejścia do każdego domu posadzono piękne kwiaty, o które starannie dbano. Z zewnątrz człowiek mógł się tylko domyślać, jakie luksusowe rzeczy znajdują się za takim murem. Nawet po wdychanym powietrzu można było domyślić się, że nie brak tam bogactw.

Kulu i jej mąż mieszkali w jednym takim domu. W olbrzymim domu, z żelazną, godną podziwu bramą. Otaczający go mur był cały pokryty roślinami pnącymi się ku górze. Gdy Amina i jej przyjaciółki zbliżyły się do bramy, usłyszały szczekanie dwóch psów policyjnych. Poczuły się tak, jakby psy te miały pożreć je żywcem. Zapalona latarnia sprawiła, że Amina i jej przyjaciółki musiały rękoma zasłaniać swe twarze. Psy te skakały, zbliżając się do bramy. Wtedy usłyszały głos Kulu, wydobywający się z głośnika przy furtce. - Na Allaha, zaczekajcie na mnie, już do was idę.

Po kilku minutach usłyszały wkładany do zamka bramy klucz. Wolno otworzono ją i wtedy zobaczyły Kulu. Miała na sobie długą, jedwabną piżamę. Zaprosiła je do środka. Amina zażyczyła, żeby Kuly najpierw uwiązała swe psy.

- Dlaczego się boicie? zapytała je Kulu.

- Mogę uwierzyć człowiekowi, ale nie zwierzęciu.

- Czy sądzisz, że pozwolę, aby coś złego spotkało was w moim domu?

- Wrócimy tu jutro wieczorem, gdy zaczną pracę nocni stróże. Dobranoc powiedziała Amina, która chciała, aby uwiązali te psy.

Kulu siłą uwiązała psy na łańcuchu. Psy przestały szczekać i wymachiwały ogonami. Kiedy goście Kulu weszli na posesję, dokładnie zamknęła furtkę. Następnie zaczęła im wyjaśniać, - Jest tutaj wielu złodziei, tu w naszej okolicy. Jeśli nie będziesz uważna, to zanim mrugniesz okiem, taki ktoś podkradnie się i wejdzie do środka. Psy zazwyczaj szczekają, jeśli poczują przechodzących na zewnątrz ludzi. W tym momencie usłyszano krzyki Hawwy. Rzuciła się pędem do ucieczki, nie owinąwszy się tkaniną. Jeden z psów podskoczył i zerwał jej suknię. Kulu podeszła, wyrwała ją z pyska psa i rzuciła Hawwie. - Nic takiego, chciał się tylko z tobą zabawić, rzekła Kulu. W milczeniu wolno szły wycementowaną dróżką. Po lewej i prawej stronie rosły godne podziwu kwiaty, aż do drugiej bramy. W tym miejscu Kulu zapytała je, - Co stało na przeszkodzie, żebyście przyjechały samochodem?

- Lubię spacerować. Dlaczego pytasz?

- Z mego pokoju mogłabym otworzyć wam tą bramę, abyście podjechały tutaj i zaparkowały.

- Wybacz, proszę. Nie wiedziałam o tym, odpowiedziała jej Amina.

Wchodziły drugą bramą, którą Kulu otworzyła, a potem zamknęła. Stąd skierowały się ku drzwiom salonu, urządzonego na wzór europejski. Kiedy weszły, zamknęła drzwi. Amina i jej przyjaciółki zdjęły sandały i usiadły na dużych krzesłach.

Znalazły się w obszernym salonie, z wysoko podwieszonym sufitem. Stały w nim bardzo drogie krzesła, a na ścianach wisiały drogocenne obrazy. Po obu stronach salonu stało po pięć krzeseł, w sumie dziesięć krzeseł, zwróconych ku sobie. Po jednej stronie stało obszerne krzesło z oparciem na ręce. Obok niego znajdował się mały stolik ze szklanym blatem. Na nim stała złota popielniczka. Pracowały dwa klimatyzatory, aby w salonie było tak chłodno, jak w lodówce. Podłoga była wysłana różnokolorowymi dywanami, miękkimi dla nóg. Na ścianach wisiały wielkie portrety przywódców kraju, byłych i obecnych. Znajdował się tam również obraz Alhadżiego Ibrahima na koniu, ubranego w T-shirt. Trzymał w ręku złoty puchar. Była też średniego rozmiaru fotografia uczniów, ubranych w białe kamizelki i białe czapeczki. Pod tą fotografia widniał napis: Bakaro Old Boys Association (Stowarzyszenie Dawnych Uczniów Bakaro).

Kulu nacisnęła guzik, aby przywołać służącą.

- Jak się czujesz? zapytała ja Amina.

- Czuję się znacznie lepiej. Ale w ostatnich dniach moje zdrowie wymknęło się spod kontroli. Od tego czasu modlę się i czytam fragmenty Koranu. Pokazała im kopię Świętej Księgi, umieszczoną na magnetowidzie. - Proszę Allaha, aby dał mi długie życie i obym mogła skorzystać z bogactw, które mi ofiarował.

- A co powiedział ci lekarz?

- Nic mi nie powiedział. Stwierdził tylko, że potrzebuję długiego wypoczynku. Zbliżyła się do ucha Aminy i powiedziała, - Powiedział, że mam wysokie ciśnienie. Niech Allah nam wybaczy. Tylko On jeden wie wszystko.

- Jak się miewa twój pan domostwa? zapytała ją Amina.

- Dobrze, ale ma dużo obowiązków. Zbliżają się wybory do rad gminnych. Przygotowuje kampanię, aby ta jego partia zgarnęła wszystko. Ma także zamiar kandydować na senatora, kiedy przyjdą główne wybory.

W tym momencie zobaczyły, że otwarły się drzwi. Wszedł Alhadżi Ibrahim, a za nim jakiś staruszek. Alhadżi Ibrahim był szczupły, średniego wzrostu. Miał na sobie białe szaty i pasująca do nich białą czapeczkę. Na nogach miał białe sandały. Podszedł do miękkiego krzesła i usiadł. Staruszek zaś usiadł na ziemi, w pobliżu niego. Alhadżi Ibrahim położył swój różaniec na stoliku ze szklanym blatem i zapalił papierosa. Zaś staruszek przeżuwał orzech kola.

Amina nie pozdrowiła go jako pierwsza. Pamiętała bowiem o dyskusji radiowej, jaka niedawno miała miejsce. Otwarcie oskarżył ją o próbę sabotażu rządu i podejmowanych przez rząd działań. Zapowiedział też, że doczeka się porażki tego ich Stowarzyszenia.

W milczeniu siedzieli w salonie. Słychać tylko było cykanie ściennego zegara. - Witajcie! powiedział do nich Alhadżi Ibrahim, uprzednio zaciągając się dymem z papierowa.

- Przyszłyśmy, aby pozdrowić panią twego domu, - powiedziała Amina.

- Nie zwracajcie na nią uwagi. Nic jej nie jest. Ale mimo to cieszę się, że tu przyszłyście. No, jak tam wasze Stowarzyszenie? zapytał je.

- Ma się dobrze.

- Chciałbym zobaczyć cię w moim biurze, jeśli znajdziesz na to czas. Zdobyliśmy worki ryżu, który chcemy rozdzielić między niezależne stowarzyszenia. Przyjdźcie i odbierzcie waszą dolę. Zgniótł niedopałek papierosa. - Kiedy odbierzecie ten ryż, chcę porozmawiać z tymi kobietami. Wyznaczmy przeto datę. Najchętniej porozmawiałbym z nimi w czasie odbioru tego ryżu...

- A to dlaczego? zdziwiła się Amina.

- Chcę porozmawiać z nimi na temat ich praw obywatelskich i o korzyściach, jakie daje demokratyczna władza na wzór zachodniej Europy. Następnie pouczy się je, jak należy wrzucać głosy w nadchodzących wyborach do rad gminnych.

- Czy kobieta może stawać w tych wyborach? zapytała go Amina.

- Konstytucja na to pozwala, ale prawdę mówiąc, nigdy to się tutaj nie zdarzyło. Nie sądzę, że to się wydarzy w tych przyszłych wyborach. Może kiedyś…

Poza tym, w partii, której przewodzisz, nie ma wolnego miejsca dla kobiety. Uśmiechnął się i zmierzył je wzrokiem. - Kobiety winne zaczekać do czasu wyznaczonego przez Allaha. Ze trzy razy pokiwał głową.

W tym momencie zadzwonił telefon. Alhadżi Ibrahim automatycznie go odebrał.

- Bóg jest wielki! Chwała Allahowi, powiedział po dłuższej rozmowie. - Podjechało auto szefa.

- Z kim rozmawiasz? zapytała go Kulu.

- Z sekretarzem rządu.

- Jakim autem jeździ ten twój szef?

- Jest to specjalna limuzyna z General Motors w Ameryce.

- A ile ma samochodów? zaciekawiła się Kulu.

- Dziesięć, lekko zakasłał.

Teraz podniecony Ibrahim mówił śmielej. - Amino, chcę, żebyś zobaczyła moje nowe auto, które dotarło do mnie w tym tygodniu. Kiedy poszedłem zamówić samochód dla szefa, załączyłem też moje zamówienie. Jest to mercedes z odsuwanym dachem. Przyjemnie się w nim jeździ, tylko że w naszym kraju nie mamy dobrych dróg. Skoro jednak wiem, że nie zawsze będę go używał, będzie mi służyć latami. Widzisz, ja nie jestem taki jak moja żona, która zmienia swe samochody jak zmienia swe szaty. Niech to! Kobietom nie można dogodzić! Czy wiesz, że kiedy Kulu kupi samochód i biustonosz, to wymieni samochód zanim zmieni biustonosz? Roześmiał się, zapalił kolejnego papierosa, po czym zapytał Aminę. - Czy nie mogłabyś poprosić swego męża, aby ci kupił samochód, by nie musiano cię wozić?

- Dzisiaj przyszła pieszo, Kulu poinformowała swego męża.

Roześmiał się szyderczo i poradził Aminie, że jeśli chce się pogimnastykować, niech idzie zapisać się do klubu, gdzie się gra w golfa.

- To, co robimy z kobietami, mi wystarcza, odpowiedziała mu Amina.

- Amino, znowu odezwał się oziębie Alhadżi Ibrahim. - Od dłuższego czasu przyglądam się temu co robisz. Prawdę mówiąc, chcę udzielić ci rady. Jeszcze raz się zastanów. W istocie rzeczy nie zaskoczyłaś mnie utworzeniem Stowarzyszenia Kobiet. Skoro nie jesteś moją żoną, nie będę w stanie cię powstrzymać.

- Alhadżi, dziękuję za udzieloną mi radę. Ja dobrze wiem, co robię, i chcę, abyś się nie wtrącał w moje sprawy, rzekła do niego Amina.

- Nie mogę nie wtrącać się w twoje sprawy, jak to ujęłaś, ponieważ to co robisz dotyczy mego stanowiska sekretarza gminnego. Nie mogę też cię zlekceważyć, ponieważ jestem muzułmaninem. Na tej wypowiedzi się zatrzymał. Te jego słowa wywołały dreszcze na ciele Aminy. Zwłaszcza gdy zobaczyła, że ów starzec siedzący na ziemi uśmiecha się i kiwa głową. Alhadżi Ibrahim kontynuował swoje wywody. - Wiara muzułmańska wymaga całkowitego podporządkowania się. Wszyscy winniśmy się podporządkować potędze Allaha, Wszechmocnego Władcy. Nasi przywódcy religijni nie zgadzają się na utworzenie Stowarzyszenia Kobiet Bakaro. Chociaż starałem się jak mogłem wykazać im, że jesteśmy pod rządami demokracji. Mimo to nadal uważają, że wasze Stowarzyszenie kłóci się z naszymi nawykami. Narusza ono nasze zasady.

- Posłuchaj-że Amino. Wyszłaś za mąż za bogatego człowieka. Co stoi na przeszkodzie, abyś trochę się rozerwała? Żebyś rozprostowała swe nogi i korzystała z bogactw, jakimi Allah go obdarzył? Twoje zaangażowanie w sprawy ubogich kobiet zmierzają do nikąd. Nie będziesz w stanie nic zrobić, aby zmienić ich sytuację życiową. Tak to jest i tak będzie w przyszłości. W tej naszej społeczności musimy żyć tak, jak Allah postanowił. Nie próbuj zmieniać tego, co Allah wcześniej zaplanował. Tylko Allah może zmienić stan rzeczy. On wie, co nam najbardziej służy. Możesz tylko tyle, podniósł palec dla podkreślenia znaczenia swej wypowiedzi. - Módl się do niego, aby uzyskać opiekę i pomoc Wszechmocnego.

Siedzący na ziemi staruszek pokiwał głową, wyrażając aprobatę dla słów Alhadżiego Ibrahima. Kulu podniosła się i zaprosiła gości do swego pokoju. Kiedy weszli, uruchomiła im magnetowid i włączyła klimatyzację. - Coś czuję, że nie przyszliście do tego pokoju, by zobaczyć nowe umeblowanie.

- Skąd pochodzą te wszystkie rzeczy?

- Pozwólcie, że się przyjrzymy. ...Zasłony są z Francji, dywany z Maroka. Łóżko wodne jest z Ameryki. A te obrazy, które tam widzicie, pochodzą z Włoch. Jeśli zaś chodzi o sprzęt elektroniczny, w całości jest z Japonii.

Kulu wyszła, zostawiając Aminę i Hawwę w salonie. Po chwili weszła służąca, niosąc tacę z jedzeniem, wodę do picia, drogie sztućce i szklanki. Postawiła ją na stoliku i pozdrowiła je. Kiedy zamierzała wyjść, zatrzymała ją Amina. - Co ci się stało? zapytała, wskazując na siniak widoczny na jej szyi. Wszystko wskazywało na to, że dziewczyna bała się udzielić odpowiedzi, ale Amina zapewniła ją, że Kulu się o tym nie dowie. W końcu zgodziła się mówić, ale ciągle oglądała się na drzwi.

- Wczoraj popełniłam błąd i zjadłam mięso przeznaczone dla psów, za co Kulu mnie zbiła. Mówiąc to, rzuciła się pędem i opuściła salon. Amina i Hawwa w milczeniu popatrzyły na siebie, po czym odwróciły się i zjadły to, co im przyniesiono.

- Czy zdecydowałaś się na otworzenie biznesu? Kulu zapytała Aminę.

- Nie, ale jest jeszcze czas. Przyjemnie mi się pracuje z kobietami tego miasta.

- Na Allaha, nie marnuj swego czasu. Zapomnij o tych kobietach, chwytaj szansę. Żelazo kuje się dopóki jest gorące.

- Ależ to Stowarzyszenie Kobiet jest niczym niemowlę. Chcę widzieć, jak rośnie w pełnym zdrowiu.

- Aha! Nie przyniesie ci to żadnej korzyści. Ty i twoje przyjaciółki tracicie tylko czas na ludzi, którzy za nic w świecie nie zrozumieją co robicie, i którzy nie wiedzą jak będą mogły się wyżywić.

- Nie, nie tak się mają rzeczy. Stowarzyszenie to będzie samowystarczalne i będzie osiągało zyski, powiedziała jej Amina, chociaż nie była pewna, że tak to będzie.

- W jaki sposób?

Amina zamilkła na chwilę, aby dać odpowiedź, która zadowoli Kulu.

- Nasi mężowie chcą, aby kobiety oddały głos na rządzącą partię w zbliżających się wyborach. Czyż nie tak? Wydaje mi się, że ty i twój mąż chcecie wybudować fabrykę tekstyliów, no nie? A te kobiety miałyby tylko przyjść tutaj i dla was pracować?

- Tak, na Allaha. Nie przypuszczałam, że jesteś taka dalekowzroczna, rzekła uradowana Kulu.

- A jak się miewa twoja córka? zapytała Amina, aby tylko zmienić temat rozmowy.

- Bardzo dobrze. A jaka jest bystra.

- Czy chcesz jeszcze rodzić?

- Tak, chcę, ale nie teraz. Mam wiele spraw na głowie. Nie potrafię połączyć biznesu z ciążą. Omal nie stałam się biedaczką, gdy pięć lat temu byłam w ciąży z moją córką.

Kulu podniosła się, wygwizdując melodię znanej piosenki. Zaczęła tańczyć, poruszając głową i pośladkami. - Ach, czasy kiedy dziewczęta były dziewczętami, już przeminęły. Teraz bawią się dziecięcymi zabawkami czy ręcznymi torebkami. Kiedy byłam na Uniwersytecie, to się natańczyłam. Nawet teraz chodzę do klubu, żeby trochę potańczyć. Żywiołowo tańczyła na środku salonu, a jej goście się przyglądali.

- Czyż nie mówiłam, że mój mąż tańczy w tym klubie?

- Przyjaciółko, nie usłyszysz tego z moich ust. Być może jakaś inna ci o tym opowie. Nieraz spotkać go można wśród grających w polo. Twój mąż jest w tej grze bardzo dobry, ale zamęcza swoje konie.

- Konie może nabyć w okolicznych wioskach.

- Niech to! Amino, nie rozumiesz, o czym mówimy! roześmiała się Kulu. - Konie do gry w polo sprowadza się z zagranicy, głónie z Argentyny. Płaci się za nie tysiące dolarów, i dodatkowo za sprowadzenie ich. To są wyjątkowe konie, które potrzebują specjalnego pokarmu. Specjalną jest także ich stajnia, klimatyzowana. Potrzebują doświadczonych weterynarzy, którzy będą ich doglądać.

- Gra w polo jest niebezpiecznym sportem, i drogim. Policz wszystkie te pieniądze, które wydaje się na zakup tych koni, transport ich i doglądanie. Za te pieniądze można wybudować szkoły i zaopatrzyć się w rzeczy potrzebne ludziom, wyżywić głodujących i ubrać ludzi ubogich, wyliczała Amina, jakby rozmawiała sama z sobą.

- Zaczęłaś mówić o polityce, ale ja nie jestem politykiem, złoszcząc się odpowiedziała Aminie.

Niedługo potem Amina i jej towarzyszki pożegnały się z Kulu i wyszły.

Gdy Amina dotarła do domu, Larai powiedziała jej, że w czasie ich nieobecności była tam Fatima. Powiedziała jej, że nazajutrz jedzie do rodzinnego domu, bo wydarzyło się coś ważnego. Abdurrashid spał. Amina położyła się obok niego. W ciemności przychodziły jej do głowy różne myśli. Ujrzała Kulu z jej mężem i przywołała obraz ich życia. Świat nie poskąpił im swych uroków.

Kupują rozmaite, bardzo drogie auta i konie za tysiące dolarów. Kradną pieniądze z rządowego skarbca, a tymczasem w naszych szpitalach nie ma lekarstw. Mają drogie domy, a nam brakuje szkół. Mąż Kulu zaprasza nas, byśmy przyszli i odebrali ryż. Biedny jest ten zamożny kraj! Jak to jest, że w tym wielkim naszym kraju, bardzo ludnym i dostatecznie zaopatrzonym w ziemię uprawną, mówi się nam dzisiaj, byśmy ustawiali się w kolejce po ryż. Zrobiono z nas żebraków. Jak to jest, że sekretarz gminy zmienił przeznaczenie pieniędzy z podatków i bezczelnie mówi, że kupił za nie samochód do własnej dyspozycji? Jak to jest, że tradycyjny władca w rozwijającym się kraju rozporządza milionami na zakup najdroższych samochodów. Jeszcze trochę, a kupi się mu samolot.

Jak to jest, że człowiek taki jak on ma godny podziwu respekt, choć w swym życiu niczego nie zrobił. Tymczasem jego poddani umierają z głodu lub za przyczyną różnych chorób? To pewne! Coś tu nie tak, coś niedobrego. Jest coś, co prowadzi do ciemności. Coś niedobrego.

16

Dochodzące z oddali odgłosy piorunów zapowiadały nadejście pory deszczowej. W kilku ostatnich miesiącach było niemiłosiernie gorąco, ale już wkrótce, jeśli Allah pozwoli, zacznie padać. Niebo pokrywały szczelnie chmury, a wiatr zamarł w bezruchu. Kiedy spadną pierwsze deszcze, będą błogosławieństwem dla ludzi. Ochłodzi się powietrze i chłodno będzie w domach. Studnie i strumienie wypełnią się wodą. Smutek ustąpi nowemu, błogosławionemu życiu. Deszcz jest bardzo ważny dla ludzi. Ich życie jest uzależnione od deszczu, który jest nazywany towarzyszem pracy. I tak jest w istocie.

Początek pory deszczowej nie jest ściśle określony. W tym roku, podobnie jak w ostatnich latach deszcze się opóźniły. Ludzie prosili Allaha o deszcz. W ubiegłym roku, w wyniku modlitwy władcy i malamów w intencji poddanych, wyszli oni za miasto, aby błagać o deszcz. Nadzieje pokładane w tej modlitwie spełniły się: zanim wrócili do miasta, spadł deszcz. Tym razem tak się nie stało. Po dwóch dniach stowarzyszenia religijne poradziły, żeby udać się na cmentarz. Jeśli napotka się jakiś rozkopany grób, należy go naprawić. Mówili, że otwarte groby przeganiają deszczonośne chmury. Poszli więc na cmentarz, ale nie doczekali się deszczu. W piątym dniu ludzie wielce religijni zorganizowali w mieście manifestację, aby wyrazić swą pogardę dla nierządnic i pijaków. Obchodzili wszystkie miejsca, gdzie sprzedaje się alkohol, sprawiali pijakom lanie i rozbijali wszystkie znalezione butelki. Jeśli chodzi o nierządnice, to gonili za nimi aż do ich domów i je niemiłosiernie bili. Według tych ludzi, bezwstydne zwyczaje i zarozumiałość sprawiały, że opóźniało się nadejście deszczów. Mimo tych wszystkich zabiegów deszcze nie spadły. Krótko mówiąc, deszcze spadły dopiero po dwóch tygodniach po modlitwie o ich nadejście.

Amina wyjrzała na zewnątrz i zobaczyła czarne chmury rozciągające się na niebie. Odmówiła modlitwę. Chociaż teraz to nie brak deszczu i nie upał ją niepokoiły. Jej syn zmagał się ze słabością ciała. Stojąc przy oknie, niecierpliwiła się, czekając na Alhadżiego Harunę, swego męża. Nie widziała go od kilku dni. A teraz tak bardzo go potrzebuje, aby zawiózł ją do kliniki lub do szpitala. Nie miała kierowcy, ani nie wolno jej było udać się do gmachu parlamentu bez kogoś, kogo by wskazał Alhadżi.

Był piątek. Czas upływał w żółwim tempie. Amina bardzo się zaniepokoiła, gdy kierowca powiedział, że Alhadżi ma zamiar przyjść do niej dzisiaj, bo chce z nią porozmawiać. Ciało Abdurrashida stawało się coraz gorętsze. Choroba się nasilała. Zwymiotował wszystkie podane mu leki. Zbliżał się wieczór miasto coraz bardziej pogrążało się w ciemnościach. Poprosiła jednego kierowcę, aby zawiózł ich do siedziby parlamentu, ale odpowiedział jej, że złapał gumę. Amina nie wiedziała co robić. Przebywała w swym pokoju z nadzieją, że znajdzie się jakieś wyjście. Nie chciała brać taksówki do budynków parlamentu. Pragnęła tylko, aby przyjechał Alhadżi. Na podwórzu zakotłowało się, zerwał się wiatr. Krople zaczęły uderzać w okna tuż obok Aminy.

- Jak się czuje? zapytała Laraba, druga żona Alhadżiego.
- Wygląda na poważną chorobę. Oby Allah przyniósł mu ulgę.
- Podałaś mu leki?
- Tak, ale je zwymiotował. Czekam teraz na Alhadżiego, byśmy udali się do kliniki.
- A tu zanosi się na deszcz. Być może nie przyjdzie. Zawsze twierdzi, że ma wiele spraw.
- O Boże, przyślij mi natychmiast Alhadżiego, zanosiła prośby Amina.

Wtedy Laraba poradziła nieszczęsnej, aby podała Raszidowi specjalne lekarstwo.

- A gdzie jest Hawwa? zapytała ją Amina.
- Posłałam ją do mojej starszej siostry.
- Kogo mam prosić, aby wykupił mi to lekarstwo?
- Na podwórzu są chłopcy.

Amina zawołała drwala Ladana. - Na Allaha, pójdź do apteki i kup mi to lekarstwo, Dała mu pieniądze i opakowanie od potrzebnego leku. Gdy wróciła do swego pokoju, wzięła koc i przykryła nim swego syna. Na zewnątrz grzmiały pioruny i wszędzie błyskało się. Drżała ziemia. Amina przestraszyła i zaczęła recytować wybrane sury Świętego Koranu.

- Proszę pani, już wróciłem, zawołał Ladan od drzwi wejściowych do domu.

- To dobrze, przynieś mi je tutaj, poprosiła Amina, starając się utrzymać na rękach swego syna, który cały czas wymiotował.

Ladan podszedł i podał Aminie tabletki, po czym odwrócił się i zamierzał wyjść. Wtedy poprosiła go, - Na Allaha, potrzymaj mi chłopca, żebym mogła przygotować mu to lekarstwo. Wziął płaczącego malca, rozejrzał się za miejscem i usiadł. Ona zaś nabrała do łyżeczki ciepłej wody, wrzuciła do niej tabletkę, aby się rozpuściła i aby można było podać ją chłopcu. Gdy wlała mu do ust gorzkie lekarstwo, poruszył się i rozpłakał. Choć uderzały pioruny, Amina posłyszała głos Alhadżiego, który przywoływał Dżummai. Ladan zdrętwiał zdrętwiał ze strachu. Amina przekonywała go, aby się nie niepokoił, bo wszystko wyjaśni swemu mężowi.

- Co się tutaj dzieje? głos Alhadżiego zabrzmiał w przedpokoju. - Co się dzieje w moim domu?

Amina dalej próbowała podawać lekarstwo swemu synowi. Przełknął je, ale wyglądało na to, że je zwymiotuje. Dała mu ciepłej wody, którą łapczywie wypił. Wyprostowała się, mówiąc, - Abdurraszid jest chory, właśnie podaję mu lekarstwo.

- A ten chłopak, co on robi w moim łóżku? Alhadżi popadł w gniew, wskazując palcem na Ladana.

- To on wykupił mi to lekarstwo. Powiedziałam mu, aby potrzymał chłopca, zanim przygotuję do podania mu leku. Nie byłam w stanie zrobić obu tych rzeczy na raz. Raszid bez przerwy płakał i wstrząsały nim dreszcze, pośpieszyła z wyjaśnieniem. Wyciągnęła ręce i odebrała Raszida z rąk Ladana. Ladan poderwał się i chciał wyjść, ale Alhadżi go zatrzymał.

- Dlaczego wszedłeś do pokoju zamężnej kobiety bez pozwolenia jej męża? zapytał go Alhadżi.

- Prosiła, żebym jej pomógł. To wszystko, odpowiedział zastrachany.

- Kłamiesz! krzyknął na niego Alhadżi.

- Mówi prawdę, odezwała się Amina, kołysząc Raszida.

- Allah mi świadkiem. Tylko jej pomagałem...

Silne uderzenie przerwało usprawiedliwienia Ladana. Wycofał się chwiejnym krokiem. - Klnę się na Allaha, przyszedłem tylko po to, żeby jej pomóc, powtórzył.

- Zamknij się! krzyknął na niego Alhadżi, wytrzeszczając oczy. - Tacy jak ty odwołują się do imienia Allaha, aby ukryć wasze złe uczynki. Odwrócił się do Aminy i z sarkazmem ją napominał, - Nasłuchałem się o twoich aferach z mężczyznami. A dzisiaj sam przyłapałem cię na gorącym uczynku.

- Na Boga, Alhadżi... tłumaczył się Ladan, ale cios zadany mu w klatkę piersiową wyjaśnienia. Padł na ziemię z okrzykiem bólu, błagając Alhadżiego. Ale Alhadżi już nie panował nad sobą i zaczął go kopać. Amina zrozumiała, że zanosi się na wielką awanturę. Jej serce zaczęło bić mocno ze strachu. Liczyła jednak na to, że już nic gorszego się nie stanie. Choć jej ręce drżały, udało się jej położyć syna na łóżku.

- Na Allaha, Alhadżi. Posłuchaj mnie. Nie było pod ręką Hawwy. Tymczasem ciało Raszida było rozpalone, a ja popadłam w panikę i szukałam pomocy. To dlatego poprosiłam go o pomoc. Na Allaha i Proroka...

- Zamknij gębę! skarcił ją, zagryzając wargi. - Nie pojmuję tego, uderzył ją. Popatrzyła na Ladana, który korzystając ze sposobności, rzucił się do ucieczki. Ona zaś zaniosła się płaczem. Alhadżi po raz drugi uderzył ją ręką. Zakryła twarz i płakała. Z trudem uniknęła trzeciego ciosu. Wtedy uderzył ją w dół brzucha. Z bólu przyklęknęła, odchyliła się i omal nie upadła. Podbiegł do niej i dwukrotnie mocno uderzył w głowę. Bił obiema rękami. Jak długa padła na ziemię, uderzając głową o szafkę. Tymczasem na zewnątrz zaczął padać deszcz. Słychać było krople spadające na falistą blachę dachu. Huczały grzmoty, przecinały niebo błyskawice.

- Dzisiaj się dowiesz, jak być lojalną w stosunku do męża, pana tego domu. Jak szanować nasze dawne zwyczaje. Dowiesz się też, jak należy oddawać cześć Allahowi, Wszechmocnemu Panu. Za chwilę tutaj wrócę.

- Na Boga, nie zrobiliśmy niczego złego, wyszeptała, płacząc.

Podniosła rękę i potarła zbolałe miejsce na głowie. Dopiero teraz spostrzegła, że Abdurraszid głośno płacze. Talatu, Laraba i Hawwa weszły do pokoju, starając się pomóc jej wstać.

Na dworze zaś lało jak z cebra, pioruny waliły jeden za drugim. Alhadżi Haruna wrócił cały zmoknięty. Widząc kobiety, kazał im wyjść i zostawić ich w spokoju. Wyszły z pokoju, zostawiając Aminę samą.

- Myślisz, że wniosłem należność matrymonialną tak sobie, abyś zapraszała mężczyzn, którzy by bezcześcili moje łoże? Zbliżył się do niej. - Czego ci nie dałem spośród twoich zachcianek. Dlaczego tak mnie upokarzasz na oczach ludzi? Dlaczego naruszasz moją godność? Bo to jest kwestia godności!

- Na Boga, niczego nie zrobiłam. Nie zdradziłam cię... Amina zapewniała go łagodnym głosem.

- Kłamiesz...

- Alhadżi popatrz, twój syn jest chory. Przyjrzyj się mu... Czy nie mówił ci o tym twój kierowca?

- Zamknij-że się! Jak mogę być pewny, że to mój syn?

- Że co! Alhadżi, na Boga, nie mów tak. Pomóż nam, pomóż. Jest cały rozpalony! błagała go Amina.

- To twoja ostatnia szansa. Jeśli jeszcze raz usłyszę, że nadal źle się prowadzisz, odtrącę cię i opuścisz ten dom!

Amina nie dowierzała własnym uszom. Zdziwiona i przestraszona spojrzała na niego i się rozpłakała.

- Dzisiaj nauczę cię, jak masz szanować męża i go wspierać. Mówiąc to, podszedł niczym zwycięski bokser, który ma wykończyć słabego rywala. - Czy widzisz ten bat ze skóry hipopotama? rzekł wyciągając go spod swej szaty riga i nim wymachując. - Został on zrobiony specjalnie na nielojalne kobiety, zdradzające swych mężów. Podniósł ów bat i zdzielił nim Aminę po plecach. Przeszył ją ból. Zaczęła krzyczeć i prosić, aby przestał. Alhadżi nie zamierzał jednak okazać jej łaski. Rzuciła się do ucieczki, aby uniknąć bicia, ale była już tak zaślepiona, że nie mogła trafić do drzwi. Uderzyła się o szafkę i poczuła ból w lewym oku. Zasłoniła oczy, zachwiała się, uderzyła się w lustro i po raz drugi upadła na ziemię. Próbowała się podnieść, ale Alhadżi pochwycił ją za szyję. Amina zapamiętała jedynie, że Alhadżi uderzał jej twarzą o ścianę.

Kiedy się ocknęła, w pokoju było już ciemno, a drzwi stały otworem. Nadal lało jak z cebra i hulał wiatr. Próbowała wstać, aby zamknąć drzwi i przykryć kocem syna, ale nie mogła utrzymać się na nogach i upadła. Zaczęła modlić się do Allaha, - Przyślij mi jakiegoś pomocnika. Wolno przyczołgała się do łóżka, ale zabrakło jej sił, by się podnieść i się na nim położyć. Łzy znowu pociekły strumieniem. Słyszała cichy płacz Abdurrashida, ale nie była w stanie podejść do niego. Przyczołgała się do drzwi i zaczęła wzywać pomocy. Ale deszcz i pioruny zagłuszały jej wołanie.

Kiedy Amina się obudziła, zobaczyła, że leży na ziemi. Głos Laraby postawił ją na nogi. Usłyszała jej krzyki, - Wielkie nieba! Raszid nie żyje! Amina nieprzytomnie spoglądała na kobiety, które garnęły się do jej pokoju. Była oszołomiona! Laraba trzymała chłopca i krzyczała, aby pospieszyć mu z pomocą. Gorzko płakała.

Larai pomogła Aminie się podnieść...patrzyła prawym okiem jak Abdurraszid wydaje ostatnie tchnienie. Płacząc, padła płasko na łóżko. Talatu wyniosła ciało chłopca.

Kiedy Amina obudziła się rankiem, zażyła lekarstwo. Nadal nie przyjmowała do wiadomości tego, co się stało. Miała nadzieję, że wszystko to było tylko snem. Przy tym wszystkim nie mogła zrozumieć, gdzie popełniła w swym życiu błąd, że popadła w tak wielkie nieszczęście. Kiedy przyszły kobiety z kondolencjami, zakryła twarz i powiedziała, że na Boga niech sobie pójdą. Jeśli zechce tego Allah, poczuje się lepiej. Nie była w stanie pojąć, dlaczego Alhadżi nie chciał zrozumieć przebiegu zdarzeń, i zrobił to co zrobił? Zaczęła się modlić, - O Boże, oszczędź mi tych kłopotów i niepewności, które prześladowały mnie w moim życiu. Jeśli tak będzie lepiej, to zabierz moje życie w jaki chcesz sposób. Jeśli wiesz, że to będzie dla mnie najlepszym rozwiązaniem, Jaki sens ma to moje życie w ciągłym strachu. Nie jestem w stanie zrealizować mych zamiarów. O Boże, ześlij miłość i zrozumienie do serc ludzi.

Nad prawym okiem Aminy pojawił się przyschnięty krwiak. Miała spuchnięte wargi i mocno zaczerwienione oczy. Całe ciało było pokryte strupami. Odczuwała ostry ból głowy. Obiema rękoma chwyciła się za głowę i się rozpłakała. Płakała nie tylko z bólu, z którym się zmagała, ale i z tego, że nie miała ani matki, ani syna. Umarli wszyscy. Przyczyną płaczu było też okrutne lanie, które sprawił jej mąż, i to, że ją brzydko wyzywał. Zrozumiała, jakie upokorzenia ponosi w tym domu. Można z nią było zrobić wszystko, co się chce. Leżała i użalała się nad sobą wiedząc, że nie popełniła żadnego grzechu i nikogo nie zdradziła.

Przez około dwa tygodnie Amina zmagała się ze smutkiem po tym, co ją spotkało. Nie zapomniała o tym upokorzeniu. Wstrząsał nią gniew. Miała zbolałe ciało. Przypomniała sobie o zuchwalstwie, z jakim Alhadżi wtargnął do jej pokoju. Posłużył się swą siłą w niewłaściwy sposób, dręcząc ją i jej syna. Tak, dopiął swego, bo przekształcił ją w posłuszną i wierną żonę. Od tamtej tragicznej nocy rzadko zdarzało się jej uśmiechnąć. Patrzyła na zdjęcie swego zmarłego syna, ale nie wylewała już łez. Żył krótko, zaledwie sześć miesięcy. Zmarł z powodu ciężkiej choroby. Przypomniała swoją modlitwę po tym, jak Alhadżi sprawił jej tęgie lanie. Prosiła Allaha, aby odebrał jej życie. Allah pozbawił życia Abdurraszida, a my musimy żyć dalej.

Jej spuchnięte oczy wypełniły się łzami, kiedy podeszła i stanęła w oknie. Z oddali nadciągała burza. Wiał chłodny wiatr. Stopniowo, powoli ustępował jej ból. Amina zmagała się teraz z myślą, jak pogodzi się ze stratą Abdurraszida, jak pogodzi się z tym, że jej syn nie żyje. Czy zrobiło się wszystko dla tak krótkiego żywota? Dlaczego boimy się śmierci? Dlaczego ludzie są tacy źli. Czy człowiek został stworzony ze złymi skłonnościami? Kto sprowadza na ludzi nienawiść, wzajemne dręczenie się, a nawet morderstwa?

Ostrożnie podniosła rękę i otarła łzy, po czym swe myśli skierowała na to, co przyniesie przyszłość. Z pewnością Alhadżi się z nią nie rozwiedzie. Zostanie w miejscu dotychczasowego pobytu. Gdyby się z nią rozszedł, to kto by ją poślubił? Jej ojciec wydał ją za mąż, więc gdzie mogłaby pójść? Była niczym żaba, którą zamknięto w skórzanym worku. Teraz całkowicie poświęci się pracy z kobietami tego miasta.

Kiedy uśmiechając się weszła Fatima, Amina odwróciła swe spuchnięte oczy i zbitą twarz. Fatima była tak zdziwiona, że omal się nie roześmiała.

- Raszid nie żyje, zdołała tylko tyle wyszeptać Amina.

- Co takiego? Należymy do Allaha i do niego powrócimy! Niech Bóg ma go w swej opiece.

- Amen! Usiądź, a wszystko ci opowiem. Jest to długa historia.

Amina opowiedziała jej o całym zdarzeniu. Zdziwiona Fatima słuchała z otwartymi ustami. Kiedy Amina pokazała jej zadrapania, przyjaciółka nie mogła uwierzyć. O ile zwykle ze spokojem przyjmowała informacje o wydarzeniach, tym razem nie wytrzymała. - Niech poskromi go Allah, popełnił wielki grzech! Fatima się rozpłakała.

- Nie martw się, rzekła do niej Amina, starając się powstrzymać łzy. - Już lepiej się czuję. To z woli Allaha człowiek doświadcza takich rzeczy. Człowiek nie uniknie tego, co mu zostało zapisane. Fatima, mam już dosyć takiego życia. Wstydzę się za siebie. I wstydzę się z powodu sytuacji, w jakiej się znalazłam, i tego jak mnie traktują. Próbowałam zrozumieć, co się stało, ale mi się to nie udaje. Wszystkie te zadrapania przypominają mi o naruszeniu mojej godności. O tym, jak mną pomiatano, jak pogardliwie mnie traktowano. Czuję się jak obca na tym świecie. Wydaje mi się, że wszyscy mnie nienawidzą, nie dowierzam nikomu, podkreślam

- nikomu. Wszystko sprzysięgło się przeciwko mnie! Zamilkła i głośno się rozpłakała.

Kiedy Fatima usłyszała te słowa Aminy, otarła łzy sobie i przyjaciółce. Starała się podtrzymać ją na duchu. - Uspokój się. Takie odczucia nawiedzają człowieka, jeśli popadnie w tarapaty podobne do twoich. Na Allaha, niech to wszystko oddali twe myśli o końcu świata.

Usłyszały głos nadchodzącego Alhadżiego. Popatrzyły znacząco na siebie.

Wszedł uśmiechając się, z teczką w ręku.

Fatima poderwała się, mówiąc, - To ja już sobie pójdę.

- Nie wyganiam cię, powiedział Alhadżi, uśmiechając się.

- Tego nie powiedziałam. Mam trochę spraw do załatwienia.

- Spotkałem twego ojca na przyjęciu w Lagosie.

- Wiem, że tam pojechał.

- Wkrótce zostaniesz prawnikiem.

- Najpierw muszę ukończyć szkołę kształcącą prawników, rzekła Amina, patrząc w oczy Alhadżiego. - Ale na Allaha, jestem bardzo niezadowolona z tego, co zrobiłeś Aminie. O ludzie! Jest przecież twoją żoną, a nie niewolnicą. Jest istotą ludzką, jak ty sam. Jeszcze nigdy nie postąpiłeś z nią w tak podły sposób, jak tym razem. A więc masz problem. Kiedy mąż uważa, że pobicie żony jest czymś zwykłym, nie jest bohaterem, lecz głupcem, który afiszuje się swą siłą. Należy okazywać żonie miłość, a nie sprawiać jej okrutne lanie...

Alhadżi Haruna przerwał jej w pół słowa. - Hej ty, przestań. Nie będziesz mnie poniżać w moim własnym domu.

- Zaraz wychodzę. Chcę tylko wyrazić swą opinię, jesteś nikczemny...

- Zbieraj się, zostaw mnie w spokoju!

Fatima szykując się do wyjścia, powiedziała Aminie, - Niedługo wrócę. Uspokój się i przestań płakać. Współczuję ci. Niech Allah zmiłuje się nad Abdurraszidem.

Na sam widok Alhadżiego Haruny zjeżyły się włosy na głowie Aminy. Ogarnęła ją fala nienawiści do męża, choć nienawiść do ludzi była jej dotąd obca. Próbowała oddalić złe myśli, ale nijak nie mogła się przemóc. Tłumaczyła sobie, że to co ją spotkało, było z woli Allaha, było zamierzone przez Niego. Miała jeszcze nadzieję, że z upływem czasu zdoła odmienić Alhadżiego Harunę, aż stanie się szlachetnym człowiekiem. Nie potrafiła zrozumieć, jak jej serce podąża za myślami odnośnie jej męża.

Wyglądało na to, że ostatnio trochę się zmienił. Często ją odwiedzał, ale nigdy nie rozmawiał z nią o tym, co się między nimi wydarzyło. Mówił tylko o swych sprawach. Starał się unikać rozmów na każdy temat, który by prowadził do różnicy zdań. Amina zwykle siedziała podminowana i przysłuchiwała się jego słowom. Kontynuowali tę grę z nadzieją, że wydarzy się coś, co ich pojedna.

Pewnego dnia o północy, kiedy Amina już spała, Alhadżi Haruna otworzył ostrożnie drzwi, wszedł i je cicho zamknął. Po kłótni dopiero dzisiaj zjawił się w jej pokoju. Amina obudziła się przestraszona tymi odwiedzinami.

Usiadł na brzegu łóżka i zapytał: - Jak się czujesz?

- Dzięki Bogu, odpowiedziała mu szeptem.

Alhadżi coś mówił, ale tak naprawdę Amina niczego nie rozumiała. Wciąż rozpamiętywała to, co się wydarzyło. A on dalej perorował. W pewnym momencie rozpłakała się.

Sprawy Stowarzyszenia Kobiet Bakaro układały się pomyślnie. Podczas nieobecności Aminy, Stowarzyszenie zainaugurowało swą działalność. Trzy kobiety podarowały swe poletka pod uprawy. Ponadto Stowarzyszenie Pomocy Bakaro uruchomiło specjalny projekt zwany Plan Konsolidacji. Pozyskano środki pieniężne, zakupiono do klas stoły i krzesła. Zaopatrzono się w książki i inne potrzebne w szkole przybory.

Amina ucieszyła się z dotychczasowych postępów. Doszła do wniosku, że należałoby uruchomić projekt oczyszczania miasta Bakaro, ponieważ ich ulice były bardzo brudne. Tym razem pomyślała sobie, że mogliby włączyć się do projektu także mężczyźni. Można-by powiedzieć dzieciom, aby przyszły z motykami i wypleniły trawę oraz zasypały małe wyboje kamieniami lub ziemią. Kobiety winny pozamiatać swe domy i ulice...

17

Promienie słoneczne wdzierały się przez okno i łaskotały twarz Aminy. Ziewnęła i rozprostowała swe ciało. O tej porannej porze niewielu ludzi wychodzi z domów. Amina zeszła z łóżka, poszła i otworzyła szeroko okna. Chłodny wiatr wpadł do pokoju i spowodował, że jeszcze bardziej się rozbudziła. Poszła się umyć, a potem zjadła śniadanie.

Następnie udała się do siedziby Stowarzyszenia. Zastała tam grupę mężczyzn, kobiet i dzieci. Bez wątpienia byli to ci, którzy odpowiedzieli na apel w sprawie oczyszczenia miasta Bakaro. Widząc ich, bardzo się uradowała. W grupie zgromadzonych była także Gloria. Pozdrowiła Aminę i się uśmiechnęła. Powiedziała jej, że wszystko jest już przygotowane, i dodała: - Rebeka poszła po inspektora sanitarnego.

- Co ci się stało, zapytała szeptem Glorię. - Widzę, że bardzo zeszczuplałaś.

- To długa historia, ale pewnego dnia opowiem ci w szczegółach.

W oddali Amina dostrzegła kilku uczniów. Rozłożyli plan Bakaro i się mu przyglądali. Dyskutowali o lokalizacji licznych drenów, które miałyby prowadzić do strumienia. Podszedł do niej ich przełożony i się przedstawił. Powiedział, że ma na imię Nataniel i jest studentem planowania miast. Pokrótce wyjaśnił jej, co robią.

- To ciężka robota, czyż nie tak?

- To prawda, ale jakże interesująca.

- A kto będzie kopał rowy? zapytała Amina.

- Tamci mężczyźni- wskazał na grupę mężczyzn z łopatami, kilofami i taczkami. Gotowi byli jutro zacząć, czekają tylko na polecenie.

- Jesteśmy głęboko myślącymi, odezwał się któryś z nich. Wszyscy zanieśli się śmiechem. - Wiem, że jesteście głęboko myślącymi, przytaknęła Amina.

- Widzi Pani, rzekł Nataniel. - Chcemy połączyć wszystkie dreny, które tutaj ułożyliśmy, i skierować wodę w tamto miejsce. Mówiąc to, pokazywał jej punkty na mapie. - Są jednak problemy.

- Jakie problemy?

- Nie mamy wystarczającej ilości narzędzi. A przykazano nam, abyśmy wykopali rowy i ułożyli dreny pod ziemią.

- Co stoi na przeszkodzie, abyście pozwolili płynąć wodzie tędy, a tam dalej zmienilibyście jej bieg, zapytała Amina i wskazała palcem to miejsce na mapie.

- Nie zgodził się właściciel ziemi.

- No dobrze. Wybierzcie najlepsze rozwiązanie. Niech Allah was wspomaga. Powiedziawszy to, Amina odeszła i skierowała się do Fatimy, która właśnie się zjawiła.

- Przybycie wielu ludzi bardzo mnie wzruszyło, wyznała Fatima. - To dowód ich solidarności z tobą. Znak, że nie jesteś sama. Ludzie są z tobą, wierzą ci. Wykazali tym samym, że gotowi są zrobić każdą dobrą rzecz, do której ich zaprosisz. Jeśli chodzi o nas, niczym się nie martw. Udzielimy ci poparcia w stu procentach. Zawsze jesteśmy z tobą i nie odwrócimy się do ciebie plecami.

- Bardzo się cieszę z reakcji ludzi. Ustami i sercem przyjmuję radośnie to, co powiedziałaś. Stokrotne dzięki!

- Jak się miewa Szerokonosy? zapytała ją Fatima.

- Bardzo dobrze. Na dniach udaje się do Mekki.

- Czy przeprosił cię za to, co ci uczynił?

- No cóż ... Co mam powiedzieć? Przyznał, że to co zrobił, nie powinno było się zdarzyć. Ale prawdę mówiąc, nie przeprosił mnie. Tylko to zdołała Amina wyszeptać, bo w jej oczach znowu pojawiły się łzy. Ręką je wytarła.

- Ohoho!! Powiedziała Fatima i ze smutkiem potrząsnęła głową. - Wszyscy są tacy sami.

Popatrzyły na siebie. Amina westchnęła i ostrożnie pokiwała głową. - Nie martw się. Wszystko będzie dobrze. Jeśli zechce tego Allah, to odczujesz wkrótce ulgę. Było, przeminęło. To już jest historia.

- Tak jest. Bądź dzielna i się nie poddawaj.

- Dlaczego uruchomiłyście projekt konsolidacji?

- Kiedy zobaczyłyśmy, co ci się przytrafiło, i ta śmierć Abdurraszida, doszłyśmy do wniosku, że nie pozwolimy, aby to Stowarzyszenie Kobiet przestało istnieć.

Prace zakończono późnym popołudniem. Amina bardzo się zmęczyła, chociaż jej rola polegała na nadzorowaniu pracy poszczególnych osób. Ludzie z miasta i studenci pracowali przy kopaniu rowów na dreny. Tymczasem niebo pokryło się chmurami. Po zmierzchu zaczął padać ulewny deszcz. Rozszalały się błyskawice i zagrzmiały pioruny. Silny wiatr napędzał krople deszczu, które uderzały o dachy domów, jakby wybuchła wojna. Kilka godzin szalała ulewa, po czym deszcz przemienił się w mżawkę, która trwała aż do rana.

Kiedy nastał świt, Amina nie zjadła nawet śniadania, tylko szybko wyszła. Przedpołudniowe słońce wznosiło się coraz wyżej i było dość ciepło. Obeszła całe miasto Bakaro. Gdziekolwiek się pojawiła, ludzie ją pozdrawiali. Odnosili się do niej z szacunkiem i wysławiali ją. Przerywali wykonywaną pracę, aby jej podziękować. Usunięto wodę z ulic i z wybojów. Wodę deszczową skierowano do drenów, którymi wolno spływała. Oczyszczono miasto Bakaro w stopniu, którego się nikt nie spodziewał. Amina była dumna z sukcesu tej akcji.

Alhadżi Haruna udał się do Mekki. Ona zaś została w domu, często samotna, i rozmyślała. Kiedy siedziała przy drzwiach swego pokoju, na widok małych dzieci lub niemowląt bardzo się smuciła. Wieczorem, kiedy układała się na łóżku, głośno płakała. Tylko czytanie przynosiło jej ulgę. Poznawała w nim frustrujące wydarzenia, które prześladowały ludzi i w których jakby sama uczestniczyła. To wszystko zmniejszało ciężar, jaki na sobie dźwigała. Widziała, że nie ją jedną to spotyka, że nie są to odosobnione przypadki.

Pewnego dnia wraz z Larai udała się na pole jednej z kobiet. Przechadzały się między zagonami. Amina dotknęła łodygi sorga, która była wyższa od niej samej. Tym kobietom naprawdę się poszczęściło. Udały się im uprawy. Choć nie stosowały nawozów, z pewnością zbiorą obfite plony. Upraszała Allaha, aby zachował ją przy życiu do czasu zbiorów. Młode rośliny tak dobrze się zapowiadały.

Kiedy Amina i jej przyjaciółka wracały do domu, spotkały Rebekę. - Mamy dla ciebie i tych kobiet niespodziankę, powiedziała Rebeka do Aminy.

- A co takiego? Amina chciała się dowiedzieć.

- W sobotę organizujemy Dzień Zdrowia w Bakaro.

- To świetnie! W czym mogę pomóc?

- Jak zwykle zmobilizuj kobiety. Musisz podejść do tego z sercem. Fatima uważa, że tym razem musisz się bardzo zaangażować.

- Dobrze.

- Och! Zapomniałam ci powiedzieć, że Muktar miał niegroźny wypadek.

- Gdzie jest on teraz?

- Jest w domu i się kuruje.

- Na Allaha, powiedz mu, że go pozdrawiam. Niech Allah ma nad nim pieczę.

- Amen. Przekażę mu twoje słowa, obiecała Rebeka i poszła.

W sobotę Amina i lekarze, pielęgniarki, inspektorzy sanitarni, pracownicy Ministerstwa Zdrowia oraz Rebeka odwiedzili niemal wszystkie domy w mieście Bakaro, udzielając porad w sprawie higieny. Badali też chorych i zaopatrywali ich w leki. W niedzielę Amina obudziła się bardzo zmęczona. Po załatwieniu drobnych spraw znowu położyła się do łóżka i leżała w nim aż do południa, kiedy to Bilkisu i Fatima przyszły ją odwiedzić. Usiadła na krawędzi łóżka i sześć razy kichnęła. Rozbawiło to jej przyjaciółki.

- Co słychać u Rebeki? zapytała.

- Jeszcze spała, kiedy wychodziliśmy, odpowiedziała Bilkisu.

- Odnieśliśmy wielki sukces, rzekła Amina szeptem. - Ale było ciężko. Aż dotąd czuję na całym ciele zmęczenie. Jestem całkowicie wyczerpana. Chodziłam i agitowałam przez cały dzień! Zakasłała i znowu kichnęła dwa razy.

- Jeśli nie zrobiłaś tego celowo, w kichaniu zdobędziesz pierwsze miejsce, zażartowała Bilkisu.

-... a twoje imię zostanie uwieńczone w Księdze Guinnesa. Znajdziesz się w gronie sławnych ludzi. Zanim to jednak nastąpi, powiem ci - na zdrowie... rzekła Fatima.

- Mówisz jak jakaś adeptka kultu bori. Ale widzisz, jak każda jest zmęczona, no nie? rzekła Fatima.

- Co to! Co ci się stało? zapytała Aminę Fatima.

- Skaleczyłam się, kiedy próbowałam pomóc pewnej staruszce obciąć paznokcie na jej stopach, których nie była w stanie dosięgnąć. Współczuję tej kobiecie. Samotnie mieszka w szałasie.

Amina wyszła, aby się umyć. Wróciła i się przebrała. Następnie wysłuchała relacji z tego, co się przydarzyło kilku kobietom po ich zaszczepieniu. Zjadła śniadanie i wtedy Fatima powiedziała jej, - Jeśli taka będzie wola Allaha, wkrótce zwołamy na Uniwersytecie zebranie o problemach kobiet. Chcemy mówić na temat Stowarzyszenia Kobiet Bakaro, jeśli się na to zgodzisz. Będziemy mówić w twoim imieniu. Zgromadziliśmy różne materiały na temat naszych dokonań. Chcemy zadać ci kilka pytań dotyczących projektu ochrony zdrowia. Będzie tam Rebeka, która odpowie na zadawane pytania.

- Zgoda! Jesteście takie miłe. Z wszystkim się zgadzam, rzekła uradowana Amina.

- Jaką naukę wyciągnęłaś z wczorajszej kampanii? Fatima zadała pierwsze pytanie.

Amina zebrała się w sobie i odchrząknęła. Zauważyła, że już nie obawia się przemawiać do ludzi w takich okolicznościach. - Najpierw pozwólcie, że przedstawię wam cele tej akcji, rzekła Amina po chwili milczenia. - Odwiedziłyśmy te domostwa, aby polepszyć stan ich czystości. Dałyśmy ludziom możliwość bezpłatnej rozmowy z lekarzami. Zawitałyśmy do blisko 90% domostw, gdzie rozmawiałyśmy z mężczyznami, kobietami i dziećmi. Odwiedziłyśmy miejsca, gdzie mieszkają ubodzy, gdzie prawie jedno z czterech narodzonych dzieci umiera w pierwszym roku swego życia. Lekarze twierdzą, że przyczyną tego jest matczyna niewiedza i złe warunki sanitarne. Ponadto picie wody studziennej lub ze strumyka, bez uprzedniego jej przegotowania. Wszystko to sprzyja cholerze i innym podobnym chorobom.

Większość kobiet prowadzi mizerne życie, nie zaznając radości. Widzisz kobiety przedwcześnie postarzałe na skutek ogromnych kłopotów. Zauważyłam, że śpią w niewłaściwych miejscach, co szkodzi ich zdrowiu. Dotyczy to głównie małych dzieci, stłoczonych w chatkach. Nasi lekarze stawiają czoło chorobom oparzeń dzieci, spowodowanych ogniem czy gorącą wodą i innymi czynnikami tego rodzaju. Jeden z lekarzy twierdzi, że przyczyną chorób jest to, że ludzie śpią w tym samym pomieszczeniu, gdzie się przygotowuje posiłki. Zmagają się z wdychaniem złego powietrza i z chorobami, które są tym spowodowane. Wiąże się to również z brakiem dostatecznej ilości okien, a niekiedy nie ma tych okien wcale.

- Z jakimi problemami macie najczęściej do czynienia?

- Nasz projekt rozpoczął się w żółwim tempie, ponieważ niektórzy mężczyźni źle traktowali lekarzy i pracowników służby zdrowia. Niektórzy upierali się, że tylko lekarki i pielęgniarki będą mogły leczyć ich rodziny. Jak wiecie, zmagamy się z niedostatkiem lekarek. Ponadto te, które pracują w ramach projektu służby krajowi, czyli NYSC, nie rozumieją hausa. To dlatego, jak widzicie, niemal nie straciłam głosu z powodu nadmiernego wysiłku przy tłumaczeniu.

- Co możesz w skrócie powiedzieć na temat stanu zdrowia ludności? Bilkisu zadała drugie pytanie.

- Należy edukować ludzi na temat ochrony zdrowia. Można byłoby uniknąć niektórych chorób, gdyby ludzie wiedzieli, jak należy postępować. Jednak na skutek braku wiedzy niegroźne choroby stają się poważnym problemem. Postanowiliśmy poświęcić więcej uwagi edukacji ludzi w dziedzinie ochrony zdrowia. Jest rzeczą oburzającą, że choroba, którą można łatwo pokonać, na przykład biegunka, zlekceważona może doprowadzić do zgonu. Zwłaszcza jeśli dotyczy to dzieci. Doświadczeni lekarze twierdzą, że nieraz choroby atakujące kobiety, wynikają ze zmęczenia. Na podstawie wczorajszego doświadczenia mogę powiedzieć, że z pewnością można tanim kosztem zapewnić ludziom lepsze warunki zdrowotne. Ale niektórzy ludzie mogliby utracić nie tylko ich głos, zakończyła śmiechem swą wypowiedź.

- Ach! Zapomniałam jeszcze o jednej rzeczy... kontynuowała Amina. - Postanowiłyśmy zwrócić się do rządu z prośbą o powołanie specjalnego sądu sanitarnego kobiet, które co tydzień odwiedzałyby domostwa. Władze gminy obiecały nam dostarczyć duże pojemniki na śmieci. Prawie zakończyłyśmy starania o otwarcie w tym mieście przychodni, którą zamknięto jakieś sześć lat temu. Dwie pielęgniarki zgodziły się po południu przyjmować chorych. W ramach tego projektu zamierzamy wydzielić w mym domu pokoje, które przekształcimy w publiczna klinikę. Następnie postaramy się pozyskać własnych lekarzy i pielęgniarki.

Amina przełknęła łyk kawy, która w międzyczasie ostygła. Fatima przyniosła mały magnetofon, aby zobaczyć, jak nagrała się rozmowa z Aminą.

Amina się zdziwiła. - To ty nagrywałaś moje wypowiedzi? zapytała ją.

- Tak. A jak wypadła Rebeka? zapytała Fatima.

- Świetnie, Bogu dzięki. Naprawdę dzielnie się spisała.

- Potrafi osiągnąć cel, ale zawsze należy ją zachęcać, powiedziała Fatima.

- Nie, nie zgadzam się z tobą, zaprotestowała Amina. - Wypadła, jak należy. Powinnaś ją za to pochwalić. Mistrzowi zawsze należy się pochwała.

- Wczoraj Rebeka próbowała nam opowiedzieć o tym, jak byłaś ugoszczona obiadem. Jak to było? zapytała ją Bilkisu.

- Pewna uboga kobieta podała nam jedzenie. Poinformowała nas, że jej mąż od miesięcy choruje. Obeszli prawie wszystkich tradycyjnych uzdrowicieli, ale bez skutku. Wówczas zaczęła modlić się do Allaha. Nie tylko to. Nie mieli pieniędzy, aby udać się do prywatnej kliniki. Pewnej nocy uklękła i błagała Boga, aby polecił jej kogoś, kto by pomógł i bezpłatnie zajął się leczeniem jej męża. Kiedy jej powiedziałam, że będzie leczony bezpłatnie zapłaty, niemal zemdlała.

- Jej mąż został dokładnie przebadany. Lekarze przepisali mu medykamenty, a ja dałam jej pieniądze. Jeden z lekarzy obiecał często go odwiedzać, aż wyzdrowieje. Ja zaś będę płacić za niezbędne lekarstwa. Około południa podała nam jedzenie, które nie było smaczne. Jednak jadłam, aby sprawić jej przyjemność. Rebeka natomiast nie mogła jeść, gdyż potrawy były zbyt pieprzne.

- Czy ta kobieta należy do Stowarzyszenia Kobiet Bakaro? zapytała Fatima.

- Powiedziała, że zabrania jej tego mąż.

Ich dyskusja skoncentrowała się na innych sprawach. Bilkisu poinformowała, że jej przyjaciółka, wykładowczyni z pobliskiego Uniwersytetu, przyjedzie do niej z tygodniową wizytą.

- Któż to taki? zapytała Fatima.

- Znasz ją i to bardzo dobrze. To Hadżara z Wydziału Literatury. Zajmuje się sprawami kobiet w ich Uniwersytecie.

- A więc będziemy dalej prowadzić naszą rozpoczętą batalię, powiedziała Fatima. - W ubiegłym roku uczestniczyłam w ich wielkiej konferencji, gdzie się mocno poróżniłyśmy w pewnej sprawie. Będzie nam pomocna w oświeceniu naszych kobiet.

Później, wieczorem Kulu przyszła do Aminy, aby złożyć jej kondolencje. Nie było jej w kraju, kiedy umarł synek przyjaciółki.

- Dlaczego twój mąż nie zabrał cię do Arabii Saudyjskiej? zapytała ją Kulu.

- To ja odrzuciłam jego zaproszenie. Jeśli zechce tego Allah, to odbędę pielgrzymkę wtedy, gdy się uspokoi moje serce.

- Amino, jesteś niemądra. Byłaby to wielka okazja, abyś zakupiła wiele pięknych rzeczy. Jeśli chcesz wiedzieć, Allah obdarzył ludzi Arabii Saudyjskiej licznymi bogactwami. Tam złoto jest bardzo tanie. Mogłabyś zrobić zakupy, a po powrocie do kraju sprzedać z ogromnym zyskiem.

- Och, obiecał, że mi kupi różne rzeczy.

- A jeśli zapomni? Wiesz, jacy są mężczyźni. Ma dużo pieniędzy, ale je trwoni. Pomóż mu je wydawać! Amina milczała. - Wkrótce również ja udaję się do tej Arabii Saudyjskiej. Pojedziemy razem. Zabieram ze sobą też kilka kobiet. Ustalimy co do ilości złota, jakie będziecie w stanie dla mnie przewieźć, i jaką dostaniecie zapłatę, kiedy sprzedamy je z zyskiem.

Amina żachnęła się, gotowa do napomnienia Kulu. Nie zdziwiło jej to, że przyjaciółka ma takie złe plany. Powiedziała, - Posłuchaj Kulu, musisz zrozumieć jedną rzecz. Udam się do Ziemi Świętej tylko po to, aby spełnić spoczywający na mnie religijny obowiązek. Nie udaję się tam w sprawie biznesowej, czy po to, aby być twoim tragarzem! Jeśli pojadę do Arabii Saudyjskiej, to tylko po to, aby odbyć pielgrzymkę.

Amina przypomniała sobie pewnego czarownika z miejscowości Gimbi, do którego udały się ze skomplikowaną sprawą. Pomyślała sobie, - Wróćmy do tego człowieka, abyśmy zobaczyły, czy jego leki są nadal skuteczne. Gdy rozejrzała się i upewniła, że Kulu nie widzi jej zegarka na ręce, powiedziała do niej, - Zniknął mój złoty zegarek.

Kulu pośpieszyła z radą, - Chodźmy szybko do tego czarownika. Nie tylko po to, by odnaleźć twój zegarek. Również po to, by dał ci jakiś środek do zapanowania nad Alhadżim po jego powrocie. Musisz być przezorna.

- Czy to twój nowy samochód? zapytała Amina, kiedy zbliżyły się do stojącego na uboczu auta.

- Tak, całkiem nowy, odpowiedziała Kulu z dumą w głosie.

- Ach, jakie wygodne siedzenia, zachwyciła się Amina, kiedy wsiadła do środka.

- To dlatego chciałam je mieć, rzekła Kulu, zapinając pas. - Zapnij i ty.

Uruchomiła auto i ruszyły w drogę.

- A gdzie twój mercedes? zapytała ją Amina.

- Odstawiłam go do garażu na jakiś czas.

- Dlaczego tak często zmieniasz samochody?

- Mam w tym wielką przyjemność.

Kontynuowały podróż w milczeniu, aż minęły drewniany most i wjechały na nieutwardzoną drogę, prowadzącą do domu czarownika. Był niskiego wzrostu, szczupły, z głęboko osadzonymi oczyma. Serdecznie je przywitał.

- Kulu, twoja przyjaciółka, zaufała mi, rzekł do Aminy. - Jest moją klientką od pięciu lat. Wiem, co cię tutaj sprowadza. Ostro się pokłóciłaś z mężem i zgubiłaś jakąś drogocenną rzecz. Jesteś szlachetną i poważaną kobietą, ale jacyś ludzie uparli się i doprowadzili do tego, że pogrążasz się w smutku.

Kulu potwierdziła, że było tak, jak to ujął. Początkowo Amina była zalękniona. Kiedy odprawił swoje czarodziejskie sztuczki, poinformował ją, że skradziono jej zegarek. - Powiedz mi, zapytał ją, - czy oprócz Alhadżiego wchodził do twego pokoju jakiś inny mężczyzna?

- Nie, nie wchodził.

- Ale zaczekaj, wymawiał swe dalsze zaklęcia, których sensu za bardzo nie rozumiały. Obracał swój łańcuch z różnokolorowych muszelek kauri. - Aha, nareszcie! Teraz rozumiem wszystko dokładnie. To żona, trzecia żona. Jest zazdrosna, bo Alhadżi zbyt często cię odwiedza.

Kiedy tak perorował, Amina nie mogła powstrzymać się od śmiechu, ale zagryzła wargi. Milczała, nie mogąc się nadziwić kłamstwom, jakimi je czarował. Następnie zapytał ją, - Kto wychwalał twój zegarek?

- Pewna krawcowa imieniem Stella.

- No tak, to ona jest tą złodziejką.

- Ale ona nigdy nie była w moim pokoju, zaprotestowała Amina.

- Jeśli tak, złodziejką była trzecia żona. Wracaj do domu i powiedz jej, że to ja, Alhadżi Hadi, wskazałem na nią jako na złodziejkę twego zegarka. Znany jestem na całej Północy z mistrzowskiego wglądu aż do samych wnętrzności. Teraz zwrócił się do Kulu, - Widzę, że twój mąż nie przestał uganiać się za uczennicami. Weź to i dwukrotnie wsyp mu do jego jedzenia. Co mówiąc, wręczył jej zawiniątko z medykamentem w proszku. - Nie ma wątpliwości, że odprawi je. Zasmucony do ciebie wróci. Ciebie jedyną będzie poważać i bardzo kochać.

Kulu otworzyła torebkę i wręczyła mu pęk banknotów naira.

- Dzięki, wielkie dzięki! Na Allaha, jedźcie ostrożnie. Szczególnie uważajcie na te małe busy, lawirujące między autami, udzielił im rady, zanim opuściły jego domostwo.

- Chcę poinformować moich wspólników, że przyszły zamówione przeze mnie towary, powiedziała Kulu do Aminy, kiedy skierowały się do głównego rynku tego miasta.

Kiedy tam dotarły, Kulu zaparkowała samochód, zostawiając

w nim Aminę, a sama poszła na rynek. Siedząc samotnie w aucie, Amina roześmiała się. Przypomniała sobie to, co często powtarzała jej Fatima odnośnie tych czarowników. Są ponoć w stanie przepowiedzieć, co ci się przydarzy w przyszłości. Dadzą ci zawiniątka, różnego rodzaju różańce, amulety, zioła i bezużyteczne rady. Dlaczego ludzie do nich udają się w potrzebie? Tego rodzaju szarlatani nie pracują, tylko żerują na niewiedzy swych klientów, ludzi zastraszonych i przesądnych. Wszystko to jest oszustwem.

Kulu wróciła do auta. Żebrak opierający się na lasce podszedł do Aminy. Już miała dać mu jałmużnę, gdy Kulu uruchomiła silnik i odjechały.

- O ty, nasza Księżniczko, pozwól że coś ci powiem, rzekła Kulu po chwili milczenia, kiedy przejeżdżały wąskimi uliczkami Bakaro. - Wkrótce zapoznasz się ze sprawami naszej fabryki tekstylnej. Staraj się ze wszystkich sił osiągnąć duży zysk. Według moich obserwacji nic nie uzyskasz od tych kobiet, z którymi się spotykasz. Jesteś młoda, urodziwa i nie powinnaś brać na swoje barki ciężaru ich nieudanego życia. Popatrz, jak ludzie używają świata. Nie pozbywaj się zadowolenia z życia z powodu innych ludzi. Widzisz, powinnam zostać kimś ważnym wśród ludzi. A i ty nie bądź popychadłem. Niech wiedzą, że coś znaczysz w tym mieście.

- Czy wiesz, że celnicy wystrychnęli mnie w Kano na dutka? Zawsze dawałam im jakieś drobnostki przed odbiorem mego towaru. Tym razem zażądali większej sumy niż dotychczas. Sprzeciwiłam się i odmówiłam. Gdy odbierałam ten towar, dokładnie go prześwietlili. A szef pochwalił ich za to, co mi zrobili. Wiem, że kiedy przystąpisz do biznesu, będziesz starała się być wyrozumiała dla ludzi. Nie rób tego! Jeśli będzie cię dopadać współczucie, ukryj je w sobie, jakbyś ukrywała przed złodziejami złoty zegarek. Taka jest prawda: albo będziesz atakującą, albo też atakowaną. To cała mądrość! Jak wcześniej ci radziłam, staraj się zarabiać pieniądze. Nie chodź, trzymając dziecko za rękę. Podporządkuj wszystko sobie, a kiedy to osiągniesz, idź do domu i proś Allaha o przebaczenie. A On ci wybaczy.

- Jesteś żoną bardzo zamożnego człowieka, czyż nie tak? A czy wiesz, jak to się stało, że zagarnął poletko, które ofiarowałaś kobietom pod uprawę? Przepędził stamtąd biednych wieśniaków. Są setki pięknych i młodych kobiet, które nie miały szczęścia jak ty. Zasłużyłaś na bogatego mężczyznę. Nie masz żadnych kłopotów.

A co będziesz robić, kiedy się z tobą rozwiedzie? Co pokażesz ludziom oprócz starych, wypłowiałych twych ubiorów? Pomyśl Amino! Musisz myśleć o przyszłości.

- Jeśli mój mąż powie, że to już koniec, to nawet dzisiaj jestem w stanie się utrzymać. Mam solidne podstawy. Zamożna kobieta może żyć samotnie. Będzie poważana i będą jej usługiwać. Naira będzie jej sługą. Czeka nas zażarta walka. Jeśli przyjrzysz się temu wojskowemu rządowi, to zauważysz, że przez noc czyni on ludzi milionerami. Dostatek jedzenia - od sprawiedliwego podziału dóbr lepsze ich rozdrapywanie. Niezdecydowany przegrywa. Lepiej wiedzieć, co możesz zagrabić, zanim będzie za późno.

Amina milczała, aż dotarły do bramy jej domostwa. Kulu zatrzymała auto. Śpiewacy-pochlebcy uderzyli w bębny, wyśpiewując pochwały dla Aminy. Przegoniła ich. - Co za pasożyty! pomyślała i weszła do domu. Jak możemy osiągnąć postęp, skoro ciągle mamy takich ludzi. Wałęsają się i opowiadają bzdury wszędzie tam, gdzie się pojawią. Będziemy zmagać się z ubóstwem i nie będziemy mieli oparcia, dopóki takie dryblasy uznają żebranie za swe rzemiosło.

- Amarya, kim jest ta kobieta, która wczoraj sprzeczała się z Fatimą? Abdullahi zapytał później Aminę.

- Nie sprzeczały się, a tylko dyskutowały.

- Mówiły podniesionym głosem.

- Ale wiesz, że twoja żona jest bardzo gadatliwa. Którą najbardziej lubisz spośród moich przyjaciółek?

- No Glorię, ale nie mów jej o tym.

- A dlaczego ją lubisz?

- Jest milcząca, niewiele mówi.

- No dobra, powiem, żeby na ciebie zaczekała.

- Co to, to nie!

- Kiedy dorośniesz, poszukam dla ciebie dziewczyny urodziwej i dobrze wychowanej.

- Takiej, która nie mówi za dużo.

- Zgoda!

Abdullahi nacisnął na pedały roweru i odjechał. Amina przygotowała się do wyjścia do siedziby Stowarzyszenia, gdzie czyniono przygotowania występu Hadżary. Kobiety były już na miejscu, ale studenci jeszcze nie dotarli. Kobiety podzieliły się na grupy i rozmawiały. Jedna grupa tańczyła pod przywództwem Larai.

- Znam krótką piosenkę, powiedziała Larai, stojąc w środku zgromadzonych. - Tytuł tej piosenki brzmi Uboga rolniczka. Zaintonowała melodię, a dziewczęta odpowiedziały jej refrenem.

Uboga wieśniaczka głoduje,
Nikt jej nie żywi
Wieśniaczka utonie,
Nikt jej nie uratuje.
Wieśniaczka bardzo cierpi,
Nikogo to nie obchodzi.
Wieśniaczka płacze,
Nikt nie zwraca na to uwagi.
Wieśniaczka jest w potrzebie,
Nikt jej nie pomoże.
Wieśniaczka umiera,
Nikt po niej nie płacze.
Och, biedna wieśniaczka.

W końcu zjawili się studenci i się porozsiadali. Hadżara rozpoczęła natychmiast swój wykład na temat Kultura i społeczeństwo. Była niska, szczupła i miała znaki plemienne na lewym policzku. Mówiła wolno, nie tak jak wtedy, kiedy dyskutowała z Fatimą.

- Wiele lat temu nasze zapisane pieśni, i pieśni przechowywane w pamięci, i nasze rytmy bębnów, wszystko to mówi o tym, jak żyli nasi ludzie. Chociaż do dnia dzisiejszego są śpiewacy, to nie wędrują po kraju wysławiając ludzi. Ludzie ich nie wspierają, dlatego wolno pieśniarze ci wymierają. Chciwość i pogoń za dobrami ziemskimi zmieniły prawie wszystko, poza kolorem naszego ciała.

- Czy można powiedzieć, że nasi tradycyjni władcy są strażnikami naszej kultury? Co jest w nich tradycyjnego poza sprowadzonymi zza granicy burnusami? Są oni kłamcami! Chcą, abyśmy patrzyli w przyszłość kategoriami przeszłości. Nie robią nic, poza rozbijania się limuzynami, grą w polo i golfa. Zagarniają poletka ludzi, nakładają na nich wielkie podatki. To oni sprzedają najlepsze ziemie cudzoziemcom. Można powiedzieć, że za nic mają nasze zwyczaje.

- Jest błędem nazywanie ich przywódcami. Określenie to przystoi tylko tym, którzy są dalekowzroczni, którzy wiedzą, dokąd zmierzają. Nasi przywódcy są ślepcami. Mimo postępów nauki i technologii ci 'przywódcy' popierają kulturę niewiedzy. Mają przyjemność widząc, jak ich poddani pogrążają się w ciemnocie i stają się bezwolnym ich narzędziem.

- O moje siostry, kobiety! Nie dajcie się przez nich oszukiwać. W niektórych częściach świata tradycyjni przywódcy bardzo wspierają swych ludzi. W miarę swych możliwości starają się zaspokoić ich potrzeby. Bacznie przyglądają się sprawom, które są miarą ich postępu. Wspomagają ich, i dbają o to, aby szli naprzód z duchem czasu. Budują im szkoły i inne instytucje przygotowujące do zawodu i im podobne. Nasi przywódcy tradycyjni są zaprzeczeniem tego. Co się tyczy zdobywania wiedzy, stawiają tu różne przeszkody. Przygniatają nas nowoczesnymi prawami i zwyczajami, które są nic nie warte.

- To kobiety są prawdziwymi obrońcami naszych zwyczajów, a nie ci, których nazywacie tradycyjnymi władcami - oszuści. To my rodzimy dzieci, wychowujemy je, uczymy ich dobrych obyczajów i przekazujemy im wiedzę. W ten sposób podtrzymujemy nasze zwyczaje i naszą społeczność, chroniąc je przed wymarciem. - Pokój niech będzie z wami, tak zakończyła swój wykład Hadżara.

Bilkisu podziękowała Hadżarze za tak interesujący występ. Widać było, że Fatima rwie się do zabrania głosu. Bilkisu próbowała jej przeszkodzić. Fatima jednak wstała, wykrzykując, - Przysłowie mówi: 'Co posiejesz, to zbierzesz.' Ci zdegenerowani władcy, którzy nami rządzą, doszli do władzy dlatego, żeśmy przystali na wsteczne zwyczaje i poglądy. W godnej pożałowania sytuacji znaleźliśmy się dlatego, że nie chcieliśmy zmian, które by zapewniły nam postęp. Gdyby nie to, teraz bylibyśmy o wiele dalej, świecilibyśmy przykładem. Kto ma wiedzę, ma władzę. Wszystkie znane wam narody nie próżnowały, ale wykorzystywały swą wiedzę i zdobywały potrzebne im rzeczy. Jak możemy się rozwijać, kiedy tylko modlimy się, śpimy i czekamy na cud, aż świat stanie się rajem? Jeżeli chcemy się rozwijać, musimy krytycznie przyjrzeć się naszym złym zwyczajom, ciągnącym nas do tyłu. Nie mówię, że wszystko idzie w bardzo złym kierunku. Jednak musimy zwalczać każdy zwyczaj, który toleruje bezczynność, próżność i niewiedzę. Nie na nich winniśmy bazować w naszej przyszłości. Każdy zwyczaj ślepy i głuchy na potrzeby ludzi nie jest godnym uwagi zwyczajem. Nasze zwyczaje winny iść z duchem czasu. Jeśli tak się nie stanie, to będziemy zgubieni!

Bilkisu starała się jak mogła zakończyć dyskusję Fatimy z Hadżarą, jednak obie nawet po opuszczeniu zebrania ciągle się ze sobą sprzeczały.

18

Po kilku tygodniach Alhadżi Haruna wszedł wieczorem do pokoju Aminy z uradowaną twarzą. - Ależ jestem zmęczony. Dzisiaj przeprowadziliśmy ostrą debatę w parlamencie. Dyskutowaliśmy o potrzebie zwiększenia rządowych wydatków. Amina nie zareagowała. - Chcę wybudować nowy dom towarowy.

- Po co chcesz budować ten dom towarowy?

Mały sklep już nie wystarczy. Chcę sprowadzać ryż, olej roślinny, sól i nawozy sztuczne. Można na tym dużo zarobić.

- Możesz założyć farmy i zatrudnić ludzi, którzy hodowaliby ryż. Możesz też zbudować fabrykę nawozów sztucznych.

- Musiałbym wtedy czekać z dziesięć lat na jakiś zysk. A może nawet dłużej. Każdy importuje, co się tylko da. Jeśli wyhodujesz ryż tutaj, w kraju, to nie da się go sprzedać za granicę, wyjaśnił Aminie. - Słyszałem, że miałaś wykład na Uniwersytecie.

- Tak, to prawda.

- Na temat religii?

- Nie. Stowarzyszenie Studentów Bakaro zaprosiło mnie, abym powiedziała coś na temat naszego Stowarzyszenia.

- Skąd ci studenci mają pieniądze, które trwonią na swe Stowarzyszenie?

- Każdy student Bakaro coś nam ofiarowuje, zaś ich Stowarzyszenie zaopatruje nas w narzędzia pracy.

- Czy wspomniałaś o mnie i o mojej pomocy?

- Nie wspomniałam, bo każdy już o tym wie.

- Mogłabyś im o tym przypomnieć, abym stał się bardziej popularny wśród ludzi i żebym miał ułatwiony start do polityki, o czym myślę. Wiesz, że chcę ubiegać się o fotel senatora w zbliżających się wyborach.

- Tematem tego wykładu były kobiety Bakaro.

Wyglądało na to, że Alhadżi śpieszy się do wyjścia. - Mój partner biznesowy wraca dzisiaj z Ameryki, powiedział jej. - Zatrzyma się w hotelu należącym do Kulu. Powinienem tam pójść i z nim dzisiaj porozmawiać.

Amina wyszła wczesnym przedpołudniem i zastała grupki kobiet siedzących na werandzie siedziby Stowarzyszenia. Zobaczyła duże i małe dzbany suszące się w słońcu. W zacienionym miejscu niektóre z tych kobiet splatały warkoczyki, inne robiły na drutach. Amina weszła do pokoju, który służył za sklep Stowarzyszenia. Tam spotkała Larai, która wyjaśniała uczniom, jak prowadzi ten sklep.

Mówiła, - Kupujemy rzeczy wytwarzane przez kobiety, i od razu płacimy im do ręki. Potem przynosimy je tutaj i sprzedajemy. Osiągnięty zysk zanosimy do banku, żebyśmy w przyszłości miały za co kupić nowe surowce. W przyszłości będziemy kupować prosto od producentów i tanio sprzedawać je ludziom.

Amina uśmiechnęła się i podziękowała Bogu, ciesząc się, że to przedsięwzięcie się udało. Cieszyła się, że mogła zapewnić ludziom pracę i że wniosła do tego swój wkład. Jej życie nabrało rumieńców. Tylko dziękować Wszechmocnemu Panu. Była zadowolona ze stworzonych przez kobiety miejsc pracy i z ich kreatywności. Kiedy tak się upajała sukcesem, zjawił się tam Alhadżi Haruna z jakimś białym człowiekiem. - To jest pan Tom Whitehead z Ameryki, mój partner w interesach. Podał Aminie rękę i wymienili pozdrowienia. Był to wysoki mężczyzna, szczupły, z krótkimi włosami. Miał na sobie czarną marynarkę i nosił krawat. W ręku trzymał czarną teczkę. Przedstawiwszy Aminę, Alhadżi powiedział, - Mam nadzieję, że pokieruje fabryką tekstylną i że zwerbuje kobiety, które podejmą tam pracę. Ja znajdę odpowiednią lokalizację, dostarczę miejscowe surowce i kapitał. Ty zaś dostarczysz obcego wkładu pieniężnego, wyposażenia i specjalistów. Następnie Alhadżi Haruna wyszedł i zostawił ich samych. Poszedł porozmawiać z kobietami przebywającymi na zewnątrz.

- Czy mogę usiąść? Pan Whitehead zapytał Aminę.

- Bardzo proszę, wskazała mu krzesło. Sama usiadła na drugim krześle.

- Gratuluję ci twego projektu zajęcia się tymi kobietami.

- Póki co jesteśmy na etapie eksperymentu.

- Jestem zainteresowany nawiązaniem stosunków handlowych z Nigeryjczykami. Bardzo dobrze układa mi się współpraca z twoim mężem. Prowadzę liczne interesy w wielu afrykańskich krajach.

- Jakie interesy?

- Różnego rodzaju. Ostatnio byłem w Ghanie, gdzie kupiłem kilka hoteli. W tym kraju na zlecenie jego rządu przygotowuję program badania przestrzeni kosmicznej. Dostarczam czystej, pitnej wody dla prezydenta Kenii. Dostarczam też broni prawie wszystkim krajom afrykańskim. Do najważniejszych należą Sierra Leone, Liberia i Zair. Eksportuję diamenty do Europy i Ameryki. Moje sprawy biznesowe wiążą się z aktualnym miejscem mego pobytu. Ponadto pomagam w pozyskaniu kredytów z zagranicy, głównie z Europy Zachodniej. Niekiedy pomagam w otrzymaniu stamtąd wsparcia finansowego. Jak widzisz, prowadzę dziesiątki przedsięwzięć.

- No proszę, jesteś bardzo aktywny.

- Książka, którą czytasz, jest bardzo interesująca.

- Otwiera człowiekowi oczy i dostarcza mu wiedzy! odpowiedziała.

- Pani Haruna, Europa nie przyczyniła się do niedorozwoju Afryki, jak twierdzi autor tej książki. W istocie Europa przyczyniła się do rozwoju Afryki. Europejczycy przynieśli cywilizację, wprowadzili chrześcijaństwo. Wybudowali wam drogi, porty, mosty. Zbudowali kolej, pociągi kursują tam i z powrotem, i tym podobne rzeczy, których przedtem nie mieliście. Przytaczał dalsze przykłady, aby uwierzytelnić swoje słowa. Amina czuła, że teraz ona musi coś powiedzieć. Kiedy na chwilę się zatrzymał, zaczęła wolno mówić.

- Nie ma wątpliwości, że Europa przyczyniła się do niedorozwoju Afryki. Kraje Europy Zachodniej rozgrabiły nasze bogactwa. Od samego początku nas eksploatowały. Niewola, w jaką nas wtrącili, nie była dla nas błogosławieństwem!

Pan Whitehead odchylił do tyłu głowę, jakby ktoś zdzielił go dłonią. Zamrugał oczami. Bardzo się zdziwił. Amina mówiła dalej, - Kolonialiści europejscy, o których mówisz, zbudowali wszystkie te rzeczy w pocie czoła naszych ludzi. Wybudowali je nie dlatego, że nas kochali, ale po to, by zapewnić sobie olbrzymie dochody. Czy szkoły i szpitale wybudowano dla Afrykanów? Popatrz na to, co zrobili, i porównaj z tym, co zagarnęli i wywieźli. Z całą stanowczością twierdzę, że oszukali nas, okradli i ograbili. Przyjdzie taki dzień, kiedy napisze się prawdziwą historię Afryki. Ta książka, podniosła książkę Waltera Rodneya pod tytułem How Europe Underdeveloped Afryka, czyli Jak Europa przyczyniła się do niedorozwoju Afryki, to tylko początek prawdziwej historii.

Siedział z otwartymi ustami, jakby nie potrafił ich zamknąć. - Posłuchaj! kontynuowała Amina bez lęku. - W czasach kolonializmu Europejczycy zapanowali nad nami i bez skrupułów wyciskali z nas ostatnie poty. Teraz weszliśmy w nowe stadium kolonializmu, gdzie tacy pośrednicy jak ty, reprezentujący wielkie zagraniczne kompanie, objeżdżają Afrykę ze swym drobnym kapitałem, mieszczącym się w łyżce, ze starymi maszynami i niby z ekspertyzą. Jeśli 'inwestujecie', to osiągacie olbrzymie zyski w nieuczciwy sposób. Zmawiacie się z naszymi nieoświeconymi ludźmi, chciwymi, pozbawionymi patriotyzmu Afrykanami. Oszukujecie nasz kraj i plądrujecie nasze zasoby. Wasi przełożeni skrywają się w Europie lub Ameryce. Stamtąd wydają polecenia przywódcom Afryki, niekochającym swych krajów, i biznesmenom-oszustom, i bezlitosnym żołnierzom, skłonnym do użycia broni, którzy z obłędem rzucają się tu i tam jak te psy, dbając o interesy tych, którzy nim sterują. Jaką mają za to zapłatę? Dostają nędzne ochłapy z tego brudnego zysku, który wyciskają z potu i krwi Afrykanów.

Pan Whitehead poczuł się, jakoby ukąsił go wąż. - Madame, z gniewem zwrócił się do Aminy. - Naszym celem inwestowania tutaj jest pomoc w ożywieniu waszej gospodarki.

- Sądzisz, że mnie tym wywodem przekonasz? Jeśli mój mąż jest w zmowie z tobą, to jest wystarczający powód, abym zaakceptowała twoje słowa? Zdradziłeś się ze swymi sztuczkami. Rabujecie nas w biały dzień i mówicie, że nam pomagacie. Jeślibyście wy oszuści naprawdę chcieli nam pomóc, to co stoi na przeszkodzie, abyście sprowadzali tutaj narzędzia? Dlaczego importujecie tylko gotowe produkty? Co stoi na przeszkodzie, abyście nauczyli nas wytwarzać potrzebne nam narzędzia? Dlaczego tak chętnie wywozicie bogactwa naszego kraju, zamiast je przetwarzać tu na miejscu? Dlaczego nie wspieracie rozwoju lokalnego przemysłu? Dlaczego nie przychodzicie tutaj, by zbudować ośrodki badawcze lub finansować ich działalność? Dlaczego wspieracie naszych pozbawionych patriotyzmu przywódców, gdyż pomagają wam kraść nasze bogactwa? Dlaczego importujecie broń, choć wiecie, że posłuży ona do zabijania niewinnych ludzi? Dlaczego wywozicie diamenty z ogarniętych wojną krajów, jak na przykład Liberia. Dlaczego wzniecacie wojny i konflikty w całej Afryce? Dlaczego popieracie złe rządy, ciemiężące naszych biedaków i wywołujące tutaj w Afryce chaos?

- Wpędzacie nas w długi, wiedząc, że nie będziemy w stanie ich spłacić. Udzielacie wysoko oprocentowanych kredytów. Większość krajów afrykańskich przeznacza połowę budżetu na spłacenie długów wraz z odsetkami...

- Wasi szanowni przywódcy zaciągnęli te długi. Nikt ich do tego nie zmuszał... przerwał jej Pan Whitehead.

- To prawda, nikt ich do tego nie zmuszał! Co możesz zrobić z ludźmi nieoświeconymi, chciwymi, czy to w cywilnych ubraniach czy też w mundurach. Rządzą, ale to ty każesz im podpisywać dokumenty? Podpiszą wszystko. Jeśli powiesz, że są robakami, będą postępować jak robaki. Nasi przywódcy, jak widzisz, gotowi są współpracować z szatanem, a nawet sprzedać własne matki. Jestem pewna, że chciałbyś mieć możliwość pośredniczenia w tej sprawie!

- Nie jest nam po drodze, powiedział, mając dosyć tej dyskusji.

- No tak, wiem o tym. Nie zapraszałam cię tutaj. Nie myśl tylko, że będziesz tu przychodził, aby mówić to, co ci odpowiada. Potem powiesz, że nie udzielono ci właściwej odpowiedzi. Jeśli powiesz coś z twojego punktu widzenia, należy dać temu należytą odpowiedź. Jest różnica między mną a moim mężem.

Alhadżi Haruna wrócił.

- Widzę, że interesujesz się czytaniem książek. I wierzysz we wszystko, co w nich wyczytasz, rzekł Pan Whitehead, otwierając swą teczkę. Wydostał z niej książkę pod tytułem: US and Africa: Partners in Progress, czyli Ameryka i Afryka: Partnerzy w postępie.
- Mam nadzieję, że ją z przyjemnością przeczytasz., powiedział, wręczając jej egzemplarz.

- Dziękuję i do widzenia, powiedziała Amina, odbierając książkę.

Kiedy Alhadżi Haruna i Pan Whitehead wyszli, uśmiechnęła się uradowana. Cieszyła się z niewątpliwego zwycięstwa w jej pierwszej intelektualnej potyczce. Nieśmiałość i lęk, jakie odczuwała, teraz przeminęły. Uwierzyła, że od dzisiaj nikt kto ją sprowokuje, nie wygra w w wymianie zdań.. Późnym popołudniem wrócił Alhadżi. Wyglądał na takiego, któremu przydarzyło się coś przykrego.

- Jak się udało to wasze spotkanie biznesowe? Amina próbowała ukryć to, co czuła w swym sercu.

- Powiedział, że podobno nie jest już zainteresowany tą sprawą, rzekł Alhadżi Haruna smutnym głosem.

- Stwierdził, że nie ma porządku w większości krajów afrykańskich.

- Ależ to prawda! powiedziała podekscytowana Amina. - Niespokojna sytuacja polityczna zniechęca zagranicznych inwestorów.

- Ale nasz kraj jest gotów przyjąć tych inwestorów zagranicznych. Nie ma u nas wojny. Przywódca naszego kraju zaprasza tych ludzi, aby ulokowali u nas swój kapitał. Zapewnia ich, że otrzymają silną ochronę.

- Czy poza tym twój partner biznesowy wskazał na jakąś inną przyczynę?

- Nie, nie podał. Bał się tylko o przyszłość. Nie wie, jaki los czeka tą kompanię.

Amina westchnęła. Od czasu, kiedy pobił ją Alhadżi, i kiedy umarł jej synek, zhardziała, bez ogródek wyrażała swą opinię, nie bała się Alhadżiego. Postanowiła wygarnąć mu prosto z mostu.- Alhadżi, pozwól, że powiem ci całą prawdę. Nie potrzebujemy przybyszy z zagranicy pod pretekstem inwestowania. Tak naprawdę to potrzebujemy rozsądnego rozporządzania pieniędzmi i zasobami, jakimi obdarzył nas Allah. Wiem, że masz mnóstwo pieniędzy ulokowanych w sejfie w twoim poselskim pokoju. Wiem, że stało się to przyjemnością dla ciebie i innych posłów, kiedy siedzicie i przyglądacie się tym pieniądzom. A właśnie nie można tak postępować z pieniędzmi. Jeśli chcemy, aby pieniądze coś znaczyły, muszą one krążyć z ręki do ręki. Kiedy trzymasz je w jednym miejscu, stają się bezużyteczne.

- Dam ci mądrą radę: zainwestuj je. Zbuduj fabryki, zakup za te pieniądze maszyny, zatrudnij pracowników. W ten sposób pieniądze staną się pożyteczne. Ludzie podejmą pracę i będą mieli środki utrzymania. Nie będą uganiali się w poszukiwaniu pracy. Staną się ludźmi z pełnią człowieczeństwa. Amina umilkła na chwilę, mając nadzieję, że jej mąż coś powie. Stał i patrzył na nią, jakby zobaczył dżinna. Wtedy zrozumiała, że jej słowa poruszyły go i zadziwiły. - Zaproś kilku twych braci, doświadczonych Nigeryjczyków. Usiądźcie i zastanówcie się, co można zrobić z waszymi pieniędzmi z pożytkiem dla ludzi.

- A po co? zapytał ją, do głębi poruszony. - Nie znam się na tym. Poza tym, prawie każdy Nigeryjczyk podlega pod paragraf 219, jest oszustem. A ja mam swego Bature, Europejczyka, który myśli i dba o moje interesy.

Bature będzie zawsze robić to, co w końcu przyniesie mu pożytek, nie tobie. Pamiętaj o tym."

- A ja wierzę Bature bezgranicznie.

Amina poczuła się sfrustrowana z powodu tej swej szczerości. Ale mimo to nie poddawała się i kontynuowała spokojnie. - Oto co mnie dręczy. Na początek załóż dwie czy trzy kompanie, otwórz farmy i firmy transportowe tutaj, w mieście Bakoro. Być może załóż jeszcze kompanię produkującą żywność w puszkach. Trzeba będzie przeszkolić ludzi, którzy podejmą pracę w tych kompaniach. Za zarobione pieniądze będą kupować towary wyprodukowane przez te spółki lub płacić za różnego rodzaju usługi. Ich dzieciom, dzieciom pracowników, otwórz dobre szkoły, gdzie zdobędą nieskażoną wiedzę, żeby w przyszłości mogły stać się wykwalifikowanymi pracownikami, których sam zatrudnisz. Jeśli wybudujesz tanie domy, twoi pracownicy będą je wynajmować. Wpłyną pieniądze. Wkrótce zwrócą się nakłady, wzrosną odsetki, pojawi się zysk. Każdy na tym skorzysta. Władze stanowe dostaną swoją dolę, ponieważ twoi pracownicy będą płacić podatki. Szkoła zaś będzie miała pieniądze, żeby zapłacić nauczycielom. Twoi pracownicy będą mieć pieniądze na swe potrzeby i będą się z tego cieszyć. Twoje bogactwo będzie ciągle się powiększać.

- W ten sposób staniesz się godnym naśladowania przez innych tobie podobnych. Otworzą się oczy ludzi. Będzie się dla nich wytwarzać potrzebne im rzeczy. Niektórzy dysponenci pieniędzy będą dostarczać potrzebne przedmioty, których ty nie będziesz wytwarzał. Wraz z innymi budowniczymi fabryk zjednoczycie się i zmusicie rząd do zadbania o prąd elektryczny, bezpieczne i dobre drogi, linie telefoniczne i temu podobne. W ten sposób nastąpi wzrost gospodarczy, większy niż się planowało. W końcu osiągniemy taki komfort, w którym każdy żyć będzie w dostatku i radości.

- Posłuchaj-że Amino. Skąd się biorą te twoje poglądy?

- Czytam różne książeczki, ale większość tego, co ci powiedziałam, to moje własne przemyślenia. Niech Allah otworzy nam oczy.

- Większość rzeczy opisywanych w tych książeczkach, to wymysły. W praktyce się nie sprawdzają.

- No to spróbuj! Co mówią Hausańczycy odnośnie podejmowania prób? Dopiero gdy się coś wypróbuje, pozna się całą prawdę. Jeśli nie dowierzasz twym braciom Nigeryjczykom, czyżbyś nie dowierzał własnej żonie? To ja zajmę się tym biznesem. Napiszę ci, co według mnie należy zrobić, to znaczy przygotuję instrukcję

- Porady dla założenia kompanii. Wkrótce będzie gotowa.
- Nie potrzebuję twojej rady.
- W czym problem?
- Bature nie wyrazi na to zgody. Chce, żebym wywiózł me pieniądze za granicę, aby je tam ulokować.
- Tam twoje pieniądze będą pracować tak, jak ci tłumaczyłam. Nie w naszym kraju, lecz w Europie.
- Ja ufam Bature.

19

Upłynęło kilka miesięcy. Pora deszczowa ustąpiła miejsca porze suchej. Przy końcu września Stowarzyszenie Kobiet zorganizowało Tydzień Edukacyjny. Amina była zajęta wygłaszaniem wykładów na zebraniach, czy to na Uniwersytecie, czy też w mieście, w siedzibie Stowarzyszenia. Wydrukowano plakaty i broszury na temat edukacji, higieny i religii, i rozdawano je kobietom. Stowarzyszenie Pomocy Bakaro zorganizowało spotkanie, na którym dyskutowano o problemach Stowarzyszenia Kobiet Bakaro. Dokonano też przeglądu osiągnięć i omówiono plany na przyszłość.

- Co zrobimy z płodami rolnymi, które zebraliśmy? Amina zapytała Fatimę, kiedy obie przebywały w pokoju Aminy.

- Należy je rozdzielić według ilości wniesionej przez każdą kobietę pracy, doradziła jej Fatima.

- To zły pomysł. Należy podzielić sprawiedliwie.

- A może by sprzedać, a pieniądze wpłacić do banku, padła nowa propozycja Fatimy.

- Nie. W ten sposób nie skorzystają w pełni z tego, co zrobiły, zauważyła Amina.

- No dobrze. A może by rozdzielić wszystko między nimi biorąc pod uwagę wielkość ich rodzin.

- Uprawialiśmy różne rośliny, wyjaśniła Amina. - Warzywa sprzedaliśmy po obniżonych cenach. Zżęliśmy kukurydzę i sprzedaliśmy ją samym sobie również po niskich cenach.

- Twoje doświadczenie i dobre kontakty z tymi kobietami sprawiają, że znasz je lepiej ode mnie. Rób to, co uważasz za stosowne, odpowiedziała jej Fatima, widząc, że wszystkie jej rady nie znajdują uznania.

- Uszyłyśmy bluzkę i sukienkę dla każdej członkini, poinformowała Amina.

- Dla ciebie również?

- Oczywiście! Przecież jestem jedną z tych kobiet.

- Jak ten czas leci! Na dniach będzie już rok od inauguracji tego Stowarzyszenia...

- Wówczas wydawało się to niemożliwe.

- ...było jak sen.

- Wkrótce Alhadżi Ibrahim poślubi nową żonę, Mairo przyniosła świeżą wiadomość.

- Co takiego, kto? zapytała zdziwiona Amina.

- Tak, mąż Kulu. Powiedziała mi o tym jego pierwsza żona. Mówi się, że pewna uczennica szkoły średniej jest z nim w ciąży. Jej ojciec nalega, aby ją poślubił. Jest komisarzem w tym Stanie.

- A co na to Kulu?

- Jeszcze nie wiem, co o tym myśli.

- Och, to ważna figura!

- Powiedz mi, co dzisiaj będzie się działo? zapytała Mairo.

- Cieszymy się z obfitych zbiorów. Przygotujemy jedzenie i razem je spożyjemy. Będziemy tańczyć i śpiewać, a potem obejrzymy filmy. Zrobimy także wspólne zdjęcie. Powiedz przeto kobietom, aby włożyły te nowe ubiory Stowarzyszenia.

- Dobrze, powiem im.

Dzisiaj nadszedł oczekiwany przez Aminę czas. Wdziała na siebie ubiory Stowarzyszenia i skierowała się do jego siedziby. Uradowało się jej serce na widok wszystkich kobiet ubranych w jednolite stroje Stowarzyszenia, przepełnionych radością, co było widać na ich twarzach. Przygotowały się do wspólnej fotografii. Amina usiadła w środku pierwszego rzędu, a dwa rzędy kobiet ulokowały się za nią. Część z nich przysiadła z przodu. Kiedy robiono zdjęcie Bilkisu, podeszła do swego auta, z którego wyskoczyli Fatima, Rebeka, Mu'azu i Muktar. Kobiety przywitały ich oklaskami, ciesząc się z ich przybycia. Studenci szybko przyklęknęli przed Aminą i zrobiono im zdjęcie. Tylko Muktar nie chciał pozować, lecz stanął z boku.

Po zrobieniu drugiego zdjęcia kobiety zabrały się do gotowania. Wyłożono na sprzedaż dzbany, farbowane i tkane ubiory, swetry i inne zrobione ręcznie rzeczy – wszystko po niskich cenach.

Amina zwróciła się do fotografa: - Chcę, abyś fotografował te kobiety i studentów, kiedy przygotowują posiłki, tańczą czy rozmawiają ze sobą, byśmy mogli zrobić album, upamiętniający tą wielką naszą uroczystość.

- Pozwól, że zrobię ci zdjęcie, tobie samej, fotograf zwrócił się do Aminy.

Ustawiła się i poprawiła chustkę na głowie. Odwróciła nieco twarz, skierowała swój wzrok w prawą stronę i nagle spostrzegła Muktara. Uśmiechnęła się, a fotograf wykonał swą pracę.

Również mężczyźni zjawili się na przyjęciu. Przybyli także bębniarze i śpiewacy z tego miasta: jakże mogło się obyć bez nich. Po zjedzeniu posiłku zaczęli grać na bębnach i trąbić. Kobiety tańczyły, a niektóre z nich gwarzyły i żartowały sobie. Larai popisywała się tańcem i śpiewem. Amina przyglądała się zgromadzonym z sercem przepełnionym radością. Kiedy zabrzmiała ulubiona piosenka Aminy, spojrzała na Fatimę. Chwyciła ją za rękę i obie znalazły się w kręgu tanecznym. Zdjęły buty i ruszyły w tany, oklaskiwane przez kobiety.

Kiedy się ściemniło, zjawili się ludzie z miasta, uświetniając tą uroczystość. Kobiety zabawiały się beztrosko. Amina przygotowała projektor, aby wyświetlić zgromadzonym filmy. Poczekała chwilę, aby się uciszono. Potem uruchomiła aparat i rozpoczął się seans. Ona sama nie oglądała filmów. Podniosła do góry głowę i spojrzała na księżyc w pełni, przedzierający się swym światłem poprzez chmury. Kiedy odpłynęły, intensywne światło księżyca oświetliło miejsce tego spotkania. Zewsząd dobiegały szmery insektów. Gdzieś w górze odezwała się sowa, po czym odleciała. W pobliżu przelatywały świetliki, ale można było zobaczyć tylko ich błyski.

Wszyscy wpatrywali się w księżyc, a Amina pogrążyła się we wspomnieniach. Przypomniała epizody swego życia, od czasów młodości, w szkole podstawowej począwszy. Jak naciskano na nią, by poszła do tej szkoły, a ona się wzbraniała. Jak była wyganiana z domu do szkoły. Jak pomogła jej matka w sprawie tej szkoły. Przypomniała swych kolegów szkolnych z tamtych czasów. Potem wspominała szkołę średnią, swe starsze siostry i swą matkę, krótki pobyt na Uniwersytecie. Spotkanie z Fatimą i innymi, kiedy rejestrowały się pierwszego dnia i postanowiły wspólnie zamieszkać. Jej małżeństwo i śmierć synka. Stowarzyszenie Kobiet i przygotowania do akcji alfabetyzacji i szerzenia higieny. Tworzenie stowarzyszeń samopomocy. I jak doszło do osiągnięcia korzyści z tej współpracy kobiet. Nie wiedziała, z jakiego powodu gorące łzy zaczęły spływać po jej policzkach. Jej radość nie miała granic. Serce wypełnione było uczuciem wdzięczności Allahowi, Wszechmocnemu Władcy, który pozwolił jej dożyć tego dnia.

Pewnego popołudnia, gdy Amina spała, Alhadżi Haruna wtargnął do jej pokoju, jakby był ścigany. Zamknął drzwi i przekręcił w zamku klucz. Stanął na środku pokoju, ciężko dysząc. Amina otworzyła oczy i zobaczyła, jak sadowił się na sofie stojącej przy jednej ze ścian. Widać było, że jest bardzo przestraszony i że coś go dręczy.

- Masz coś do zjedzenia? zapytał ją.

- Nie mam, ale mogę ci zaraz coś przygotować...

- Nie przejmuj się. Nie jestem zbyt głodny. Utkwił w niej wzrok, jakby jej poszukiwał. Potem pochylił głowę i zaczął przydeptywać nogą dywan,

- Co się stało? zapytała go Amina dwa czy trzy razy, ale nie otrzymała odpowiedzi.

Była ciekawa, co też się wydarzyło. Czy ktoś znowu ją oczernił? Czy być może Bature zrelacjonował mu rozmowę między nimi, i to tak rozwścieczyło Alhadżiego? Czy postawiono go przed paragrafem 419, a może został oszukany? Wszyscy w domu byli w dobrym zdrowiu, a on był członkiem parlamentu stanowego, a obecnie pełnił nawet funkcję wicemarszałka.

- Wielki Boże! wykrztusił po chwili. - Dlaczego dopiero teraz? Utkwił wzrok w Aminie. - Dlaczego ludzie nie lękają się Boga? Dlaczego nie są wdzięczni Bogu za to, czym ich obdarzył? Dlaczego ci ludzie chcą naszego upadku? Dlaczego ludzie nas nienawidzą? Dlaczego?

- Co się stało? Powtórzyła pytanie Amina.

- Powiem ci, wstał i usiadł przy niej na krawędzi łóżka. - Ale wszystko, co teraz usłyszysz, zachowaj w swym sercu. Jest to tajemnica. Niech to będzie naszym sekretem.

- Obiecuję.

Ciężko oddychał i pocił się obficie. Wyglądał, jak zbity pies. Potrząsnął głową i ze smutkiem szepnął do niej, - Dotarła do nas wiadomość, że młodsi rangą wojskowi przygotowują się do zamachu na ten cywilny rząd. Rękawem szaty riga wytarł z czoła pot. Na zewnątrz słychać było odgłosy kroków ludzi, którzy weszli do domostwa. Oczy Alhadżiego skierowały się ku drzwiom pokoju. Serce mocno uderzało w jego piersi. Kroki oddaliły się od drzwi. - Mówi się, że przygotowują zamach w dniu Święta Niepodległości, podczas parady wojskowej, powiedział Alhadżi, drżący całym ciałem.

- A dlaczego ty się boisz? ostrożnie zapytała go Amina

Dlaczego miałbym się nie bać? Zastępuję teraz marszałka. Marszałek wyjechał do Londynu, by się przebadać. Jego asystent się ożenił i pojechali na wypoczynek do Dubaju.

- Nie martw się i zaufaj Bogu, próbowała go pocieszyć Amina. Powiedziała, aby zdjął swą szatę i odpoczął. Z frasunku nie zwrócił uwagi na jej słowa.

- Dlaczego ludzie zwalczają tą młodą demokrację, którą wywalczyliście po tak wielu latach władzy wojskowych? Czego oni chcą? Co stoi na przeszkodzie, aby siedzieli w koszarach, które sami sobie wybudowali? Dlaczego wojskowi mieszają się do polityki? zapytywał Aminę, nie oczekując od niej odpowiedzi.

- Nie sądzę, aby ktokolwiek rozsądny przymierzał się teraz do zamachu stanu. To nie jest na to czas.

- A więc twierdzisz, że powstrzymają się i uderzą później? utkwił w niej swój wzrok.

- Tylko trzy lata rządzą cywile. To zbyt krótko na...

- Zamilcz, na Boga! Całkiem nie znasz się na polityce, zaczął rozglądać się po pokoju. To ci z Południa. Są niezadowoleni z tego, że prezydentem nie został ich człowiek. To dlatego ciągle atakują prezydenta naszego kraju. Zmierzają do złamania reguł demokracji, do której mamy zaufanie.

- Możliwe, że to ci z Północy przygotowują zamach stanu.

- Nie. Prezydent pochodzi z Północy, przypomniał jej.

- Ale nie wszyscy mieszkańcy Północy go kochają. Krótko mówiąc, nie wszyscy na Północy odnoszą korzyści z jego rządów i dlatego atakują go.

- Co masz na myśli?

- Na przykład ja. Prawdę mówiąc nie podoba mi się sposób sprawowania przez niego władzy. Gdyby była taka możliwość, to bądź pewien, że przyłączyłabym się do jakiejkolwiek ugrupowania, które obaliłoby go i jego żałosny rząd.

- Oszalałaś? Posłuchaj! Nikt nie dorówna naszemu Prezydentowi w bogobojności. Jest nie tylko pobożnym człowiekiem, ale również odpowiedzialnym i godnym zaufania. Możemy powiedzieć, że się nam poszczęściło, że mamy takiego Prezydenta...

Nagle przerwał swą wypowiedź, bo usłyszeli kroki ludzi zbliżających się do tego pokoju, po czym zapukano do drzwi. Alhadżi rzucił się do okna, ale było zakratowane. Spanikowany, rozejrzał się po pokoju. - Na Boga, nie otwieraj drzwi, szepnął do Aminy ledwie słyszalnym głosem. Otworzył wielką szafę na ubrania, wszedł do niej i tam się ukrył. - Nie ma mnie tutaj, powiedział. Amina zamknęła szafę i poszła otworzyć drzwi do jej pokoju.

- Na Boga, przepraszam cię młoda żono. Powiedziano mi, że jest tutaj, usprawiedliwiał się kierowca.

- Kto go poszukuje? zapytała.

- Jacyś ludzie czekają na niego w jego biurze.

- No dobra, ale nie ma go tutaj. Przekażę mu twoje słowa, rzekła i zamknęła drzwi.

Alhadżi wyszedł ze schowka, niemiłosiernie spocony, ciężko oddychając. Amina starała się jak mogła, aby powstrzymać się od śmiechu. - Co do mnie, nie chcę iść na tą paradę, rzekł Alhadżi, włączając wiatrak. Oderwał guzik swej togi. - Nie zmartwię się, jeśli stracę stanowisko, ale nie chcę utracić życia.

- Ale być może będziesz musiał wziąć w niej udział.

- Jest na to prosta rada. Mogę dzisiaj zachorować. Rządzenie ludźmi w tym kraju jest niczym postawienie na głowie wzgórz Dala, beż żadnej podkładki. Ja nie oskarżam tych bogaczy, którzy wywożą wszystkie swe pieniądze za granicę, potem je gromadzą i prowadzą tam spokojne życie. W tym kraju nawet nadciśnienie może zabić przywódcę. Kiedy zdjął podkoszulkę, Amina spostrzegła, że ma nabrzmiałą pierś, nie taką, jaka była kiedyś. Zauważył, że chce coś powiedzieć, więc rzekł do niej, - Ach to, włożyłem kuloodporną kamizelkę.

- Kamizelkę odporną na kule? zapytała go Amina, niedowierzając własnym uszom.

- Szaaa! Wkładamy je, by się do nich przyzwyczaić, wyjaśnił jej. - Pomóc Allahowi w opiece jest lepiej niż go przyzywać. Bóg także powiedział: 'Zabierz się do dzieła, a wtedy ci pomogę.'

- A co kiedy rzucą bombę czy granat, bądź gdy ostrzelają z czołgów?

- No nie! Jestem pewien, że tego nie zrobią. Nie mam nic przeciwko bezkrwawemu przewrotowi... Będziemy jak zwykle dalej prowadzić nasze interesy... Ale dlaczego mają przymierzać się do zamachu?

W tym momencie głośne pukanie do drzwi przerwało ich rozmowę. Dał się słyszeć silny, męski głos, - Alhadżi, pilnie cię potrzebują! Alhadżi znów wskoczył do swego schowka.

- Kto tam? zapytała Amina.

- Proszę pani, nie mamy czasu. Na Boga, podeślij go nam. Nadszedł czas rozpoczęcia podróży. Musimy jechać razem.

- Alhadżi rozpoznał głos mówiącego. Wtedy wyszedł i zapytał, - Dokąd się udajemy?

- Na lotnisko. Wkrótce przybędzie marszałek.

Alhadżi ubrał się w pośpiechu i wybiegł na podwórze.

Amina roześmiała się i padła na łóżko. Tak się śmiała, że aż po policzkach popłynęły łzy. - Grupa wojskowych dokona przewrotu. Objawią się nowi przywódcy, a starych oskarży się o liczne przestępstwa, ale ich się wypuści. Niektórych z nich umieści się w nowej administracji. Natomiast gnębieni poddani będą się cieszyć, że ponoć nadszedł dla nich świt. Będzie się im obiecywać góry mury. Raj na ziemi! W końcu nic się nie zmieni, sęp mocno się usadowi w swym gnieździe na drzewie tamaryszku. Sprawujący władzę będą dalej kraść rządowe pieniądze, bezwstydnie i nieustraszenie. W jakim żyjemy kraju, gdzie nieoświecony żołnierz, z wykształceniem mieszczącym się w łyżce, terroryzuje wszystkich, aż dochrapie się władzy? Prawdę mówiąc, nic się nie wydarzy poza wymianą w naszych biurach portretów rządzących. Ale kraj nasz nie zmieni swego oblicza. Jest to wszystko niczym jakaś bajka!

Wkrótce zjawiła się Fatima. Amina wszystko jej dokładnie opowiedziała.

- Kiedy ma się to wydarzyć?

- Za dwa dni. W Dniu Niepodległości.

- W naszej obecnej sytuacji, w naszym kraju władza leży na ulicy, każdy może po nią sięgnąć, w dowolnym czasie.

Nadszedł i przeminął Dzień Niepodległości. Nie było żadnego przewrotu. Prace Stowarzyszenia Kobiet Bakaro postępowały jak zwykle. Uruchomiono nowe przedmioty, a studenci Uniwersytetu zarejestrowali się na stanowiskach nauczycieli. Więcej kobiet specjalizowało się w tkactwie, krawiectwie, farbiarstwie i w innych rzemiosłach. W Uniwersytecie Stowarzyszenie Studentów zorganizowało wybory: wybrano nowe władze. Zwyciężyli stronnicy Fatimy, którzy obiecali udzielać dalej poparcia dla Stowarzyszenia Kobiet. Zwiększyła się liczba studentów w Stowarzyszeniu Pomocy Bakaro. Bilkisu przekazała ster władzy dla Laili, nowemu zastępcy Przewodniczącego. Po dwóch latach wdrażania programu walki z niewiedzą Uniwersytet podjął się zorganizowania egzaminu. Ogłoszono wyniki i rozdano kobietom świadectwa. Część z nich otrzymała nagrody. Dyrektor tej jednostki był gościem honorowym w dniu rozdawania nagród. Chwalił dokonania Stowarzyszenia i oznajmił, że wkrótce Uniwersytet przejmie cały ten projekt. Amina otrzyma stanowisko uniwersyteckie. Będzie sprawować pieczę nad tym programem i otrzymywać za to wynagrodzenie. Miała inicjować podobne projekty we wszystkich dzielnicach tego miasta.

Pewnego dnia Amina niespodziewanie zachorowała. Szybko przewieziono ją do kliniki, a potem przetransportowano do szpitala, gdzie przebywała cały tydzień. Stopniowo zdrowiała i nabierała sił. Udała się do siedziby Stowarzyszenia. Kobiety bardzo się uradowały na jej widok.

Co cię powaliło tak nagle na ziemię? zapytała ją w biurze Larai.

- Poroniłam, odpowiedziała jej Amina po głębokim westchnieniu.

- Masz ci! Niech Allah ma cię w opiece, wyraziła swe współczucie Larai.

- Amen, Teraz czuję się bardzo dobrze. Jestem silna fizycznie. Z poczęciem następnego dziecka jednak trochę poczekam.

Larai pochyliła głowę, po czym wyszła, uśmiechając się. Amina wzięła się do lektury czasopism, kiedy usłyszała ostre hamowanie auta, które się zatrzymało przed jej domem.

- Pokój z wami, rozległ się męski głos.

- I z wami pokój, proszę wejść.

- Pozdrawiam cię Madame, przywitał się starszy człowiek, wchodząc do pokoju Aminy. Był ubrany w niebieską marynarkę typu safari. - Jestem doktorem Idrisem Dandodo, wykładowcą na Uniwersytecie i specjalnym wysłannikiem Organizacji Narodów Zjednoczonych. Wręczył jej pismo, mówiąc: - Organizacja ta zwróciła się do mnie z prośbą, żebym sporządził raport o działalności waszego Stowarzyszenia.

Amina poprosiła go, aby usiadł. Przeczytała pismo. - Proszę Pani, chcę porozmawiać z tobą i zrobić kilka zdjęć. Wcześniej rozmawiałem już z trzydziestoma kobietami i kilkoma nauczycielami. Uczestniczyłem w kilku przygotowanych przez was lekcjach i obejrzałem wasze poletka. Rozmawiałem też z mieszkańcami miasta. Bilkisu, Fatima i Gloria były dla mnie bardzo pomocne.

- To świetnie, Doktorze Idris. W jaki sposób Organizacja Narodów Zjednoczonych dowiedziała się o nas?

- Nie da się tu niczego ukryć, odpowiedział, uśmiechając i podnosząc wzrok ku niebu. - Trudno uwierzyć w to, czego już dokonaliście.

Słowa te wprawiły Aminę w zakłopotanie. Kiedy przygotowywał

się do rozpoczęcia z nią wywiadu, nie mogła się nadziwić, jak ONZ dowiedziała się o istnieniu ich Stowarzyszenia w Bakaro. Bardzo się ucieszyła na widok swojego imienia i nazwy Stowarzyszenia, napisanych tłustym drukiem na piśmie przysłanym przez ONZ. Doktor Idris przygotował magnetofon i nagrał uwagi Aminy na temat jej pracy.

Zapytana o ich akcję walki z analfabetyzmem, Amina powiedziała: - Edukacja nigdy nie była tutaj priorytetem. Gdybyś się rozejrzał, udałoby ci się zauważyć, że większość mężczyzn uważa kształcenie kobiet za stratę czasu. Konserwatyści nawet teraz się konsolidują i organizują się przeciwko nam. My zaś staramy się jak możemy, by oświecić każdą kobietę w Bakaro, zwłaszcza te spośród nich, którym nie dano możliwości zdobycia wiedzy. Projekt kształcenia dorosłych autorstwa Al-Hassana okazał się nam bardzo przydatny. Wiedza jest niczym woda i powietrze w życiu człowieka. Nasi władcy celowo wrzucili nas do kosza niewiedzy, ale poczynając od tego roku, jeśli pozwoli na to Allah, mogę powiedzieć, że w gronie kobiet Bakaro złamaliśmy niewiedzy kręgosłup.

Następnie Amina opowiedziała mu o współpracy kobiet. - Mam zamiar poszerzyć nasz projekt. Obejmiemy nim bezrobotnych mężczyzn i wieśniaków. Jest rzeczą frustrującą, że pozostawiono wieśniaków z motyką, którą tylko skrobią ziemię. Ten nasz kraj potrzebuje współpracy ludzi, aby sobie wzajemnie pomagali, zwłaszcza w zakresie żywienia się. Rząd chętnie sprowadza nawozy sztuczne i ryż, ale rolnik nie może tego kupić, bo są za drogie. Pola uprawne znajdują się w rękach bogaczy. Do nich należą plony. Nasi władcy, zamiast skoncentrować się na jednolitym projekcie rozwoju kraju i produkcji żywności poprzez uprawę pól, swe wysiłki kierują na poszukiwanie możliwości wzbogacenia się w ciągu jednej nocy.

- Wielkim problemem jest także higiena. Tutaj w Bakaro staramy się wykorzenić drobne choroby, które zadręczają ludzi. Uczymy ich, jak powinni dbać o swoje siedziby. W naszych szpitalach nie ma lekarstw. Zaś ten rząd nie ma żadnej polityki oświecenia ludzi w przedmiocie ochrony zdrowia. Nasze szpitale stały się miejscem, gdzie przychodzą ludzie, aby umrzeć. Mamy nadzieję, że doczekamy się kliniki z fachowym personelem i zapasami narzędzi na okres dwóch lat.

- Jakie są nasze zamierzenia? Mamy zamiar utworzyć tego rodzaju stowarzyszenia w każdej dzielnicy tego miasta, a potem w całym tym zacofanym Stanie. Zamierzamy też produkować żywność w puszkach i kartonach. Mamy wiele bezrobotnych kobiet, uważamy przeto, że możemy trochę wykroczyć poza rolnictwo spółki produkujące żywność w puszkach. Chcemy też otworzyć specjalną bibliotekę dla kobiet i dzieci, a następnie wydawać tygodniową gazetę, aby zyskać miejsce na dyskusję i informować się wzajemnie o różnych wydarzeniach. Jedna spośród nas wynalazła sposób gromadzenia czystej wody. Mu'azu Danlami i inni studenci analizują to odkrycie. Jeśli ten eksperyment się powiedzie, wprowadzimy go w życie, żeby każdy z tego skorzystał. Jak wiesz, dobra woda pitna jest w tym mieście wielkim problemem, z którym się zmagamy.

- Co do mnie, jestem bardzo zadowolona z powodu realizowanych przez nas projektów. Składam serdeczne podziękowania mojej przyjaciółce Fatimie za udzielane mi rady i pomoc. Dziękuje pozostałym członkiniom Stowarzyszenia Kobiet Bakaro.

- Wiem, że nie możemy zmienić wszystkiego w ciągu jednej nocy. Uważam jednak, że kto się wspina ku górze, musi uczynić dwa kroki, a nie jeden. Jeśli zechce tego Allah, odniesiemy zwycięstwo.

Pewnego popołudnia Amina, Fatima, Gloria i Laila wystroiły się i udały na uroczystość zaślubin Bilkisu. - Dzisiaj wyglądasz całkiem inaczej, kiedy nie włożyłaś czerwonego beretu, powiedziała Amina Fatimie, gdy udawały się do domu Alhadżiego Umara Usmana. U wejścia kotłował się wielki tłum ludzi. Amina i towarzyszące jej osoby weszły do domu i przyłączyły się do pozostałych kobiet.

- Gratulujemy ci, rzekła uśmiechając się Amina, gdy zobaczyła siedzącą Bilkisu.

- Bardzo się cieszę, żeście przyszły, uradowała się Bilkisu, ubrana jak panna młoda.

- Masz wielu gości, których powinnaś przywitać. A my porozmawiamy później.

- Świetnie. Niech Allah zachowa nas do tego czasu.

- Na Allaha, bardzo się cieszę z jej powodu, rzekła Laila, kiedy zbliżały się do pnia cienistego drzewa. - Nie widziałam jej jeszcze tak szczęśliwej.

Później sam pan młody, podpułkownik Abubakar Usman, zjawił się na placu w środku domostwa. Gdy ruszył w kierunku kobiet, Amina bacznie mu się przyjrzała. Nosił ciemne okulary, które pasowały do jego twarzy. Bezzwłocznie podszedł do Aminy. - Allah sprawił, że cię dzisiaj spotykam. Cieszę się. Dziękuję za twoją obecność, powiedział zachrypłym głosem.

- Gratuluję wam i mam nadzieję, że wasz związek przetrwa długie lata, a Allaha obdarzy was dobrymi dziećmi.

Amen. Od dawna o tobie słyszę. Jeden z moich kolegów ciągle mi mówi, że chcesz po cichu wprowadzić zmiany.

- Że co! Naprawdę tak powiedział? spytała zdziwiona Amina.

Podpułkownik Abubakar Usman podziękował pozostałym kobietom, pożegnał się z nimi i wyszedł.

Kiedy Amina wróciła do domu, miała możliwość porozmawiania z Fatimą na temat dalszej działalności Stowarzyszenia. Fatima przez chwilę milczała, potem powiedziała pełnym aprobaty głosem: - Amino, bardzo ci dziękujemy za kierowanie Stowarzyszeniem od samego początku jego istnienia. Wielu ludzi, włącznie ze mną, nauczyło się od ciebie wielu rzeczy. Wzmocniło to nas na duchu.

- Z kolei ja składam specjalne podziękowania za to, że dałyście mi możliwość uruchomienia tych projektów, a tobie i innym kobietom za duże wsparcie. Moje zaangażowanie w tym projekcie bardzo mnie wzmocniło. Rozpiera mnie radość i zadowolenie, kiedy przyglądam się naszym osiągnięciom. Każdy je widzi. Chwalą nas za moją i waszą pracę. Zdobyłam wiedzę i doświadczenie, a także otworzyły się mi oczy na życie jako takie. Co więcej, zrozumiałam, że jestem coś warta.

- Och, zapomniałam ci coś powiedzieć, rzekła Fatima. - Doktor Idris Dandodo przesłał raport do ONZ. Spodziewamy się, że organizacja ta przyzna ci Honorowe Świadectwo [Certificate of Honour].

Amina uśmiechnęła się, zawstydzona. - Od dawna chciałam ci coś powiedzieć, ale nie wiedziałam, jak to zrobić. Widać było, że coś Aminę powstrzymuje. Fatima spojrzała na nią jakby zachęcając: - No mów-że. Słucham cię.

- W ciągu ostatnich miesięcy zauważyłam drobne, pożądane zmiany zachodzące w moim sercu. Jasno zrozumiałam teraz większość rzeczy, o których mi mówiłaś. Jeśli przyjrzę się mojemu miejscu na ziemi, wszystko staje się bardziej realistycznie. Krótko mówiąc, gdy przyglądam się memu życiu, to widzę, że nie jest ono już takie jałowe. Myślę, że i ty musiałaś przez to przejść w pewnym okresie twego życia...

Słowa te zaskoczyły Fatimę do tego stopnia, że nie wiedziała co powiedzieć. - Hm, czuję, że wiem, co masz na myśli.

- Mój stosunek do życia ulega zmianie. Patrzę na świat realistycznie. Ustawiam wszystko, co mnie dotyczy, zależnie od priorytetów...

- To jest to, co niektórzy nazywają wyłonieniem się nowej osobowości. Człowieka dojrzałego, przepełnionego mądrością życiową, powiedziała Fatima.

- Czuję, że śmierć mego synka uczyniła ze mnie nową kobietę, kontynuowała swą refleksyjną wypowiedź Amina. - Bez wątpienia nauczyłam się wielu rzeczy od ciebie, od twych przyjaciółek i koleżanek. Charakter Alhadżiego również sprawił, że patrzę na życie w małżeństwie z nowym zrozumieniem. Ale to śmierć Raszida całkowicie zmieniła sposób postrzegania ludzkiego życia.

- Wiem, że ta śmierć wstrząsnęła tobą do głębi, powiedziała Fatima ze współczuciem w głosie.

- Widzisz, kontynuowała Amina. - Sądzę, że jest wiele problemów w moim życiu, które należałoby rozwiązać. Z drugiej strony czuję, że zbliżyłam się do rozdroża i że muszę niedługo wybrać, dokąd mam zmierzać.

Fatima głęboko westchnęła. - Zawsze jesteśmy na rozdrożu. Ważne jest, abyśmy wybrały tą właściwą drogę. Proszę Allaha, Wszechmocnego Władcę, aby ci ją wskazał.

Obie kobiety popatrzyły na siebie i tylko się uśmiechnęły. W myślach Amina dopowiedziała „Amen".

- A jak tam nauczanie dorosłych? zapytała Fatima.

- Wstrzymaliśmy całą działalność, bo nadszedł miesiąc postu.

- Ależ to żaden powód.

- Popatrz na to okiem mądrości. Większość kobiet jest bardzo zapracowana. Co więcej, zamieszki polityczne i religijne stworzyły w kraju napiętą sytuację. W ubiegłym miesiącu doszło do potyczki, w której zginęło ponad dziesięć osób. Wczoraj Hawwa cudem uniknęła nieszczęścia, kiedy zderzyły się ze sobą dwie grupy i omal nie wzięły jej w kleszcze. Nie powinniśmy dopuszczać do tego, aby nasze kobiety znalazły się przypadkowo w niebezpieczeństwie tak, którego jesteśmy w stanie uniknąć. Jaki jest pożytek z planów na przyszłość, kiedy utraci się życie? W tym momencie Amina zmieniła przedmiot rozmowy. - Może wiesz, dlaczego podpułkownik Abubakar Usman nazwał mnie osobą dążącą do zmian w rewolucyjny sposób?

- Nie wiem. Mnie też nazywa najbardziej niebezpieczną kobietą na całym świecie. Większość wojskowych nawet nie wie, co mówią. Ale z drugiej strony, jest powód do niepokoju.

- A to dlaczego?

- Ów podpułkownik Abubakar wywodzi się z rodziny królewskiej, spośród ludzi o konserwatywnych poglądach. Nie chcą oni żadnych zmian społecznych. Wojskowi nadali mu przydomek 'Książę Ciemności'. A to z powodu tego, jak postąpił z tymi, którzy przed wieloma laty skrytykowali reżym wojskowy. Mówi się o tym, że był wśród organizatorów przewrotu wojskowego. Podstępnie zdradził swych towarzyszy i o świcie przyczynił się do ich śmierci. Nikt nie przeżył. Mówi się, że wsławił się brutalnością. Tych swoich wyczynów dokonywał wyłącznie w nocy. Przydomek ten zyskał wtedy, kiedy zastępował administratora wojskowego w tym Stanie.

- A co takiego zrobił?

- Przechwycił ster władzy, pierwszą rzeczą, jaką zrobił, było zamknięcie Uniwersytetu, kiedy usłyszał, że studenci planują zorganizować demonstrację. Nauczyciele akademiccy zapewniali go, że to nieprawda, że w przedłożonym mu donosie był błąd. Aresztował tych nauczycieli, zamknął ich i zadbał o to, aby w czasie pobytu w więzieniu nie wypłacano im pensji. Powtarzał, że ich rodziny też muszą cierpieć. Następnie nasz bohater zamknął niektóre szkoły średnie mówiąc, że rząd nie ma wystarczającej ilości pieniędzy na ich działalność. Pozbawił środków Ministerstwo Edukacji, w wyniku czego przez około roku nie wypłacano nauczycielom pensji. W tym momencie Fatima na chwilę przerwała swą wypowiedź. - Napatrzyłam się na ludzi wrogich intelektualistom, ale ten znalazł się w ich pierwszej dziesiątce.

Amina zmieniła temat rozmowy. - Niedawno pewna pogrążona w kłopotach dziewczyna przyszła do mnie w poszukiwaniu pomocy. Powiedziała mi, że niedawno była zgwałcona i jest w ciąży. Sprzedawała żywność, gdy pewien młodzieniec wyrwał jej torebkę z pieniędzmi i uciekł, chowając się w jednym z budynków. Pobiegła za nim, aby odebrać swą torebkę. I tutaj to się stało. Siłą dokonał na niej gwałtu. Powoli zidentyfikowałam tego chłopca. Jego ojciec był policjantem. Wniosłam sprawę do sądu. Chcieliśmy tylko, aby chłopak ten przyznał się do winy i obiecał, że zajmie się tą dziewczyną. Ale ku naszemu zdumieniu i oburzeniu sędzia zawyrokował, że to dziewczyna jest winna, bo miała na sobie przykrótkie, przyciągające uwagę odzienie. Przyciągała uwagę mężczyzn sposobem poruszania się, aż sprowokowała tego chłopca. A ponadto nie krzyczała, kiedy ją gwałcił. Sędzia nie pozwolił jej opowiedzieć, co się wydarzyło, ale dał chłopcu możliwość obrony. W końcu sędzia uwolnił chłopca, rzekomo z powodu braku dowodów. Kiedy zabrałam głos, że nie zgadzam się z tym wyrokiem, sędzia zagroził, że jeśli się jeszcze odezwę, każe mnie wychłostać.. Dziewczynie natychmiast zafundowano sześć uderzeń bata za to, że rzekomo popełniła przestępstwo polegające na włożeniu prowokujących mężczyzn strojów. Nie mogłam się nadziwić temu, co słyszałam i widziałam.

- No to widziałaś to, co nazywają sprawiedliwością.

- Była w szóstym miesiącu ciąży. Bałam się, że może poronić.

- Gdzie jest ona teraz?

- Mieszka z Larai, tutaj w moim domu. Ojciec wypędził ją mówiąc, że nie będzie mieszkał z tą, która nosi w brzuchu bękarta. Okryła hańbą jego domostwo.

- Niech to! Walczyłaś o sprawiedliwość, a stało się wręcz odwrotnie.

- Byłam przygnieciona poczuciem winy. Sfrustrowana, nie wiedziałam, gdzie się podziać. Jakbym celowo zaprowadziła ją tam, gdzie ją udręczono, poniżono i ukarano. Do dzisiaj nie mogę jej spojrzeć w oczy. Ale czy miałam jakąś inną możliwość wyboru. Amina z roztargnieniem zapytywała swą przyjaciółkę.

- Amino! próbowała ją uspokoić przyjaciółka. - Zrobiłaś wszystko, co uczyniłby szlachetny człowiek. W przyszłości zmierzysz się z tego rodzaju sprawami, ponieważ jesteś kobietą, która walczy o prawa innych kobiet.

Amina przez chwilę wpatrywała się w Fatimę, a następnie postanowiła powiedzieć jej coś, co od dawna ją dręczy. - Fatimo, zbierzmy się i zredagujmy broszurę wskazującą na sposoby polepszenia życia wieśniaków w tym Stanie. Ja napiszę, jak zakłada się stowarzyszenia wzajemnej pomocy. Ty zaś wniesiesz swój wkład, pisząc o niezbędnych zmianach w dziedzinie edukacji. Rebeka napisze coś na temat ochrony zdrowia. Połączymy te teksty i zatytułujemy tą broszurkę Manifest Bakaro. Dzięki niej nauczymy ludzi, jak odmienić ich życie na lepsze. Możemy wysłać egzemplarz dla partii rządzącej, dla władców, prawników i środków masowego przekazu.

- To bardzo dobry pomysł, stwierdziła Fatima. Propozycja ta ją ucieszyła. Powiedziała: - Ale teraz przygotowujemy się do zbliżającego się egzaminu. Mimo to pozwól, że porozmawiam na ten temat z kobietami.

20

Po zakończeniu miesiąca postu ramadanu prace Stowarzyszenia Kobiet Bakaro ruszyły pełną parą. Amina i studenci postanowili rozpocząć prace nad planowanym manifestem. Jej wkład polegał na opisaniu ruchu stowarzyszeń współpracy. Projekt ten umożliwił jej opisanie tego, o czym rozmyślała już od dłuższego czasu. Zadanie to bardzo ją pochłaniało. Przeczytała wiele książek, aby mogła dogłębniej zrozumieć nurtujące ją sprawy. Zapisywała swe nowe przemyślenia. Pewnego wieczoru, gdy przeglądała swe zapiski, wszedł Alhadżi Haruna. Rzekł do niej: - Ostatnio widzę, że jesteś bardzo zapracowana.

- Tak, to prawda. Próbujemy zebrać nasze przemyślenia na temat tego, jak można by ożywić ten Stan.

- Co masz na myśli? zapytał ją Alhadżi., choć prawdę mówiąc nie był zdziwiony wzrostem świadomości Aminy i zaczął respektować jej opinie.

- To długa historia. Mamy zamiar wysłać egzemplarze broszury do parlamentu stanowego, poinformowała go. Zadowolił się tym krótkim wyjaśnieniem, bo teraz miał ważniejsze sprawy na głowie.

- Niedługo zostanę powołany na tradycyjny urząd, powiedział jej.

- To znaczy będziemy mieli nową małżonkę w tym domu? domyślała się Amina.

- Nie, nie! Nie planuję tego. Ale jeśli Allah zechce... Co by się stało, gdybym się ożenił?

- Będziemy żyli razem, jeśli zostanę tutaj jako twoja żona, wzruszyła ramionami Amina.

- No nie! Nadal będziesz moją żoną... zapewnił ją Alhadżi.

- Tradycyjny urząd jakiego rodzaju i gdzie?

- We wschodniej części Bakaro.

- Ale tam nikt nie mieszka.

- W przyszłości pojawią się tam ludzie, odpowiedział jej krótko i wyszedł.

Po jego wyjsciu Fatima, Bilkisu i Laila przyszły do Aminy z tekstami, które miały być umieszczone w manifeście. Bilkisu jako pierwsza wręczyła krótki tekst, mówiąc: - Oto co napisałyśmy na temat polityki, ochrony zdrowia, nauki i reform społecznych. Nie zrobiliśmy jeszcze korekty. Przeczytaj to, a potem wspólnie go przeanalizujemy.

- Ja napisałam, jak należy przeprowadzić owe zmiany, powiedziała Laila, dumna ze swych dokonań.

- Nie mamy dużo czasu. Przeczytaj nam najważniejsze fragmenty, doradziła Fatima.

Amina zebrała swe notatki i zaczęła mówić o ich zawartości, po czym odczytała tytuły. Wezwała Rząd, aby utworzył stowarzyszenia współpracy kobiet w każdej zakątku tego Stanu. Aby utworzył banki ludowe, które udzielałyby pożyczek łatwo dostępnych ludziom ubogim, drobnym rolnikom i małym spółkom. Rząd winien ustanowić prawo, które nadawałoby ubogim własność uprawianych przez nich poletek. Należy zapobiec wkraczaniu pustyni, a obronioną w ten sposób ziemię przekazać bezrolnym. Należy sprzedawać po niskich cenach nawozy sztuczne i ziarno, bezpośrednio rolnikom lub też stowarzyszeniom samopomocy. Rząd powinien nadzorować sprzedaż zebranego ziarna, aby zapobiec spekulacjom. Należy zwrócić biedakom wszystkie bezprawnie zagarnięte poletka. Podniosła głowę, dodając: - Na Allaha, wybaczcie mi. To są nieuporządkowane przemyślenia. Postaram się sprecyzować bliżej to, co chciałam powiedzieć. Skoncentrowałam się tutaj na pracach polowych w drodze współpracy.

- Nie zgodzą się na jakąkolwiek z naszych sugestii. Wrzucą je do kosza na śmieci. Jestem przekonana, że tak to się zakończy, powiedziała Fatima.

- Dlaczego tak sądzisz?

- To jakbyś powiedziała, żeby popełnili samobójstwo. Mam podstawy sądzić, że ten twój mąż znajdzie się wśród tych, którzy nogą odrzucą nasze postulaty.

- Ty znasz tego twego gagatka bardzo dobrze, wsparła ją Bilkisu.

- Ja nie nawołuję do rewolucji, ale tylko do reform, i to drogą pokojową, powiedziała Amina. Nie godziła się na to, aby ją zniechęcono, i to w czasie, gdy udało się im wypracować ten manifest. Głęboko się nad nim zastanawiała i zawarła w nim to, do czego miała zaufanie. Nikt nie mógł zarzucić, że nie ma racji. Broń Boże.

Po dwóch tygodniach Stowarzyszenie Pomocy Bakaro ogłosiło Manifest Bakaro: Sposoby Przeprowadzenia Reform. Egzemplarze wysłano do gubernatora Stanu, komisarzy, członków parlamentu, sekretarzy rządów lokalnych, do Jego Wysokości Władcy, sędziów stanowych, do agencji masowej komunikacji i do ważniejszych urzędników. Zorganizowano konferencję prasową, na której poproszono Aminę, żeby broniła swej części manifestu. Wywiązała się wielka i interesująca dyskusja, która przeniosła się nawet na ulice miasta. Nie wszyscy się z nią zgadzali, ale sam fakt, że dyskusja wzbudziła zainteresowanie wśród ludzi uradował Aminę. W ten sposób przekonała się, że ludzie Bakaro nie są takimi ignorantami w sprawie polityki, jak przedtem sądziła. Zrozumiała, że każdy ma swe własne poglądy.

Przekonała się, że naprawdę ludzie chcą reform, tylko nie wiedzą jak je przeprowadzić. Tym, co poruszyło ludzi, było stwierdzenie, że wreszcie nastał świt: kobiety stały się równe mężczyznom. Niektóre kobiety popierały jednak w tej sprawie mężczyzn. Amina nie mogła zrozumieć, jak to się dzieje, że kobiety zajmują właśnie takie stanowisko. To bardzo ją zmartwiło.

- Otrzymaliśmy egzemplarz waszego manifestu, pewnego wieczoru obwieścił Aminie Alhadżi Haruna.

- Co o nim sądzisz? Uśmiechając się, zapytała go Amina.

- Jeszcze nie rozmawialiśmy o nim, rzekł Alhadżi Haruna i usiadł na krześle. - Ja również złożyłem w parlamencie projekt ustawy odnoszącej się do kobiet. Dotyczy ona tradycyjnego wkładu, który –jak wiadomo – kobiety są w stanie wnieść do życia społecznego. Teraz prawnicy parlamentu rozpatrują go.

- Swego czasu twierdziłeś, że nie masz z tym nic wspólnego. Kto ci podpowiedział, co należy umieścić w tej ustawie?

- Dyskutowałem o tym z wieloma ludźmi.

- Czy do udziału w tej dyskusji zaprosi się również kobiety? zapytała go Amina.

- Jakiej dyskusji? Skądże znowu! Tylko posłowie będą dyskutować o tej ustawie!

- My również powinniśmy mieć coś do powiedzenia na temat sprawy nas dotyczącej, Amina próbowała go przekonać. - Nie możecie stanowić prawa na temat kobiet bez udziału przynajmniej jednej ich przedstawicielki, by mogła wyrazić opinię w tej sprawie. Zauważcie na Boga, demokracja oznacza słuchanie głosu ludu, nad którym sprawujecie władzę. Nie możecie zabronić im dyskusji z wami! Amina wiedziała, że w żadnej sprawie nie pytano kobiet o ich opinie.

- Posłuchaj Amino. Mam dosyć twego narzekania! Dobranoc! Po tych słowach opuścił pokój.

Amina poderwała się, kiedy Fatima weszła do jej pokoju. Widać było, że coś ją gnębi. - Co się stało? zapytała ją przestraszona Amina.

- Wiele ważnych rzeczy. Zakazano działalności Zrzeszenia Studentów. Dwóch jego członków zawieszono na rok - przewodniczącego Zrzeszenia, Petera Akina, i Lailę, jego zastępczynię. Czy pamiętasz kobietę, którą w Funtua postawiono przed sądem za cudzołóstwo?

- Ależ oczywiście!

- Skazano ją na·śmierć przez ukamienowanie.

- Żartujesz sobie?

- Ten projekt ustawy, wniesiony do parlamentu przez twego męża, jest całkowicie skierowany przeciwko kobietom. Niewiele dowiedzieliśmy się o jego treści. Marszałek przykazał posłom, żeby żadnej kobiecie nie pokazywali zawartości tej ustawy, dopóki nie stanie się ogłoszonym prawem.

- No, skąd o tym wszystkim wiesz?

- Powiedział mi pewien poseł. Ponieważ sprzeciwiał się, skonfiskowano mu broszurkę w gmachu parlamentu!

Gdy Fatima zaczęła opowiadać o tym, co jej przekazał, Amina stawała się coraz bardziej wzburzona...

-Wszystkie kobiety i dziewczęta winny zasłaniać twarze, jeśli wychodzą na zewnątrz.

- Tylko niewielki procent kobiet będzie miało prawo uczęszczać do szkół.

- Handel uliczny kobiet jest zakazany.

- Wszystkie stowarzyszenia kobiece winny się ponownie zarejestrować.

- Wszystkie stowarzyszenia ponownie zarejestrowane mają być pod nadzorem urzędników państwowych i nauczycieli religii.

- Kobiety wykonujące w domu jakieś rzemiosło winny być opodatkowane.

- Niezamężne kobiety nie mogą pracować w służbie publicznej.

- Niezamężne kobiety, zamieszkujące w domach rządowych, będą eksmitowane.

- Jeśli niezamężne kobiety zajdą w ciążę, będą oskarżone o cudzołóstwo.

- Zostaje zniesiony urlop macierzyński dla mężatek.

- Pracujące kobiety tracą prawo do ochrony przed zwolnieniem.

- Zostaną utworzone zespoły kontrolne wszędzie w Stanie, nadzorujące sposoby ubierania się kobiet.

- Sądy otrzymują prawo karania kobiet niewłaściwie ubranych.

- Od dzisiaj kobiety nie mają prawa własności ziemi.

- Każda kobieta, która urodzi nie mając męża, stanie przez sądem za urodzenie bękarta.

Amina słuchała Fatimy z otwartymi ustami. Nie mogła się nadziwić. - O rany! Jak mogli to zrobić? Zaatakowali nas od tyłu. To tak nas zniewolili. Nie możemy być bezczynni i przyglądać się temu, co się dzieje.

- Jak szybko jesteś w stanie zebrać kobiety, by dać odpór temu wyzwaniu? zapytała ją Fatima.

- Jutro, odpowiedziała jej bez wahania Amina. - Mamy naprawdę mało czasu.

- To prawda. Porozmawiam z nimi, Fatima uśmiechnęła się. - Rzucono nam wyzwanie. Musimy na nie odpowiedzieć, nie uciekać i się nie wycofywać. A więc do jutra. Przygotuj się do walki na śmierć i życie!

Następnego dnia wieczorem Fatima, Bilkisu, Laila i Amina chyłkiem udały się tam, gdzie zgromadziło się ponad sto kobiet, które na nie czekały. Fatima weszła na werandę, patrząc w ich stronę, i zaczęła mówić na temat ustawy wniesionej do parlamentu stanowego.

- To jest podstępne działanie i zamach na nas. Chcą nas zmusić do przyjęcia przestarzałego sposobu życia. Ukradli nam prawo, jakie Allah, Wszechmocny Władca przydzielił matce: prawo do sprawowania opieki nad dziećmi. W ustanowionym przez parlament prawie teraz ten przywilej przechodzi w ręce mężczyzn. W tej części kraju nie dopuszcza się kobiet do nowoczesnej edukacji. Jest rzeczą smutną, że teraz całkowicie zepchnięto je na margines, aby pogrążały się w niewiedzy i zacofaniu.

Nabrzmiały żyły na szyi Fatimy. Pot spływał po jej twarzy, ale nie próbowała go wycierać. - Ci wszyscy, których nazywa się posłami, to ludzie przewrotni Mówią, że każdą kobietę, która urodziła nie będąc mężatką, należy osądzić za poczęcie bękarta... A któż to z nią sypiał? Czy kobieta sama może się zapłodnić? Dlaczego karze się kobietę, podczas gdy ten mężczyzna chodzi sobie po mieście?

Wygląda na to, że ten rząd nic dla nas nie zrobi. Musimy zebrać się i wyrwać nam nasze prawa! Nie poddawajmy się!

Według Aminy w żadnym wypadku nie należy prosić i żebrać. Wierzyła tylko w jedno: prawo, system rządów, i sprawujący rządy zasługują na porządne lanie w otwartej walce! - Należy zwalczać ich bez litości! Chwycić za gardło! Sprawić im porządne lanie, i to bezzwłocznie, aby się zestrachali i pogrążyli w smutku. Żeby nie znaleźli miejsca ucieczki, na wschodzie i na zachodzie! Niech się ich dotkliwie poturbuje. To jedyny na nich sposób. Jeśli chcemy pozbyć się tych problemów, musimy pozbyć się także nami rządzących. Każdy kto nam powie 'do dzieła'...

- Odpowiedzmy mu 'gotowi', zgodziły się z nią kobiety.

Amina popatrzyła na Fatimę, uśmiechając się. Podziwiała ją za silną wolę i za gotowość nastawiania głowy na niebezpieczeństwo. Zebranie dobiegło końca. Kobiety ruszyły w drogę, każda ze swymi przemyśleniami i w sercu podjętymi decyzjami. Czy uzmysławiały one sobie powagę sytuacji? Nie było sposobu, aby się o tym przekonać. Gdy wracały do domu, Fatima zwróciła się do Aminy z zafrasowaną twarzą i powiedziała: - Powinnam teraz wrócić Uniwersytet, ponieważ tej nocy mamy ważne zebranie. Jutro jadę do stolicy Federacji, aby wysłuchać skargi wniesionej do Sądu Najwyższego. Prowadzę walkę na wielu frontach! Zatrzymała się na chwilę. - Amino, ja i ty stoimy przed poważnym wyzwaniem. Musimy stawić mu czoło. Nie możemy od niego uciec ani się wycofać. Skoro powiedzieli nam 'do dzieła', bezzwłocznie powiedzmy im 'gotowi!'

Amina zrozumiała, co Fatima ma na myśli, ale uważała, że jeszcze nie przyszedł na to czas. - Fatimo, zaczekajmy trochę. Niech kobiety przemyślą to, co im powiedziałyśmy' doradzała jej Amina.

Fatima była jednak nieprzejednana. - Posłuchaj Amino, w walce każdy wycofujący się z niej godzi się na przegraną. Wiem, że powiesz, iż ucieczka... Ale tutaj nie ma o tym mowy. To oni nas zaatakowali, dlatego nie możemy przyjąć tego ze spokojem. Jeśli zostawimy ich w bez odzewu, dalej będą szkodzić, teraz nam kobietom, a w przyszłości naszym dzieciom. Te upodlone dzieci nigdy w świecie nie podejmą żadnego dialogu.

W opinii Aminy, kiedy przemyślała przebieg zebrania i dyskusję z Fatimą, teraz niepotrzebna była konfrontacja, ale dobre przywództwo. Potyczka na słowa nikomu nie przyniesie zwycięstwa.

Gdy się przyjrzymy i zastanowimy, to dojdziemy do wniosku, że rząd dysponuje wszystkimi środkami, którymi może się posłużyć, nie wyłączając siły, aby zrealizować swój cel. Potyczka z nim byłaby czymś nierozsądnym. Jeśli chce się przygotować do zbliżającej się wielkiej batalii, należy zadbać o specjalną strategię.

Następnego ranka Amina postanowiła szukać najpierw możliwości rozmowy z posłami na ten temat, aby zobaczyć, czy jest w stanie wpłynąć na nich, by nie dopuścili do uchwalenia tej ustawy. Poprosiła Larai i Hawwę, aby jej towarzyszyły. Gdy były w drodze, Amina wierzyła, że posłowie wysłuchają i ją zrozumieją. Kiedy przybyły do parlamentu, przyjął je Alhadżi Isa, przewodniczący Komitetu Ładu Społecznego, Młodzieży i Kultury. Był niskiego wzrostu i krępy, o agresywnej posturze.

- No dobra! Czym mogę służyć? zapytał je prosto z mostu.

- Przyszłyśmy z prośbą, abyście zechcieli z nami porozmawiać, zanim ta ustawa dotycząca kobiet stanie się prawem, oznajmiła Amina z należnym szacunkiem.

- Idźcie i porozmawiajcie z waszymi mężami, żeby tu przyszli na dyskusję w waszym imieniu, powiedział.

- Ale to prawo dotyczy nas, kobiet. Dlatego chcemy, by nas wysłuchano, co mamy do powiedzenia, nie dawała za wygraną.

- Kobiety nie mają powodu, żeby się niepokoić, powiedział, śmiejąc się. Ta jego odzywka nie zbiła Aminy z tropu.

- Chcemy, by wycofano projekt tej ustawy... wypaliła mu bez owijania w bawełnę. mostu.

- To przecież twój mąż wniósł tą ustawę pod obrady, przypomniał jej, wskazując ją palcem. - Co stoi na przeszkodzie, abyś przedstawiła mu swą opinie w tej sprawie, kiedy będziecie w łóżku? Jeśli jeszcze tego nie wiesz, to informuję cię, że już przegłosowano tą ustawę i stała się ona prawem. Głosowali za nią wszyscy, z wyjątkiem tylko jednego posła. Z zadowoleniem przyjmujemy to prawo, które przywróci człowieczeństwo i porządek w tym naszym Stanie. Teraz powinien je podpisać gubernator Stanu...

- Czy chcesz przez to powiedzieć, że nie da się mi możliwości rozmowy z posłami?

- Nie ma Boga nad Allaha! wykrzyknął Alhadżi, szyderczo się uśmiechając. - Na jakim świecie my żyjemy? Czy ty sobie śnisz? Jesteś szalona? Kimże ty jesteś? Chcesz rozmawiać z szacownymi posłami? Nie masz szacunku dla starszyzny?

- Posłuchaj! przerwała mu Amina. - Nie możecie uchwalać prawa dotyczącego kobiet, nie wysłuchawszy ich.

Słowa te wstrząsnęły owym posłem. - To prawdziwe szaleństwo! To nie do wiary! Amino, jesteś naprawdę szalona. Potrząsnął głową i utkwił w niej wzrok. Kobieta rozmawia bez ogródek z szacownym członkiem parlamentu jakby rozmawiała ze swą rówieśnicą? Czy myślisz, że jeśli jesteś wykształcona, to możesz dyktować mężowi, co ma robić? Mam w domu cztery żony - cztery posłuszne i wierne żony. Żony poważane, nie takie jak ty!"

Nie przyszłam tutaj rozmawiać o twoich żonach. Marnujemy tylko czas, przypomniała mu.

- My też nie mamy czasu. Staramy się stworzyć takie prawo, które zakazywałoby produkcji, sprzedaży i picia alkoholu w tym Stanie. Chcemy podyskutować nad umieszczeniem nazwiska naszego kolegi Bature na jednej z głównych ulic miasta. Potem udamy się na miesięczny wypoczynek.

To zbiło Aminę z tropu. Starała się go przekonywać. - Posłuchaj! To nie to jest teraz ważne! Ludzie potrzebują jedzenia, czystej wody z wodociągu, elektryczności, dachu nad głową i innych rzeczy niezbędnych do życia. Na Allaha, uchwalcie takie prawa, które zmobilizują ludzi do działania, żeby stali się sobie wzajemnie użyteczni, żeby pilnie poszukiwali wiedzy i zabrali się za jakieś dobre rzemiosło.

- Zamilcz! skarcił ją i wezwał strażników, aby wyprowadzili te kobiety z terenu parlamentu.

Amina z przyjaciółkami wyszły i udały się do Domu Rządowego, gdzie mieszkał gubernator. Mimo nieprzychylnego przyjęcia przez Alhadżiego Isę, ciągle wierzyła, że mogą zatrzymać ogłoszenie tego prawa. Jeśli człowiek się uprze, to osiągnie swój cel.

Tutaj się dowiedziały, że gubernator już podpisał nowe prawo. Amina zapytała, czy można złożyć wizytę głównemu sędziemu w tym Stanie?

- Nie, to niemożliwe, odpowiedział jeden z urzędników.

Amina i jej przyjaciółki opuściły rozczarowane siedzibę gubernatora, ale nie zaniechały dalszej walki. Skierowały się do pałacu władcy. Uzmysłowiła sobie, że nasi przywódcy żyją w swoim własnym świecie, jak we śnie. Nie znają sytuacji ludzi i nie interesują ich to, co by polepszyło warunki ich życia.

Władca znał pozycję społeczną męża Aminy, więc wysłuchał

je uważnie i powiedział: - Na Boga, wracajcie do swych domów i żyjcie w spokoju. Wasi mężowie są panami waszych domów. Poważanie mężczyzn jest niczym poważaniem Boga.

Amina wróciła do domu całkiem zdezorientowana. Zastała tam kilka czekających na nią kobiet i zaprosiła je do środka. Włączyła radio i wspólnie słuchały wiadomości. - Kilka niewdzięcznych kobiet Bakaro, którym przewodziła wykształcona po europejsku, zorganizowało demonstrację na ulicach tego miasta. Poszły i zakłóciły posiedzenie parlamentu tego Stanu. Mówi się, że w ten sposób okazywały niezadowolenie z ustawy, którą uchwalił demokratycznie wybrany parlament. Domagały się także tak zwanej wolności i swych praw. Naoczny świadek powiedział, że przywódczyni tych kobiet obraziła pewnego szacownego członka parlamentu tego Stanu.

- Szacowny marszałek parlamentu, Alhadżi Bako poinformował, że powołano specjalny komitet celem zbadania przyczyn tego wstydliwego wydarzenia. Powiedział, że prawo to ustanowiono w dobrej wierze, aby powstrzymać publiczne obrażanie ludzi i brak szacunku dla kobiet. Mocno podkreślił, że treść tego prawa pozostaje w zgodzie z naszymi tradycyjnymi zwyczajami i zasadami religii.

- Szacowny marszałek zwrócił się do kobiet, aby unikały nieprzyjemnych doświadczeń i przebywały lojalnie w domach swych mężów. Poradził, żeby każda niezadowolona z tego prawa kobieta odwołała się do sądu. Dowodził, że ta demonstracja pokazuje niebezpieczeństwa, jakie płyną z kształcenia córek W innym komunikacie gubernator Stanu zakazał działalności Stowarzyszenia Kobiet Bakaro i rozwiązał Stowarzyszenie Współpracy Kobiet Bakaro. Zamrożone zostały jego środki zdeponowane w Banku i zajęte wszystkie aktywa. Od dzisiaj zakazano wszelkich zgromadzeń kobiet, procesji i demonstracji. Nasi przedstawiciele naprawdę się starali przeprowadzić rozmowy z przywódczynią kobiet, Aminą Haruną, ale bez skutku. W piątek Amina zwołała zebranie w swym domu, kiedy wszyscy mężczyźni udali się do meczetu. Przyszło niewiele kobiet, ale mimo to przeprowadziła rozmowy z tymi, które przybyły. Postanowiono, że Amina zrobi wszystko co możliwe, ażeby unieważnić te prawa. Sto procent kobiet poparło ten wniosek.

- Już dawno przywykliśmy do cierpień, powiedziała Larai.

- Klęcząca kobieta nie lęka się upadku. Umrzesz, kiedy pójdziesz do przodu, i umrzesz, kiedy się cofniesz. Lepiej, żebyś szła do przodu.

Za kilka dni będzie Święto Ofiarowania. Ludzie wyjdą na obrzeże miasta, udając się na plac modłów. Amina i pozostałe bratnie kobiety zastanawiały się nad skorzystaniem nadarzającej się okazji dla swych własnych celów.

- A czy ty wiesz, co robisz? Kto jest właścicielem tego domu, ja czy ty? Alhadżi Haruna groźnie spojrzał na Aminę. - Dlaczego tak źle postępujesz, gdy nie ma mnie w domu? Naprawdę powinno się mnie oskarżać za to, że dałem ci całkowitą swobodę. A ty nadużyłaś mego zaufania. Jeśli chcesz spokojnego życia, zapomnij o tym Stowarzyszeniu Kobiet Bakaro. Przybliżył się do niej, wyraźnie zaniepokojony, aż Amina przestraszyła się, że zamierza ją uderzyć. Ale widać było, że Alhadżi jest zażenowany. Nie wiedział, jak przekonać żonę, aby nie zadawała się z tymi kobietami. Przekonywał ją, ale powiedziała 'nie'. Obiecywał jej różne rzeczy, ale je odrzuciła. - Czy zdajesz sobie sprawę z tego, że wyświadczasz złą przysługę dla mej sprawy i mojej pozycji w parlamencie? Czy wiesz, że omal nie zrzucono mnie z fotela przywódcy większości parlamentarnej, kiedy mnie tu nie było? Czy wiesz, że być może nie dostanę tradycyjnego tytułu, który mi obiecano, a to za przyczyną twego złego charakteru?

- To twoje sprawy, ciebie dotyczą, a nie mnie, powiedziała Amina, wzruszając ramionami.

- Zająłem się tą ustawą w dobrej wierze, próbował się usprawiedliwiać.

- Alhadżi, rzekła Amina, zbliżając się do niego. - Czy wiesz jak wielu ludzi w tym Stanie, zwłaszcza kobiety, zmaga się z olbrzymimi kłopotami? Te wasze prawa nie przyniosą ludziom, których reprezentujecie, niczego dobrego, a tylko spotęgują ich kłopoty.

- Ale nic nie mogę na to poradzić, Alhadżi próbował usprawiedliwiać się. Wielce zawinił, ale winą obarczał innych.

- To teraz chcesz jeszcze przysporzyć im kłopotów?

- W gruncie rzeczy wiem, że ludzie cierpią, ale nie wiem co lub kto ponosi za to odpowiedzialność. Nie wiem, jak można wyrwać ich z tego złego położenia, w którym się znaleźli.

- Przecież napisałyśmy i wskazałyśmy sposoby, których należy się trzymać, aby odnieść zwycięstwo.

Wasze rady są nierealistyczne. Nic nie wiecie na temat sprawowania władzy.

- Jestem obywatelką kraju i mam prawo być wysłuchaną. Mam duże doświadczenie w pracy z ludźmi. Mam też wiedzę na temat tego, jak zaradzić ubóstwu. Dlaczego wy, przywódcy nie słuchacie ludzi? otwarcie zapytała Amina i zmierzyła go wzrokiem.

Alhadżi Haruna wyglądał na zażenowanego. Przyzwyczaił się już do tego, że żona zwraca się do niego bez ogródek. Teraz jednak chce jej przypomnieć, kto jest gospodarzem w jego domu. To on trzyma uzdę w swych rękach. - Powiedz mi, zwrócił się do niej z gniewem, - jaka partia lub jaki człowiek wpędza cię w te kłopoty?

- Te kłopoty, z którymi się teraz zmagamy, to ty i twoi ludzie je spowodowali.

Gdy Alhadżi spostrzegł, że Amina nie dała się przekonać, zaczął ją upraszać: - Na Allaha, porzuć tą niebezpieczną drogę.

- Nie porzucę jej, kiedy jesteśmy w środku naszej podróży. Muszę dokończyć to dzieło. Jeśli uważasz, że współpraca z tymi biednymi kobietami jest niebezpieczną drogą, to jestem gotowa iść tą niebezpieczną drogą.

- Jeśli tak, to opuść ten dom, powiedział Alhadżi Haruna, spodziewając się, że przestraszy tym Aminę.

- Jestem gotowa, ale po uroczystościach Święta Ofiarowania, odpowiedziała mu chłodno Amina. Przestraszył się tymi słowami, ale starał się ukryć swój lęk.

- Zgoda, odpowiedział i pokiwał głową.

Ale jego żona nie powiedziała mu jeszcze pewnej rzeczy. Zdziwi go. - Jestem w ciąży, powiedziała mu, kiedy zabierał się do wyjścia. Stanął jak wryty. Odwrócił się i spojrzał na nią. Starał się zrozumieć wagę jej wypowiedzi. Wiedział, że został pokonany. Pochylił głowę, postawił nogę i wyszedł w milczeniu. Amina tryumfowała. Za kogo ją miał? Myślał, że nadano jej imię Amina ot tak sobie. Niedługo dowie się, dlaczego nadano jej imię bohaterskiej królowej, która walczyła dla dobra swych ludzi.

Leżąc w łóżku, myślała o pewnym specjalnym projekcie. Była przekonana, że jeśli Allah pozwoli, to jego uruchomienie będzie udanym przedsięwzięciem. Najpierw chciała porozmawiać o tym z Mairo. Zawołała Hawwę i Larai, aby przyszły i odprowadziły ją do jej domu. Przymierzając się do tego projektu, starannie się wystroiła, włożyła buty na wysokich obcasach, mierzących trzy cale. W ten sposób podwyższyła swój wzrost.

- Teraz jest wszystko jasne, rzekła do niej Larai. Wszystkie trzy mijały w ciemności cuchnące, opustoszałe ulice i aleje. Początkowo Mairo nie poznała Aminy, zakwefionej od stóp do głów. Amina przedstawiła jej projekt i opisał rolę, jaką miałaby w nim odegrać. Rozmowa dobiegała końca, gdy nagle mąż Mairo skierował się do jej pokoju. Mairo poderwała się i wyszła mu na spotkanie, mówiąc, że jakiś człowiek czeka na niego w pobliżu meczetu Alhadżiego Haruny.

- Nie dopuść, aby ktokolwiek wszedł dzisiaj do tego domu, zwłaszcza ta czarownica Amina, ostrzegł ją.

- To dobra kobieta, tłumaczyła się Mairo.

- Co za bzdury! To buntownik! Człowiek nie może zmieniać tego, co już zarządził Allah. To wszystko wina Alhadżiego. Nie powinien był jej poślubić. Te wykształcone kobiety zawsze sprawiają kłopoty, a zamieszkiwanie z nimi jest bardzo niebezpieczne. Dlatego popieram prawo, które nie dopuszcza dziewcząt do wykształcenia typu europejskiego. Kształcenie kobiet to strata czasu i pieniędzy. Popatrz jak Amina rzuca wyzwanie prawom Allaha, Wszechmocnego Władcy.

- O nie! Protestujemy przeciw prawom ustanowionym przez parlament Stanowy.

- A kim są owi 'my'?

- Kobiety Bakaro.

- Ty też jesteś z nimi?

- A co, może nie jestem kobietą?

- Z tego co wiem, jest ona buntownikiem i bezbożnikiem.

- Nie masz racji. Jest bardzo pobożną muzułmanką. Zawsze odmawia modlitwy, pości...

- Nie wierzę. Każda wykształcona według modelu zachodniego nie jest muzułmanką, powiedział i wyszedł z pokoju.

W drodze powrotnej do domu, wszystkie trzy przyśpieszyły kroku. Amina dwukrotnie się potknęła. Nie była przyzwyczajona do wkładania butów na wysokich obcasach. Alhadżi Haruna stał już przed bramą domu w towarzystwie dwóch mężczyzn. Amina poprawiła swój ubiór, zakrywając całkowicie twarz.

- A co to za jedne? zapytał Alhadżi, kiedy zamierzały wejść do domu. Hawwa i Larai odsłoniły głowy.

- To jest Rakija, goszcząca w naszym mieście. Przyszła odwiedzić twoje żony, powiedziała lękliwie Larai i wskazała na Aminę. Mężczyźni odwrócili się, a Amina i jej przyjaciółki weszły do domu. Amina zdjęła swoje okrycie i buty. Podkradła się, aby posłuchać, o czym rozmawia jej mąż z mężczyznami.

- Alhadżi, jej obecność tutaj jest niebezpieczna, powiedział ten w białym surducie.

- Po święcie chcę sprawić jej niespodziankę tym prezentem. Kupiłem dom na terenie rządowym GRA i go umeblowałem, kupiłem nowiusieńkie auto, wideo i antenę satelitarną. Wszystko to podaruję jej po Święcie Ofiarowania, Alhadżi wyjawił swym współrozmówcom.

- Co do nas, jesteśmy przygotowani na najgorsze, powiedział ten noszący podkoszulek T-shirt. Policja do tłumienia rozruchów, czyli szwadron 'Zabijaj i idź dalej' (Kill and Go), postawiono w stanie pogotowia. Żołnierze wszystkich rodzajów wojsk są gotowi do walki. Siłom powietrznym również wydano rozkaz, aby gotowi byli w przypadku, gdybyśmy potrzebowali osłony z góry.

- Jednak Komisarz Policji powiedział, że nie popiera siłowego spacyfikowania tych kobiet. Jest zdania, że kobiety mają rację, gdyż prawa, o których mowa, są bardzo surowe. Chce, aby anulowano te prawa. On sam nie wyda rozkazu aresztowania tych kobiet, jeśli wyjdą na demonstrację. Popiera usilnie Stowarzyszenie Kobiet Bakaro, wyjawił ten w surducie.

- Jeśli tak, to co to będzie? zapytał Alhadżi.

- Zastępca komisarza policji nie solidaryzuje się z tymi kobietami.

- Komitet Parlamentu ds. Rządów Lokalnych, powiedział Alhadżi po chwili namysłu, - któremu przewodniczę, niedługo uda się do Europy, aby zobaczyć, jak tam funkcjonują rządy lokalne. Zabiorę ją ze sobą. Następnie udamy się na mniejszą pielgrzymkę. W drodze powrotnej zahaczymy o Londyn, aby mogła zrobić zakupy.

- Dobrze Alhadżi, wszystko jest w twoich rękach. Spotkajmy się jutro wieczorem, rzekł ten w białym surducie.

- Jeśli zechce tego Allah. Pozdrowienia z okazji świąt. powiedział Alhadżi Haruna.

Ta noc była cicha i spokojna. Amina wstała, podeszła do okna i przez nie wyjrzała. To dziwne, jak życie upływało własnym rytmem, mimo tych wszystkich wstrząsów. Jutro wzejdzie słońce, wiatr będzie sobie hulał, ptaki wzniosą się ku niebu i będą śpiewać. Ludzie wyjdą ze swych domów w odświętnych ubiorach z okazji Święta Ofiarowania. Wróciła do łóżka, ale nie mogła zasnąć. Jeśli władcy byli przygotowani do konforntacji, to gotowe były też kobiety. Będzie im przewodniczyć. Jutro zorganizują manifestację bez względu na to, co może się wydarzyć. Powiadają, że to co dojrzeje...

21

Następnego dnia Amina obudziła się wczesnym rankiem. Leżąc w łóżku rozmyślała, jak należy przygotować się do demonstracji. Była święcie przekonana, że ten protest jest w pełni zasadny i że jest zdolna nim pokierować. Chciała tylko głębiej się zastanowić, jakie są widoki na zwycięstwo, czy też trzeba liczyć się z porażką. Nie była w stanie ocenić, która z możliwości mogłaby przeważyć. W tym stanie rzeczy wstała i poszła się umyć. Przy śniadaniu włączyła radio, aby posłuchać zwyczajowego przemówienia gubernatora do ludzi z okazji Święta Ofiarowania.

- Pokój z wami. Dzień dobry bracia – rodacy. W tym wielkim dniu, kiedy jesteśmy przepełnieni radością z powodu Święta Ofiarowania, składamy dzięki Allahowi Wszechmocnemu Władcy. Składam świąteczne życzenia wszystkim muzułmanom tego Stanu i całego świata. Dzisiaj jest dniem, w którym wszyscy muzułmanie przypominają sobie podstawowe zasady wiary muzułmańskiej i odnawiają swoją wiarę w Pana Wszelkich Stworzeń. Dzisiejsze uroczystości przypominają nam o ofierze, tolerancji i przebaczeniu oraz o potrzebie budowy sprawiedliwej gminy wiernych, gdzie każdy będzie się radować i cieszyć z życia. Jestem zaszczycony możliwością poinformowania was, że ten mój Rząd spisał się – w miarę możliwości – w zaspokojeniu potrzeb ludzkich. Bóg mi świadkiem. Chcę skorzystać z tej możliwości, żeby wezwać wszystkich do przestrzegania prawa i życia w pokoju. Potrzebujemy pokojowej atmosfery, aby żyć w pokoju i się rozwijać. Islam oznacza pokój i poddanie się woli Bożej. Gorliwie modlimy się o to, aby w tych naszych czasach błogosławił nas Allah i obdarzył pokojem. Pozdrawiam was w Święto Ofiarowania." Po przemówieniu gubernatora podano wiadomości dotyczące Stanu:

- Stanowe władze policyjne wezwały wszystkich obywateli do przestrzegania prawa i porządku w czasie uroczystości Święta Ofiarowania. Przestrzegły, że jeśli ktokolwiek z nich lub jakiekolwiek ugrupowanie będą podburzać ludzi, spotkają się z gniewną reakcja prawa. Przypomniały wszystkim, że zakazano wszelkich zgromadzeń, poza spotkaniami religijnymi i tymi, na które wydał zezwolenie szacowny gubernator tego Stanu. Każde zakazane zgromadzenie zostanie rozpędzone, a ludzie wzniecający zamieszki będą natychmiast rozstrzelani.

Amina wyłączyła radio, ubrała się i wyszła. Włożyła suknię, którą uszyły kobiety Stowarzyszenia Kobiet Bakaro. Różnokolorowe szaty podkreślały jej urodę. Kiedy zawiązała do tego szarfę, nie można było oderwać od niej wzroku.

- Już poszły wszystkie, Mairo poinformowała ją. Amina wyszła.

Przybyło wiele kobiet, choć niektóre wyglądały na przestraszone. Z twarzy innych można było odczytać, że były gotowe na wszystko. To co już ugotowane, może się przypalić. Udzieliły Aminie pełnego poparcia w tej wielkiej walce. Światłość poranka olśniła kobiety. Gdziekolwiek się pojawiły, wzbudzały zachwyt. Trudno było ustalić, co było bardziej zachwycające: twarze kobiet przygotowujących się do potyczki, czy też wschód słońca wczesnym rankiem.

Amina podziękowała kobietom za przybycie. Nie wyjawiła im istoty tego, co zamierza się osiągnąć. Zaczęła mówić o ustanowionym, ale szkodliwym prawie.

- Nałożone na kobiety podatki są bardzo niepopularne i uciążliwe. Ten nasz kraj jest zasobny w bogactwa, które mogłyby zabezpieczyć potrzeby większości z nas, jeśli nie wszystkich. Prawdą jest, że nie dzieli się tego bogactwa rozsądnie i sprawiedliwie...

Amina kontynuowała spokojnie swą wypowiedź. Nie wykazywała oznak strachu czy niewiedzy w swej wypowiedzi. Jej słuchacze uciszyli się i nastawili uszu. Wszyscy jak jeden mąż potępili cierpienia, ucisk, ciemiężenie, niesprawiedliwość i ograniczenie ich wolności. Chętnie słuchały, a to jak nigdy podnosiło Aminę na duchu. Mówiła do nich dalej: - Stwierdzamy, że kobiety naprawdę są w stanie wnieść swój wkład prawie w każdej dziedzinie naszej gospodarki. Możemy efektywnie realizować nałożone na nas obowiązki. Kobiety, podobnie jak mężczyźni, mogą wykonywać pożyteczne gminie prace. Posiadają potrzebne umiejętności i zrozumienie naszych potrzeb. Jeśli zapewni się kobiecie wykształcenie, udzieli się jej wsparcia i nie pozwoli na to, by ograniczały je złe zwyczaje, jestem pewna, że spiszą się lepiej niż mężczyźni. Zadajmy naszym mężczyznom proste pytania: Co dobrego zrobiliście dla postępu naszego kraju w ostatnich stu latach? Dlaczego boicie się kobiet? Jeśli kochacie swe kobiety i staracie się dbać o nie, co stoi na przeszkodzie, byście wprowadzili zgodne z duchem czasów zmiany, by ułatwić im życie? Mężczyźni w innych społecznościach zadbali o to, żeby ich żony nie borykały się z trudnościami: dlaczego nie mielibyście ich naśladować? Czy wam nie wstyd? Mówi się, że gniew kobiet jest niczym ziejący lawą wulkan. Teraz, kiedy nas rozgniewali, doświadczą naszego gniewu, bo wkrótce wybuchniemy."

Amina przedstawiła kobietom swój plan, któremu nadała hasło Nie ma wyboru: - Wyjdziemy z naszych domów i będziemy spokojnie maszerować do szkoły podstawowej. Zatrzymamy się tam, aż spełnią nasze żądania. Nie walczymy z naszymi mężami czy też z innymi. Nie! Walczymy ze złym prawem i z niesprawiedliwością. Na Allaha, nie traktujcie tego jako walki miedzy mężami a ich żonami, lub też między kobietami a mężczyznami. Jeśli wycofają te prawa, zlikwidują narzucone nam podatki, zapewnią, że zniosą zakaz działalności naszego Stowarzyszenia i zapewnią, że każdy mężczyzna, który ciemięży swą żonę, siostrę, córkę czy jakąkolwiek inną kobietę, zostanie ukarany, kiedy okaże się winnym, wtedy wrócimy do naszych domów.

Wśród tych kobiet była młoda wiekiem, która nie podzielała stanowiska Aminy. Wyszła spośród zgromadzonych i stanęła przed Aminą, jakby przygotowując się do walki. Rękoma oparła się o lędźwie i przemówiła nienawistnym głosem. - Jesteś szalona! Chcesz zakłócić spokój tylko po to, aby zaspokoić swoje własne interesy Jeśli nie jesteś szczęśliwa w związku ze swym mężem, to możesz go porzucić i poszukać sobie innego. Zasyczała z pogardą i odeszła. Kilka innych kobiet poszło jej śladem. Jedne obrażały, inne straszyły Aminę. Kiedy odeszły, powrócił spokój. Amina kontynuowała swą wypowiedź do pozostałych jej zwolenniczek.

- Zabierzemy z naszych domów jedzenie i wszystkie niezbędne nam narzędzia. Ja na przykład wezmę dwa barany i worek ryżu. Chcę, byście wszystkie zgromadziły się przy bramie domu Alhadżiego Haruny. Tam rozpoczniemy marsz.

Całe miasto Bakaro ogarnęła atmosfera strachu. Mężczyźni byli przekonani, że ich żony przygotowują się do buntu. Kto im się przyjrzał, wiedział, że właśnie do tego dążą. Chodziły w tą i tamtą stronę. Każdy wstrzymywał oddech, czekając na to, co się wydarzy. Amina stanęła na środku domostwa. Część kobiet ustawiła się za nią, pozostałe czekały na zewnątrz.

Po chwili wyszedł do nich Alhadżi Haruna, cały spocony. - Co tutaj się dzieje? zapytał.

Amina stanęła na rozstawionych nogach i śmiało mu odpowiedziała: - Nawarstwiło się wiele rzeczy. Postanowiłyśmy walczyć z ustanowionym przez was prawem i przeciwko zakazowi działalności naszego Stowarzyszenia.

- Wybrałyście zły dzień! To święty dzień, w którym zapominamy o dręczących nas problemach. Starajmy się żyć w pokoju i radości, Alhadżi Haruna pouczał kobiety.

- Wiemy, że jest to ważny dzień w religii muzułmańskiej, ale jeśli spełnicie nasze postulaty...

- Czego więc chcecie? przerwał jej Alhadżi.

- Nasze żądania nie są czymś nowym. To ty przysporzyłeś nam wszystkich tych kłopotów.

- Uchwalono tę ustawę w obronie praw kobiet, uświadamiał je Alhadżi. Kobiety przerwały mu dalszą wypowiedź i go zakrzyczały...

-Nie! Nie! Nie! wołały zgodnym chórem.

- Nie jesteśmy zwierzętami, że tak lekko decydujecie w naszym imieniu. Wiemy, co jest dla nas dobre i wiemy, co nam zaszkodzi. Mogłybyście nas zlekceważyć albo też wysłuchać, powiedziała mu Amina.

Alhadżi Haruna stał niezdecydowany i spoglądał na Aminę i inne kobiety. Westchnął i jeszcze raz podjął próbę przekonywania. Jeśli Parlament zbierze się na posiedzenie, postaram się, aby jeszcze raz przyjrzano się tym prawom. I jako wasz przedstawiciel obiecuję opłacać za was wszystkie podatki.

- Dziękujemy ci za ten twój gest w stosunku do nas, ale nie jest to lekarstwo na ten problem. Walczymy z prawem, które stanowi, że kobiety muszą płacić podatek. Jeśli się je anuluje, żadna kobieta nie będzie płacić podatku w całym Stanie. A co będzie, jeśli w przyszłym roku za nas nie zapłacisz? zapytała go Amina.

- Potrzebujemy tego podatku dla ożywienia gospodarki i spłacenia zaciągniętych za granicą długów, argumentował Alhadżi Haruna.

- To nie nasz problem. Nie przyczyniłyśmy się do zrujnowania gospodarki, dlaczego więc miałybyśmy przyczyniać się do jej ożywienia? Nie widziałyśmy, na co wydano pożyczone pieniądze, więc dlaczego mamy je spłacać?

- Ach wy kobiety, rzekł Alhadżi, wskazując na nie palcem. - Podążacie za mą małżonką jak owce. Ona chce tylko zdobyć sławę za przyczyną tej niebezpiecznej akcji. Popełniacie wielki błąd Zaklinam was na Allaha, niech każda zastanowi się, co ją czeka!

- My również prosimy cię, abyś przez wzgląd na dostojeństwo Allaha anulował te prawa, powiedziała Amina silnym głosem. - Pozwól, że przypomnimy ci: nasza religia nie pozwala wyzyskiwać i uciskać ludzi. Prorok – podopieczny i godny zaufania Allaha – piętnował wszelkiego rodzaju zniewolenie człowieka i zakuwanie go w kajdany bez powodu. Mówił:'Allah pragnie złagodzić dźwigane przez was ciężary, a nie obarczać was nimi.' Wzywamy ciebie i innych urzędników tego Stanu, tradycyjnych władców i przywódców religijnych, abyście przestrzegali nauk religii muzułmańskiej.

Zdesperowany Alhadżi postąpił krok w kierunku małżonki i ją skarcił, - Ucisz się!

Zapanowała wroga cisza. Amina podniosła rękę i wytarła pot, który spływał jej po twarzy. Alhadżi stał jak fetysz i przyglądał się swej czwartej żonie. Zaniemówił. Amina spokojnie wycofała kobiety ze środka domostwa. Czuła, że nadal ster spoczywa w jej ręku, więc zanim wyszły, kazała im zabrać dwa barany, worek ryżu i inne potrzebne im rzeczy. Wezwała te kobiety, aby udały się do siedziby Stowarzyszenia.

Kilka kobiet miało szczególne powody, aby nie przyjść na to zebranie, więc frekwencja nie była tak duża, jak na poprzednim spotkaniu. Mimo to Amina ucieszyła się, że tak wiele kobiet się zgromadziło. Były zdeterminowane włączyć się do akcji.

- Kobiety, moje siostry, przemówiła Amina. - Dzisiaj dokonamy czegoś, czego nie zapomni historia. Uczynimy pierwszy krok ku wywalczeniu wolności. Jeśli któraś z was w to wątpi, lub nie wierzy kierunkowi naszego działania, to niech się wycofa. Żadnej z nich nie przymuszamy. Chcemy tylko kobiet z przekonaniem, które są gotowe bronić praw, o które walczymy. Moje siostry, ruszamy! Wyruszyły w dużej grupie, z Aminą na czele. Starsze kobiety, ciężarne, z dziećmi na plecach, dziewczęta, a za nimi nawet młodzieńcy.

Larai mianowała samą siebie wiodącą śpiewaczką. Zorganizowała chłopców i dziewczęta, którzy maszerując śpiewali:

- Powstańcie wszyscy uciskani,

Walczcie o swoje prawa,

Odkryliśmy ich sztuczki.

Marsz ku wolności rozpoczęty.
Stojąca z boku dzisiaj straci,
Dzisiaj się skończy zniewolenie.
Te prawa muszą być zniesione,
Opornych przestraszymy,
Za zgodą Boga zapanuje pokój.

Ten niepowstrzymany tłum kobiet przesuwał się główną ulicą Bakaro i kierował się do miasta. Ludzie, mężczyźni i kobiety wychodzili ze swych domów, aby się przypatrzyć. Niektórzy krzyżowali ręce na piersi, inni ze zdumienia otwierali usta. Część kobiet przyłączyła się do pochodu Aminy, inne rozpytywały. Jedne chwaliły, inne złorzeczyły. Takim sposobem dotarli do śródmieścia, gdzie z okazji święta przed pałacem władcy zorganizowano wyścigi konne. Kobiety z Aminą na czele przechodziły przed widzami. Niektórzy sądzili, że jest to część wyścigów konnych i ich oklaskiwali. Ci, którzy znali sytuację w mieście, wiedzieli, że dzisiaj w końcu ptaki wydostały się z klatki w mieście Bakaro. Jacyś mężczyźni skoczyli ku Aminie, wykrzykując: - Co wy wyprawiacie? Próżniacy! Poganie! Nierządnice! Wracajcie do domów!" Amina zlekceważyła ich, nie wymawiając ani słowa. Dumnie posuwała się do przodu, a za nią szły pozostałe kobiety. W ten sposób przeszły przez plac zgromadzeń i przez drewniany most na rzece Bakaro. Rozłożyły się obozem na stadionie piłkarskim miejscowej szkoły.

Kobiety dotarły w docelowe miejsce. Natychmiast zabrały się do gotowania posiłków. Amina zaś zebrała swoje pomocnice, Larai i cztery inne kobiety, aby ustaliły, jak mają przebiegać dalsze wydarzenia. Powołały pięć komitetów: Komitet ds. Żywności, Komitet Obrony, Komitet ds. Zdrowia, Komitet ds. Mieszkaniowych i Komitet Negocjacyjny.

Mimo niesprzyjających okoliczności, udało się kobietom przygotować smaczne jedzenie. Kiedy Amina zjadła kolację, zwołała zebranie przed biurem kierownika szkoły. Słońce chyliło się ku zachodowi, oświetlając twarz Aminy, która podniosła rękę, uciszając kobiety. Następnie powiedziała, - My członkinie Stowarzyszenia Kobiet Bakaro opuściłyśmy domy naszych mężów, gdyż czujemy się uciskane. Jeśli nie zrobimy czegoś w tej sprawie, nadal będziemy traktowane jak dotychczas. Wyszłyśmy, ponieważ zmagamy się z olbrzymimi kłopotami. Cierpimy tylko dlatego, że jesteśmy kobietami. Być może nie jest to najlepsze rozwiązanie, ale w obecnej naszej sytuacji, gdy zakazano działalności naszego Stowarzyszenia, narzucono nam niedorzeczne prawa, nie miałyśmy wyboru. Musiałyśmy pokazać im, że my też jesteśmy ludźmi.

Zatrzymała się i poprosiła o wodę do picia. Następnie przywołała kobietę z dzieckiem na plecach. Kobieta wyszła i stanęła przed zgromadzonymi. - Popatrzcie na tą kobietę. Pracuje ona w jednym z domów wybudowanych prze mego męża tutaj w Bakaro. Pracuje całymi dniami. Powiedz nam, czy zarabiasz tyle samo, co mężczyźni zatrudnieni w tym domu?

- Skądże, mężczyźni dostają więcej.

- Słyszałyście? Praca taka sama, ale zapłata inna. Mój mąż wykorzystuje swych pracowników, mało im płacąc, ale bardziej wykorzystuje kobiety dla niego pracujące. W ten sposób coraz bardziej się bogaci, a ludzie biednieją.

W tym momencie Amina zatrzymała się, chcąc aby jej słowa trafiły do serc słuchających. Czuła, że zrozumieli to, o czym mówiła, i że byli zadowoleni z tego spotkania. Potrząsnęła głową i się uśmiechnęła. Była podbudowana, widząc jak kobiety uważnie jej słuchały. Mówiła dalej:

- Jeśli zabroni się kobietom zdobywania wiedzy, to uczyni się z nich ludzi drugiej kategorii. Niewykształcone, zawsze będą w pełni uzależnione od mężów. Będą zmuszone opierać się na swych mężach. Jeśli będą się na nich opierać, na wieki staną się ich niewolnicami. Domagamy się wolności dla kobiet, oświecenia ich, wykształcenia, odpowiedniej pracy i pełnego bezpieczeństwa.

W tej naszej społeczności często spotyka się przymuszone małżeństwa. Nie jesteśmy przeciwnikami życia małżeńskiego, ale zastanawiamy się, jak się pozbyć małżeństwa z przymusu. Tak jak mężczyzna wybiera kobietę, którą chce poślubić, tak samo kobieta powinna mieć wybór męża. Dziewczyna, którą zmusi się do poślubienia niechcianego mężczyzny, nie zazna radości w jego domu. Jeśli poślubi mężczyznę, który ją maltretuje, aż w końcu decyduje się na rozwód, nie może żyć samotna, bo będzie się ją wyzywać ohydnymi epitetami. Większość tego rodzaju dziewcząt nie ma wykształcenia, aby mogły gdziekolwiek pracować. Dlatego niejednokrotnie uciekają z domów ich mężów ale nie wracają do domów ich rodziców. Ruszają w świat i stają się prostytutkami. Jeśli kończą swą karierę w burdelach, są wyrzucane, do końca wykorzystane...Starość, słabość...Takim kobietom nie pozostaje nic innego jak sprzedaż drobnych rzeczy na ulicach. Trudnią się żebraniną, stają się niczym uciekinierzy. Nie mają nikogo i niczego. Czekają na kres ich żywota. Teraz zabroniony jest nawet drobny handel uliczny. Co gorsze, nakazano kobietom trudniącym się rzemiosłem domowym płacić podatki.

- Musimy wyjść i jasno wszystkim powiedzieć, że człowiek ma prawo wykonywania zawodu, który zapewni mu środki do życia. Nie z własnej woli jest bezrobotny. Nie należy traktować pracy jak coś, co jedni mogą wykonywać, a innym się jej zakazuje. To wstyd, że tysiące kobiet wegetują w burdelach. Miliony kobiet siedzą bezczynnie w domach ich mężów. Rząd powtarza, że cierpimy na brak doświadczonych pracowników. Tacy ludzie nie spadną z nieba. Doświadczenie pokazuje, że można przyuczyć kobiety, aby stały się użytecznymi.

Jak wiecie, w parlamencie nie ma ani jednej kobiety. Widzicie, że nie mamy reprezentanta w parlamencie stanowym. Jesteśmy całkowicie wyłączone z życia politycznego.

- Głosowaliśmy podczas wyborów, odezwał się ktoś z tłumu.

- A jakże, głosowałyśmy. Ale po wyborach czy ktokolwiek rozmawiał z wami na temat dotyczących was ważnych spraw? Głosując, daliśmy władzę rozporządzającym naszym życiem jak się im podoba, przez cztery lata. Zamiast konsultować się z nami w sprawach nas dotyczących, choć mamy nasze Stowarzyszenie Kobiet, zaczęli uchwalać przez nikogo niechciane prawa, aby nas bardziej udręczyć. Czyż to jest demokracja, którą tak się zachwala? Kiedy zabierze się głos, mówią, że to płacz niemowlęcia.

- Co się tyczy zakazu działalności naszego Stowarzyszenia, jedno powiem gubernatorowi: Jeśli sądzisz, że zakazując naszego Stowarzyszenia, nas zniszczysz, to wiedz, że ci się nie to uda. Jak każdy dzisiaj widzi, wzmocniłeś nas, a my będziemy rosły w siły i potęgę. O wy moje siostry, kobiety! Bądźmy jednością, jak miotła związana jednym sznurem. Trzymajmy się naszych wzniosłych ideałów. Połączmy nasze wysiłki, aby umocnić to szlachetne i wzorowe Stowarzyszenie Kobiet Tylko w ten sposób osiągniemy nasz cel. Nasz głos będzie wszędzie słyszalny. Będą liczyć się z naszym głosem. Jeden człowiek nie osiągnie wolności, jeśli wszyscy nie będą wolni. Pokój z wami!

22

Płomienie rozpalonego przez kobiety ogniska, celem ogrzania się, strzelały tej spokojnej nocy w górę. Powiewał łagodny wiatr. Kobiety rozsiadły się wokół ogniska. Gwarzyły, żartowały sobie, a inne śpiewały i tańczyły. Nagle w ciemności nocy, z daleka dojrzały człowieka przemieszczającego się po drewnianym moście. Natychmiast Komitet Obrony, któremu przewodniczyła Dżummai, zabrał się do dzieła. Jego członkinie ruszyły w kierunku mostu. - Stać, nie ruszać się! Swój czy nieprzyjaciel? Podejdź bliżej dla sprawdzenia! jąkając się, głośno rozkazała Dżummai. Okazało się, że była to kobieta. Doprowadzono ją do zgromadzonych uczestniczek marszu. Była to żona kierownika szkoły, która przyniosła ciepłe jeszcze wiadomości i klucz do gabinetu kierownika szkoły.

- Jest to dobra okazja, żebyśmy porozmawiały otwarcie i żebyśmy się lepiej poznały, powiedziała Amina, stając wśród kobiet. - Żebyśmy wszystko wyjaśniły, niczego nie ukrywając. Porozmawiajmy o naszej życiowej walce, byśmy się więcej dowiedziały o sobie...

Jak wszystkie wiecie, mam na imię Amina. Urodziłam się w tym mieście około dwudziestu dwóch lat temu. Mój ojciec jest nauczycielem religii islamu... W podobny sposób opisywała swoją młodość. Wspominała czasy, kiedy wydano ją za mąż, i jak założyła Stowarzyszenie Kobiet. Swoją wypowiedź zakończyła słowami: - To jest mała cząstka mojego życia. Teraz niech z was wstanie i opowie swoją historię.

Jako pierwsza podniosła się podniecona Larai: - Mam siedemnaście lat. Moi rodzice są wieśniakami. Od dziecięcych lat zmagałam się z różnymi, przykrymi doświadczeniami, jak ataki smutku, frustracje, brak miłości i bezdzietność. Całymi dniami zajmowałam się sprzedażą drobnych produktów. Zaczęły rosnąć mi piersi i wtedy wydano mnie za mąż za krewnego. On też był rolnikiem, który przetrzymywał mnie w zamknięciu domowym. Kontynuowała wypowiedź, aż doszła do wydarzenia, kiedy umieszczono ją w szpitalu, gdzie z kłopotami urodziła.

- Gdybyście się udały do Głównego Szpitala, zobaczyłybyście wiele dziewcząt, przywiezionych do porodu. Na ogół kończyły z chorobą nietrzymania moczu. Niemal natychmiast ich mężowie unikają ich. Jest rzeczą bolesną, że już nie dbają o nie. Mój mąż poślubił pewną dziewczynę. Ona też trafiła do szpitala. Gdy poszłam ją odwiedzić, powiedziano mi, że stanie się z nią to, co ze mną. Dzięki Bożej pomocy, i za jego przyzwoleniem, pomogła mi Amina. Zajmowała się mną, aż wyzdrowiałam. Umożliwiła mi stawiać życiu czoło z nową energią. Dozgonnie będę jej za to wdzięczna. Największą radość sprawia mi udział w pracach powstałego Stowarzyszenia Kobiet. Nauczyłam się wielu rzeczy o życiu i skorzystałam z tej wiedzy. Ostatnie słowo: obecnie w moim życiu bardzo się cieszę z możliwości uczestniczenia w tym proteście, jaki zorganizowałyśmy.

- Co stoi na przeszkodzie, żeby prawo ukarało go za dręczenie kobiet, niewolnic Allaha, którego się dopuścił. Dlaczego zniewala się i dręczy dziewczęta w imię czegoś, co się zwie małżeństwem? A ten parlament stanowy, szczycący się możliwością stanowienia prawa? Dlaczego nie uchwali prawa, które określałoby minimalny wiek dziewczyny wydawanej za mąż i chroniłoby małe dzieci?

- Ja, która stoję tu przed wami, domagam się zapłaty od mego męża za zniewolenie mnie niezgodne z prawem i za pogwałcenie mego ciała. Proponuję też, żeby ich surowo ukarano, ponieważ stanowią niebezpieczeństwo dla społeczeństwa.

Szczupła, piękna kobieta, o drobnej twarzy, również podniosła się i powiedziała: - Ja także jestem córką wieśniaka. Mieszkam z moim mężem i pracuję na jego polu. Wychodzę rano i haruję do wieczora. Po powrocie gotuję. To ja piorę jego ubrania. Robię to już dziesięć lat. Jestem bardzo słaba i zmęczona. Cały czas mnie oszukiwał. Po żniwach sprzedawał to, co się zebrało, ale nie dawał mi ani grosza. Kiedy powstało to Stowarzyszenie Kobiet Rolników, odmówiłam pracy na jego polu i pracowałam na naszym polu. Wtedy mnie i moim dzieciom zabronił jedzenia.

- Pozwólcie, że opowiem wam historię mojej przyjaciółki Lami. Obecnie jest w sytuacji podobnej do uchodźcy. Kilka miesięcy temu jej mąż został zabity w sporze o ziemię. Podczas tych zamieszek był przekonany, że broni godności władcy. Kiedy umarł, zaledwie trzy dni potem władca zażądał, aby Lami zabrała swoje rzeczy i opuściła dom. Twierdził, że kupił ten dom wraz z placem, na którym stoi, i że zapłacił mężowi Lami z ręki do ręki. Skoro więc jej mąż umarł, jego rodzina winna się zabierać i zwolnić to miejsce. Lami udała się do sądu, ale sędzia powiedział jej, że racja jest po stronie władcy.

Lami nie zgodziła się na opuszczenie domu. Czwartego dnia przyjechało mnóstwo policjantów. Byłam tego świadkiem. Byłam tam. Powyrywali drzwi i okna tego domu, zapieczętowali studnię i toaletę i zniszczyli wszystkie zapasy żywnościowe, składowane w komórce czy w kuchni. Szykowali się do podpalenia słomianego dachu, kiedy wszyscy wybiegliśmy.

- Teraz koczuje z trójką dzieci pod drzewem mango, w samym centrum Bakaro. Świat jej się zawalił. Nie wiedziała, dokąd się udać. W czasie tych wydarzeń zburzono dom i rozpoczęto budowę hotelu. Czy takiego władcę można nazwać władcą religijnym?

Amina powiedziała kobietom, aby poszły i ułożyły się do snu, ale pewna dziewczyna poderwała się i powiedziała, że się na to nie zgadza. Chciała bowiem, aby i jej wysłuchano. Jej brzuch ma coś do powiedzenia. W tym momencie Amina zostawiła ich i weszła do sekretariatu kierownika szkoły.

- Jeśli chodzi o ciebie, całe miasto jest poruszone, powiedziała żona kierownika, która właśnie weszła z Mairo i Dżummai.
- Większość mężczyzn tego miasta aż do tej chwili nie zjadła śniadania. Nie umieją gotować. Rozpowszechniono plotkę, że nieobecne tutaj kobiety otrzymały polecenie włożenia trucizny do jedzenia ich mężów. Niektórzy mężczyźni założyli nawet Stowarzyszenie Mężczyzn Bakaro i podjęli próby ugotowania posiłków. Postawili ryż na ogniu, a kiedy sobie gwarzyli, ryż się przypalił. Niektórzy nawet nie wiedzieli, co się najpierw wkłada do garnka, olej czy mięso. Mówiono, jak jeden z mężczyzn przyznał, że dopiero dzisiaj pierwszy raz w swoim życiu pokroił cebulę. Inny znów narzekał na dym z rozpalanego przezeń ogniska.

Kobiety roześmiały się. - Widzisz, jakie problemy rodzi nadmierne opieranie się na kimś. Czy wiesz, że niektórzy mężowie sprawiają swym żonom lanie za to, że uczą swych synów gotowania?

- Słyszałam w radio, kontynuowała żona kierownika, - że policjanci są gotowi, ale Komisarz Policji odmówił wydania rozkazu. Polecił policjantom z jego gminy religijnej, żeby nie popełnili błędu i szukali porozumienia z wami. Powiedział, że uchwalone prawa są zbyt surowe, a posłowie nie przyjrzeli się uważnie tej sprawie. Zagroził nawet, że zdejmie mundur dowódcy, jeśli użyje się siły. Słyszeliśmy jak mówiono, że jest możliwym wezwanie oddziałów szturmowych policji z sąsiedniego Stanu, jeśli konflikt nie będzie rozwiązany.

Amina zwróciła się do Dżimmai, która stała na baczność jak żołnierz, z rękoma przylegającymi do ud. Powiedziała z drżeniem w głosie: - Na moście ustawiona barykada, prowadzi się rozpoznanie, wszystko w porządku. Proszę o zgodę na ułożenie się do snu. Kobiety się roześmiały.

Amina przypomniała sobie, że Dżummai jest żoną żołnierza. Odpowiedziała jej, - Zgoda udzielona!

- Tak jest, Madame, odpowiedziała, uśmiechając się. - Tak zwykle mówi nocą mój mąż, kiedy pijany wraca do domu. Marszowym krokiem wyszła z pokoju.

Amina pośpieszyła do łóżka, ale noc się jej dłużyła, a sen nie przychodził. Nachodziły ją różne myśli. W końcu, gdy sen ją zmorzył , usłyszała głosy.

- Jedną z nas chwyciły bóle porodowe! Chwyciły ją bóle porodowe! rozległ się głośny krzyk kobiet. Amina zerwała się i pośpieszyła w kierunku wołań. Natychmiast zaczęła rozglądać się za Ngozi, która była przewodniczącą Komitetu ds. Zdrowia na ich obszarze. Wzięła swą torbę lekarską, sprawdziła jej zawartość i szybko pobiegła w kierunku rodzącej dziewczyny. Na imię miała Zainab. Zabrali ją do sekretariatu szkoły. Kilka kobiet, które jeszcze nie spały, pośpieszyło Ngozi z pomocą.

Amina rozejrzała się w tym niewielkim pomieszczeniu. Miała nadzieję, że dziewczyna ta urodzi bez problemów. Wyszła na zewnątrz i stanęła obok pozostałych kobiet. Po chwili ukazała się Ngozi, z uradowaną twarzą. Obwieściła Aminie, że ciężarna urodziła bez kłopotów.

- Dzięki Allahowi, odetchnęła Amina.

- Spośród nas kobiet czy ich mężczyzn? Zapytała któraś.

- Zgadnij, zachęciła ją Ngozi.

- Dziewczynka...

- Nie, to chłopiec!

- Ach, uratowałaś nas. Dziękujemy, rzekła Amina do Ngozi.

- Przestań, to drobnostka. Jestem przecież położną, przypomniała Ngozi, dumna z daru, którego jej Allah nie poskąpił. - Matka i jej niemowlę potrzebują teraz odpoczynku. Jest ona bardzo wyczerpana.

Kilka kobiet chciało koniecznie zobaczyć to niemowlę. Wtargnęły do tego sekretariatu, aby jej pogratulować.

- Jest podobny do swego ojca, powiedziała jedna z nich.

- Nie, do matki, zaprzeczyła inna.

- Popatrz-że. I wargi i nos jak u matki.

- Niech Allah obdarzy go długim życiem, aby był pomocny swej matce, któraś wyraziła życzenie.

- Jestem pewna, że będzie dbać o nią i jej pomagać.

- No nie. Nie znacie mężczyzn. Czy sądzicie, że posłowie, władcy, gubernatorzy i inni nie mieli matek? Czy nie byli kiedyś mali jak to niemowlę, które nie zna niczego?

- To prawda. Ale dlaczego tak się zmieniają?

- Bo tak ich wychowano.

- Powiedz-że, kto jest ojcem tego chłopca? po chwili milczenia zapytała Zainab jedną z kobiet.

- Później wam powie, powiedziała Amina i poprosiła kobiety, żeby wyszły i dały jej odpocząć. Ale dalej zadręczały położnicę pytaniami. Zainab była zażenowana.

- To długa historia, zaczęła wolno mówić. - Kilka lat temu byłam uczennicą w Rządowej Szkole Średniej dla Kobiet. Kiedy mój ojciec stracił pracę, nie był w stanie opłacać za mnie czesnego, dlatego zabrał mnie ze szkoły. Siedziałam bezczynnie w domu, a potem zaczęłam gotować jedzenie i je sprzedawać...

- A co z twoją matką? przerwała jej któraś z kobiet.

- Nie wiem. Powiedziano mi, że mój ojciec ją odesłał, gdy miałam pięć lat. Pewnego dnia, przy końcu ubiegłego roku, sprzedałam moje jedzenie i wracałam do domu. Wtedy pewien młodzieniec zastąpił mi drogę w pobliżu nowego, niewykończonego budynku. Nadano mu już imię: 'Wolna Strefa Dziewczęca'. Wyrwał mi torebkę z pieniędzmi i rzucił się pędem do tego budynku. Ja pobiegłam za nim, żeby mu odebrać. Był silniejszy ode mnie. Gwałcił mnie przez blisko godzinę.

- Nie krzyczałaś i nie wzywałaś pomocy?

- Krzyczałam, ale zatkał mi ręką usta. Kiedy zauważyłam, że jestem w ciąży, zdębiałam, nie wiedząc co robić. Starałam się ukrywać mój stan, ale gdy ojciec zauważył ciążę, kazał mi wynosić się z jego domu.

- Co stało na przeszkodzie, abyś opowiedziała mu wszystko zaraz po zajściu?

- Początkowo było mi wstyd i się bałam. Nie miałam odwagi mu powiedzieć. Allah nas doświadczył.

- A co się działo potem? zapytała jedna z kobiet.

- Powiedziałam o tym Aminie, a ona wniosła tą sprawę do sądu. Poinformowałam ją, że nie jestem pierwszą zgwałconą przez tego młodzieńca. Nadal gwałci dziewczęta, ale żadna jeszcze z nim nie wygrała przed sędzią. Mnie zaś powiedziano, że to moja wina. A jego zwolniono i poszedł sobie. Chciałam usunąć ciążę, ale to się nie udało, gdyż nie miałam na to pieniędzy. Rozpłakała się. Zadziwione kobiety spoglądały po sobie z otwartymi ustami. Zainab wytarła łzy i powiedziała ze smutkiem, - Dzisiaj wydaje mi się, jakbym chciała wrzucić to niemowlę do kosza, strumienia czy gdziekolwiek jeszcze...!

- Przestań, nie mów tak niewolnico Allaha, Amina napomniała ją spokojnie.

- A co mam robić? Jak zadbam o nie? Nie ma ono ojca i nikt mi nie pomoże. Potępia się mnie za grzech, którego nie popełniłam. Myślałam, że będzie lepiej, gdy je wyrzucę, by umarło w niemowlęcym wieku. Dzisiaj rano chciałam uciec, ale nie mogłam, gdyż nogi nie były w stanie mnie unieść. I wy byłyście w pobliżu. Chciałam uciec do innego miasta i zacząć tam nowe życie. Ale gdy chwyciło mnie za rękę i przypięło się do mojej piersi, zmieniłam zdanie. Zobaczyłam, że jest moim własnym synem, niewinnym. Dlatego nie mogłam go ukarać. Zapewniam was wszystkie, że dobrze zadbam o niego. Jest on ważną częścią mego życia i również wiele dla was znaczy. Gdy dorośnie, wszystko mu opowiem.

Kobiety zamilkły i spoglądały jedna na drugą. Amina powiedziała, że należy szybko nadać chłopcu imię. Zainab dała znak kiwnięciem głowy, że się zgadza. - Ale najpierw pozwólmy matce i dziecku odpocząć. Ręką wskazała kobietom, żeby wyszły z tego pomieszczenia.

Kobiety zgromadziły się rankiem. Po śniadaniu urządziły uroczystość nadania imienia. Zarżnięto barana. Jeden z obecnych tam młodzieńców odmówił w intencji chłopca modlitwę i ogłosił jego imię: Mainasara – Zwycięzca.

W czasie tej uroczystości niespodzianie podjechał ambulans. Wysiadło z niego pięć kobiet, które uścisnęły Aminę. - Allah nie śpi powiedziała Amina, kiedy już się przywitały. Znała wszystkie te kobiety, gdyż brały one udział w przygotowaniach Stowarzyszenia ds. Ochrony Zdrowia i Walki z Niewiedzą. Jedna z nich, młoda i szczupła, ubrana modnie i gustownie, poprosiła o możliwość rozmowy z kobietami. Amina kazała wszystkim uważnie posłuchać.

- Jesteśmy członkiniami Stowarzyszenia Pielęgniarek i Położnych. Postanowiłyśmy dalej was wspierać. Jest nam naprawdę przykro z powodu postawy rządu. Myślałyśmy, że rząd będzie wspierał tego rodzaju projekty wszędzie tam, gdzie je się uruchamia. W poniedziałek rozpoczynamy bezterminowy strajk, aby pokazać nasze niezadowolenie z opłakanego stanu służby zdrowia, a także z powodu niewypłaconych należności i zwolnienia doświadczonych pracowników.

Po jej wypowiedzi Zainab i jej syn Mainasara zostali zabrani do szpitala.

Potem grupa kobiet z miasta złożyła Aminie i jej zwolenniczkom wizytę. Oznajmiły, że przyszły po to, aby wezwać je do powrotu do domostw ich mężów. Przywódczyni tych kobiet wysunęła się naprzód. Przemawiała spokojnie, dowodząc, że mąż i żona są stworzeni do wspólnej egzystencji. Gdy Allah stworzył proroka Adama, wtedy stworzył mu także Ewę. Dodała, że w Świętej Księdze nigdzie nie jest powiedziane, że kobieta może buntować się przeciw mężowi.

Amina skontrowała ją, zwracając się do zebranych, - Czy nauczyliście się czegoś, i czy skorzystaliście z naszej działalności?

- Ależ oczywiście, powiedział pewien wychudzony człowiek. - Moja żona też skorzystała. Wskazał palcem na kobietę stojącą w grupie. - Nauczyła się, jak ona sama może zrobić wiele różnych rzeczy. Nauczyła się, jak można zrobić z siebie osobę atrakcyjną. Nasze wzajemne stosunki znacznie się polepszyły.

- Również moja żona, rzekł wstając pewien mężczyzna, wiele zyskała dzięki religii. To prawda, zauważa się znaczący postęp w oddawaniu przez nią czci Bogu. Wcześniej nie dbała o to. Obejrzeliśmy wasze filmy na temat Ziemi Świętej, które nas oświeciły.

- Ale początkowo byłeś wrogo nastawiony do naszego Stowarzyszenia. Jestem jego żoną. Groził mi, że spali płody pochodzące z naszego pola, a także spali wszystkie te pola.

- Tak, to naprawdę jest moja żona, potwierdził mężczyzna. Uśmiechając się, wysunął się do przodu. -Naprawdę chciałem to zrobić. Gospodarz, u którego wynajmowaliśmy mieszkanie, poradził nam zabrać nasze żony z waszego Stowarzyszenia. Jednak wszystkie kobiety, w tym i moja żona, sprzeciwiły się temu. Wówczas powiedział nam, żebyśmy poszli i spalili wasze płody rolne lub żebyśmy spalili całe pola.

- Dlaczego? jego żona wysunęła się do przodu i zapytała go. -
Powiedz-że nam, nie bój się. Opowiedz nam wszystko szczegółowo!

- Niczego się nie boję, rzekł ów człowiek, lekko się uśmiechając.
- Nasz gospodarz twierdził, że hodujecie takie same płody rolne jak
on. Jeśli nie zostaniecie powstrzymane, zaszkodzicie jego intere-
som handlowym. Jeśli dalej będziecie powiększać wasze pola,
spadną ceny produktów rolnych, a to odczuje we własnej kieszeni.
Następnie wybudował magazyn, w którym ukrywał wyhodowane
przez siebie płody rolne.

- A czy ukrywanie jedzenia nie jest ciężkim grzechem? zadała
mu pytanie Amina.

- Ależ tak. Ale nie tylko on jeden to robi. Większość farmerów
ukrywa je.

- No tak. Czy gotowi jesteście płacić nowe podatki? zapytała go
Larai.

- To nie są żadne nowe podatki. Od dawna przywykliśmy do
płacenia różnych podatków.

- A jak zdobędziecie na to pieniądze?

- Pomoże nam Allah, Pan Stworzeń, który nas wszystkich
stworzył, nasz Zbawca.

- Wy rolnicy, Amina pospieszyła z radą, - wracajcie i się zorgani-
zujcie. To za przyczyną wylewanego przez was potu pysznią się
właściciele domów na wynajem, że niby są bogaci. Żyją waszym
kosztem. Jeśli będziecie bezczynnie siedzieć, na wieki żyć będziecie
w ubóstwie. Powstańcie i walczcie o lepsze życie na tym świecie.
Co się zaś tyczy naszej akcji opuszczenia domostw, jesteśmy zde-
cydowane ją kontynuować, aż zaspokojone zostaną nasze potrzeby
i kiedy się wytrze nam łzy. Każda kobieta, która chce się wycofać,
ma otwartą drogę do domu. Jak wiemy, mężczyźni nie mogą żyć
bez kobiet. Tak samo kobiety nie mogą żyć bez mężczyzn. Tak
postanowił Allah. Kochamy mężczyzn i poważamy ich.

Następnie przybyły członkinie Stowarzyszenia Pomocy Bakaro.
Widząc je, Amina bardzo się ucieszyła. Serdecznie pozdrowiła
Petera Akina, zawieszonego prezydenta studentów, który ją
odwiedził. Amina uśmiechnęła się do tego wysokiego człowieka
z brodą i bokobrodami. Zauważyła, że ma bystre oczy i się poci.

- Udaliśmy się do stolicy Federacji, aby zademonstrować nasze
niezadowolenie z powodu podniesienia czesnego, poinformował
Aminę.

- Co się stało?

- Policja zaatakowała nas gazem łzawiącym, pobili nas okrutnie i zatrzymali kilku studentów. Niektórym z nas udało się uciec, wyjaśnił.

- A gdzie jest Fatima? zapytała go Amina.

- Była hospitalizowana, ale już ją wypisano. Przebywa teraz na Uniwersytecie i dochodzi do siebie. Puszka z gazem łzawiącym upadła obok niej, nawdychała się tego gazu i...

- I co? zapytała go Amina, rwąca się do poznania dalszego ciągu wydarzeń.

- Policjanci ją pobili, ale miała szczęście i wymknęła się im.

- A Rebeka?

- Mocno ja pobito i aresztowano. Nadal pozostaje w areszcie.

- ...Gloria?

- Jest w szpitalu pod nadzorem policji. Bardzo boli ją szyja, poinformował Akin. - Mamy nadzieję, że wkrótce ich wypuszczą. Kilku naszych prawników zastanawia się, jak można uporać się z ich sprawą.

- Amina bardzo się wzburzyła. - No nie! Nie można się z tym pogodzić! To prawdziwe szaleństwo!

- Twierdzili, że nasze zebranie było nielegalne.

- Czy byłeś ranny?

- Byłem, odpowiedział jej. Zdjął czerwony beret i pokazał plaster na głowie, przykrywający ranę.

- Niech Bóg broni, modliła się Amina.

- Nie martw się. Nie zrobili mi większej krzywdy. Jeśli zechce tego Allah, nie zaniechamy dalszej walki. To pewne! Wróciliśmy dopiero wczoraj. Fatima jest zbyt słaba i dlatego tutaj nie przyszła. Prosiła, żeby przekazać wam pozdrowienia.

Laila, zawieszona zastępczyni Przewodniczącego, stała na czele członkiń Stowarzyszenia Pomocy składających Aminie wizytę. Wygłosiła przemówienie do kobiet.

- O moje siostry, kobiety walczące! Zapewne słyszałyście o sądzeniu tej kobiety z Funtua, którą oskarża się o zajście w ciążę, choć nie miała ona męża. Władze aresztowały ją i przetrzymywały do jej rozwiązania. Urodzone dziecko pokazano sędziemu jako dowód jej niemoralności, jako owoc jej cudzołóstwa. Sąd wydał wyrok obrzucania jej kamieniami, aż umrze. Jeśli chodzi o sprawcę ciąży, nic złego go nie spotkało. Jeden był wart drugiego.

- I to się nazywa prawem szariatu. Wierutne kłamstwo. Przeczytaliśmy nasze księgi i nigdzie nie było w nich powiedziane, że kobiety należy traktować w tak nieludzki sposób. Znaleźliśmy wiele wersetów i przykładów, które pokazują, jakim szacunkiem darzono kobiety. Według naszego rozumienia religii, w czasach Wysłannika Allaha, Niosącego Zbawienie i Zaufanego Allaha, mężczyźni i kobiety byli sobie równi. Chadidża, jego pierwsza żona – niech Allah będzie z niej zadowolony – była wybitnym kupcem, która przemieszczała się swobodnie z miasta do miasta. Inna żona, Zainab – niech Allah będzie z niej zadowolony – zajmowała ważne stanowisko w swej społeczności. Jeszcze inna jego żona, Aisza – niech Allah będzie z niej zadowolony – była wybitną poetką i znanym dowódcą wojskowym. Jeślibyśmy mieli stosować prawdziwe prawo szariatu, to wielu naszych przywódców straciłoby swe ręce za kradzież pieniędzy państwowych. Dlaczego tylko te biedne kobiety karze się zgodnie z regułami tego szariatu?

Po drugie, zorganizowaliśmy tą demonstrację, ponieważ Rząd Federalny powziął zamiar zwiększenia czesnego w całym kraju. Mamy prawo się temu sprzeciwić. Na tym zgromadzeniu setki policjantów z bronią w ręku napadło na nas. Poturbowali nas, niektórych studentów aresztowali. Powiedziano nam, że nie mamy prawa dyskutować o sprawach dotyczących naszego dzisiejszego życia lub życia w przyszłości.

- Nie może tak być, aby nasi przywódcy traktowali nas, jakbyśmy byli z innego świata. Na przykład, jeśli twój mąż nie radzi się ciebie i cię nie informuje, a idzie do bogatego alhadżiego i zaciąga u niego wielki dług, używa życia za te pieniądze – pije alkohol, oddaje się hazardowi – i wtedy ten alhadżi przychodzi do ciebie kobieto i żąda spłaty, to czy spłacisz ten dług? Lub kiedy twój mąż mówi do ciebie, że powinnaś więcej pracować, mniej jeść, sprzedać część twoich ubrań i złote precioza, żebyś spłaciła ten jego dług, który zmarnotrawił, to czy na to przystaniesz?

- Nigdy!

- Jeśli tak, to musimy przyjąć nieugiętą postawę: nie zapłacimy. Spojrzała na Aminę i ich oczy spotkały się ze sobą. Obie uśmiechnęły się. Ich mowa trafiła na podatny grunt. Amina ucieszyła się z przybycia studentów. Studenci dobrze zrozumieli, do czego się zmierza. Byli gotowi do kształcenia tych kobiet.

W tym momencie studenci zaśpiewali chórem...

- Solidarność na wieki!
- Solidarność na wieki!
Solidarność na wieki!
Będziemy bronić naszych praw na wieki.

23

Amina zaczęła odczuwać chłód, więc włożyła na siebie dodatkowe ubiory. Jej ślina w ustach stawała się gorzka. Jej zmęczone oczy były opuchnięte. Przed południem pojawiły się zawroty głowy, nie mogła ustać. Siedziała z głową położoną na stojącym przed nią stołem. Pięciu członków związku przybyło niespodzianie do tych kobiet. Ich przywódca nawiązał z kobietami rozmowę i prosił je, żeby na Allaha wróciły do swych domów. Obiecywał im nawet pieniądze. Mówił, - Wkrótce spotkamy się z gubernatorem i poprosimy go, aby anulował te prawa, zmniejszył obciążenia podatkowe i żeby zapewnił pracownikom dobre warunki pracy i pomoc dla kobiet. Ten gubernator, którego znacie, jest szlachetnym człowiekiem, tylko ma złych doradców. Nie ma złego władcy, a tylko zły dworzanin. Jestem pewien, że gubernator nas wysłucha...

- Proszę Pana, wysłuchaliśmy cię, przerwała mu Larai. - Widzisz, że Amina źle się czuje. Niech Allah przyniesie jej ulgę. Dlatego ja będę mówić w imieniu pozostałych kobiet. Chcę poruszyć kilka spraw. Jeżeli dotąd nie widzisz wkładu Stowarzyszenia Kobiet Bakaro w ciągu ostatnich dwóch lat, to naprawdę jesteś bardzo krótkowzroczny. Wiesz, co mówią Hausańczycy: wlekący się z tyłu zawsze dostaje lanie. Jest rzeczą przykrą, że nie rozumiesz, iż jest trudno, aby gubernator was wysłuchał w sprawach nas niepokojących, a to dlatego, że nie jesteśmy pracującymi. Jesteśmy kobietami i nasze żądania są inne. Tak jak ciągle powtarzała Amina, my nie walczymy z mężczyznami, o nie. My zwalczamy te ustanowione złe prawa.

Widać było, że przeziębienie wyczerpuje siły Aminy, ponieważ dostała drgawek i dzwoniła zębami. Zawołano pielęgniarki, które były u tych kobiet. Dały jej lekarstwo, ułożyły na prowizorycznym łóżku i nakryły ją. Jej choroba zaniepokoiła i zasmuciła kobiety. Zaczęły podskakiwać. Natychmiast przywódcy studentów porozumieli się, co należy zrobić, żeby prośba nie stała się pobożnym życzeniem. Podzielono kobiety na grupy i zaproponowano im przedmiot dyskusji. Innych zachęcono do organizowania przedstawień.

Po zjedzeniu kolacji kobiety rozpaliły ognisko i rozsiadły się wokół niego. Po zażyciu lekarstw Amina poczuła się lepiej. Z trudem usiadła razem z kobietami. Larai przygotowała się i zaczęła opowiadać.

- We wsi Dimbi żył pewien bogacz, który miał bardzo urodziwą żonę spośród Arabów Shuwa. Ze względu na jej wyjątkową urodę nazywano ją królową. Jej mąż podróżował do różnych krajów w swych sprawach handlowych. Pewne dnia, przed wyruszeniem za granicę i do Ziemi Świętej w celu odbycia niniejszej pielgrzymki, poprosił swego przyjaciela, aby do jego powrotu zajął się jego domem i świeżo poślubioną żoną.

Trzy dni po odjeździe bogacza jego przyjaciel zjawił się w jego domu, aby odwiedzić królową. Zapytał ją o zdrowie. Odpowiedziała mu, że zdrowie dopisuje. Zamiast postawić nogę i wyjść, wyciągnął rękę, chcąc jej dotknąć. Poderwała się i powiedziała, żeby już więcej nigdy nie próbował. Wtedy powiedział jej, że chciał tylko zażartować. Zapytał, czy oni na północy nie zabawiają się w ten sposób.

- Kiedy bogacz wrócił, posłał do swego kolegi, aby przyszedł się z nim przywitać. Kobieta przyniosła im jedzenie. Gdy spożywali smaczny posiłek, powiedziała, że przypomniała sobie o pewnym zdarzeniu, kiedy jej męża nie było w domu. Gdy jego przyjaciel to usłyszał, zabrał swoje ręce z miski i popędził, nawet się nie pożegnawszy. Bogacz i jego żona dziwili się, co też mu się stało.

–Nie słyszałeś- zwróciła się kobieta do jej bogatego męża. - Kiedy byłeś poza domem, nasza sąsiadka urodziła niepełnosprawnego chłopca. Małżonkowie stwierdzili, że zaprawdę Allah jest Wszechmocny. Stwarza to, na co ma ochotę. Po zakończeniu posiłku kobieta ta zrozumiała, co skłoniło przyjaciela jej męża do ucieczki. Powiedziała mężowi, że ten jego przyjaciel myślał, iż królowa powie, jak się w stosunku do niej zachował. Opowiedziała całą tą historię mężowi. Aż do dnia dzisiejszego ów przyjaciel nie pojawił się już we wsi Dimbi.

Przysłuchujące się jej kobiety zaniosły się śmiechem. Niegodny zaufania poci się nawet w wodzie. Laila wyszła na środek, postawiła kilka kroków tanecznych, po czym powiedziała kobietom, żeby kontynuowały opowiadania o kłopotach, jakich doznały. Ona dała przykład.

- Jestem ze wschodniej Nigerii, powiedziała Ngozi. - Niedawno zwolniono mnie z pracy w Głównym Szpitalu. Jestem pielęgniarką i położną. Mam bardzo dobre papiery...

Gdy Amina poczuła, że zawroty głowy są ponad jej siły, wstała i odeszła. Pewna pielęgniarka poszła za nią, dokładnie ją zbadała i dała jej leki. Wróciła po cichu i usiadła obok Larai, która szepnęła jej, - Im więcej słyszysz, mniej rozumiesz, jak źli i okrutni mogą być ludzie w stosunku do innych.

- Co się stało? zapytała ją Amina.

- Ngozi opowiedziała nam, jak źle traktuje się kobiety we wschodniej Nigerii, zwłaszcza jeśli chodzi o należność ślubną i jej złe oddziaływanie na kobiety. Jak wiesz, tam kobieta jest tylko towarem. Dom jej ojca jest niczym rynek, gdzie się handluje. Tam wydaje się dziewczęta za mąż z plakietkami cenowymi na ciele. Cena zależy od ich wykształcenia i potrzeb jej rodziny. Jak wyjaśniła Ngozi, to sprawia, że w tej części kraju mnoży się wśród dziewcząt liczba nierządnic.

Kiedy Ngozi przestała mówić, poderwała się jedna Jorubka. Miała na imię Mama Iyabo. Opowiedziała krótko o sytuacji kobiet w zachodniej Nigerii. Powiedziała, że w większości ich wiosek dokonuje się na nich wyrzezania. Wycina się części narządów płciowych, niby po to, aby w dorosłym życiu nie uganiały się za mężczyznami. Dodała, że taka operacja na dziewczętach jest niemałym udręczeniem, która może doprowadzić do śmierci, jeśli się nie uda.

- Kim jest ta, która przed chwilą opowiadała?

- Jest to pewna nierządnica z dzielnicy Ziemia Niczyja. Kobieta ta powiedziała nam, że została zmuszona do prostytucji wbrew jej woli. Nie miała wyboru. Poślubiła pewnego kupca, który później został ważną osobistością w pewnej partii politycznej. Po przeprowadzonych wyborach poślubił dziewczynę, która mu powiedziała, że nie może żyć ze współżoną. Natychmiast jej mąż powiedział swej pierwszej żonie, aby się wynosiła. Wniosła skargę do sądu. Tam spotkała człowieka prowadzącego dom nierządnic, który podszedł ją i powiedział, żeby zdecydowała się na rozwód, a on zapewni jej lepsze życie. Następnie zabrał ją do jednego ze swych burdeli i ją tam umieścił...

Następnie wstała korpulentna kobieta. - Mam na imię Rekiya. Jestem handlarką. Moje problemy zaczęły się wtedy, kiedy kilka lat temu umarł mój ojciec. Kiedy przyszło do podziału spadku, początkowo moi bracia nie chcieli mi dać niczego. Twierdzili, że w islamie kobiety niczego nie dziedziczą. Stanowczo zaprotestowałam i powiedziałam im, aby pokazali, gdzie Święty Koran tak mówi. Otworzyli Księgę i pokazali mi werset w piśmie arabskim, ale ja nie znałam arabskiego. Dalej upierałam się, że skoro należę do potomstwa mego ojca, z pewnością należy mi się spadek. Na skutek mego uporu dali mi kawałek ziemi, ale nie dali mi czegokolwiek poza tym, chociaż nie ubiegałam się o ziemię.

- Pewnego dnia złodzieje rozbili mój stragan i go całkowicie okradli. Wtedy znalazłam się w grupie kobiet, które sprzedawały towary należące do Kulu. Jak wiecie, jest ona przemytnikiem. Posługiwała się kobietami, które sprzedawały jej towary z przemytu. Pewnego wieczora celnicy dokonali napadu na rynek i przechwycili cały jej towar. Schwytano nas i aresztowano. Przedtem postawiono nas przed sądem. Powiedziałam sądowi całą prawdę, gdy mnie o to zapytano. Kiedy wezwano Kulu, powiedziała, że mnie w ogóle nie zna, że nic jej ze mną nie łączy. Sędzina powiedziała, że jest przekonana o dobrym charakterze Kulu, która jest wykształcona i jest żoną sekretarza lokalnego rządu. Dlatego wie o niebezpieczeństwach związanych z przerzutem towarów, zwłaszcza o stratach przynoszonych gospodarce narodowej. Dlatego stwierdziła, że choć składałam przysięgę, bezczelnie kłamałam i zniesławiłam ważną w społeczności kobietę. Postanowiono osadzić mnie na trzy miesiące w więzieniu, bez prawa wpłacenia kaucji. Amina wiedziała o tym, a nawet odwiedziła mnie w więzieniu.

- Jak mogło do tego dojść? Czy sądzą, że te kobiety są przemytnikami? Od tego dnia wiem co znaczy sprawiedliwość w tym społeczeństwie. Sprawiedliwość należy tylko do bogaczy i wpływowych osób. Ubodzy będą mieć sprawiedliwość na Tamtym Świecie. Głęboko wierzę w Dzień Zmartwychwstania. W dniu tym Allah, Wszechmocny Władca osądzi Kulu. Ja sama będę świadkiem i wierzę w to, że prawo Pana Boga będzie sprawiedliwe.

- Wiem, że tutaj ludzie usilnie zabiegają o to, by zdobyć coś dla siebie, ale my kobiety staramy się co najmniej dwa razy tyle, zanim nasze wysiłki przyniosą pożądany efekt, powiedziała Larai.

- Masz rację, przyznała jej słuszność Fatima.

- Rekiya, a co się stało z twoją ziemią? zapytała jedna z kobiet.

Kiedy byłam w więzieniu, podjęłam zamiar, że po wypuszczeniu mnie na wolność sprzedam ją, abym miała pieniądze na uruchomienie jakiegoś biznesu. Zdziwiłam się niezmiernie, kiedy usłyszałam, że owa Kulu dogadała się z jednym z moich braci, który jest wojskowym, i sfałszowali dokumenty o prawie własności. Gdy poszłam, żeby obejrzeć tą ziemię, przegoniono mnie. Postawiłam Kulu przed sędzią, któremu okazałam dokument własności. Ale Kulu przedstawiła ten swój, sfałszowany. Sędzia oznajmił, że jest on w porządku, że to mój jest sfałszowany. Ostrzeżono mnie, żebym przestała oczerniać Kulu, bo jeśli nie, to spotka mnie wielki gniew ze strony władzy.

- Kiedy przestali mnie kołować, zaczęłam gotować jedzenie na sprzedaż, które zanosiłam na stację autobusową. A teraz wprowadzili zakaz sprzedawania czegokolwiek na ulicach. Zarządzili, że tacy jak ja będziemy płacić podatki. Znaleźliśmy się w kleszczach: z przodu hiena, z tyłu pantera. Jak według nich mamy zdobywać pieniądze na zapłacenie podatku? Jedynym dla mnie pocieszeniem jest to, że wierzę w Allaha. Jestem przekonana, że pewnego dnia sprawiedliwość zatryumfuje.

- No, czas na spoczynek, powiedziała Amina. - Przed nami wielkie wyzwanie. Jutro specjalna delegacja uda się do miasta, aby porozmawiać z dziennikarzami i żeby przedyskutować z rządem nasze sprawy, jeśli będzie na to przygotowany.

24

Amina nie znała powodu, dla którego sen nie przychodził do niej przez całą noc. Była bardzo niespokojna. Nad ranem nagle ogarnął ją głęboki sen. Zanim przyszła do siebie, nastał ranek. Po cichu wyszła z sekretariatu kierownika szkoły i udała się na boisko piłki nożnej, które tam się znajdowało, w pobliżu zgromadzonych kobiet. Na niebie przesuwały się chmury, na ziemi wiał silny i zimny wiatr. Słońce jeszcze nie wspięło się wysoko, nie nadeszła jeszcze przedpołudniowa pora między godziną ósmą a jedenastą. Tu i tam wzbijały się w niebo świergoczące stada ptaków. Wstawał dzień i znikały resztki ciemności. Amina nagle zatrzymała się i z oddali spoglądała na miasto Bakaro. Rozciągało się przed nią jak wielki dywan, piękny dywan stworzony przez Allaha, który człowiek podeptał i zniszczył.

Po krótkim czasie Amina dotarła tam, gdzie zgromadziły się pozostałe kobiety-jej siostry, aby coś włożyć do ust przed modlitwą. Jedna z pielęgniarek dała jej tabletki na obniżenie temperatury ciała, z czym się Amina zmagała. Połknęła kilka, a pozostałe zostawiła na potem. Ledwie umalowała usta i odświerzyla się perfumami, członkinie Komitetu Negocjacyjnego zwołały zebranie. Zaczęły rozmowy, gdy usłyszały ryk syren, podobny do tego używanego przez mobilny szwadron policyjny. Ludzie nazywali go częściej Kill and Go, to znaczy Zabij i Idź Dalej. Natychmiast Peter Akin krzyknął do kobiet, żeby szybko się zebrały na boisku do piłki nożnej.

- O moje siostry-kobiety! przemówiła do nich Amina, starając się opanować drżenie głosu z powodu strachu. - W końcu wysłali tu policję, ale na Boga nie panikujcie. Chcę, aby pielęgniarki, uczniowie, starcy, ciężarne kobiety, chromi, ślepcy i dzieci zeszli ze wzgórza i inną drogą udali się do miasta. Natychmiast ruszajcie w drogę, zanim tu się zjawią.

Ci wyżej wspomniani w jednej chwili rozproszyli się, schodząc ze wzgórza. W tym samym czasie z daleka dostrzeżono oddział policji przesuwający się po drewnianym moście. Amina zobaczyła policyjny landrover i sześć dużych samochodów wypełnionych przez szturmową policję. Westchnęła, a jej serce zaczęło walić jak młotem. Dzisiaj się rozstrzygnie: śmierć albo życie.

- Uciekajmy, niech Amina z nimi pertraktuje, doradzała Larai.

- Jeśli chcesz, to uciekaj, ale ja zostaję z Aminą do końca, aby zobaczyć, co się stanie. Gdybyśmy się rzucili do ucieczki, być może policjanci ruszyliby za nami i schwytali ciężarne kobiety i inne nieszczęsne. Lepiej będzie, gdy zostaniemy tutaj, i będziemy dla nich tarczą ochronną, powiedziała Larai, przesuwając się w pobliże Aminy.

Amina zwróciła się do kobiet, które skupiły się wokół niej, ciężko przestraszone. - O moje siostry-kobiety! Nadszedł oczekiwany moment. To jest czas próby naszego życia. Zaradziliśmy wszystkim przeszkodom, które stanęły na naszej drodze. Z pomocą Allaha pokonamy i tę. Kurz wzbił się w niebo Szaty kobiet powiewały na wietrze hulającym na boisku. Amina mocniej zawiązała chustkę na głowie i zwróciła się znów do kobiet. - Nie złamaliśmy żadnego prawa. Dlatego nie ma powodu, byśmy się bały kogokolwiek i czegokolwiek. Jesteśmy obywatelkami przestrzegającymi prawa i porządku. Obowiązkiem policjantów jest ochrona obywateli, a nie ich zabijanie. Dlatego nie bójcie się.

Amina, Dżummai i Larai popędziły w stronę mostu. Pozostałe kobiety rozsiadły się, jak przykazała im Amina. Policjanci wyciągnęli ręce i bez wysiłku przewrócili wzniesione przez kobiety płoty z łodyg roślin. Przeprawili się przez most, a za nimi policyjne peugeot a także land-rover z czerwoną chorągiewką oraz wielkie, zakratowane ciężarówki. Kobiety spostrzegły, że wszyscy policjanci są przygotowani do walki. Wszyscy wydawali pomruki, ale żaden z nich się nie ruszał.

Wysoki człowiek ubrany w dobrze wyprasowany mundur khaki i z czerwonym beretem na głowie skierował się ku Aminie i jej przyjaciółek. Nosił czarne okulary, a na szyi miał zawieszoną lornetkę. Na piersiach miał przewieszony pas, a inny pas z rewolwerem przylegał do jego lędźwi. Amina zrobiła trzy kroki w jego kierunku i powiedziała: - Witamy!

- Dziękuję, odpowiedział ów superintendent nieprzyjaznym głosem. Prawą rękę położył na rewolwerze. Zwrócił się do Aminy władczym głosem, - Rozkazano nam tu przybyć, aby bronić prawa i porządku.

- My tutaj zgromadzone przestrzegamy prawa i porządku, spokojnie odpowiedziała mu Amina.

Zlekceważył jej słowa. - Przybyliśmy was aresztować za złamanie prawa i naruszenie spokoju.

- Żadna z nas nie naruszyła spokoju, Amina rzuciła mu wyzwanie.

- Nieznajomość prawa nie pozwala człowiekowi na robienie tego, co zechce. Zakazano działalności waszego Stowarzyszenia, a wy jesteście bandą chuliganek, nierządnic i buntowniczek!

- Proszę posłuchać, oficerze, powiedziała jąkając się Dżummai z miejsca, gdzie stała. Odsunęła Aminę na bok i stanęła przed tym oficerem. Wiesz, że nie boimy się waszego munduru i waszej broni. Dlaczego przybyliście tutaj i nas obrażacie? Jeśli przyszliście tutaj, by nas aresztować, to proszę bardzo, tego wam nie zabronimy... Ale jeśli mówisz, że jesteśmy nierządnicami, to i twoja matka jest nierządnicą, a tym samym ty jesteś bękartem.

Widać było, że oficer się rozsierdził., ale Amina stała twardo i nie chciała od niego się oddalić. - Odsuń się, zwiewaj nic nie warta kłamczucho! Zamknij się, albo każę cię rozstrzelać. Ostrzegam cię, bo mogę stracić panowanie nad sobą!

- A trać sobie! To twoja sprawa! Nie dbam o to! Jeśli zasypiecie mnie gradem pocisków, z radością je na siebie przyjmę, bo mam mocne serce, odpowiedziała mu Dżummai, uderzając się w pierś.

Amina lekko dotknęła jej ręki i szepnęła, - Dżummai, uspokój się na Boga, nie prowokuj ich.

- Rozkazuje wam wszystkim powstać! Idziemy! warknął na nie oficer.

- Dobra, ja poprowadzę je, zapewniła go Amina, zwracając się do kobiet. To, co widziała w twarzach tych kobiet sprawiło, że się szybko odwróciła. Zanim zorientowała się, co się dzieje, zobaczyła pędzącą Dżummai, która pochwyciła inspektora policji. Skierowała się ku mostowi i wrzuciła go do głębokiej wody!

Natychmiast zakotłowało się. Trzech policjantów poderwało się i rzuciło do rzeki. Kilku policjantów wyskoczyło z samochodów i schwytało Dżummai. Amina przestraszyła się, gdy usłyszała odgłosy uderzeń po całym ciele Dżummai. Ci policjanci, którzy zanurzyli się w wodzie, wydostali swego zmoczonego dowódcę, bez beretu typu Montgomery, bez ciemnych okularów i bez lornetki. Wydostał rewolwer i wytrząsnął z niego wodę. Rosły policjant wysunął się na czoło z mikrofonem w ręku. Podał go dowódcy, mówiąc mu, - Proszę wydać nam rozkaz.

Amina popędziła ku kobietom, a tymczasem policjanci, pod rozkazami podinspektora ustawili się w trójszeregu, zwróceni do nich. Widziały jego twarz, pokrytą skaryfikacjami, zaczerwienione oczy i gęste wąsy. Policjanci byli uzbrojeni w krótką broń, w rękach mieli baty i puszki z gazem łzawiącym. Ów oficer podniósł głos, mówiąc, - Jestem naczelnikiem policji, Oskar Dangogoro. W imieniu komisarza policji rozkazuję wam demonstrującym kobietom, byście natychmiast się rozeszły. Jeśli odmówicie, zostaniecie aresztowane. Zwrócił się do swych towarzyszy broni, rozkazując, - Wy policjanci ze specjalnego szwadronu ruszajcie i natychmiast aresztujcie te próżniaczki!

Ledwie wydał ten rozkaz, kobiety zostały obrzucone puszkami z gazem łzawiącym. Początkowo przyglądały się ze zdumieniem tym rzeczom, z których wydobywał się dym. Wkrótce zaczęły kasłać i kichać, a z ich oczu pociekły łzy. Zakotłowało się, kobiety były oszołomione i krzyczały. Każda starała się wydostać z tłumu. Oficer wydał drugi rozkaz, po czym policjanci ruszyli na kobiety. Amina nic nie widziała, bo wycierała łzy, które wypełniły jej oczy. Wtedy poczuła silne uderzenie w głowę, po którym się zatoczyła. Uderzono ją drugi raz, tym razem w pierś. Zaczęła krzyczeć, - Miejcie litość nade mną! Nikt nie mógł jej usłyszeć, ponieważ zewsząd rozlegały się wrzaski. Kiedy spróbowała otworzyć nieco oczy, zobaczyła przed sobą rosłego policjanta z hełmem na głowie. Podniósł nogę i kopnął ją ciężkim buciorem. Nie mogła utrzymać się na nogach, upadła. On zaś dalej ją kopał, mówiąc, „Wstawaj"! Uklęknąwszy zgięta odchylała się, aby uniknąć ciosów jego buciora. Wszystko na nic!, Amina próbowała osłonić głowę.

Wokół Aminy było istne piekło. Każdy ratował się jak mógł. Słychać było prośby kierowane do Allaha. Nagle policjanci wycofali się, jakby pochłonęła ich woda. Z miejsca, gdzie leżała Amina, mogła zobaczyć Larai, która walczyła z policjantem. Kiedy udało się jej uwolnić, rzuciła się do ucieczki. Usłyszała huk, który wzięła za wystrzał z broni palnej. Wszystko wyglądało jak sen. Amina zobaczyła, jak Larai podnosi ręce i wolno biegnie do przodu, a potem pada na ziemię jak długa.

Było to niczym noc, po której nie przychodzi świt Wszystko wydawało się trwać na wieki. Amina usłyszała trzask, przeszywający jej mózg, gdzieś w pobliżu. Po chwili zrozumiała, że był to jej oddech. Podinspektor chwycił ją za ręce i ciągnąc po ziemi, wydawał rozkazy swym ludziom. Powtórnie uderzyli na kobiety, schwytali je i wrzucili do swych wielkich samochodów. A ją ciągnięto dalej, gdzie stał ów zmoczony inspektor. Ciągnący ją jego zastępca, uderzył lewą nogą w ziemię przed swym dowódcą, mówiąc, - Obyś żył długo! Operacja Gorąca Woda pomyślnie zakończona. Zabrano broń wszystkim bandytom. Aresztowano je i umieszczono pod nadzorem. Proszę pozwolić na odprowadzenie konwoju policyjnego do koszar. Obyś żył długo!

- Udzielam pozwolenia, powiedział przemoczony oficer. Z twarzy widać było, że pała wielkim gniewem.

Wepchnięto Aminę na tylne siedzenie landrovera. Była tam już Dżimmai. Z jej nosa i ust ciekła krew, była cała zbolała. Amina chciała jej pomóc, ale rozkazano jej położyć się na podłodze. Policjanci porozsiadali się po bokach samochodu. Dwóch z nich podniosło nogi w wielkich buciorach i przygniotło nimi ciało Aminy. Kiedy domagała się, aby zabrali swe buty, jeden spośród nich roześmiał się i warknął, - Zamknij się! To twoja wina. Nie widziałaś jeszcze wszystkiego. Będziesz płakać, aż z twych oczu wypłynie krew.

Siedzący na przednim siedzeniu podinspektor odwrócił się i popatrzył do tyłu samochodu, przyglądając się zatrzymanym pasażerkom. Nagle rozkazał kierowcy, aby się zatrzymał. Poderwał się i wysiadł, rozkazując Aminie, aby wyszła na zewnątrz. Odprowadził ją do przodu samochodu i pomógł jej wsiąść. Następnie ruszył za nią i usiadł obok niej. Kiedy jechali na posterunek policji, po przejechaniu kawałka drogi popatrzył na nią. Wytężał wzrok, jakby chcąc się przekonać, że jest ona w samochodzie, że nie uciekła.

Gdy przyjechali na komisariat, ów inspektor długo rozmawiał ze swymi współpracownikami, a następnie rozkazał, żeby przewieziono te kobiety do jedynego w Bakaro więzienia. Ich samochody wolno dotarły do zakładu karnego. Przekazano Aminę pięciu strażnikom więziennym. Nakazano odprowadzić ją do jej więziennej celi. Strażnicy wepchnęli ją do środka i zaryglowali żelazne drzwi.

Amina nie zadała sobie trudu obejrzenia jej nowego miejsca pobytu. Zmagała się z bólem w różnych miejscach swego ciała. Pomyślała sobie, że nawet w czasie rodzenia Raszida nie odczuwała tak wielkiego bólu jak ten. Czuła jakby batalion policjantów depcze po niej i po niej maszeruje. Położyła się na łóżku z twarzą skierowaną na dół. Starała się przypomnieć straszliwe rzeczy, jakie się wydarzyły. Zamiast tego, jej serce skierowało się na to, co się wydarzy później, jak podoła stojącemu przed nią wyzwaniu, co się wydarzy w sądzie, jak długo trwać będzie proces sądowy? Kiedy tak rozmyślała, ogarnęła ją senność. Nie wiedziała, jak długo spała. Nie wiedziała, która jest teraz godzina. Wtedy usłyszała głos strażnika. Obudziła się, poderwała się na równe nogi, chwiejąc się. Została poinformowana, że chce się z nią widzieć Alhadżi Haruna.

- Powiedz mu, żeby przyszedł jutro. Ból i poranione ciało zniewoliły mnie. Nie jestem w stanie widzieć się z kimkolwiek, słabym głosem powiedziała mu Amina. Amina dostrzegła oznaki współczucia na twarzy strażnika, kiedy się odwracał, by odejść. Powiedziała mu, - Na Boga, jeśli będzie to możliwe, chcę żebyś tu przyszedł. Kiedy znów się położyła, poczuła jakby wyszła ze swego ciała, jakby pływała w powietrzu i spoglądała na swe zmaltretowane ciało.

Gdy zapadła ciemność, wrócił ów strażnik. Kiedy się odezwał, Amina z wielkim wysiłkiem podniosła się i usiadła. Strażnik miał na imię Gambo. Był dość smukły, miał gładką twarz, przyjaźnie się uśmiechał. Zajrzał przez mały otwór znajdujący się w drzwiach celi i zawołał ją po imieniu.

Amina dokładnie opowiedziała mu o ich akcji, i o tym, co się potem przydarzyło kobietom. On zaś w rozmowie z nią opowiedział o swej pracy i panującej w więzieniu warunkach służby. Słusznie pomyślała, że nie jest jej wrogiem. Biedny człowiek wykonujący pracę, której każdy nienawidzi. - Chcę napisać do męża list, powiedziała mu Amina. - Na Allaha, mógłbyś zdobyć dla mnie papier i długopis?

- A czy nie powiedział ci, że jutro przyjdzie? zapytał ją Gambo.

- Na Boga, zrób to, o co cię proszę, nalegała, uśmiechając się do niego.

Mrugnął do niej i odszedł. Po krótkim czasie wrócił z białymi kartkami papieru, które wyrwał z zeszytu. Przyniósł też niemal zużyty już długopis. Zażartował, - Wykształcone kobiety to buntowniczki. Amina uśmiechnęła się do niego i powiedziała, aby poszedł odwiedzić pozostałe kobiety, a potem wrócił i opowiedział jej, jak się mają. Ona sama postanowiła przystąpić do pisania listu do Fatimy.

„Droga Fatimo,

Z celi więziennej Bakaro przesyłam szczere pozdrowienia tobie i wszystkim pozostałym naszym zwolenniczkom, jak też tym współczującym nam. Pewien strażnik więzienny przekazuje mi informacje o złych warunkach, jakie panują w naszym więzieniu. Natomiast ja opowiadam mu o naszej walce i instruuję go, jak mógłby przyczynić się do tego, aby każdy miał lepsze życie. Zrozumiałam, że nasi strażnicy są grupą tych niedocenianych pracowników, o których zapomniano, że muszą się zadowolić niskimi płacami. Dowiedziałam się, że niektórzy więźniowie chodzą całkiem nago, ponieważ nie mają pieniędzy, aby kupić więzienne ubiory lub dlatego, że ich krewni odmawiają przysłania im ubrań. Wkrótce każe się więźniom płacić za jedzenie. Gdyby odmówili, mieliby do wyboru śmierć głodową. Mogą wybierać.

Czekam, aż przyjdzie poniedziałek, dzień w którym zaczną nas sądzić. Jeśli ewentualnie zamkną nas, jestem przekonana, że ty i inni będziecie kontynuować rozpoczętą przez nas walkę. Najważniejszym stojącym przed tobą zadaniem jest rekrutacja kobiet i wszystkich tych pozbawionych praw, aby wstąpili do naszego Stowarzyszenia. Jestem pewna, że będziesz dumna z akcji tych kobiet-naszych sióstr, jaką przeprowadziły zgodnie z projektem pozostawania poza domem. Nie mogę opowiedzieć ci o ich obecnej sytuacji, ponieważ zamknęli mnie samotną w celi. Ale wkrótce dostanę na ten temat wiadomość.

Przekaż moje serdeczne pozdrowienia dla wszystkich naszych zwolenników. Powiedz im, że chociaż przebywam w ścisłym odosobnieniu, czuję ich poparcie. A to wzmacnia moje morale.

Do widzenia.

Amina,

Więzienie Bakaro.

Następnego dnia rano poinformowano Aminę, że chce ją widzieć w swym biurze naczelnik więzienia. Zanim tam się stawiła, wyobrażała sobie, że zobaczy olbrzymiego mężczyznę, starego, z brzuchem. Takiego, że ktokolwiek by go zobaczył, dostrzegłby w nim oprawcę ludzi. Amina była przygotowana na to, co tego rodzaju człowiek mógłby jej powiedzieć. Kiedy go zobaczyła, ujrzała szczupłego mężczyznę, starego, wyglądającego na człowieka o dobrym charakterze. Przywitał ją z uśmiechem. - Jak się miewasz, nasz specjalny gościu? Usiądź, proszę, wskazał jej krzesło. Zaparzył kawę i jej podał. Kiedy zamierzała odmówić, uzmysłowiła sobie, że potrzebuje czegoś na wzmocnienie sił.

Naczelnik Isa Dauda zaczął powoli jej wyjaśniać, - To nie tutaj winniście być przywiezione, wy kobiety. Cele mieszczące winnych na komisariacie policji są przepełnione. Dlatego kazano przywieźć was tutaj na krótki okres czasu.

- Dlaczego umieszczono mnie w jednoosobowej celi?

- Nie, proszę pani. Nie nałożono ci żadnego jarzma! Miejsce, w którym cię osadzono, jest dla ważnych więźniów. Mówiąc otwarcie, cela ta jest przygotowana przez nas specjalnie dla wielkich ludzi, jeśli Allah zamierzy skierować ich tutaj.

Dolał jej kawy, tym razem oferując nawet biskwity. Amina piła wolno, a on mówił z szacunkiem dalej, - Przykro mi tobie powiedzieć, że jedna z kobiet straciła życie w tej policyjnej akcji. Doniesiono nam, że opierała się aresztowaniu i stanowiła zagrożenie dla ładu i porządku.

Amina zamrugała oczami, a on mówił dalej. - Jedna kobieta imieniem Dżummai leży w szpitalu na pograniczu życia i śmierci. W szpitalu przebywają inne kobiety, ale nie w takim stanie. Wkrótce będą przesłuchiwane. Na Allaha, współpracujcie ze sobą, bo tylko to sprawi, że przewód sądowy będzie szybko zakończony. Powiedzcie im całą prawdę o tych, którzy was wspierali w zorganizowaniu demonstracji. I ile wam za to zapłacono.

Słysząc to, Amina się przeraziła. Gwałtownym ruchem odwróciła głowę i wbiła w niego wzrok. Gdy spostrzegł, jak się zachowuje i jak jest zaskoczona, powtórzył swą wcześniejszą wypowiedź.

-Nie rozumiem- prosto z mostu odpowiedziała mu Amina.

- Dochodzą do nas słuchy, rzekł do niej, uśmiechając się - odnośnie tego, co spowodowało wasz bunt. Jedni mówią, że opozycjoniści zapłacili wam za zakłócenie porządku. Inni twierdzą, że jakiś zagraniczny kraj udzielił wam wsparcia, byście destabilizowały nasze państwo.

- To naprawdę śmieszne, odpowiedziała mu Amina, lekko się uśmiechając.

- No tak. To dlatego zabiegamy o twoją pomoc, aby wyjaśnić to zajście. Jeśli nie będziesz współpracować, oskarżona zostaniesz o próbę obalenia rządu.

W tym momencie Amina roześmiała się. Jednocześnie ucieszyło ją to, że mimo sytuacji, w jakiej się znalazła, mogła się jeszcze śmiać, kiedy nadarzała się ku temu okazja. Zanim opuściła biuro naczelnika więzienia, doradził jej, - Wkrótce przyjdzie cię odwiedzić twój mąż. Na Allaha, tym razem nie odprawiaj go z kwitkiem. To bardzo ważne. Krótko mówiąc, od tego będzie zależało, co się z tobą stanie.

Krasomówcy powiadają, że kto nie odczuwa strachu, nie może być złamany. Niektórzy drętwieją jak z zimna, kiedy ktoś na nich krzywo spojrzy. Inni drżą, kiedy ktoś na nich krzyknie. Wcześniej do takich ludzi należała Amina. Ale teraz uwolniła się od tego. Obecnie żadne zmarszczone brwi jej nie przestraszają. Żaden krzyk nie wprawia ją w drżenie. Nie ma takiego, który przekonałby ją do odrzucenia poglądów, w które uwierzyła.

Śmiało stawiała czoło przesłuchującym ją. Nie drżała, kiedy na nią krzyczano. Nie przestraszały jej ich pogróżki. Kiedy jej pochlebiali, nie dała się zwieść. Opowiedziała im dokładnie wszystko, co się wydarzyło. Wzięła na siebie całą odpowiedzialność. Dopiero kiedy wyszli, zadrżały członki jej ciała, ponieważ sama się przestraszyła tego, jak stawiała czoło ich wyzwaniom.

Następnie wezwano ją do biura dyrektora, by porozmawiała z mężem. Alhadżi przywitał ją przepełnionym uczuciem głosem. Nie potrafił jednak ukryć przerażenia na jej widok. Amina uśmiechnęła się w duchu, kiedy popatrzyła w twarz swego męża. Pomyślała o swych włosach na głowie, które były zmierzwione. Od osadzenia w więzieniu nie myła się, ani też nie pielęgnowała swych włosów. Na włosach, tu i tam zakrzepła krew – żałosny widok. Tak samo jej ręce i nogi były poranione buciorami policjantów.

- Przyszedłem zabrać cię do domu, powiedział Alhadżi łagodnym głosem. - Rozmawiałem z pewnymi ludźmi, którzy zgodzili się cię zwolnić, jeśli będziesz współpracować i wyjawisz im prawdę. Zwolnią cię i nie będą cię oskarżać, jeśli właściwie odpowiesz na ich pytania.

- Powiedziano nam, że na pierwszym przesłuchaniu nie zachowywałaś się jak należy, powiedział dyrektor. - Jeśli będziesz współpracować, zwolni się cię. Pozostałe kobiety stawią się w sądzie. Twój mąż chce mieć cię bezzwłocznie w domu. Tutaj nie ma miejsca odpowiedniego dla tak szlachetnej kobiety jak ty. Posłużono się jego stanowiskiem, aby wypuścić cię na wolność. Ty zaś tylko odpowiedz na pytania, które ci zadadzą. Powiedz im, że opozycjoniście zapłacili wam za zorganizowanie powstania.

Przygnębiona, słuchała skierowanej do niej prośby. Raz śmieszyła ją, innym razem oburzała. Po krótkiej chwili, odchrząknęła i wolno zaczęła mówić, - Bez wątpienia chcę być wolna. Dlatego walczę o wolność, ale nigdy nie wyrzeknę się jej, bez względu na to, co by mi za nią oferowano. Co za pożytek z tego, że zwolnicie mnie, a zatrzymacie pozostałe kobiety. Jak długo nie wypuścicie nas wszystkich, bez stawiania nam warunków, choćby były do zniesienia, nigdzie nie pójdę. Wspólnie rozpoczęliśmy tą walkę, razem ją zakończymy. Jeśli tego chcecie, to zatrzymajcie mnie tutaj, a wypuśćcie wszystkie kobiety. Nigdzie nie pójdę, dopóki ta sprawa nie trafi do sądu.

Powstała i podziękowała im. Alhadżi Haruna chwycił ją i prosił, ale się nie poddała. Zebrała się w sobie i wyszła z biura.

Wieczorem Gambo przyniósł jej jedzenie w zwyczajnej więziennej misce, ale przykrytej. Podziękowała mu. Podniósł pokrywkę: przyjemny zapach zupy wypełnił celę. Popatrzyła na to jedzenie – na fasolę i ryż dobrze ugotowane i na kawałki mięsa. - To nie jest więzienne jedzenie, stwierdziła Amina.

- Masz rację, odpowiedział jej Gambo, lekko się uśmiechając, jak to miał w zwyczaju. - Moja żona przygotowała je dla ciebie. Powiedziałem jej, że nie możesz spożywać więziennego jedzenia.

- Powiedz jej, że przekazuję jej serdeczne podziękowania.

- Moja żona jest bardzo zaniepokojona! Popiera was. Na Allaha, jedz jej jedzenie.

- Nie martw się. Zjem wszystko do dna, zapewniła go Amina. Wręczyła mu list do Fatimy, który natychmiast umieścił w przedniej kieszeni jego szaty. - Na Allaha, zanieś jej na Uniwersytet i przekaż osobiście do jej rąk. Napisałam jej imię i numer jej pokoju.

- Jeśli Allah pozwoli, zaniosę jej dziś wieczorem, obiecał Gambo.

25

Kiedy Amina oczekiwała na postawienie jej przed sądem, zastanawiała się, czy jej siostry-kobiety mają adwokata. Zaczęła rozmyślać o tym, co może się wydarzyć. Być może policjanci będą próbowali przekonać sędziego, aby przedłużył termin wysłuchania ich skargi na długi okres czasu. Być może umieści się je w więzieniu pod strażą. Być może upłyną miesiące na rozpatrywaniu ich sprawy, po czym wszystkie zostaną skazane.

Nagle otworzyły się żelazne drzwi jej celi. Dwaj strażnicy więzienni wyprowadzili ją kuśtykającą na środek więzienia. Tam zobaczyła, że już wcześniej załadowano kobiety do policyjnych samochodów. Gdy kobiety zobaczyły Aminę, zaczęły mruczeć. Nie można było zrozumieć, co mówią. Amina spojrzała na nie i się uśmiechnęła. Wysoki, szczupły policjant kierował się do niej z kajdankami w ręku. Spojrzała na niego podejrzliwie i zaprotestowała. Kazał jej wyciągnąć ręce.

- Nie! Dlaczego mam być skuta? podniosła głos Amina.

- Taki otrzymaliśmy rozkaz, odpowiedział jej.

- Przecież nigdzie nie ucieknę, kontynuowała swój protest.

- Rozkaz to rozkaz, odpowiedział lekceważąco.

- Z jakiego powodu mnie skuwasz? chciała dowiedzieć się Amina.

- Ponieważ tu jesteś, wskazał na plac więzienny.

- Próżniak, nieoświecony, pomyślała Amina w duchu, starając się powstrzymać spazmy śmiechu. Poddała się i wyciągnęła ręce. Następnie poprowadzono ją do policyjnego landrovera.

Tam, przed sądem magistrackim zgromadził się tłum ludzi. Dla bezpieczeństwa zaangażowano licznych policjantów, tych po cywilnemu, i tych umundurowanych z bronią w ręku. Kiedy Amina wysiadała z samochodu, zobaczyła grupę studentów po drugiej stronie ulicy, przed budynkiem sądu. W rękach trzymali plakaty: ZAPRZESTAĆ SĄDZENIA TYCH KOBIET! NATYCHMIAST UWOLNIĆ PATRIOTÓW NASZEGO KRAJU! PRECZ Z KAPITALIZMEM! PRECZ Z DYKTATURĄ! Gdy studenci zobaczyli Aminę, zaczęli bić brawa i wykrzykiwać: NATYCHMIAST UWOLNIĆ AMINĘ I TE KOBIETY! Policjanci znajdujący się w pobliżu studentów ruszyli ku nim, zastraszając ich. Amina podniosła do góry swe skute ręce, aby ich pozdrowić. Policjant znajdujący się w jej pobliżu ściągnął jej ręce na dół.

Na schodach wejściowych do sądu Amina dostrzegła stojących tam jej męża, Kulu i innych znajomych. Dokładnie w tym momencie nadjechał samochód z pozostałymi kobietami. Natychmiast policja do tłumienia zamieszek ustawiła się w dwuszeregu, tworząc wąskie przejście do drzwi celi sądowej. Kobiety przeszły nim gęsiego. Wśród nich była Amina. Ucieszyła się z ponownego spotkania z kobietami. Jedynym mankamentem było to, że cela była wypełniona po brzegi. Nie można było wbić szpilki. I ten zagłuszający harmider ludzki. Amina trochę się natrudziła, zanim dotarła do okna celi. Podniosła zakute w kajdany ręce, chwyciła się żelaznych prętów w poszukiwaniu oparcia. Przez to okratowane okno dostrzegła z daleka zbliżającego się Alhadżiego Harunę, z zapadniętą twarzą. Zwrócił się do niej szorstkim głosem, - Popatrz, jaki wstyd przyniosłaś sobie samej. Amina odwróciła od niego wzrok i skierowała go na pozostałe kobiety. Po krótkiej chwili pojawił się Peter Akin, przedzierając się przez dwuszereg policjantów. Rzucił się ku oknu, gdzie przebywała Amina, zdjął swój czerwony beret i zasalutował Aminie. - Nasze pielęgniarki są bardzo zatroskane stanem twego zdrowia, powiedział z niepokojem.

- Ze mną wszystko dobrze. Ciągle połykam tabletki, które mi dały, uspokajała go Amina.

- Jakie warunki panują w więzieniu? zapytał ją.

- Bardzo złe, odpowiedziała mu Amina.

- Słyszeliśmy, że jedna z tych kobiet umarła, zauważył Peter.

- Tak, to Larai, potwierdziła Amina.

Zamknął oczy, na chwilę pochylił głowę. - Aż dotąd nie znaleźliśmy prawnika, który by was bronił. Jedni mówili, że najpierw musimy złożyć w depozycie olbrzymią sumę pieniędzy, zanim przyjrzą się tej sprawie. Inni mówili wprost, że byłoby ryzykownym, podejmując się waszej obrony.

- A gdzie jest Fatima? zapytała go Amina.

- My sami tego nie wiemy, odpowiedział jej Peter. - W sobotę rano spotkała się ze swą przyjaciółką Rabi, prawniczką, nie wiemy co się wydarzyło od tego momentu. Powiedziano nam, że wróciła na Uniwersytet. Mówiono też, że kilku policjantów po cywilnemu śledziło ją i o północy ją aresztowali. Cały dzień jej szukaliśmy, ale nie znaleźliśmy najmniejszego śladu. Prawdę mówiąc, boimy się, żeby nic się jej nie stało.

W tym momencie Peter przerwał rozmowę, bo policjant chwycił go za kołnierz szaty i odciągnął od okna. Oczy wyszły mu na wierzch, próbował uwolnić się. Widząc co się dzieje, kilku rozzłoszczonych studentów zaczęło szarżować na policjantów. Zaczęli wyzywać policjanta, który tak zmaltretował ich przywódcę. Amina obserwowała to z niepokojem. Nawet z celi, w której przebywali, Amina spostrzegła, że wrogość osiągnęła apogeum i że trudno będzie uniknąć zderzenia bezbronnych studentów z policjantami wyposażonymi w broń palną, gazy łzawiące i baty... W tym momencie zobaczyła starszego rangą policjanta, który przemówił do studentów. Wyraźnie prosił ich, ażeby się opanowali. Stopniowo uciszali się i wracali na swe wcześniejsze pozycje. Amina ucieszyła się, widząc, że Peter jest z nimi, wśród swych przyjaciół.

Dokładnie w tym momencie podjechał niebieski mercedes i zatrzymał się w pobliżu okna, gdzie stała Amina. Przyjrzała się tym siedzącym w aucie. Byli wśród nich znani prawnicy, mąż i żona, bliscy przyjaciele Aminy: Sadik i Rabi. Mimo poważnej sytuacji, w jakiej się znajdowała, ucieszyła się na widok Rabi. Ona i Rabi bardzo się przyjaźniły, kiedy studiowały na Uniwersytecie. Nie widziały się już od dłuższego czasu, każda poszła swą drogą. Amina patrzyła na Rabi, jak kroczy do drzwi sądu. Widać było, że wie czego chce i dokąd zmierza. Bardzo pasowała jej prawnicza toga. Można by powiedzieć, że została stworzona, by zostać prawnikiem. Jej mąż, adwokat Sadik, był wysokim człowiekiem. Przewyższał jej męża o kilka cali. Przypomniała sobie o stosunkach łączących męża i żonę. To Rabi skłoniła Aminę, aby wybrała studia prawnicze tutaj na Uniwersytecie. Rabi, Fatima i Amina zostały przyjaciółkami, wszędzie razem, i razem się uczyły. Sadik Usman był kolegą. Namawiał Aminę, aby wyszła za niego. Odpowiadała mu, żeby dał jej trochę czasu do namysłu, bo prawdę mówiąc nie kochała go. Pewnej piątkowej nocy, Amina wracała do akademika dla dziewcząt i nagle ujrzała Sadika i Rabi na przednim siedzeniu samochodu. Od tej chwili stosunki Aminy z Rabi się ochłodziły, mimo że Amina próbowała jej wyjaśnić, że nie odczuwa zazdrości. W końcu Rabi wyprowadziła się z domu studenckiego i wyszła za Sadika. Teraz oboje pracują w jego kancelarii.

Wyrwano Aminę z rzeki rozmyślań, w których się zanurzyła,

kiedy otworzono drzwi celi, w której przebywały. Zabrano ją i inne kobiety na górę, gdzie znajdowała się wielka sala sądowa. Zdziwiła się widząc salę rozpraw wypełnioną po brzegi. Szereg policjantów oddzielał te kobiety od urzędników sądowych i od innych ludzi – widzów. Były tam dwa długie stoły, stojące naprzeciw siebie. Przy jednym zasiadali urzędnicy sądowi. Przy drugim naliczyła pięciu prawników i dwóch policjantów, którzy wnieśli skargę. Za stołem urzędników sądowych było podwyższenie, na którym ustawiono stół i krzesło dla sędziego wysłuchującego skargę. Amina stała nieco przed innymi kobietami, czekając na rozpoczęcie procesu. Kiedy wnoszący skargę policjant zaczął mówić, czuła że to nie z nimi się rozmawia, lecz z jakimiś innymi ludźmi, w innym świecie. Jej uszy wyławiały fragmenty tego, co się mówi, - nielegalne zgromadzenie, zakłócenie porządku......, wzniecenie buntu..., sabotaż i wyzwanie rzucone władzom Stanu, zamieszki..., nielegalne zgromadzenia..., nienawiść klasowa..., kradzież własności mężów, wkroczenie na czyjąś własność bez pozwolenia.

Gdy przywołano Aminę po imieniu, wróciła z podróży po świecie, w którą udało się jej serce. Przypomniała sobie, kim jest. - Amina Haruna, pierwsza oskarżona, podburzała rolników do buntu przeciwko nałożonym podatkom i do napadu na starszego rangą policjanta. Jest to sabotażystka. Będąc przesłuchiwana, nie współpracowała ze śledczymi policjantami. Kiedy się podsumuje wszystko to, o co oskarża się ją i jej współsprawczynie, należy zamknąć je za zdradę i za akcje wywrotowe, W tym momencie mówca zatrzymał się, po czym mówił dalej. - Wysoki Sądzie. Ta rozprawa ma wstępny charakter. Prosimy Wysoki Sąd o przełożenie przesłuchania przynajmniej o trzy miesiące, bez prawa wpłacenia kaucji, aby umożliwić przeprowadzenia pełnego śledztwa. Jeszcze nie zebraliśmy wszystkich zeznań od niektórych oskarżonych. Niektórzy z nich się ukrywają. Skoro pierwsza oskarżona nie współpracuje z nami, potrzebujemy więcej czasu, byśmy mogli ją do tego przekonać. Jeśli rozprawa będzie kontynuowana, mamy nadzieję, że dostarczymy nowych oskarżeń.

Sędzia skierował wzrok na grupę kobiet i zapytał je, - Czy zrozumiałyście, o co oskarża was prokurator? Mówił beznamiętnie, jakby siedział na progu domu i gwarzył z sąsiadami.

Kiedy Amina odpowiedziała zdecydowanie, - Tak, rozumiemy, szmer rozszedł się po sali rozpraw, jakby każdy chciał coś powiedzieć.

Sędzia mówił dalej, tak jak zaczął, - Tak, a co macie do powiedzenia: jesteście winne czy niewinne?

Amina poderwała się, skoncentrowała się i zwróciła się do Sądu, - JESTEŚMY NIEWINNE. Powiedziała to tak, jakby ta sprawa jej nie dotyczyła.

Sędzia nie od razu zapisał to, co powiedziała. Utkwił w niej wzrok, podniósł rękę i poprawił okulary. Zachowywał się tak, jakby jego uszy nie mówiły mu prawdy odnośnie tego, co powiedziała Amina. W końcu zapisał coś wolno na leżącej przed nim kartce. Gdy przestał pisać, powstała Rabi, poprawiła kołnierz swej togi, położyła ręce na stół i powiedziała, - Proszę Wysokiego Sądu, jestem adwokatem oskarżonej. Mówiła rozważnie, donośnym głosem, każdy mógł ją wyraźnie słyszeć.

Wszyscy widzowie uśmiechnęli się, a studenci zaczęli bić brawo. W pobliżu okna rozległ się głos - ZWYCIĘSTWO JEST PEWNE! Sędzia ostrzegł wszystkich obecnych w Sądzie, aby byli cicho. Amina zamknęła na krótko oczy, żeby się upewnić, że to nie sen. Wstrzymała oddech. Otworzyła oczy i jej wzrok spotkał się ze wzrokiem Rabi. Uśmiechnęła się i dostrzegła ślad współczucia na twarzy jej przyjaciółki. Ale kiedy Rabi wznowiła swe przemówienie, odezwał się w niej prawdziwy prawnik.

- Proszę Wysokiego Sądu, powiedziała prawniczka Rabi, - zanim zaczniemy, należy zdjąć Aminie kajdanki. Według przepisów prawa, kajdanków używa się wtedy, gdy się zauważy, iż oskarżony może uciec czy też stanowi niebezpieczeństwo dla porządku. Wtedy mu się je zakłada. Tu gdzie jesteśmy, jest wielu uzbrojonych policjantów, w Sądzie i na zewnątrz, którzy są w stanie unimożliwić tego więźniom. Co więcej, zapewniam Wysoki Sąd, że Amina nie podejmie próby ucieczki czy wzniecenia zamieszek.

Sędzia pochylił głowę na znak, że zgadza się ze skierowaną do niego prośbą. Natychmiast zdjęto Aminie kajdanki. Poczuła ulgę. Pomruki stojących za nią kobiet mówiły Aminie, że zaczęły zdobywać się na odwagę i że ucieszyły się na widok Rabi.

Kontynuowano rozprawę. Adwokatka Rabi ponownie wstała i powiedziała, - Chcę poinformować Wysoki Sąd, że zapoznałam się z zarzutami pod adresem oskarżonych i z całą pewnością stwierdzam, że można je obwiniać tylko za jedno: zorganizowanie zgromadzenia bez pozwolenia. Poza tym, upraszam Wysoki Sąd o zakończenie tej rozprawy dzisiaj. Bowiem każda zwłoka spowoduje, że oskarżone pogrążą się w wielkich kłopotach, bez żadnego powodu. Traktuje się je jak zwierzęta zamknięte w więziennych, przepełnionych celach. Mam zamiar wykazać jasno Wysokiemu Sądowi, że skierowane przeciwko nim oskarżenia nie mają żadnej racji bytu i podstawy

Oskarżyciel przypomniał, że tylko Sąd Drugiej Instancji może wydać ostateczny wyrok. Natychmiast skontrowała go Rabi, - W mieście Bakaro miały miejsce zaskarżone wydarzenia, tam popełniono przestępstwo, które się osądza. Sędzia jest władny wydać wyrok: albo uwolnić je lub przekazać sprawę Sądowi Drugiej Instancji.

Sędzia przyznał Rabi rację. Podał nawet przykłady podobnych spraw sądowych, które rozstrzygał. Mimo to domagał się, aby Rabi przygotowała się do przekonania Sądu, że tylko jedno przestępstwo popełniły te kobiety.

Rabi nie wahając się, kontynuowała składanie wyjaśnień. Wbrew oskarżeniom, naprawdę kobiety te nie zrobiły niczego, co by naruszało porządek i godziło w bezpieczeństwu tego Stanu. Nie ma żadnego dowodu, i go nie będzie, który by wskazywał, że przygotowywały jakąś akcję wywrotową. Przygotowującego akcję wywrotową można zdefiniować jako człowieka, który rozmyślnie, będąc zdrowym na ciele, zmierza do osłabienia rządu w celu jego obalenia. Po pierwsze, kobiety te nie miały takiego zamiaru, nie nosiły broni. Byłoby śmiesznym myśleć, że grupa ubogich i bezbronnych kobiet z niewielkiej dzielnicy tego miasta podjęłaby próbę naruszenia bezpieczeństwa Stanu czy obalenia rządu stanowego w tym wielkim i bardzo silnym kraju. Proszę Wysokiego Sądu o oddalenie tego oskarżenia.

Oskarżyciel rozejrzał się po sali sądowej i popatrzył na zgromadzonych. Widać było, że jest skołowany i nie wie co powiedzieć. Sędzia zaczekał chwilę, ale ten nasz bohater-policjant nie wymówił ani słowa.

- To oskarżenie zostaje odrzucone, zdecydował Sędzia.

- Chcę wykazać Wysokiemu Sądowi, że te kobiety nie stanowią jakiejś specjalnej klasy, nie stanowią i nie będą stanowić w przyszłości. Dlatego nie można powiedzieć, że okazują nienawiść dla innej klasy ludzi.

Jakby obudzony ze snu, oskarżyciel nagle się poderwał na równe nogi i zawołał donośnym głosem, „Nie zgadzamy się!" Kiedy tak krzyczał, z jego ust. wypłynęła ślina. Usiłował mówić dalej. - Amina powiedziała nam, że w naszej społeczności są dwie klasy, bogacze i biedacy. Wyraźnie powiedziała nam, że zgromadziła biedaków, żeby walczyli z bogatymi. Wielokrotnie powtarzała nam, że jest koniecznym obalenie obecnej władzy i ustanowienie nowego porządku zamiast tego istniejącego. Twierdziła, że jej wrogość do sprawujących władzę będzie trwała na wieki.

To wystąpienie nie zbiło Rabi z tropu. - W naszej społeczności nie ma układu klasowego, zaczęła przytaczać argumenty. - Pojęcie nienawiści w stosunku do pewnego rodzaju ludzi wprowadzili do naszego porządku prawnego kolonialiści. W naszej społeczności mamy duże plemiona i małe, są wyznawcy różnych religii i mówiący różnymi językami. Jeśli mówimy, że jedni są nadzwyczaj bogaci, to widać, że Amina jest wśród tych bogatych. Jeśli Wysoki Sąd zgodzi się, że nie ma żadnego podziału na klasy, to nie można mówić o nienawiści jednej klasy do drugiej. Ona i pozostałe kobiety, które są razem z nią, nie żywią nienawiści do siebie. Proszę Wysokiego Sądu o oddalenie tego oskarżenia.

Sędzia oddalił oskarżenie.

- Ten, którego nazywa się złodziejem, mówiła adwokatka Rabi, - to ten, kto wziął jakąś własność innego bez jego zgody czy wiedzy. Jeśli trzymać się będziemy tej definicji, to oskarżone nie można nazwać złodziejkami. Zgadzamy się z tym, że wzięły one jakieś niezbędne rzeczy ze swych domostw, ale nie można to nazwać kradzieżą, ponieważ byli tam ich mężowie. Działo się to w biały dzień i nikt je nie zatrzymywał. Ich mężowie nie wnieśli skargi na policję. Dlatego też przyjmujemy, że rzeczy te zostały wzięte za wiedzą, a krótko mówiąc za zgodą mężów. Dlatego nie można je za to oskarżać.

- I dlatego oddala się to oskarżenie, zawyrokował Sędzia.

- Amina przysłuchiwała się, jakby to był sen. Po dokonanym nocą napadzie i uciążliwościach pobytu w więzieniu, wydawało się niemożliwym, że wszystko idzie teraz tak gładko. Po tej refleksji Amina dalej słuchała Rabi, jak dobrze dawała sobie radę w Sądzie. Nie zagłębiała się w szczegóły. W dalszym przebiegu rozprawy oddalano oskarżenia w stosunku do kobiet, zaś policjant wnoszący skargę nie miał nic do powiedzenia. Czuł się tak, jakby zobaczył dżinna. Odrzucone zostały prawie wszystkie wniesione przez niego oskarżenia. Nawet we śnie nie pomyślał, że będzie miał do czynienia z kobietą taką jak Rabi, która tak pogrąży go w Sądzie.

- Niech Wysoki Sąd zauważy, że przyznajemy, iż te kobiety zwołały wbrew zakazowi zgromadzenie, ale nie spowodowały zakłócenia spokoju, jak utrzymuje ten policjant. Kobiety działały w dobrej wierze – w czasie ich zebrania nigdzie nie było bijatyki czy kłótni. Chcę przypomnieć Wysokiemu Sądowi, że nie ma zagrożenia dla bezpieczeństwa, jeśli nikt nie ponosi uszczerbku na zdrowiu.

- Nie zgadzamy się! powiedział oskarżyciel, tym razem cichym głosem. - Kobiety te naruszyły spokój swych mężów i ich uprawnienia... Mam na myśli to, że jeśli ktoś ma żonę, chce mieć z tego pożytek, starał się argumentować.

W sali sądowej rozległ się donośny śmiech. - Sprawa realnego pożytku czy przewagi męża nad jego żoną nie istnieje w naszym porządku prawnym, powiedziała Rabi i też się roześmiała. - Jeśli istnieje, to chyba tylko w domu. Dlatego też proszę Wysoki Sąd o odrzucenie tego oskarżenia o nielojalność.

- Oskarżenie o nielojalność odrzucone.

- Co się tyczy Aminy, mówiła dalej Rabi, nie musiała ona współpracować z policją w tym śledztwie. Milcząc, nie popełniła przestępstwa.

Sędzia pokiwał głową na znak, że się z tym zgadza.

- Pierwsza oskarżona nie może być obwiniania o popełnienie przestępstwa akcji wywrotowej, ponieważ nie doprowadziła do zamieszek wśród ludności, nie spiskowała przeciwko Stanowi czy Konstytucji; w żadnej mierze nie spowodowała naruszenia bezpieczeństwa.

- Coś takiego! zawołał głośno oskarżyciel. Był sfrustrowany i zdziwiony. Potrząsnął głową. - Wielokrotnie Amina nawoływała ludzi do tego, aby podnieśli się i walczyli z tymi, których nazywa psami neokolonializmu i dyktatury. Kiedy ją przesłuchiwaliśmy, podtrzymywała swe stanowisko. Ona i jej przyjaciele – uczniowie, utrzymują kontakty z obcymi państwami, które ich popierają, aby obalić wybrany demokratycznie nasz rząd. Była nawet dumna z układów z przeciwnikami rządu. Wydaje się, że obrońca kobiet o tym nie wie.

Rabi i Amina spotkały się wzrokiem. Amina zauważyła na twarzy Rabi ślady politowania. - Chcę poinformować Sąd, wolno mówiła Rabi, jakby dyktowała. - Znam Aminę bardzo dobrze, nie powierzchownie. Wiem też, do czego jest zdolna. Miałam szczęście studiować z nią prawo na Uniwersytecie. Gdyby oskarżyciel wiedział, co dzisiaj sprowadziło Aminę do Sądu, to dla poważania tego naszego zawodu winien dostarczyć wymaganych dowodów, aby uwiarygodnić to, co mówi. Radzę mu, aby wrócił do szkoły i nauczył się, jak wnosić oskarżenie, zanim znowu stanie przed urzędnikiem sądowym czy sędzią.

- Ale wróćmy do oskarżenia, nad którym debatujemy. Amina jako pełnoprawna obywatelka może mówić to, co uważa za stosowne. Oskarżyciel nie potrafił wykazać, że wypowiedziane przez nią słowa mogą zakłócić bezpieczeństwo lub wywołać zamieszki. Przyznajemy, że kobiety te zorganizowały zgromadzenie niezgodnie z prawem, ale chcemy, aby Sąd potraktował je jako te, które popełniły pierwsze przestępstwo. Wiemy, że w naszym sądzie było wiele tego rodzaju przypadków, ale zwolniono winnych. Jeśli sprawa była poważna, stawiano im warunki, zanim wypuszczono ich na wolność. Proszę pozwolić Wysoki Sądzie, że przypomnę nam wszystkim: zdrada kraju jest w myśl prawa bardzo poważnym przestępstwem. Tak samo, jeśli obywatele przygotowują się do walki ze swym krajem. Oskarżenie człowieka o przestępstwo zdrady kraju odnosi się do tego, kto próbuje obalić wybrany rząd. Tymczasem oskarżone kobiety w żadnej mierze nie zmierzały do tego.

- Co więcej, zasada prawa stanowi, że nic nie jest przestępstwem, co nie jest prawnie zakazane. Wykazujemy, że to co zrobiły te kobiety, nie jest zabronione przez prawo. Wydając wyrok w sprawie tego oskarżenia, wielkim głosem upraszam Sąd, aby miał na względzie bardzo ważną rzecz dotyczącą tego oskarżenia zgodnie ze sprawiedliwym prawem - możliwość jego przyjęcia. Sprawiedliwość, prawniczka Rabi Usman powtórnie zwróciła uwagę Sądowi. - To znaczy prawidłowe stosowanie prawa. Dlatego proszę Sędziego, pokornie i z szacunkiem, aby nie wydawał wyroku, okazując stronniczość. Zwracam uwagę Sądowi, że w niektórych krajach ich sądy wsławiły się brakiem sprawiedliwości w stosunku do ich obywateli. Dzisiaj życzyłabym sobie, aby ten nasz kraj nie znalazł się wśród owych krajów. Nasze społeczeństwo szczyci się demokracją.

Rabi wypowiedziała te słowa z odwagą, wykazując fachowość

i dowodząc, że jest osobą wykształconą. Wszyscy w sądzie byli poruszeni. Wszyscy się uciszyli. Tylko oskarżyciel pochylił głowę, wykazując bezradność...

- Kończąc, mówiła dalej Rabi, - możliwe, że się powie, iż Amina popełniła jakieś małe wykroczenie, ale oskarżyciele rozdmuchali tą sprawę bez powodu. Twierdzą, że popełniła wielkie przestępstwo zmierzając do zdrady kraju, ale nie przedstawili wiarygodnych dowodów. Ponieważ nie dostarczyli mocnego dowodu pozwalającego podejrzewać te oskarżone, upraszam Sąd o wydanie wyroku uniewinniającego. Krótko mówiąc, chcę aby uwolniono reprezentowane przeze mnie kobiety i oczyszczono je z wszystkich zarzutów.

- Czy policjanci–oskarżyciele chcą coś powiedzieć? zapytał Sędzia.

Inspektor policji podniósł się i z najwyższym trudem zaczął mówić. - Według nas, zamieniono ten przewód sądowy w przedstawienie, co jest zaprzeczeniem rozprawy. Domagamy się przełożenia rozprawy na trzy miesiące. Kobiety winny pozostawać w areszcie, abyśmy mogli zakończyć nasze śledztwo i żebyśmy schwytali tych, którzy uciekli. Zalicza się do nich przewodniczący Zrzeszenia Studentów i pielęgniarki: uciekli, zanim policjanci dotarli do miejsca, w którym przebywali. Umożliwi to nam w pełni i jak należy wykonać pracę i przeprowadzić szczegółowe śledztwo w tej sprawie.

Kiedy mówił, Amina spojrzała w kierunku zasiadających w sądzie ludzi. Zobaczyła Petera Akina i Lailę, którzy w pośpiechu opuścili gmach Sądu. Amina ledwie powstrzymała się od śmiechu.

- Chcę powiedzieć, że w najmniejszym stopniu nie zgadzamy się z tym, co adwokatka oskarżonych naopowiadała. Wypaczyła ona prawo, pomieszała fakty, zaciemniła to, co mógłby przyjąć umysł.

Pierwszy raz Rabi podskoczyła, zrywając się na równe nogi. - Nie zgadzam się z tym! krzyknęła i spoglądając na niego groźnie przez krótki czas. - Zwracam Sądowi uwagę na to, że oskarżyciel nie ma prawa zabierania głosu w już rozstrzygniętej kwestii. Ma pełną możliwość wypowiedzenia się w czasie rozprawy. Ponieważ już przekroczyliśmy ten etap, nie zgadzam się z jego żądaniami.

- Nie ma wątpliwości,' mówił dalej inspektor policji. - Wiemy, że to Sąd ma wolną rękę w wydaniu wyroku. Proszę Sąd o wydanie jak najsurowszego wyroku na tą bandę kobiet. Jeśli tego się nie uczyni, to będzie wyglądało na to, że prawo nie ma żadnego znaczenia w naszym społeczeństwie. Kobiety te, a zwłaszcza Amina, popełniły wielkie przestępstwa, dotyczące tego Stanu. Jeśli wypuści się je wolno, to zapewniam Sąd, że nie będzie w nim spokoju. Kobiety te można zaliczyć do najgorszych kryminalistów, z którymi zmaga się teraz ten kraj. Jest naszym obowiązkiem, nas policjantów, uporanie się z takimi jak one, i oczyszczenia z wszystkich typów dążących do zatrucia naszego społeczeństwa obrazoburczymi ideami. Krasomówcy powiadają, że każde dziecko zakłócające sen matki, też nie będzie spało. Kobiety te nie chcą, abyśmy spokojnie spali.

Sędzia wstał, nakazując, żeby wszyscy usiedzieli. Powiedział, - Udaję się do mego biura na kilka minut. Oskarżone winny pozostać w Sądzie.

26

Kiedy sędzia wyszedł z biura, adwokatka Rabi Usman poderwała się i uśmiechając się podeszła do Aminy. Łagodnym głosem mówiła do niej. - Nie martw się, Amina. Jestem pewna, że cię wypuszczą, choć pod jakimś warunkiem. Często tak się postępuje z oskarżonymi po raz pierwszy w sprawie zorganizowania zebrania bez pozwolenia. Chociaż mówi się, że ten sędzia ma starodawne poglądy, ale wierzę, że będzie w stosunku do was łagodny.

Amina miała wątpliwości i nie sądziła, że wszystko łatwo pójdzie. Kiedy sędzia wszedł do sali sądowej, pierwsze pytania skierował do Aminy.

- Pani Amino, chcę zadać ci kilka pytań. Zapewniam cię, że nie ma to żadnego związku z wydaniem wyroku. Chcę więcej wiedzieć o pewnych sprawach. Co sądzisz o położeniu kobiet w społeczeństwie?

Amina bardzo się zdziwiła, ale zreflektowała się i nie dała tego po sobie poznać. Mocno stanęła na nogach, odchrząknęła i powiedziała, - Trzeba traktować kobiety jak te, które wiedzą, dokąd się zmierza. Należy zapewnić im prawo do korzystania z wszelkich przyjemności dozwolonych człowiekowi. Nie wolno dłużej je wykorzystywać czy też gnębić. A jakie jest twoje zdanie na sytuację kobiet? zapytała.

- Ja nie jestem sądzony, odpowiedział jej, śmiejąc się. Odłożył pióro, splótł palce i oparł się plecami o krzesło. - Amino, jest twoim obowiązkiem wyjaśnić Sądowi, dlaczego zrobiłaś to co zrobiłaś?

Amina zrozumiała, że oczekuje się, aby ona sama wyjaśniła dokładnie i usprawiedliwiła podjęte przez nią kroki, a także poczynania pozostałych kobiet ją popierających. Wzięła głęboki oddech i zaczęła mówić. - Sprzymierzyłam się z ubogimi kobietami, ponieważ zauważyłam, że należą do tej klasy społecznej, która jest wykorzystywana. Naruszone zostały ich prawa i wolności.

- Co masz na myśli, mówiąc o ich prawach i swobodach?

- Czy ten nasz kraj nie jest członkiem Organizacji Narodów Zjednoczonych?

- Jest jej członkiem.

- Czy nie jest sygnatariuszem Powszechnej Deklaracji Praw Człowieka?

- Tu, w tym sądzie to ja zadaję pytania.

- Tam jest napisane, że każdy obywatel ma prawo do życia, jest wolny od tortur i zniewolenia, ma prawo do swobód, prawo do wolności myślenia i wyznawania dowolnej religii, prawo do stowarzyszeń i do swobodnego poruszania się, prawo do pracy, nauki i bezpieczeństwa socjalnego. Na Allaha, powiedz mi, czy w tym naszym społeczeństwie nie narusza się tych praw?

- Czy to dlatego naruszyłyście spokój i bezpieczeństwo?

- Czyj spokój? Czyje bezpieczeństwo? Jeśli jest to spokój dla wybranych, którzy rządzą i uciskają większość ludzi, to w żadnej mierze nie można mówić o spokoju. Jeśli zaś bezpieczeństwo ma służyć uciskowi większości ludzi i wykorzystywaniu ich, to takie bezpieczeństwo nie przetrwa długo. Pozwól, że wyrażę to jaśniej...

- Posłuchaj Amino! przerwał jej Sędzia. - Nie zamieniaj tego szacownego Sądu w arenę wieców politycznych.

- Wszystko ma odniesienie do polityki... powiedziała Amina, nim Rabi zdążyła ją powstrzymać.

- W imieniu Aminy chcę gorące przeprosić Wysoki Sąd. Upraszam Sąd, aby nie brał słów Aminy za insynuację. Głęboka refleksja spowodowała, że zaczęła mówić w ten sposób. To zwykle przydarza się każdemu, kto przeżywa stres jak ona. Jestem pewna, że Wysoki Sąd zrozumie, dlaczego wygaduje takie rzeczy i o co jej chodzi.

Ale nie tak od razu można było powstrzymać Aminę. Nadarzyła się bowiem wielka okazja, aby szczegółowo wyjaśnić, jak postrzega ona stan rzeczy. Nie godziła się, aby ta okazja wymknęła się z jej rąk. Spokojnie kontynuowała swą wypowiedź. - Policjanci bardzo nas poturbowali, z zimną krwią zamordowali jedną z nas, młodą i bardzo przedsiębiorczą kobietę. Zamiast postawić ich przed sądem i ukarać mordercę, to nas się sądzi. Jak ludzie, którzy popełnili przestępstwo, mogli otrzymać polecenie postawienia przed sądem tak zwanych „winnych?"

Rozzłoszczony oskarżyciel poderwał się na równe nogi, aby wyrazić swój sprzeciw. - Traktujemy tą jej wypowiedź jako wielkie oszczerstwo i skalanie dobrego imienia sił policyjnych. Nadal nalegam, żeby pierwsza oskarżona została osądzona i aby wydano na nią surowy wyrok. A może jest niezdrowa na umyśle i należałoby odwieźć ją do szpitala, aby zbadać stan jej umysłu.

- Myślę, że jest całkiem zdrowa. Wielokrotnie miałem do

czynienia z tego rodzaju podejrzanymi, powiedział sędzia, zwracając się do Aminy. - A policjanci wykonywali tylko swą pracę. Nie mieszajcie ich do tego.

- Ale ci policjanci są mocno związani z tą sprawą. Nie można powiedzieć, że są niezaangażowani. Amina upierała się przy swoim, wskazując na oskarżyciela. - To oni są współsprawcami niesprawiedliwości, ucisku i zniewolenia ludzi, bez powodu, w tej naszej społeczności.

- Nie wplątuj policji do tej sprawy, powtórzył sędzia.

- A co z podatkiem? zapytała Amina.

- Każdy płaci podatki. Ja też płacę, rzekł uśmiechając się.

- W tym naszym kraju kobiety buntowały się, kiedy nakładano nienależne podatki. Nie robimy nic innego, a tylko podążamy ich śladem. Powiedziałyśmy, że nie będziemy płacić, zapewniła go Amina. - Dlaczego bogacze korzystają z podatków, które płacą ubodzy? Rząd mówi, że musimy spłacać zaciągnięte za granicą pożyczki. Ale gdy urzędnicy rządowi zaciągali te pożyczki, nie radzili się nas, nie zabiegali o naszą aprobatę. Do dzisiaj nie wiadomo, co zrobili z tymi pieniędzmi. Nie ma wiadra i nie ma węgla drzewnego. Zamiast postępu, ciągle pogarszają się warunki życia ludzi. W tym stanie rzeczy jak mamy płacić?

- Czy wiesz, że niepłacenie podatków jest przestępstwem? zapytał ją sędzia.

- Oczywiście wiem! Ale co możemy zrobić, aby stało się powszechnie znane to, co nas dręczy?

- I to dlatego gotowe byłyście do wywołania niepokoju? zapytał ją.

Amina ucieszyła się z zadanego pytania. Jakby na nie czekała. Popatrzyła na kobiety, a potem zwróciła się ku pozostałym widzom. Uśmiechnęła się. W sądzie zapanowała cisza, aż słychać było oddechy ludzi. Każdy wbił w nią swój wzrok. Wystąpiła krok do przodu, odchrząknęła. - Pozwólcie, że wam wyjaśnię moją koncepcję bezbożności, jak ja to rozumiem. Jeśli się weźmie młode dziewczęta, które nie znają niczego, i wyda się je za mąż w dziecięcym wieku, idzie się za nimi i deformuje ich ciało, czyż to nie jest bezbożnością? Jeśli zmusi się dziewczęta, aby poślubiły mężczyznę, którego wcześniej nawet nie widziały, o nic je nie pytając, czy chcą go, i co do niego czują, to czyż nie jest to brak wiary? Jeśli wyda się wyrok na kobietę, która popełniła cudzołóstwo, wyrok kamienowania aż do śmierci, zaś gagatka, który z nią cudzołożył puszcza się wolno, to czyż to nie jest brak wiary. Jeśli na tym świecie niektórzy ludzie żyją w skrajnym ubóstwie przez całe swe życie, a kobietom odbiera się ich prawa wolności człowieka i przekształca się je niemal w niewolnice, to czyż nie jest to brak wiary? Jeśli mężczyźni poślubiają kobiety i biją je, kiedy zechcą, lub też kiedy gwałci się dziewczęta i tym się chełpi, czyż to jest miłość? Jeśli się dręczy kobiety i skłania je do prostytucji, to czyż nie jest to brak wiary? Jeśli kobiety nie są dopuszczane do pracy, aby mogły zarobić, a niektóre bez powodu są wyrzucane z ich domów, to czyż jest to pokojowe życie? Jeśli wypędza się wieśniaków z ich własnych poletek i obciąża wielkimi, nielegalnymi podatkami, to co to jest? Kiedy spokojnie wyszłyśmy z naszych domów, aby wyrazić sprzeciw wyzyskiwaniu nas, niesprawiedliwości i niezliczonym aktom gwałtu, a policjanci ruszyli za nami i nas poturbowali, obrzucili gazem łzawiącym, a nawet zamordowali jedną z nas, czyż nie jest to brak wiary?

W sądzie panowała głęboka cisza, aż Amina przestała mówić. Pochyliła głowę, ciężko oddychając. Wtedy usłyszała głos Sędziego.

- Myślę, że to wystarczy. A może powinienem powiedzieć, że nas ubawiłaś i należałoby się już zatrzymać. Ryzykujesz, jeśli pozwoli ci się mówić dalej. Powiedz mi jedną rzecz: czy możecie obiecać, że wrócicie do domów w spokoju?

Amina odwróciła się i popatrzyła na kobiety-swe towarzyszki.
- Krasomówcy powiadają, że można zaprowadzić konia do strumyka, ale nie można go przymusić do picia wody.

Wszyscy przebywający w sądzie roześmiali się.

- A co by było, gdyby ten koń był spragniony? zapytał Sędzia, uśmiechając się.

- Napiłby się tej wody, odpowiedziała mu Amina i roześmiała się.

Obecni w sądzie zanosili się śmiechem. Wtedy podniosła się prawniczka Rabi Usman .

- Poproszę o możliwość zabrania głosu.

- Proszę mówić, wyraził zgodę Sędzia, ciągle się uśmiechając.

- Zanim wydany zostanie wyrok, chcę powiedzieć Sądowi, że oskarżone kobiety, a zwłaszcza Amina, żałują tego co się wydarzyło. Proszę Wysoki Sąd o nie branie pod uwagę wypowiedzi Aminy. Mówię w imieniu tych, których bronię i zapewniam Sąd, że nic podobnego już się nie powtórzy. Jak każdy może się przekonać, kobiety te miłują spokój i od teraz będą żyć w pokoju.

Sędzia przysunął bliżej swoje zapiski i zaczął odczytywać wyrok. - Uważnie rozpatrzyłem sprawy związane z wniesionym do mnie oskarżeniem. Sytuacja, w jakiej znalazły się kobiety, bardzo mnie poruszyła. Widzę, że popadły one w rozliczne kłopoty. W takim stanie znalazły się te, których sprawę rozpatrujemy, a zwłaszcza Aminy, oskarżonej w pierwszej kolejności, żony znanego posła. Co więcej, wnoszący oskarżenie nie potrafili udowodnić wniesionych skarg i nie wykazali Sądowi w oczywisty sposób, że oskarżone popełniły zarzucane im czyny. Dlatego uniewinniam je od wszystkich zarzutów, poza jednym jedynym. Co się tyczy zorganizowania zebrania, uniewinnia się jego organizatorki, ale pod pewnym warunkiem.

- Nakazuję tym kobietom, aby wróciły do domów ich mężów i żyły w pokoju. Ostrzegam je, aby przestrzegały prawa. Przypominam im także, że jeśli w przyszłości jeszcze raz popełnią ten czyn, zostaną surowo ukarane. Żyjmy wszyscy w pokoju. Niech nam Allah pomoże. Taki wydaję wyrok. Niech wszyscy wstaną!

Na zewnątrz budynku sądowego Rabi podeszła do Aminy. Śmiejąc się, uściskały się erdecznie. Kiedy Amina wyszła, poczuła się, jakby była inną kobietą. Była słaba i głodna, wszystko ją bolało i była bardzo zmęczona. Mimo to zdobyła się na wielki wysiłek i wolno stąpała, kierując się do grupy ludzi, którzy czekali ją na zewnątrz. Studenci i niektóre kobiety wydawali radosne okrzyki i klaskali w dłonie, kiedy przechodziła obok nich. Radowała się tym, że nie przyniosła wstydu swym licznym zwolennikom, jak mogła to wyczytać z ich twarzy.

Amina skierowała się tam, gdzie stała Zainab, trzymająca swego synka. - Jak się macie? zapytała ją Amina, gładząc jej syna po głowie.

- Z nami wszystko w porządku. Słyszałam, że was wypuszczono? powiedziała uradowana Zainab.

- Tak, a kiedy wy opuściliście szpital? zapytała ją Amina.

- Dzisiaj rano.

- Idź do domu i czekaj na mnie, powiedziała Amina. Nagle poczuła zawroty głowy i zachwiały się pod nią nogi. Drobny piasek, na którym stała bez butów, zaczął piec ją w gołe stopy. Uklękła, położyła ręce na kolanach i zamilkła. Prawniczka Rabi

Usman podbiegła do niej. - Wszystko zakończone w związku z tym procesem. W twoim imieniu podpisałam niezbędne dokumenty. Teraz możesz już pójść do domu.

- Bardzo dziękuję, powiedziała Amina.

Rabi popatrzyła z troską na Aminę. - Amino, jesteś słaba i chora. Potrzebujesz porządnego wypoczynku. Na Allaha, pędź szybko do domu. Niech Allah przyniesie ci ulgę.

- Amen, odpowiedziała jej Amina. Postaram się szczęśliwie wrócić do domu.

- Kiedy odpoczniesz, chcę żebyśmy usiadły i porozmawiały o wniesieniu skargi na policjantów. Oskarżymy ich o zabójstwo Larai i postaramy się, aby wypłacono nam odszkodowanie. Ty będziesz głównym świadkiem, powiedziała jej Rabi.

- Odszkodowanie? powtórzyła Amina, uśmiechając się.

27

Amina zastanawiała się, co teraz będzie z tymi kobietami? Jak będą je traktować ich mężowie? Co się wydarzy w ciągu kilku minut, godzin, dni, tygodni, miesięcy czy lat? Rozglądała się i przypatrywała przechodzącym tłumnie ludziom. Policjanci kierujący się ku ich autom, złorzeczyli jej, ale ona nie zwracała na to uwagi. Studenci tańczyli, śpiewali i przedrzeźniali policjantów. Odwróciła się i szła dalej. Gorący piasek parzył stopy, a ona nie wiedziała nawet, dokąd idzie. Doszła do końca drogi, gdzie wszędzie rosła trawa. Przeszła po niej i szła dalej wąską dróżką, po czym ruszyła przez podmiejski busz.

Nagle usłyszała, że ktoś za nią biegnie i woła ją po imieniu. Poczuła, że zna ten głos. Należał do jej męża. Zatrzymała się i obejrzała. Podszedł do niej, ciężko oddychając. Amina stanęła, rozglądając się, ale nie odezwała się słowem. Nie wiedziała nawet, co ma powiedzieć. Ledwie mogła zrozumieć, co mówi i o co ją prosi. - Na Allaha, Amino wróć. Będę o ciebie dbać jak należy. Zapomnijmy o wszystkim, co się wydarzyło. Ja już to uczyniłem. Na Allaha, chodź, idziemy do domu.

Amina pozwoliła Alhadżiemu Harunie wziąć ją za rękę. Ruszyli w kierunku jego auta. Otworzył jej drzwi, a ona niemal padła na przednie siedzenie. Wyjechali na drogę prowadzącą do domu. Wszędzie na ulicy widać było kobiety i składających im życzenia. Na widok Aminy każdy wykrzykiwał i machał do niej ręką. Ona odwzajemniała się im tym, czym mogła, czyli wymachując ręką. Kiedy dotarli do śródmieścia, zrozumiała, że nie jadą do domu.

- Dokąd jedziemy? zapytała go.

- Do twego nowego domu, odpowiedział.

Auto skierowało się na północ miasta, a stąd na drogę dwupasmową. Kierowca skręcił w lewo i wyjechał na inną drogę. Po jej lewej i prawej stronie rosły drzewa. Prowadziła do dzielnicy rządowej Government Reservation Area. Tam Alhadżi Haruna polecił kierowcy, aby skręcił na prawo i zatrzymał się przed jednym z domów.

- Oto twój nowy dom, powiedział Aminie. Trzymając ją za rękę, wprowadził do środka.

- Dziękuję powiedziała mu Amina, rozsiadając się na miękkiej, trzyosobowej kanapie.

- Dam ci trochę czasu na wypoczynek. Jutro porozmawiamy, powiedział, patrząc jej prosto w oczy.

- Jeśli zechce tego Allah, odpowiedziała mu cichym głosem, niczym szeptem. Alhadżi Haruna popatrzył na nią z niepokojem.

- Hawwa jest tutaj, z tyłu domu. Pójdę zawołać ją, powiedział i wyszedł tylnymi drzwiami. Wrócił z Hawwą. Po kilku minutach pożegnał się z nimi.

Na widok Aminy, Hawwa bardzo się ucieszyła, ale gdy zobaczyła, w jakim jest stanie, bez zwłoki poszła i przyniosła jej jedzenie.

Amina zjadła łapczywie i poczuła, że wracają do niej siły. Położyła się na sofie, gdyż zmęczenie nie pozwoliło na udanie się do jej pokoju. Gdy zamknęła oczy, wydarzenia z ostatniego piątku wolno wróciły do jej serca, jakby pokazywano wideo. Zobaczyła siebie, malującą usta i perfumującą się. Usłyszała wycie syren, zobaczyła policjantów przyjeżdżających w ich samochodach i twarze inspektora oraz jego zastępcy. Usłyszała wydawane ich ludziom rozkazy. Zobaczyła szpaler utworzony przez policjantów w hełmach. Zobaczyła ich zbliżających się do nich, uderzających stopami o ziemię, trzymających w rękach broń i puszki z gazem łzawiącym. Zobaczyła, jak napadają bezbronne kobiety, nie mające nawet tłuczka czy też kija. O rety! Usłyszała trzask puszek z gazem łzawiącym, które na nie rzucono. Kobiety kaszlą, uciekają, płaczą...panika wszędzie... Policjanci biegną za kobietami, biją je, wykrzykują, kopią w nogi, chwytają jej przyjaciółki.

Najwięcej myślała o Larai. Aż do teraz nie miała okazji wyżalić się z powodu jej odejścia. Przypomniała sobie o ich pierwszym spotkaniu w szałasie Larai, o przeniesieniu się Larai do domu Aminy. Jak się dobrze wywiązywała z powierzonej jej pracy, jak starała się zdobyć wiedzę. Pięknie śpiewała, zadawała zagadki i żartowała. Była doświadczoną kucharką. Amina przypomniała, jak Larai straciła życie. Jakby widziała ją na placu, wśród kobiet, które płakały, kaszlały, walczyły z atakującymi je policjantami. Jak w końcu udało się Larai wyrwać i jak szukała ucieczki przed ich brutalnością. Przesuwające się w sercu Aminy obrazy wideo nie miały końca, aż ujrzała policjanta, który podniósł swój karabin i wycelował. Usłyszała huk wystrzelonej kuli. Zobaczyła, jak kule przeszywają plecy Larai.

- O Boże, biedna dziewczyna! Takie było jej przeznaczenie.

Umarła młodo, w ubóstwie, miała taki dramatyczny koniec żywota. Dla niej wszystko się skończyło. Nie musi już zmagać się z trudnościami życia. Nie musi głodować, być uciskaną, żyjącą w niedostatku. Nie będzie już nocy, kiedy nikt nie zatroszczy się o nią, nie będzie innych nieszczęść i nie będzie mowy o odszkodowaniu. Pewnego dnia, na gruzach tego zgniłego policyjnego azylu, wzniesiemy specjalną szkołę, centrum zdobywania wiedzy, któremu damy upamiętniające imię: ten ośrodek zdobywania wiedzy został zbudowany dla upamiętnienia Larai.

Następnego dnia Amina obudziła się dopiero o przedpołudniowej porze. Ustał ból głowy, ale ciągle odczuwała zmęczenie, kiedy wszedł jej mąż.

- Dzień dobry, Księżniczko. Jak się spało?

- Bardzo dobrze, tylko jestem ciągle zmęczona. Nie pytaj o to.

- A jak ci się podoba ten dom? Alhadżi Haruna bardzo chciał poznać jej opinię.

- To wielki dom. Dziekuję.

- Znajdziesz tu wszystko, czego potrzebujesz. Wszystko jest przygotowane.

- Ojej, dziękuję.

- Amina, wziął krzesło i usiadł w jej pobliżu. - Chcę dać ci drugą szansę powrotu do takiego stylu życia, jakiego spodziewam się od ciebie w roli mojej żony. Tym razem nie będzie koleżanek z Uniwersytetu, nie będzie zebrań na Uniwersytecie, nie będzie eksperymentów z kobietami. Będziesz przebywać w domu jak zamężna kobieta, moja żona. W tym momencie zamilkł. Amina siedziała cicho, słuchając go. - Masz jakieś specjalne życzenia?

- Czy zawsze będą przynosić mi gazety?

- Ależ oczywiście!

Alhadżi Haruna wstał i zamierzał wyjść. Popatrzył na nią i wolno zapytał, - Powiedz mi, który to miesiąc jesteś w ciąży?

- Myślę, że trzeci z kawałkiem.

Po wielu tygodniach zadzwonił telefon. Telefonowała Bilkisu, której dom znajdował się w pobliżu domu Aminy. Chciała złożyć jej wizytę. Niedługo potem zawitała do Aminy. Uśmiechając się, powiedziała: - Ja i mój mąż byliśmy w Dubaju, kiedy wybuchły te zamieszki. Usiadły w salonie. Amina opowiedziała jej wszystko, co się wydarzyło.

- Co cię najbardziej zdziwiło?

- Prawdę mówiąc, nie sądziłam, że Sędzia nas uwolni. Myślałam, że już po nas.

- A co z policjantami?

- Nie spodziewałam się, że przybędą z bronią palną, z ostrymi nabojami, i brutalnie nas zaatakują w sytuacji, która tego nie wymagała.

- Powiedziano mi, że dzielnie broniłyście się w sądzie. Czy przećwiczyłyście to, zanim trafiłyście do sądu?

- Skądże znowu? Ani trochę. Ja nawet nie przypuszczałam, że będę miała możliwość zabrania głosu.

- A jak było w więzieniu?

- Strasznie! Okropnie!

- Cieszę się, że wyszłaś z tego brudnego miejsca, z tego więzienia. Niech to! Więzienie to nie dom.

- Nie, każda z nas jest w wielkim więzieniu. Tym więzieniem, jest nasze społeczeństwo, gdzie wykorzystuje się różne i liczne przyczyny, aby zamknąć ludzi. Wojskowi i policjanci są klawiszami tego więzienia.

- Czy martwisz się, że nas pokonano?

- Pokonano nas w bitwie, ale nie w wojnie. Straciliśmy nasze mienie i przyjaciół, ale nie odwagę. Dlatego ciągle jesteśmy silni. Wybadaliśmy, gdzie są silni i gdzie są słabi w tym ich diabelskim systemie. Zwyciężyli w tej bitwie, ale ich zwycięstwo jest krótkotrwałe.

- A co będzie teraz?

- Teraz nie mogę nic powiedzieć. Poczekajmy, zobaczymy, co się jutro wydarzy. Kobiety będą nadal cierpieć, z tym, że teraz wiedzą, iż mogą walczyć o swoją wolność. Powinniśmy znowu zacząć od początku, zebrać wielkie siły, zjednoczyć się, aby uparcie dążyć do tego, by zasiąść na ławach opozycji. Nasza manifestacja i akcja wyjścia z domostw jest tylko próbą dla licznych buntów, które podniesiemy w przyszłości. Widzę, że biedacy nie chcą życia takiego, jak w dawnych czasach. Nie chcą praw niemających nic wspólnego z interesami tych, dla których je ustanowiono. Nie chcą przebrzmiałych zwyczajów lub szkodliwie wpływających na życie ludności. Ludzie tęsknią za zmianą, prawem i porządkiem, aby żyć w pokoju, chwalebnym postępie, z pozbyciem się ubóstwa, chorób i głodu. Jeśli teraz sprawujący władzę nie zmienią niczego w naszej obecnej sytuacji, aby się poprawiło, musimy podjąć wysiłek odsunięcia ich, żeby stworzyć odpowiednie warunki dla każdego z nas.

- A ty, co cię najbardziej gnębi?

- Ano to, jak będę w stanie zorganizować nowy etap walki. Jako muzułmance nie wolno mi odwrócić się plecami do niesprawiedliwego przywódcy, w żadnym wypadku. Wysłannik – niech czuwa nad nim Allah i obdarzy swą przyjaźnią – powiedział, 'Każdy spośród was, kto zobaczy coś niegodziwego, niech postara się naprawić to własnymi rękami.' To jest moja dewiza. Nic więcej, nic mniej.

- Mój mąż twierdzi, że jesteś wielką idealistką, i na tej podstawie działasz.

- Nie, to nie tak. Jestem kobietą pragnącą działać zgodnie z tym, co jest realne. Cokolwiek zamierzam, staram się stwierdzić, czy podejmuję się rzeczy możliwych do wykonania. Czy wkraczam ja i ci ze mną na udeptaną drogę. Wierzę w żywot, którym mnie obdarzył Stwórca. Wierzę w mojego Stwórcę i wierzę w sens walki. Musimy podjąć prawdziwy wysiłek, jeśli chcemy mieć pożyteczne życie. Każdy z nas może wnieść swój wkład. Jak możemy milczeć, i oglądać się na Allaha, by rozwiązał dręczące nas problemy?

- Czego według ciebie potrzebujemy w tym kraju?

Prawdziwego człowieka, któryby zapewnił zmiany w naszym społeczeństwie. Wprowadził nas na nową drogę życia, przyniósł sprawiedliwość, wolność i równość ludzi, miłość, wzajemne zrozumienie i poważanie nas wszystkich. Potrzebujemy prawdziwej rewolucji, która zaspokoi potrzeby większości z nas, zapewni wieśniakom i ich rodzinom pola uprawne, jedzenie i lepsze życie. Pracownicy winni być zadowoleni z wykonywanej pracy, ażeby ich życie było celowe. Naszej młodzieży należy zapewnić dobre wykształcenie i silne wsparcie. Kobietom winno się dać prawo wyrażania opinii w sprawie rozwoju społecznego. Krótko mówiąc, potrzebujemy rewolucji, która stworzy nowe społeczeństwo, idące z duchem czasu.

Te dwie kobiety zamilkły na chwilę, żadna się nie odzywała. Potem głos zabrała Amina, jakby zamykała jakąś modlitwę. - Wszystkie kroki przynoszące zmiany, jak wiemy to z historii - są stawiane w tajemnicy, ale nie są tak całkiem stawiane w ciszy. Ci, którzy mają bystre uszy, usłyszą je.

Po trzech dniach Hawwa zjawiła się wczesnym rankiem. Widać było, że przybywa z jakąś nowiną. Powiedziała, - Młoda małżonko, czy słyszałaś dzisiaj tą wiadomość?

- Nie! A co się stało?

- Dokonano przewrotu.

Amina nie wykazała oznak podniecenia, jak to było widać u Hawwy. Mimo to włączyła radio, ażeby usłyszeć to na własne uszy. Tu usłyszała pieśń wojskową, mówiącą o tym, że coś się wydarzyło. Słuchała aż do czasu, gdy przerwano śpiew, aby przekazać wiadomość, że obalony został rząd cywilny w wyniku pokojowego przewrotu, bez rozlewu krwi. Usłyszała kogoś mówiącego ludziom to, co zwykle mówiono, kiedy następował przewrót.

- Zawiesza się Konstytucję na czas nieokreślony.

Ogłasza się stan wyjątkowy.

W każdym Stanie powołuje się sądy wojskowe.

Zakazuje się wszelkich zgromadzeń poza religijnymi.

Daje się policjantom i wojskowym prawo strzelania do manifestantów.

Od świtu do nocy ustanawia się godzinę policyjną

Policjanci i wojskowi mają prawo aresztować sabotażystów, bez procesu sądowego i na czas potrzebny do zaprowadzenia porządku. Mogą wchodzić do domów bez nakazu sądowego i podejmować wszelkie niezbędne kroki dla przywrócenia spokoju.

Amina wzięła głęboki oddech. Gdyby ten przewrót nastąpił trochę wcześniej, miałby inne znaczenie. Teraz nie miał dla niej sensu. Po trzech dniach powołano dla tego ich Stanu administratora wojskowego w osobie podpułkownika Abubakara Usmana. Alhadżi Haruna opuścił gmach parlamentu i wrócił do Aminy. Spostrzegła, że przewrót go nie zmartwił, a nawet jakby się cieszył.

- Ci żołnierze nie zabiją nas, tłumaczył. - Nie sądzę też, aby zagarnęli nasze mienie. Ona zaś wzruszyła tylko ramionami i mu się przyglądała. Po tygodniu administrator wojskowy podał nazwiska swego gabinetu, w tym nazwisko Alhadżiego Haruny, który został komisarzem rozwoju gospodarczego.

Tego dnia, wieczorem zjawiła się Kulu, uśmiechnięta i bardzo uradowana. - Mój mąż został ministrem w nowym rządzie wojskowym, z dumą poinformowała Aminę. - Czy nie mówiłam ci, że Amina i jej koleżanki są beznadziejnymi tchórzami? Gdzie są one dzisiaj? Wszystkie uciekły i opuściły ten kraj! Roześmiała się aż do łez, które wytarła potem ręką.

- Posłuchaj Amino! mówiła dalej Kulu. - Nadarza ci się okazja rozpoczęcia całkiem nowego życia. Nie pozwól, aby ta okazja nie przeszła ci koło nosa.

Amina odpowiedziała jej ze spokojem. - Widzisz, że jestem w ciąży. Zaczekam, aż szczęśliwie urodzę i wtedy podejmę decyzję, co będę robić w przyszłości.

Żadna sprawa związana z przewrotem nie docierała do Aminy, aż do czasu, kiedy zadzwoniła do niej w nocy Laila. Jej głos drżał. - Sytuacja na Uniwersytecie stała się napięta. Wszędzie pełno policjantów. Aresztowano kilku nauczycieli. Innych dopadli w ich domach czy gabinetach i pobili. Wszyscy są przestraszeni i odczuwają niepokój. Zatrzymano Petera Akina i osadzono w areszcie. Związkowcy, którzy wyrazili niezadowolenie z powodu zawieszenia Konstytucji, są zatrzymani. Panuje nieporządek!

- A ty, gdzie teraz jesteś? zapytała Amina.

- Ukrywam się w pewnym miejscu.

- A gdzie jest Fatima?

- Ona i Danbaki uciekli z kraju. Bature pomógł im się wydostać.

- Gdzie jest Muktar?

- Nie wiem, gdzie się podziewa, ale administrator wojskowy wydał rozkaz aresztowania go, gdziekolwiek by nie był.

- A to dlaczego?

- Na krótko przed tym przewrotem opublikował artykuł mówiący o tym, że dyktatura wojskowa stoi na drodze do rozwoju społecznego. W rozumieniu administratora było to przygotowanie do przewrotu. Słyszeliśmy, że Muktar przebywa w sąsiednim kraju. Ma nadzieję dostać się do Europy i poprosić o azyl polityczny. Obiecał mu pomóc Bature. Ja również sądzę, że w końcu przyjmę ten prezent od Bature i też opuszczę kraj. Jeszcze do ciebie zadzwonię.

Od tego czasu Amina nie miała wieści o jej kolegach z Uniwersytetu. Dopiero po trzech miesiącach, gdy trafiła do szpitala na badania. Kiedy siedziała i oczekiwała na swą kolej, zobaczyła leżącą na stole gazetę. Od niechcenia rzuciła na nią okiem i zobaczyła zdjęcie swego męża z Bature i podpułkownikiem Abubakarem Usmanem oraz administratorem Stanu: wszyscy uśmiechnięci. Pod zdjęciem widniał napis mówiący o tym, że złożono podpisy pod umową, że wszystkie minerały Stanu znajdują się pod nadzorem pewnej spółki zagranicznej. - Jest to wielki krok na drodze do zrównoważonego rozwoju, miał powiedzieć jej mąż.

Po wieczornej modlitwie, gdy Amina oglądała telewizję, usłyszała formułkę z prośbą o pozwolenie wejścia. Hawwa pospieszyła otworzyć drzwi. Stała tam Bilkisu z dwoma ochraniarzami. Zachowywała się swobodnie. Przeprosiła Aminę za to, że wcześniej nie zatelefonowała i nie zapowiedziała swej wizyty. - Przestań, nic nie szkodzi. Zawsze jesteś tu mile widziana, powiedziała Amina. - Co słychać u Rebeki i u Glorii? Od dwóch dni nie mam od nich wiadomości.

- Obie są w dobrym zdrowiu. Po zwolnieniu ich z aresztu Rebaka udała się do Zuru, zaś Gloria przeniosła się do domu jej chłopaka. Telefonujemy do siebie. Zawsze proszą, abym cię pozdrowiła.

- Czy słyszałaś coś o Fatimie?

- Wczoraj wieczorem rozmawiałyśmy ze sobą. Obiecała wkrótce do ciebie zadzwonić. Dostała interesującą pracę i chce z tobą podyskutować.

- A o czym?

- Tego nie wiem. Po chwili milczenia Bilkisu mówiła dalej, ale drżącym głosem. - Amino, mam wiadomość od mego męża, wojskowego administratora tego Stanu. Jego Ekscelencja chce zaprosić cię do udziału w rządzie na stanowisku komisarza ds. kobiet. Amina przyjęła to beznamiętnie. Tylko się uśmiechnęła i poprosiła Bilkisu, aby powtórzyła to, co powiedziała. Utkwiła w niej wzrok i popatrzyła na dwóch ochraniarzy. - Posłuchaj Bilkisu, bardzo dziękuję za gotowość uhonorowania mnie. Ale nie jestem gotowa. Na Allaha, powiedz administratorowi wojskowemu, że nie przyłożę się bezmyślnie do destrukcji mego ukochanego kraju.

Bilkisu była wyraźnie niezadowolona z tej odpowiedzi. Pochyliła głowę i zamilkła ... Milczeli wszyscy...W tym momencie zadzwonił telefon. Amina podniosła słuchawkę. Natychmiast jej twarz zajaśniała blaskiem, uśmiechnęła się.

- Tiloti, jakże się cieszę, Fatimo. Raduję się, bo znów usłyszałam twój głos. Fatima opowiedziała o tym, jak ona i Danbaki uciekli. Opowiadała o planach na przyszłość. Potem nawiązała do sytuacji Aminy.

- Zgadzam się z podaną przez ciebie przyczyną decyzji odłożenia sprawy na przyszłość. Jest jeszcze jedna rzecz: pewien dostojnik

Organizacji Narodów Zjednoczonych powiedział mi, że chcą cię uhonorować honorowym dyplomem Certificate of Honour, w miejscu przez ciebie wybranym. Początkowo Amina chciała odrzucić to odznaczenie, ale po dłuższej rozmowie Fatima przekonała ją, że się zgodziła je przyjąć. - Będzie to okazja pokazania światu, co się tutaj dzieje. Ponadto pokażesz miasto Bakaro, aby każdy na świecie je poznał. Będzie to okazja podniesienia walki o jeden szczebel drabiny, Fatima ponowiła swe wyjaśnienia w przedmiocie poparcia tej sprawy. W końcu Amina wyraziła zgodę przyjęcia tego Certyfikatu, a nawet zadała sobie trudu napisania przemówienia. Gdy Fatima powiedziała, że ona chce zorganizować tą uroczystość w Londynie, sprzeciwiła się. Powiedziała, że winna mieć miejsce w Bakaro, bo tam wszystko się wydarzyło.

Fatima długo dyskutowała z Aminą. Przymierzały się do tego, co mogą zrobić w przyszłości. Gdy Amina bardzo się zmęczyła i rozmowa przestała się kleić, powiedziała do swej przyjaciółki, - Jestem z tobą, Fatimo. Powinniśmy kontynuować tę walkę! My nie mamy wyboru. W naszych sercach kryje się potencjalne dobro, które musimy wydobyć. Jestem silna i gotowa. Jestem podniecona, bo odniesiemy zwycięstwo...lepszy świat jest możliwy!